Thomas Kiehl

DIE AMEISENFRAU

Thomas Kiehl

DIE AMEISENFRAU

THRILLER

BEN
EV
NTO

FSC
www.fsc.org
MIX
Papier aus verantwortungsvollen Quellen
FSC® C014496

1. Auflage 2019

Medieninhaber, Verleger und Herausgeber:
Red Bull Media House GmbH
Oberst-Lepperdinger-Straße 11–15
5071 Wals bei Salzburg, Österreich

Satz: MEDIA DESIGN: RIZNER.AT
Gesetzt aus der Minion Pro, Gotham
Umschlaggestaltung: zero-media.net, München
Umschlagmotiv: © FinePic®, München
Printed in Germany

ISBN: 978-3-7109-0082-2

Murphy's Law

»Anything that can go wrong will go wrong.«
(»Alles, was schiefgehen kann, wird schiefgehen.«)

Captain Edward A. Murphy

Die heimlichen Herrscher der Erde

Ein Ameisenstaat besteht aus bis zu zwanzig Millionen Tieren. Das ist so viel wie siebenmal Berlin, dreimal London oder zweimal New York City. Biologen wollen sogar eine Ameisenkolonie mit mehreren Milliarden Ameisen entdeckt haben.

Die einzelne Ameise kann nicht viel. Zusammen mit ihren Artgenossen ist sie jedoch in der Lage, Probleme zu lösen. Damit hat ein Ameisenstaat im Kollektiv bereits die Intelligenz eines Affen und somit eines zweijährigen Kindes.

Aufgrund ihrer Intelligenz und enormen Fähigkeit, sich anzupassen, bevölkern Ameisen unseren Planeten schon seit mehreren Millionen Jahren. Ihre Vorfahren kannten noch die Dinosaurier. Und auch wir werden wohl für ihre Nachfahren nichts anderes sein als eine Art, die für kurze Zeit IHREN Planeten bevölkerte.

Schwarzwald

Sonnenstein-Klinik
2 Jahre zuvor

Vor sich sah sie eine Frau mit schwarzen, zerwühlten Haaren. Die Frau war blass, hatte tiefe Ringe unter den Augen und machte den Eindruck, als hätte sie die letzten Wochen kaum geschlafen. Ihr Blick wirkte leer. Sie stand in ihrem kurzen Nachthemd vor einem Bett mit einem schmucklosen, weißen Metallrahmen und starrte in den Spiegel.

Wie hatte es nur so weit kommen können?

Wenn sie vorher von Burn-out gehört hatte, hatte sie das immer als lächerlich abgetan. Das hatte sie natürlich nicht gezeigt, keine Frage, so viel Gefühl für Political Correctness hatte sie dann doch noch. Aber dass sie Mitleid mit den Betroffenen verspürt hätte, nein, das konnte sie wahrlich nicht behaupten. Für Lena stand fest: Jede Epoche hatte ihre Modekrankheiten, und Burn-out war für sie eindeutig die Modekrankheit des 21. Jahrhunderts, die sich jeder, der mal ein paar Monate Auszeit benötigte, zulegte.

Doch manche Dinge ließen sich einfach nicht nachempfinden. Man musste sie selbst erleben, damit man sie begriff.

Der Prozess war schleichend gewesen. Als man sie danach fragte, wann es eigentlich begonnen hatte, konnte sie keine Antwort geben. Vielleicht in dem Moment, als ihr Institutsleiter Theo Ziehmer angeboten hatte, auch noch den Job eines Kollegen zu übernehmen. Vielleicht aber auch schon früher. Eigentlich wusste sie nur, wie es geendet hatte. Eines Morgens war sie aufgewacht und hatte sich nicht mehr bewegen können. Es war wie verhext. Sie wollte funktionieren, konnte aber nicht. Aus ihrer Arbeit, die ihr immer Spaß gemacht hatte, war eine Folterbank geworden.

Die Ärzte sprachen von der fehlenden Anerkennung ihres Chefs. Und es stimmte. Es war schwer, Ziehmer etwas recht zu machen. Gerne zitierte der Schwabe seine Lieblingsmoral: »G'schimpfed is g'lobad gnua.« Dennoch bezweifelte Lena, dass es allein an Ziehmer gelegen hatte. Nachtschichten waren bei ihr von der Ausnahme zur Regel geworden, ohne dass er – oder sonst wer – es von ihr verlangt hätte. Sie selbst wollte immer schneller, höher, besser sein, einem inneren Antrieb folgend, der sich schwer erklären ließ.

Die Ärzte diagnostizierten eine Depression. Die Bezeichnung Burn-out war anscheinend nicht mehr »in«. Doch letztlich war es egal, wie man das Kind nannte.

»Haben Sie schon einmal darüber nachgedacht, sich einen neuen Beruf zu suchen?«, hatte sie ein junger Psychologe der Klinik in einem Gespräch gefragt.

»Warum? Ich habe meine Arbeit immer geliebt.«

»Na ja. Nicht alles, was man liebt, ist auch immer gut für einen.« Der junge Arzt sah sie lange lang. »Wie sind Sie eigentlich auf die Idee gekommen, sich auf Ameisen zu spezialisieren?«

»Wieso fragen Sie?«

»Es ist ein doch eher ungewöhnliches Fachgebiet – Ameisenforscherin.« Er zupfte sich seinen Kittel zurecht. »Außerdem sind Sie eine intelligente, junge Frau. Ihnen hätten sicherlich viele Türen offen gestanden. Da wirkt ein solch spezielles Forschungsgebiet erst einmal überraschend. Ameisen … na ja …« Er suchte nach Worten. »Und die Forschung. Der Druck,sich beweisen zu müssen, ist in der Forschung doch sicherlich immens?«

Da hatte er nicht unrecht. Lenas Passion für die Forschung und Ameisen war nicht ganz einfach zu erklären. »Warum studieren Menschen wie Sie Psychologie?«

Der junge Arzt lächelte. »Sagen Sie es mir.«

»Ich glaube, weil sie mehr über sich selbst erfahren wollen.«

»Ist das die Antwort?«, fragte der Arzt. »Sie sind Ameisenforscherin geworden, weil Sie mehr über sich selbst erfahren wollten?«

Lena nickte. »Ich denke schon.«

»Wie meinen Sie das genau?«

»Es geht um Fragen, wie Zusammenhalt funktioniert und Gemeinschaft. Ein Ameisenstaat ist das beste Beispiel für kompromisslosen Zusammenhalt und Altruismus.« Lena atmete tief durch. Szenen aus alten Tagen drängten sich ihr auf, Szenen, in denen geschrien wurde und am Ende jemand eine Tür ins Schloss schmiss. »In meiner Familie gab es das nie. Meine Eltern sind geschieden. Für die stand ihr Beruf immer an erster Stelle. Und mit meinem Bruder kann ich nichts anfangen. Wenn nichts Wichtiges ansteht, telefonieren wir einmal im Jahr zu unseren Geburtstagen.«

»Und Freunde?«

Lena überlegte. Konnten Freunde jemals die Familie ersetzen? Diese Frage hatte sie sich schon oft gestellt, ohne eine befriedigende Antwort darauf zu finden. »Ich lebe allein. Und wirkliche Freunde habe ich auch eher wenige.«

»Warum?«

Lena zuckte mit den Schultern. »Ich würde es gerne auf die sozialen Medien schieben. Aber daran liegt es zumindest bei mir nicht. Es hat sich im Laufe der Jahre so ergeben. Vielleicht ein zunehmender Egoismus? Und da nehme ich mich selbst gar nicht aus … Was weiß ich … Gemeinschaft, was zählt das heute noch? Alle kämpfen doch nur noch für sich. Oder nehme nur ich das so wahr?«

Es entstand eine längere Pause.

»Sie müssen lernen, Ihren Job nicht so ernst zu nehmen, vor allem ihm nicht mehr diesen ausschließlichen Stellenwert einzuräumen. Dabei können Freunde, die Ihnen genauso wichtig sind wir Ihr Job, helfen. Versuchen Sie öfter mal loszulassen.«

Er hatte ja recht, obwohl Lena bezweifelte, dass er wusste, was das in der Praxis bedeutete. Denn mit dem Loslassen war das leider so eine Sache. Es gab Phasen, da funktionierte es, und es gab Phasen, da funktionierte es überhaupt nicht. Da war sie wie gelähmt, nur umgekehrt. Wenn sie dann nicht arbeitete oder zumindest ihre Konzentration auf irgendetwas anderes richtete, stieg eine Unruhe in ihr auf, für die sie keine Ursache fand und die sie nicht unter Kontrolle bekam. Eine Angst, für die es vielleicht eine ganz andere Erklärung gab, als ihr die Ärzte einzureden versuchten. Eine Angst nämlich, die, wie sie erfahren sollte, nicht nur sie beherrschte.

1 Amazonas

30 Kilometer östlich von Manaus
1 Jahr zuvor

Erste Sonnenstrahlen dringen durch die Äste und das dichte Grün. In der Ferne hört man das Brüllen von Affen. Man sieht eine Machete, die sich durch Lianen und jede Menge Gestrüpp kämpft. Umgefallene Bäume werden überwunden. Dann versperrt ein kleiner Fluss den Weg. Das Geräusch von leise rauschendem Wasser. Vögel beginnen zu zwitschern. Ihr Gesang klingt fröhlich, als freuten sie sich über den beginnenden Tag. Doch wer die Vögel kennt, der weiß, sie verkünden den Tod.

»Zurück in den Dschungel! Hört ihr sie nicht?«

Ein paar Blätter streifen die nervös hin und her schwenkende Kamera. Im Hintergrund nähert sich ein zunehmend lauter werdendes Rascheln, wie wenn der Wind auffrischt und durch trockenes Laub bläst. Nur dass es absolut windstill ist, die Luft steht.

Und dann sieht man ihn plötzlich, den Strom der Flüchtlinge. Sie rennen um ihr Leben. Die ersten scheinen noch unversehrt, doch die, die ihnen folgen, sind bereits gezeichnet. Ihnen fehlen Arme, Beine. Sie haben kaum noch Chancen zu überleben, denn ihre Verfolger kennen keine Gnade.

Wie ein schwarzer Schatten schieben sich die Ameisen über den Boden. In ihrer Gesamtheit bilden sie eine zwei

Meter breite und fünfzehn Meter lange Armee. Ihre liderlosen Augen wirken tot. Nicht so die Fühler. Sie bewegen sich pausenlos, als wären sie die Schlangen auf dem Kopf der Medusa. Die Abertausenden von Beißscheren lassen nichts los, was sie einmal zu greifen bekommen haben. Beine von flüchtenden Insekten werden abgeschnitten, ganze Frösche transportiert.

»Sie sind da!«, hört man eine Stimme rufen.

Eine junge Frau lächelt in die Kamera.

Ein letzter Schwenk auf den sich nähernden dunklen, lebendigen Fluss.

Dann wird alles schwarz.

Und Ende.

2 Berlin-Steglitz

Institut für Biologie, großer Hörsaal
03. Mai, 10.55 Uhr

Die Leuchtstoffröhren starteten durch und tauchten den Raum in plötzliches Hell. Viktor rieb sich die Augen. Dann sah er zum Pult hinunter.

Da stand sie, noch geblendet vom weißen Beamerlicht, Lena Bondroit, die Frau aus dem Film.

Ihr Outfit überraschte ihn. Er hatte bei einer Biologin mit einem anderen Look gerechnet, vielleicht einer Cargohose, einer Batikbluse samt indischem Seidentuch um den Hals. Doch Bondroit sah in ihrem perfekt sitzenden Kostüm eher aus wie eine Managerin bei der Vorstellung der Quartalsgeschäftszahlen. Oder eine Messehostess. Viktor musste grinsen. Manchmal kam es nur darauf an, ob man vor oder auf der Bühne stand. Die schwarzen Haare, die ihr im Film wild durcheinander über den Schultern gehangen hatten, waren zu einem Dutt zusammengebunden, was sie strenger wirken ließ. Nach dem, was er bisher über sie erfahren hatte, galt sie als niemals müde werdende Arbeitsbiene.

Bondroit räusperte sich. Dann sprach sie in das am Pult angebrachte Mikrofon. »Weiß jemand von Ihnen, welche Ameisenart wir zuletzt in dem Film gesehen haben?«

Ein paar Finger schnellten nach oben.

Bondroit zeigte auf eine Studentin.

»Die südamerikanische Wanderameise.«

»Richtig«, kommentierte Bondroit. »Die Eciton burchelli. Wenn sie morgens aufbrechen, verziehen sich sogar die großen Tiere. Wer nicht schnell genug fliehen kann, wird gefressen. Entweder von ihnen oder den sie begleitenden Ameisenvögeln, die sich gerne an den aufgeschreckten Insekten bedienen. An dem Gesang der Ameisenvögel erkennt man übrigens gut, wo die Ameisen gerade ihre Raubzüge vollziehen. Das Land, das sie hinterlassen, ist am Abend so frei von Insekten, dass sie am nächsten Morgen in eine andere Richtung losziehen müssen, um neue Beute und Nahrung zu finden.« Bondroit sah auf die Uhr. Dann richtete sie sich erneut an die Studenten. »Aufgrund der fortgeschrittenen Zeit möchte ich die Vorlesung an dieser Stelle beenden. Wer sich bezüglich der Eciton burchelli oder ihrer afrikanischen Schwestern noch weiter informieren möchte, den verweise ich auf die Seiten 230 fortfolgende in meinem Ihnen bereits bekannten Buch. Wir sehen uns nächste Woche zur gleichen Zeit. Noch Anmerkungen oder Fragen?«

Applaus und das obligatorische Geklopfe auf den Tischen.

»Keine Fragen?«, wiederholte Bondroit und sah die Ränge entlang.

Ein Student meldete sich, doch das schien die anderen nicht mehr zu interessieren. Die meisten waren bereits aufgestanden und begannen ihre Sachen zusammenzupacken. Viele unterhielten sich lautstark.

»Ruhe!«, rief Bondroit.

Niemand reagierte. Viktor hatte sogar das Gefühl, dass es eher noch lauter wurde. Ein Papierflieger segelte durch den Saal. Die ersten Studenten drängten sich aus den Reihen.

»Ruhe!«, hörte er sie ein weiteres Mal rufen. Keiner kümmerte sich darum.

Gerade wollte auch Viktor aufstehen, da schallte ein ohrenbetäubender Knall durch den Saal. Augenblicklich war es mucksmäuschenstill. Die Studenten, die sich gerade noch lautstark über ihre Wochenendpläne unterhalten hatten, zuckten zusammen und verschanzten sich hinter den Tischen.

Viktors Muskeln spannten sich. Geduckt wandte er sich nach oben in Richtung Hörsaaltür in der Befürchtung, dort jemanden mit einem Präzisionsgewehr stehen zu sehen. Doch die Tür war geschlossen. Dann wanderte sein Blick auf der Suche nach der Schusswaffe durch den Saal.

»Ein wenig mehr Respekt und Manieren, meine Damen und Herren«, hörte er Bondroits Stimme durch den Raum hallen.

Zum Glück, sie lebte noch. Er blickte zum Pult und sah, wie Bondroit eine Pistole in ihrer Handtasche verschwinden ließ. Dann hüstelte sie ins Mikrofon. »Solch eine Undiszipliniertheit würde es bei den Ameisen nie geben. Deshalb haben sie es auch – trotz ihrer vergleichsweise geringen individuellen Intelligenz – so weit gebracht. Ich würde vorschlagen, Sie setzen sich noch einmal hin und warten ab, bis ich die Frage Ihres Kommilitonen beantwortet habe.«

»Jean!«, hörte Viktor einen Studenten seinem Nachbar zuflüstern. »Sie ist genau wie Jean.«

3 Berlin-Steglitz

Institut für Biologie, großer Hörsaal
03. Mai, 11.05 Uhr

Die Studenten starrten sie an, einige belustigt, andere mit einer Mischung aus Respekt und Faszination. Die Schreckschusspistole trug sie eigentlich für andere Zwecke bei sich, als damit in Vorlesungen um sich zu schießen. Sie musste an Jean denken. Und sie musste an das denken, was sie mit dem Schuss möglicherweise angerichtet hatte.

Vor ihrem inneren Auge prüfte Lena bereits ihren Kontostand. Ihre Fixkosten waren beachtlich. Miete, Krankenkasse, private Altersvorsorge. Dann noch die ganzen Versicherungen: Haftpflicht, Unfall, Rechtsschutz, Auto. Sogar für ihr sündhaft teures Handy hatte sie sich eine aufschwatzen lassen. Wie lange würden ihre Ersparnisse reichen? Ein halbes Jahr? Bei ihrem Ausgabeverhalten wohl eher drei Monate. Sicher, es gab Arbeitslosengeld und Sozialhilfe. Doch wer konnte davon schon leben? Sie auf jeden Fall nicht.

Sie hätte sich selbst ohrfeigen können. War sie jetzt vollkommen durchgedreht? In Zeiten, in denen man in jeder zweiten Mülltonne eine Bombe vermutete, mit einer Schreckschusspistole um sich zu schießen? Sie konnte nur hoffen, dass sich ihre Aktion nicht bis zu Ziehmer herumsprechen würde. Ihr wurde ganz schlecht bei dem Gedanken.

Hör auf, gleich immer alles zu dramatisieren, befahl sich Lena. Noch war doch gar nichts passiert. Ein Schuss aus einer Schreckschusspistole. Na und! Würde er sie deswegen wirklich feuern? Konnte er das überhaupt?

Natürlich konnte er. Und er würde, wenn es ihm gerade in den Kram passte oder es nötig war, seinen eigenen Hintern zu retten. Auch wenn Menschen wie Ameisen Staaten bildeten, hieß das noch lange nicht, dass sie ebenso altruistisch und sozial waren wie diese Winzlinge. Menschen ging es nur bedingt um ihre »Schwestern« und »Brüder«. Sie würden sich ohne Druck nie dem Kollektiv oder ihrem Nächsten opfern. Das eigene Überleben stand immer noch an oberster Stelle. Und bei Ziehmer sowieso.

Dieses respektlose Studentenpack! Am liebsten hätte sie sie alle durch die nächste Prüfung fallen lassen. Dabei wusste Lena nur zu gut, dass die Studenten nur die eine Seite des Problems waren. Das größere Problem war leider sie selbst.

Vorsichtig bahnte sie sich ihren Weg durch die noch immer im Raum verharrenden Studenten hinauf Richtung Ausgang. Nur wenige hatten vor ihr den Hörsaal verlassen. Es kam ihr vor, als warteten sie auf eine Steigerung dessen, was gerade passiert war und was zweifelsohne für unterhaltsame Gespräche in der Mensa sorgen würde. Viele von ihnen tippten wild auf ihren Smartphones herum. Wahrscheinlich gab es schon erste Videos im Netz. Andere sahen sie einfach nur ungläubig an, wie geblendete Rehe im Lichtkegel eines auf sie zurasenden Lastwagens.

»Frau Bondroit?«

Ein großer, südländisch wirkender Mann mit längeren braunen Haaren hechtete hinter ihr her. Er war bestimmt Mitte dreißig und trug einen Anzug, also sehr wahrscheinlich eher keiner ihrer Studenten. »Ja, bitte?«

»Viktor Callenberg, mein Name. Ich bin vom Verein ProNomadentum. Hätten Sie ein paar Minuten für mich?«

ProNomadentum? Von einem Verein mit diesem Namen hatte Lena noch nie gehört. Klang für sie sehr nach Spenden für die Dritte Welt.

»Worum geht es denn?«

Der Fremde sah sich um. Immer noch kamen Studenten aus dem Saal. »Könnten wir vielleicht unter vier Augen?«

Geheimniskrämer, ging es Lena durch den Kopf. Und hinter Geheimniskrämern steckten meistens Verrückte oder Wichtigtuer, die anderen Menschen Zeit und Nerven stahlen. Wenn er Geld wollte, sollte er besser woanders vorstellig werden.

»Ich habe nicht besonders viel Zeit«, log sie. In Wirklichkeit war sie jetzt einfach nicht in der Stimmung, sich eine herzzerreißende Geschichte über verarmte Nomadenkinder anzuhören. Außerdem ging ihr der Pistolenschuss nicht aus dem Kopf. Da musste sie unbedingt etwas unternehmen. Vielleicht wäre es sinnvoll, Ziehmer selbst davon in Kenntnis zu setzen, bevor es andere taten. Sie könnte vorgeben, dass es sich um ein Experiment gehandelt habe. Irgendetwas aus dem Bereich Verhaltensforschung. Ihr würde da schon was einfallen.

Erneut sah sich der Mann um. Erst als er sich vergewissert hatte, dass niemand in Hörweite war, wandte er sich wieder an sie. »Bitte. Nur ein paar Fragen.«

Sein ernster Blick drückte eine gewisse Dringlichkeit aus, die sie zugegebenermaßen neugierig machte. »Sie müssen mir schon sagen, worum es geht.«

»Um die Selbststeuerung von biologischen Systemen. Sie haben dazu einiges veröffentlicht«, sagte der Mann. »Und ich würde gerne mehr darüber …«

Da ertönte Bachs »Wohltemperiertes Klavier« aus Lenas Handtasche und schnitt dem Mann das Wort ab.

»Geht es etwas genauer?«, fragte Lena, während sie ihr Handy herauskramte und auf das Display sah.

»Es geht um das Phänomen der Angst in unserer Gesellschaft.«

»Entschuldigen Sie!« Lena hatte schon gar nicht mehr richtig zugehört. Dass es sich so schnell zu Ziehmer rumsprechen würde, hätte sie nicht gedacht. Sie zeigte auf ihr Handy. »Der Institutsleiter. Da muss ich ran.«

»Soll ich warten?«, fragte der Mann.

Lena, die mit ihren Gedanken schon ganz bei ihrem Pistolenschuss und einer möglichst guten Ausrede war, schüttelte den Kopf. »Schauen Sie mal im Internet. Ich habe eine offene Sprechstunde.« Dann nahm sie ab und ging in Richtung Ausgang.

4 Berlin-Kreuzberg

Vereinsbüro ProNomadentum
03. Mai, 12.30 Uhr

Als Viktor das Büro betrat, starrte Nedjo gerade auf das Foto eines afrikanischen Stammesoberhauptes. Viktor sah ihm über die Schulter. Der Afrikaner blickte skeptisch in die Kamera. Er schien dem Gerät oder dem Menschen hinter der Kamera nicht zu trauen, aber davon abgesehen wirkte er, als könnte ihn so schnell nichts aus der Ruhe bringen.

»Und wie sieht es aus? Sind die Samburu auch dabei?«, fragte Viktor. Nedjos gesamtes Büro war mit Fotos von Häuptlingen oder Oberhäuptern nomadischer Stämme und Völker zugepflastert, die bereits bei ihnen Mitglied waren.

Nedjo sah von dem Foto auf. Er legte sich seine Haare hinter die Ohren, dann grinste er Viktor breit an. »Natürlich!« Er heftete das Foto an die Wand, an einen Fleck, der noch unbesetzt war.

»Gratuliere!«

»Danke.« Nedjo rieb sich die Finger, jeder einzelne von ihnen mit mindestens zwei Ringen bestückt. »Und bei dir? Wie war dein Treffen?«

»Frag nicht.«

»Hat sich die These von Meier bestätigt?«

»Bislang nicht.«

»Was ziehst du dann so ein Gesicht?«

»Sie wollte nicht mit mir sprechen.«

»Trotz ...« Nedjo brach in schallendes Gelächter aus. Er zeigte auf Viktors Anzug. »Dabei hast du dich ...« Er hielt sich den Bauch vor Lachen. »... so schick gemacht.«

»Idiot«, fauchte Viktor. Er sah an sich herab. In der Tat hatte er gehofft, dass er mit dem Anzug seriöser wirken und sich Bondroit direkt für ihn Zeit nehmen würde. Er blickte zu Nedjo, der immer noch lachte. Und dann konnte er plötzlich nicht anders, als mitzulachen.

»Und jetzt?«, fragte Nedjo, nachdem sie sich wieder beruhigt hatten.

»Sie hat mich auf ihre offene Sprechstunde verwiesen.«

»Klingt zumindest nicht hoffnungslos«, witzelte Nedjo. »Und Meier?«

»Mit dem rede ich noch mal.« Viktor musste an sein letztes Gespräch mit dem Journalisten denken. Er hatte immer mehr Bedenken geäußert. Dabei war er vorher völlig überzeugt gewesen, hatte sogar eine interessante neue Spur verfolgt, wie er ihm erzählt hatte.

»Aber wenn er abspringt?«, fragte Viktor.

»Dann machen wir ohne ihn weiter«, sagte Nedjo bestimmt. »Es ist unsere Pflicht, diesen Mist aufzudecken. Wir kämpfen für eine Welt ohne Grenzen. Und nicht nur die zwischen Staaten. Die Grenzen fangen im Kopf an.« Er tippte sich an die Stirn. »Die Angst ist die größte Grenze, die ich kenne. Ich will, dass diese Manipulation aufhört. Und du«, er zeigte auf Viktor, »willst das auch.«

Natürlich wollte er das. Deswegen hatte er sich ja Nedjo angeschlossen. Doch was wäre, wenn sie sich täuschten?

»Hast du den Artikel von dieser Ameisenforscherin eigentlich endlich gelesen?«

»Nö.« Nedjo lehnte sich in seinem Stuhl zurück. »Interessiert mich nicht, dieses Selbststeuerungsgefasel. Von wegen, das geschieht automatisch und systembedingt. Da steckt zwar System dahinter, aber eines der gezielten Steuerung und Manipulation. Man muss schon äußerst ignorant sein, wenn man nicht wahrnimmt, was da läuft.«

Nedjo hatte nie auch nur einen Hauch daran gezweifelt, dass es die ORG gab. Er hatte von dieser Organisation von einem ehemaligen Mitarbeiter erfahren, jemanden, den Viktor jedoch nie kennengelernt hatte, weil er auf einmal spurlos verschwunden war. Für Nedjo war das nur ein zusätzlicher Beweis für die Existenz der ORG.

»Na ja. So leicht lässt sich Meiers Argument nicht abtun. Ich habe versucht, Meier zu überzeugen, aber er will Beweise, stichhaltige Indizien. Und die haben wir nicht.«

Nedjo winkte ab. »Es gibt die ORG. Und wir sind nicht die Einzigen, die das glauben. Es traut sich nur leider niemand wirklich an das Thema ran. Bestell deinem Journalistenfreund von mir, er soll einfach raus mit der Geschichte. Dann werden sie sich bestimmt zeigen.«

»Vielleicht solltest du noch mal mit ihm reden.«

»Du machst das schon. Geduld, mein Lieber.«

Viktor drückte sich von der Wand. »Der große Nedjo hat gesprochen.« Er ging in sein Büro und setzte sich an den Computer.

Viktors Büro war im Gegensatz zu Nedjos, das mit Pflanzen, Bücherstapeln und einem Perserteppich völlig zugepflastert war, fast leer. Ein Tisch, darauf ein Laptop, ein Stuhl. An der Wand hing ein Banner ihrer letzten Demonstration: »Wer sich nicht bewegt, ist nicht!« Mehr nicht. Viktor öffnete den Browser und ging die neuesten Nachrichten nach

Auffälligkeiten durch. Es hatte einen kleineren Anschlag in Frankreich gegeben, der größere Berichte in sämtlichen Medien nach sich zog. Sonst die übrigen trüben Neuigkeiten über die Welt, aus denen jeder halbwegs intelligente Erdenbürger herauslesen konnte, dass sich die Menschheit in nicht allzu ferner Zukunft auf die eine oder andere Art auslöschen würde.

»Viktor!«

Was denn jetzt noch? Viktor stand auf und ging zurück in Nedjos Büro.

»Was?«

»Mach dir keinen Kopf. Irgendwann finden wir sie.« Nedjo zeigte auf seinen Bauch. »Das sagt mir mein Bauch. Und der lag noch nie falsch. Aber weißt du was, der sagt mir auch noch etwas anderes: Hunger!«

Viktor sah auf die Uhr. Abgesehen davon, dass Nedjo immer Hunger hatte, war es wirklich langsam Zeit fürs Mittagessen. »Gehst du?«

Nedjo schüttelte den Kopf und sah ihn erwartungsvoll an.

»Komm schon. Ich war gestern«, wendete Viktor ein. Immer drückte sich Nedjo, wenn es darum ging, das Essen zu besorgen.

»Aber ich muss noch beim Amt anrufen«, sagte Nedjo grinsend. »Wegen unserer geplanten Demo vor dem Bundestag. Da haben wir immer noch keine Genehmigung. Wenn ich das später mache, ist da keiner mehr.«

»Es ist doch gerade mal eins.«

Nedjo zuckte mit den Schultern. »Willst du anrufen?«

»Ist ja gut.« Viktor verließ das Zimmer. Dann hörte er, wie ihm sein Freund noch etwas hinterherrief. Er kehrte um und lehnte sich durch die Tür. »Was?«

»Wo du gerade stehst ... Setz uns doch noch einen Kaffee auf.«

Dieses alte Zigeunerschlitzohr! Für jemanden, der früher einmal mit Großfamilie und Wohnwagen durch halb Europa getingelt war, war er ziemlich bequem geworden. Es wurde Zeit, dass man dem Jungen ein wenig Feuer unter dem Hintern machte.

»Hey, Sie, alles okay?«

Ein Feuerwehrmann rüttelte an seinem Arm. Viktor konnte nur schwer verstehen, was er sagte, es war, als ob seine Ohren voller Watte waren. Sein Blick war verschwommen, er schüttelte sich und ließ sich dann von dem Mann in den Stand ziehen. Wo war er? Und wie war er hierhergekommen?

Er sah sich um und erkannte den Hinterhof des Gebäudes, in dem sie ihr Büro hatten. Was war passiert? Und warum hatte er bewusstlos am Boden gelegen?

Erst jetzt bemerkte er den Rauch, der wie schwerer Dunst über ihnen hing und in dicken Schwaden aus den Fenstern des gesamten ersten Stockwerks qualmte. Ein paar Feuerwehrleute mit Atemschutzmaske rannten an ihnen vorbei in das Gebäude.

Nedjo!, schoss es Viktor sofort durch den Kopf. Nedjo war noch im Gebäude!

Er wollte den Feuerwehrmännern hinterherrennen, wurde jedoch von der Hand, die ihm aufgeholfen hatte, zurückgehalten.

»Sie können da nicht rein!«

»Aber mein Freund ist da noch drin!«, schrie Viktor. Er schaffte es, sich loszureißen, und stürmte zum Hintereingang.

Doch schon nach wenigen Metern im Haus merkte er, dass das keine gute Idee war. Die Hitze, der Rauch. Es schlug ihn zurück, er bekam kaum noch Luft. Ein Hustenanfall überkam ihn. Dann wurde ihm schummrig vor Augen. Er spürte noch, wie ihn ein paar Hände ergriffen und aus dem Flur ins Freie zogen.

5 Berlin-Steglitz

Institut für Biologie
04. Mai, 13.00 Uhr

Kaum hatte die erste Ameise die frisch aufgeschnittene Heuschrecke entdeckt, waren auch schon die anderen zur Stelle. Jetzt machten sie sich gemeinsam an den Verzehr der eiweißreichen Kost. Drei hatten sich bereits so weit unter den Panzer der Heuschrecke durchgebissen, dass sie nicht mehr zu sehen waren. Hätte Lena mehr als die paar Ameisen in dem kleinen Becken gehalten, würde sie von der Heuschrecke innerhalb von einer Stunde nur noch den ausgehöhlten Panzer finden.

In Gedanken versunken stand sie vor dem Regal in ihrem Labor und starrte in das Becken. Darin lebten einige Exemplare der Monomorium pharaonis, die sie vor einer Woche in einer Verpackung mit Lychees gefunden hatte. Eigentlich hätte sie sie sofort töten müssen.

Die Pharaoameisen, im Volksmund auch Pest-Ameisen genannt, konnten eine wahre Seuche sein. Einmal im Haus, wurde man die Winzlinge kaum mehr los. Lena fand sie ausnahmslos faszinierend. Entgegen der in Deutschland bekannten Ameisenarten, waren die Pharaoameisen selten größer als zwei Millimeter. Kein Schlitz, kein Loch war ihnen zu klein, um darin ein Nest zu bauen. Zudem hatten Pharaoameisen nicht nur eine Königin, deren Eliminierung dazu führte, dass der Staat ausstarb, sondern Tausende. Und sie liebten Eiweiß, am liebsten frisches.

Den Vormittag über hatte Lena dazu genutzt, ihren Vortrag über die Acromymex octospinosus, eine Unterfamilie der Blattschneiderameisen, für einen anstehenden Kongress in Amsterdam in zwei Tagen weiter auszuarbeiten. Eigentlich war sie gut vorangekommen. Bis ihre Arbeit ins Stocken geriet.

Sie hasste es, wenn das passierte. Warum konnte ihr Oberstübchen nicht einfach arbeiten wie eine gut geschmierte Maschine und dann Pause machen, wenn sie es wollte?

Sie sah auf die Uhr. Kurz vor eins. Eigentlich hatte sie schon längst fertig sein wollen. Aber seit einer halben Stunde lenkte sie einfach alles ab: jedes Geräusch auf dem Gang, jede E-Mail und vor allem ihr Handy. Drei Mal schon hatte sie es auf neue Nachrichten überprüft, obwohl ihre Freundin gerade irgendwo mit ihrem neuen Lover in Südamerika herumreiste und daher wenig von sich hören ließ. Ein wenig enttäuscht war Lena schon, wie schnell man abgeschrieben war, wenn die Hormone zuschlugen.

Sie blätterte zwei Folien zurück. Die Überschriften hatten nichts Packendes und passten nicht zu den Bildern auf dem Chart. Zudem hatte sie den Eindruck, dass die Geschichte, die sie erzählen wollte, noch keinen roten Faden hatte.

Nach einer weiteren halben Stunde gab sie auf. Sie brauchte jetzt einen Kaffee vom Italiener um die Ecke. Vielleicht würde sie sich dann leichter tun. Mit einem Regenschirm bewaffnet verließ sie das Institut. Auf der Straße war aufgrund des Regenwetters wenig los. Eine Frau hetzte in Richtung Bushaltestelle. Ein paar Meter von ihr entfernt hielt ein Taxi. Lena atmete tief durch. Frische, feuchte Luft durchströmte ihre Lungen. Wie gut das tat!

Gerade hatte sie die Straße überquert, als sie hinter sich jemanden ihren Namen rufen hörte. Sie drehte sich um und sah, wie ein leicht untersetzter Mann hinter ihr her eilte.

»Frau Bondroit?«

Lena hielt an. »Ja?« Sie hatte ein schlechtes Namensgedächtnis, aber dafür ein gutes für Gesichter. Sie war sich sicher, den kleinen Mann mit der unvorteilhaft frisierten Halbglatze noch nie gesehen zu haben. Auf dem Revers seines Mantels entdeckte sie ein paar Schuppen. »Kennen wir uns?«

Der Mann war außer Atem und schnappte nach Luft. »Ich Sie, Sie mich wahrscheinlich nicht.« Er sagte das mit etwas Frechem in seinem Blick, das ihn wie ein in die Jahre gekommener Lausbub aussehen ließ. »Gottfried Meier mein Name, von der Online-Zeitung *AnderZeit*.« Er holte erneut Luft. »Ich habe mehrfach versucht, Sie im Institut zu erreichen, um Sie um einen Termin zu bitten. Aber da ging nie jemand ran. Da dachte ich mir, ich schaue einfach mal vorbei.« Er rückte seine runde Brille zurecht und sah Lena verunsichert an.

»Worum geht es denn?«

»Nur ein paar Fragen zur Selbststeuerung von biologischen Systemen«, sagte Meier und fügte hinzu: »Sie haben so einen wunderbaren Artikel darüber geschrieben.«

Lena wusste sofort, von welchem Artikel Meier sprach. Auch sie fand, dass ihr der Beitrag gut gelungen war und sich die in ihm veröffentlichten Forschungsergebnisse sehen lassen konnten. Leider nur schienen ihre Kollegen das anders zu sehen. Von denen hatte sie kaum Reaktionen auf den Artikel erhalten. Man hatte ihr sogar vorgeworfen, nicht innovativ und provokativ genug zu sein. Dabei ging es ihr darum, über verlässliche Forschungsergebnisse zu berichten, und nicht, so wie es ihre männlichen Kollegen gerne taten, jedes halbe Jahr eine neue Sau durchs Dorf zu treiben. Aber leider waren sich Männer – auch wenn sie ihresgleichen gerne coram publico bloßstellten – in einem einig: Wo es um Erfolg geht, haben Frauen nichts zu suchen.

»Würde bestimmt nicht mehr als ein halbes Stündchen dauern«, sagte Meier. »Höchstens«, fügte er lächelnd hinzu.

Netter Versuch, dachte Lena. Wie sie Journalisten kannte, wurden aus einer halben Stunde schnell zwei und die hatte sie auf keinen Fall. Sie musste unbedingt noch ihren Vortrag fertig ausarbeiten. Aber irgendwie war sie neugierig geworden. »Zur Selbststeuerung, sagten Sie?« Ein wenig wunderte es sie schon, innerhalb von so kurzer Zeit gleich zwei Mal von Unbekannten auf ihren Artikel angesprochen zu werden. Vielleicht bekam er ja doch noch seine verdiente Anerkennung?

»Richtig.«

»Wollen Sie einen Artikel über meine Thesen und Forschungsergebnisse schreiben?«, fragte sie, denn wenn dem so wäre, wäre die Zeit vielleicht doch sinnvoll investiert. Zwar kannte sie *AnderZeit* nicht, aber etwas positive Publicity konnte nie schaden, erst recht jetzt, wo Ziehmer sie zum persönlichen Gespräch geladen hatte. Angeblich wollte er mit ihr über ihre letzten Forschungsprojekte sprechen und um das ewige Problem der fehlenden Gelder. Den Schuss im Hörsaal hatte er in ihrem gestrigen Telefonat nicht erwähnt, was aber nicht hieß, dass er davon nicht wusste und sie deswegen zur Rechenschaft ziehen würde.

»Auch wenn mir das wahrscheinlich eine Tür öffnen würde, muss ich zugeben, dass das eigentlich nicht mein Plan ist«, sagte Meier. »Es geht mir um die Recherche zu einem ganz anderen Thema. Aber wenn Ihnen ein Artikel über Ihre Forschungsergebnisse helfen würde ... Ich finde es sehr spannend, was sie da herausgefunden haben. Warum eigentlich nicht?«

Die Ehrlichkeit von Meier überraschte Lena. Ihre bisherige Erfahrung mit Journalisten war eher eine andere. Und wenn am Ende tatsächlich ein Artikel dabei heraussprang? Man musste heutzutage schnell zugreifen, wenn es um die Aufmerksamkeit in den Medien ging. Die Schlange der Themen, die ebenfalls darauf warteten, entdeckt zu werden, war fast unendlich. Vielleicht ließ sich ja das Angenehme mit dem Nützlichen verbinden.

»Ich wollte gerade einen Kaffee trinken.«

Meier begriff sofort. »Eine sehr gute Idee! Ich lade Sie selbstverständlich ein.«

Lena führte Meier in das italienische Café in der Nähe des Instituts. Dort nahmen sie an einem Zweiertisch am Fenster Platz. Nachdem sie sich beide einen Cappuccino bestellt hatten, beantwortete Lena bereitwillig Meiers Fragen, die sich allesamt um die Themen »kollektive Intelligenz« und »Selbststeuerung von Systemen« drehten.

»Aber warum interessiert Sie das alles?«, fragte Lena am Ende ihrer Ausführungen.

»Ist das so wichtig?« Meier sah sich um, als befürchtete er, dass jemand ihrem Gespräch lauschen könnte. Aber der Kellner stand hinter seinem Tresen, und die übrigen Gäste schenkten ihnen nicht die geringste Aufmerksamkeit.

»Ja, das ist es«, sagte Lena bestimmt. »Was weiß ich, wofür Sie die Ergebnisse meiner Forschungen nutzen wollen. Ich denke, ich habe ein Recht darauf zu wissen, mit welchem Thema ich in Zusammenhang gebracht werde.«

»Sie haben recht.« Meier lachte kurz auf, wurde dann aber sofort wieder ernst. Er überlegte. Dabei sah er sie lange an, als würde die Antwort auf ihre Frage von ihr abhängen.

»Ich höre«, legte Lena nach.

»Also gut«, sagte Meier. »Ehrlich gesagt ... nach Ihren Ausführungen hat sich die Arbeit an meinem ursprünglichen Artikel wohl erledigt.«

»Warum?«, fragte Lena enttäuscht. »Worum sollte es denn gehen?«

Meier sah sich erneut um. »Das Ganze ist höchst vertraulich.«

»Ich bin Ameisenforscherin. Mein Gerede interessiert eh niemand«, beteuerte Lena, nicht ohne ironischen Unterton.

»Das Ganze ist recht brisant, vielleicht sogar gefährlich.«

»Ich bitte Sie!« Dass Männer ihre eigenen Themen immer für so wichtig erachteten, dass sie gleich ein Staatsgeheimnis daraus machen mussten. Ein ähnliches Verhalten war Lena schon bei einigen ihrer männlichen Studenten aufgefallen. Und auch bei diesem Viktor Callenberg, der sie in der Universität angesprochen hatte. »Gerade noch haben Sie gesagt, dass sich Ihre Story eh erledigt hat. Erzählen Sie schon!«

»Also gut.« Meier holte tief Luft. »Damit Sie mich nicht gleich für verrückt halten, fange ich am besten vorne an.« Er rutschte auf seinem Stuhl etwas nach vorne. In einem leiseren Tonfall fuhr er fort: »Die Geschichte hat ihren Ursprung in den Vierzigerjahren. Nach dem Zweiten Weltkrieg haben die Amerikaner die aufkeimenden revolutionären Tendenzen in vielen Ländern, wie zum Beispiel Südamerika oder auch Spanien, mit zunehmender Beunruhigung beobachtet. Der amerikanischen Regierung wurde immer deutlicher, dass man neben dem sichtbaren ›äußeren Feind‹, den man mit militärischen Mitteln bekämpfen konnte, wie die Sowjetunion und ihre Verbündeten, vor allem auch den ›inneren Feind‹ – oder nennen wir ihn vielleicht besser ›Ideen-Feind‹ – nicht unterschätzen durfte. Mit zunehmender Sorge beobachtete man, wozu einzelne Revolutionsführer, wie Che Guevara oder Fidel Castro, in der Lage waren. Und was für ein Gefährdungspotenzial für die bestehende Gesellschaftsordnung von ihnen ausging. Innerhalb kürzester Zeit wurden Regierungen entmachtet und ersetzt und neue Gesellschaftsmodelle eingeführt. Die USA waren aber natürlich vorrangig daran interessiert, stabile Verhältnisse zu bewahren. Unruhe hätte katastrophale Auswirkungen auf die Wirtschaft, die militärische und politische Macht gehabt. Auf keinen Fall wollte man also die eigene Idee vom Rechtsstaat und der Demokratie von verrückten Außenseitern und Kommunisten infrage gestellt bekommen. Daher gründete die amerikanische Regierung im Jahr 1947 die CIA, die die Aufgabe hatte, die USA vor diesem ›Ideen-Feind‹, egal ob er vom Inland oder Ausland operierte, zu schützen. Aber damit nicht genug. Und jetzt wird's interessant …« Meier lehnte sich noch ein wenig näher zu Lena herüber. »Gemeinsam mit anderen Westmächten – unter anderem Deutschland – und deren Nachrichtendiensten drängten die Amerikaner darauf, neben dem militärischen Bündnis, also der NATO, zusätzlich eine gemeinsame internationale Geheimorganisation zum ›Schutz der westlichen Werte‹ ins Leben zu rufen, eine Art gemeinsamen Geheimdienst.«

Lena hatte von so einer Organisation noch nie etwas gehört. Allerdings waren Geschichte und Politik nie ihre Steckenpferde gewesen. Es klang jedenfalls einleuchtend.

Meier nickte mehrfach mit dem Kopf. »Und ich kann das Anliegen der Nachrichtendienste sogar verstehen. Die Demokratie ist, wie man leider immer wieder feststellen muss, ein sehr fragiles Staatssystem, das schneller zusammenbrechen oder instrumentalisiert werden kann, als wir das gerne wahrhaben wollen. Denken Sie nur daran, was beispielsweise in der Weimarer Republik passiert ist.«

Lena musste an die aktuellen Entwicklungen in einigen osteuropäischen Ländern und der Türkei denken. War es da nicht gerade genauso?

»Aber das heißt nicht, dass andere Staatssysteme stabiler sind«, erläuterte Meier weiter.

»Sie meinen den Zusammenbruch der Sowjetunion?«

»Ganz richtig.« Meier leerte seinen Cappuccino. »Wandel ist kein einfaches Vorhaben, für ganze Staaten schon erst recht nicht. Man muss manchmal ein wenig nachhelfen, damit etwas funktioniert. Der Osten operierte zum Schutz des Kommunismus mit Schreckensherrschaft und Polizeistaat. Und wir alle wissen, was passierte, als die ›Harte Hand‹ ein wenig weicher wurde. Doch auch der Westen traute, wie ja die Gründung der CIA und der sonstigen Geheimdienste zeigt, seinem System nicht. Er entschied sich allerdings für einen anderen Weg: Statt kostspieligem Polizei- und Überwachungsstaat setzte man darauf, die Bürger übers Hintertürchen auf Spur zu halten: Sie wurden manipuliert. Natürlich ohne zu merken, dass der Staat seine Finger dabei im Spiel hat.«

»Und wie bitte habe ich mir das vorzustellen, diese Manipulation?« Bisher hatte das, was Meier ihr erzählt hatte, für Lena logisch geklungen. Doch jetzt wurde es ihr ein wenig zu abenteuerlich. »Fake News, oder was?«

Meier musste grinsen. »Sie wollen sich über mich lustig machen.«

»Niemals«, sagte Lena und hob die Hände. »Aber Sie müssen zugeben, dass Ihre Behauptung von Massenmanipulation schon einige Fragen aufwirft.«

Meier fuhr sich über seine Glatze, um die wenigen Haare, die er noch hatte, wieder an den rechten Platz zu rücken. »Natürlich.« Er rührte kurz in seiner leeren Cappuccinotasse. »Die Sache ist die: Es gibt bestimmte Entwicklungen in unserer Gesellschaft, die man sich ohne äußeren manipulativen Eingriff nur schwer erklären kann. Und diese Entwicklungen legen tatsächlich die Existenz einer solchen Organisation nahe.«

»Aha.« Lena musste beinahe lachen. Für ›bestimmte Entwicklungen‹ eine die Gesellschaft ›manipulierende Geheimorganisation‹ verantwortlich zu machen, die angeblich nach dem Krieg gegründet worden war, war natürlich immer die einfachste Erklärung. »Sie sind ein Freund von Verschwörungstheorien und wollten einen Artikel darüber verfassen. Für was für ein Magazin arbeiten Sie noch gleich, sagten Sie?«

»Moment!« Meier ruderte wild mit den Armen. »Sie verstehen da etwas ganz falsch. Mein Magazin …«

»Ist hoch seriös«, beendete Lena den Satz für ihn. »Ist ja klar. Sie müssen sich gar nicht vor mir rechtfertigen. Verschwörungstheorien kommen beim Leser bestimmt immer gut an. Doch was hält Sie jetzt davon ab, über diesen Geheimdienst zu schreiben? Doch nicht wirklich meine Forschungsergebnisse?«

»Doch«, sagte Meier bestimmt.

»Ach kommen Sie!«

Meier sah ihr ernst in die Augen. »Ob Sie es glauben oder nicht, auch manchem Journalisten geht es heute noch um die Wahrheit. Ich will keine Story um jeden Preis. Ich muss schon selbst daran glauben.«

»Ihr Wort in Gottes Ohr«, sagte Lena, die alles glaubte, nur das nicht. Um Wahrheit ging es heute – wie vermutlich schon immer – nur den wenigsten. Selbst den meisten Wissenschaftlern war dieser Anspruch abhandengekommen. Eigentlich ging es immer nur um Geld, Macht und Anerkennung, und dafür war den Menschen jedes Mittel recht.

»Wenn ich über eine Verschwörungstheorie berichte, dann nicht, weil ich irgendwelchen Freaks eine Räuberpistole andrehen will. Ich habe ein seriöses Interesse daran. Und ich möchte zumindest sicherstellen, dass ich mich damit nicht komplett lächerlich mache, weil sie sich mit wenigen Argumenten widerlegen lässt«, sagte Meier. »Doch ich habe die Befürchtung, genau das könnte mir passieren. Denn Ihre Ausführungen zusammen mit Ihrem Artikel bieten leider – oder vielleicht sollte ich eher sagen zum Glück – eine gute Grundlage für eine alternative Erklärung dieser Entwicklungen. Verstehen Sie?«

»Ehrlich gesagt, nicht wirklich«, sagte Lena. Dazu hatte er ihr einfach noch zu wenig erzählt. »Um was für Entwicklungen geht es denn? Ich verstehe den Zusammenhang immer noch nicht ...«

Im selben Moment begann Meiers Handy neben ihm auf dem Tisch zu vibrieren. Er hob es an und sah auf das Display. Mit einer entschuldigenden Geste ging er ran. »Meier.« Er hörte kurz zu. »Verstehe. Das ändert natürlich einiges. Wo sollen wir uns treffen? ... Selbstverständlich.« Kurz darauf legte er auch schon wieder auf.

Meier wirkte plötzlich sehr erregt. »Es tut mir wirklich leid, aber ich muss sofort los.« Er winkte den Kellner herbei.

»Sie sind mir noch eine Erklärung schuldig. Und einen Artikel über meine Forschung!« So schnell ließ sie den gerade gefangenen Fisch nicht von der Angel springen.

»Den werde ich schreiben. Versprochen.« Meier reichte ihr eine Karte. »Ich melde mich bei Ihnen!«

Sie verließen gemeinsam das Restaurant, überquerten die Straße und gingen in Richtung Institut zurück. Dort wartete immer noch das Taxi.

»Ich hoffe, er hat die Uhr nicht weiterlaufen lassen«, kommentierte Lena.

Meier, der seit dem Anruf mit seinen Gedanken woanders zu sein schien, sah sie verwirrt an. »Wieso sollte er?«

»Nicht Ihr Taxi?«

Meier schüttelte den Kopf. »Der muss auf jemand anderen warten.« Er zeigte die Straße hinunter. »Da, nicht mal 500 Meter von Ihrem Institut entfernt um die Ecke liegt unsere Redaktion. Klein, aber fein. Ich bin zwar tatsächlich manchmal ein wenig dekadent, aber so dekadent, dass ich mir für 500 Meter ein Taxi nehme, nun auch wieder nicht.«

Lena lachte. Sie mochte Meiers Humor.

Nachdem sie sich verabschiedet hatten, sah sie ihm noch eine Weile hinterher. Er hatte einen merkwürdigen Gang, der sie ein wenig an Charlie Chaplin erinnerte. Schließlich wandte sie sich ab und ging zurück zum Institut.

Als sie gerade die Institutstür aufdrücken wollte, hörte sie hinter sich das Quietschen von Reifen. Sie drehte sich um und sah, wie das Taxi losbrauste. »Idiot!«, flüsterte sie. Kurz darauf vernahm sie einen dumpfen Schlag. Sie sah wieder die Straße hinunter. Kein Mensch weit und breit.

Und auch das Taxi war nicht mehr zu sehen. Etwas irritierte sie an dem, was sie gesehen hatte, nur wusste sie nicht, was. Sie drückte die Tür auf.

Dann wurde es ihr plötzlich klar. Der Schlag. Meier!

Sie ließ die Tür hinter sich zufallen, rannte die Straße hinunter. Keine fünfzig Meter weiter hinter einem parkenden Transporter sah sie ihn mit dem Gesicht nach unten auf der Straße liegen. Er bewegte sich nicht. Lena griff zu ihrem Handy und wählte den Notruf. Noch während sie ihren Namen und den Unfallort durchgab, kniete sie sich neben Meier und fühlte nach seinem Puls. Er lebte noch. Vorsichtig richtete sie ihn auf.

»Herr Meier, können Sie mich hören? Haben Sie Schmerzen? Können Sie aufstehen?«

Meiers Augen waren weit aufgerissen. Er versuchte seinen Kopf zu bewegen, was ihm jedoch kaum gelang.

»Herr Meier, können Sie mich hören!?«

Meier sah Lena hilflos an. Er versuchte etwas zu sagen, doch alles, was aus seinem Mund kam, war Blut, das aus ihm heraussprudelte, wie aus einem überkochenden Kochtopf. Ein Tropfen davon traf ihre Hand. Lena sah genauer hin. Das Blut war dunkel, ein kleines Rinnsal floss seine Backe herunter, wo es sich teilte, um dann kurz vor den Ohren zu versiegen. Lena musste daran denken, wie sie einmal Ameisenblut analysiert hatte. Besonders hatte sie fasziniert, dass Ameisen im Wesentlichen gar keine Adern besaßen. Die inneren Organe badeten vielmehr im Blut, so wie jetzt wahrscheinlich auch Meiers.

»Frau Bon…«, gurgelte Meier.

Lena wischte sich den Tropfen von der Hand. Wo war sie nur mit ihren Gedanken?

»Mur…« Erneut sprudelte Blut aus seinem Mund.

»Psst.« Lena legte den Zeigefinger auf ihre Lippen. »Reden Sie jetzt nicht. Halten Sie einfach nur durch. Gleich kommt der Krankenwagen.« Sie griff nach seinem Arm, um seinen Puls zu ertasten, allerdings ohne Erfolg.

Wieder versuchte Meier, etwas zu sagen.

»Herr Meier. Bitte nicht! Bleiben Sie einfach ruhig.«

Meier schloss die Augen.

»Hilfe!«, schrie Lena die Straße hinunter. »Ist denn hier niemand!« Ihr wurde immer klarer, dass jede Hilfe zu spät kommen würde.

Meiers Atem wurde immer schwächer. Als sie schon meinte, er würde ganz mit dem Atmen aufhören, zog er sich mit letzter Kraft an ihr Ohr.

»Murphy's Law«, flüsterte er. Dann sackte er in sich zusammen.

6 Tansania

Pundamilla-Farm
2 Jahre zuvor

Das kühle Zitronenwasser tat gut. Viktor saß in einem der Rattanstühle auf der Terrasse der Farm und schaute in Richtung Mount Meru. Den Tag über hatte er dem holländischen Farmer und dessen Arbeitern auf dem Feld beim Anbau von Zuckerschoten geholfen. Dank der Quelle, die sich direkt auf dem Anwesen befand, konnten die Felder trotz der schon sehr lange anhaltenden Dürreperiode immer noch bewässert werden. Sie wirkten wie eine grüne Oase inmitten des sonst staubigen und trockenen Graslandes.

Auf einer alten Hollywoodschaukel neben ihm saß Nedjo. Nedjo hatte er vor einem Monat auf einer Kiwifarm in Neuseeland kennengelernt. Seitdem reisten sie zusammen.

Nedjo entstammte einer rumänischen Zigeunerfamilie. Das Reisen mit seinem Familienclan war ihm allerdings auf die Dauer zu anstrengend geworden – nicht des Reisens wegen, sondern mehr wegen der ihn umgebenden Großfamilie –, und so hatte er sein ganz eigenes nomadisches Leben begonnen. Er hatte einen Verein gegründet, der sich für die Rechte von nomadisch lebenden Menschen einsetzte und für den er Mitglieder warb. Seit sieben Jahren war er bereits in dieser Sache unterwegs. Vor allem aber arbeitete er dort, wo er gerade Arbeit fand, um genug Geld zusammenzusparen, um seine Ziele mit dem Verein auch umsetzen zu können.

Viktor war gerade mal sechs Monate unterwegs, womit er bei den wirklichen »Travelern« zu den Einsteigern zählte.

»Schau mal!« Nedjo zeigte auf eine kleine Staubwolke, die sich den Feldern näherte.

Viktor kniff die Augen zusammen. »Was ist das?«

Hinter ihnen öffnete sich das Fliegengitter des Farmhauses, und der Farmer trat mit einem Fernglas heraus.

»Fuck!«, schimpfte er.

»Darf ich mal?«, fragte Viktor.

Der Farmer reichte ihm sein Fernglas. Vergrößert konnte man gut erkennen, was sich in der Staubwolke verbarg: Kühe, sicherlich hundert an der Zahl. Hinter ihnen her gingen ein paar hochgewachsene Afrikaner, bekleidet mit roten Leinentüchern, die sie sich um den Körper gewickelt hatten.

»Massai«, sagte der Farmer. »Ihre Kühe finden nichts mehr zu fressen. Und jetzt treiben sie sie über unsere Felder.«

Viktor hatte das Bedürfnis, sofort aufzuspringen und loszurennen, um die Kühe und ihre Besitzer zu vertreiben. Nur seine Müdigkeit und der Umstand, dass der Farmer vollkommen ruhig blieb, hielten ihn davon ab.

»Sie werden die ganzen Pflanzen fressen!«, sagte Viktor. Er musste daran denken, wie viel Arbeit er bereits in die Bepflanzung gesteckt hatte, was natürlich nichts im Vergleich zu dem war, was der Farmer und seine Arbeiter bisher geleistet hatten. Aber trotzdem. Die Vorstellung, dass die Kühe jetzt innerhalb der nächsten Stunde zerstören könnten, wofür er einige Tage geschuftet hatte, war für ihn fast unerträglich.

»Ja«, sagte der Farmer. »Das werden sie.«

Er ging zu Viktor und nahm sich sein Fernglas zurück. Dann sah er selbst wieder hindurch.

»Fuck! Diese Trockenheit. Wenn es nicht bald regnet, kann ich den Laden hier dichtmachen.«

»Vertreiben Sie sie!« Viktor verstand nicht, warum der Farmer immer noch dastand und nichts unternahm. Er wusste, dass der Mann mehrere Gewehre in seinem Zimmer versteckte. Ein, zwei Schüsse in die Luft würden wahrscheinlich vollkommen ausreichen. Die Massai waren nur mit langen Stöcken bewaffnet.

»Das geht nicht«, sagte Nedjo. Er war aufgestanden und starrte ebenfalls in Richtung der immer näher kommenden Staubwolke. Jetzt konnte man die Kühe und Massai auch ohne Fernglas gut erkennen.

»Wieso nicht?«, fragte Viktor. »Das ist Ihr Land, wer kann Ihnen verbieten, Ihr Land zu verteidigen.«

Der Farmer lächelte müde. »Mein Land!« Er ging zu der Karaffe mit dem Zitronenwasser und schenkte sich ein Glas ein. »Schön wäre es.« Er nahm einen großen Schluck. »Nach unseren westlichen Vorstellungen ist es tatsächlich mein Land. Ich habe ein Heidengeld dafür bezahlt, oder sagen wir besser mein Vater.«

Viktor stand auf. »Auf was warten wir dann noch?«

»Die Massai erkennen den Besitz von Land nicht an«, erklärte Nedjo.

Viktor schaute zu dem Farmer, der schweigend nickte.

»Aber Sie haben dafür bezahlt!«, wandte Viktor ein.

»Das ist ihnen egal. Sie sehen es trotzdem als ihr Land an«, sagte Nedjo.

»Nein.« Der Farmer sprang von der Veranda. »Das tun sie nicht. Es ist weder ihr noch mein Land. Es ist unser aller Land. Keiner hat das Recht, es zu besitzen oder zu verkaufen. Das ist zumindest die Sichtweise der Massai.«

»Und nicht nur von ihnen«, sagte Nedjo. »Das ist die Sichtweise der meisten Nomaden.«

»Aber das Gemüse, das Sie darauf anbauen«, wendete Viktor ein, »das gehört doch Ihnen!«

»Ja«, sagte der Farmer. Er zog einen Autoschlüssel aus einer der vielen Taschen seiner braunen Armeehose. »Da hast du recht. Und vor der Arbeit anderer haben die Massai auch durchaus Respekt. Nur werden ihre Kühe sterben, wenn sie nicht bald ein wenig Grünzeug zu fressen bekommen.«

»Und jetzt?«, fragte Viktor. Der Farmer stieg in den Jeep, der neben der Veranda geparkt war. »Wo fahren Sie jetzt hin?«

»Zu den Massai«, sagte der Farmer. »Verhandeln. Vielleicht lassen sie unsere Zuckerschoten in Ruhe, wenn ich ihnen dafür etwas Heu kaufe.«

7 Berlin-Steglitz

Königin-Luise-Straße
04. Mai, 13.30 Uhr

Viktor rückte seine Krawatte zurecht. Dann tat er so, als prüfe er etwas auf seinem Handy. Dabei sah er die Straße hinunter.

Die Polizisten hatten den Bereich des Unfalls großräumig mit Flatterband abgesperrt. Dort, wo sie meinten, Spuren gefunden zu haben, standen kleine Schildchen mit Zahlen. Die Szenerie glich einer prähistorischen Ausgrabungsstätte. Meiers Leiche war bereits abtransportiert worden. Nur noch ein Einsatzwagen stand auf der Straße. Zwei Polizisten vernahmen Bondroit, die wild mit den Händen fuchtelte, während sie mit ihnen sprach.

Erst der Brandanschlag und der Mord an Nedjo und jetzt das. Meier hatte, seit er den Artikel von Bondroit gelesen hatte, versucht, alles über den Mechanismus der »Selbstregulierung« zu erklären – Selbstregulierung, von wegen! Am liebsten hätte Viktor laut losgelacht. Das hatte Meier jetzt davon.

Als ihn der Arzt im Krankenhaus am Morgen darüber informiert hatte, dass Nedjo bei dem Brand ums Leben gekommen war, hatte er sofort verstanden: Sie wollten alles, was Nedjo und er aufgebaut hatten, zerstören. Und dann war auch noch die Polizei mit einem Haftbefehl aufgetaucht und hatte ihn unter Wachschutz gestellt. Doch um ihn zu bekommen, mussten sie schon früher aufstehen. Ein Polizist vor seinem Zimmer war einfach nur lächerlich. Das Fenster seines Krankenzimmers hatte auf ein Garagendach geführt, von dem aus es ein Einfaches gewesen war, zu flüchten.

Ein wenig wunderte ihn, dass er überhaupt noch am Leben war. War es wirklich Zufall, dass er gerade noch rechtzeitig das Gebäude verlassen hatte? Oder reichte es ihnen vorerst, ihn als Feuerteufel zu brandmarken? Vielleicht hatten sie auch Bedenken, ihn wegen seines Vaters zu töten? Wie auch immer. Aber selbst der Umstand, dass sein Vater nicht eben ein kleines Licht bei der UNO gewesen war, würde sie am Ende nicht daran hindern, ihn mundtot zu machen, wenn es nötig wäre.

Im Endeffekt war ihnen alles zuzutrauen. Verdammt! Er hätte Meier noch gestern aus dem Krankenhaus anrufen und warnen müssen. Mit dem Brandanschlag und Mord an Nedjo hätten sie endlich etwas in der Hand gehabt, über das sich berichten ließ! Beweise! Doch er war durch die Rauchvergiftung einfach nicht in der Lage gewesen. Er hatte kaum mitbekommen, wie sie ihn ins Krankenhaus gebracht hatten. Erst heute Morgen war er aus dem Dämmerzustand aufgewacht.

Warum hatte Meier auch nicht auf ihn gehört?

Er hätte einfach, wie Nedjo vorgeschlagen hatte, die bisher gesammelten Informationen ins Netz rausjagen müssen. Das wäre seine Lebensversicherung gewesen. Man hätte versucht, ihn unglaubwürdig zu machen, zu diffamieren, aber getötet hätte man ihn sicherlich nicht, zumindest nicht sofort. Und es hätte die Ratten aus ihren Löchern getrieben, die Viktor dann zu ihrem Nest geführt hätten.

Aber Meier waren Viktors Aussagen nicht genug gewesen. Er war einer von den Journalisten, denen nicht eine Quelle ausreichte, um loszuschießen. Meier wollte mehr Indizien, mehr Beweise. Und dann war da dieser Artikel von Lena Bondroit, der angeblich für alles eine Erklärung bot.

Jetzt hatte Meier seinen Beweis. Leider zu spät.

8 Berlin-Steglitz

Königin-Luise-Straße
04. Mai, 13.30 Uhr

»Ich habe Ihnen alles Notwendige erzählt, verdammt!«, herrschte Lena den Polizisten an. »Leiten Sie endlich eine Fahndung ein! Das Taxi, jetzt können Sie es noch finden. In ein paar Stunden haben Sie keine Chance mehr.«

Der Polizist schüttelte den Kopf. »Frau Bondat, wir werden …«

»Ich heiße Bondroit, nicht Bondat, wie oft soll ich Ihnen das noch sagen, Bondroit, Bondroit, Bondroit! Hat denn nicht mal mein Name in Ihrem Hirn Platz?!«

Der Polizist sah in einer Mischung aus genervt und flehentlich zu der Kollegin neben ihm. »Mach du das bitte.« Dann ging er zu der Absperrung und kümmerte sich um die neugierigen Passanten.

Die Polizistin trat auf Lena zu. Sie zückte einen Notizblock. »Frau Bondroit, bitte beruhigen Sie sich. Sie helfen hier niemandem, wenn Sie uns beleidigen. Vielleicht fangen wir noch einmal von vorne an. Sie waren also mit dem Toten essen. Worum ging es denn bei Ihrem Treffen?«

Lena konnte nicht mehr. Noch einmal von vorn! Und währenddessen machte sich der Mörder von Meier gemütlich aus dem Staub. Am liebsten hätte sie ihre Schreckschusspistole aus der Handtasche gezogen und wild um sich geschossen.

Nur in einem hatte die Polizistin recht: Mit Beleidigungen würde sie nicht weiterkommen. Und mit ihrem Herumschreien sicherlich auch nicht.

Wie hatte ihr Vater früher noch immer gesagt: *Lena, wir wollen mit dir nicht zu irgendwelchen Psychologen, wie es deine Lehrerin vorschlägt. Du bist vollkommen normal. Aber du musst lernen, deine Impulse zu kontrollieren! Schließ die Augen, atme durch, denk an etwas Schönes, mach dir klar, dass nicht immer nur die anderen schuld sind. Und selbst wenn sie es sein sollten – ausrasten ist keine Lösung!*

Sie sah die Polizistin flehend an. »Bitte tun Sie doch was.«

Die Polizistin verzog nicht eine Miene. Sie öffnete ihr Notizbuch und wartete auf Lenas Antwort.

Und wenn sie ihre Impulse mal nicht unter Kontrolle bekam? *Dann verschwinde, geh woanders hin. Lenk dich ab, bis du wieder klar denken kannst.*

»Also?«, sagte die Polizistin.

»Vergessen Sie's!« Lena drehte sich um und marschierte zurück in Richtung Institut.

»Frau Bondroit!«, rief ihr die Polizistin hinterher. »Sie sind als Zeugin verpflichtet, zu dem Fall auszusagen!«

Lena blieb stehen. »Dann laden Sie mich doch aufs Präsidium vor«, sagte sie ruhig. Und dann konnte sie sich wieder nicht mehr halten. »Aber jetzt«, schrie sie, »bitte ich Sie inständig, endlich eine Fahndung nach dem Taxi einzuleiten!«

Zurück im Institut, ließ sie sich auf ihren Bürostuhl fallen. Endlich Ruhe, endlich allein. Sie schloss erschöpft die Augen, öffnete sie aber wieder, denn sofort war Meiers Gesicht vor ihr aufgetaucht, wie er sie mit aufgerissenen Augen anstarrte. Das dunkle Blut, das aus seinem Mund sabberte. Der Tropfen auf ihrer Hand.

Sie stand auf und ging auf die Toilette. Nachdem sie sich gründlich die Hände gewaschen hatte und kaltes Wasser über ihren Nacken hatte laufen lassen, setzte sie sich an ihren Schreibtisch zurück.

»Hi, Lena!« Kai, einer der studentischen Hilfskräfte, betrat den Raum. Er war ein netter Junge, ein wenig zu entspannt vielleicht – Verantwortung übernehmen war genau so wenig seine Sache wie Pünktlichkeit –, aber ansonsten mochte sie ihn. »Hast du gesehen, was da draußen los ist? In der Nähe vom Institut wurde wohl ein Mann überfahren.«

»Habe ich gesehen«, sagte Lena ruhig, obwohl sie am liebsten gebrüllt hätte, dass sie verdammt noch mal dabei gewesen war! »Was gibt es denn?«

»Hier!« Er überreichte ihr ein Kuvert, auf dem ihr Name stand. »Hat gerade jemand für dich abgegeben.«

»Danke.«

Lena betrachtete das Kuvert. Kai lehnte immer noch im Türrahmen.

»Noch was?«, fragte sie.

»Äh, nein.« Er drehte sich mit einem leicht enttäuschten Gesicht um und verschwand den Flur hinunter.

Lena öffnete das Kuvert. In ihm steckte ein Blatt Papier, das unsauber aus einem Block herausgetrennt worden war.

Ein weiteres Treffen zu Ihrer »offenen Sprechstunde« hat sich leider erledigt. Sprechen Sie im eigenen Interesse mit niemanden über das, was Ihnen Meier erzählt hat, auch nicht mit der Polizei! V. C.

Unter dem Text waren eine Hoteladresse und eine Zimmernummer vermerkt.

Lena las die Zeilen mehrfach. Sie mussten von diesem Typ von gestern stammen. Callenberg. Die Initialen passten, und er hatte dasselbe von ihr gewollt wie Meier. Kannten sie sich? Das war zumindest sehr wahrscheinlich.

Lena schloss die Augen und legte den Kopf in den Nacken. Es reichte anscheinend nicht, dass sie einen Mord miterleben musste. Jetzt war sie allem Anschein nach auch noch wegen Meier und seiner bescheuerten Theorie in Schwierigkeiten. Wo zum Teufel war sie da reingeraten?

9 Berlin-Steglitz

Institut für Biologie
04. Mai, 14.00 Uhr

Lena starrte jetzt schon seit geraumer Zeit auf den schwarzen Bildschirm. Sie konnte einfach an nichts anderes denken als das, was sie da gerade hatte miterleben müssen. Ein Mord am helllichten Tag, direkt vor ihren Augen. Und dann dieser Zettel. Wer war dieser Viktor Callenberg? Ein Mitarbeiter von Meier? Zumindest schien er ihn zu kennen. Und warum keine Polizei? Ging es doch um die Story, die sich laut Meier erledigt hatte?

Lena drückte eine Taste, und der Computer sprang an. Dann öffnete sie den Browser.

»Murphy's Law«, hatte Meier ihr noch zugeflüstert. »Alles, was schiefgehen kann, wird schiefgehen.« Das heilige Credo des Pessimisten. Auch sie war nicht davor gefeit, so zu denken. Der Fernseher geht genau einen Tag nach der Garantiezeit kaputt. Der Bus kommt immer zu spät, aber ist dann pünktlich, wenn man selbst zu spät ist. Der aus der Hand fallende Toast trifft immer mit der Marmeladenseite den Boden.

Lena lehnte sich zurück. Was hatte er ihr damit sagen wollen?

»Sorry noch mal die Störung.«

Lena drehte sich um. Kai hatte ihre Bürotür aufgedrückt und stand im Rahmen.

»Was denn jetzt?«

»Du hast Besuch.«

Ein leicht untersetzter Mann und die Polizistin, die sie schon zuvor auf der Straße befragt hatte, drängten sich an Kai vorbei in ihr Büro. »Ewald, mein Name«, stellte sich der Mann vor. »Mordkommission. Hätten Sie ein paar Minuten?«

»Habe ich eine Wahl?«

Ewald grinste. »Um Sie zu beruhigen. Die Fahndung läuft.« Seine Kollegen mussten ihn über den Eklat informiert haben.

»Gut«, kommentierte Lena. Sie schloss den Browser und bat die beiden Polizisten, an dem kleinen Besprechungstisch in ihrem Büro Platz zu nehmen. »Kann ich Ihnen etwas anbieten?«

Die Polizistin schüttelte den Kopf. Ewald hingegen schien nicht abgeneigt. »Wenn es keine Umstände bereitet. Ich bin seit fünf Uhr auf den Beinen. Ein Kaffee wäre schon schön.«

Lena verschwand in der Laborküche. Kurz darauf kam sie mit einer Tasse Filterkaffee – sie selbst trank das Zeug aus der Gemeinschaftsküche nie – und ein paar Keksen wieder. »Eigentlich hatte ich Ihrer Kollegin schon alles erzählt.« Sie stellte die Tasse mit dem Kaffee und die Kekse auf den Tisch. »Ich weiß wirklich nur, dass es ein Taxi war, wahrscheinlich ein Mercedes, aber nicht mal da bin ich mir sicher. Den Fahrer habe ich zwar gesehen, aber mir sein Gesicht nicht eingeprägt. Er hat geraucht, das ist alles, was ich Ihnen sagen kann.«

Ewald nahm einen Schluck von dem Kaffee. »Meine Kollegin erzählte mir, dass Sie mit dem Opfer Kaffee trinken waren.«

»Das ist richtig.«

»Kannten Sie Meier näher? Können Sie sich einen Grund vorstellen, warum man ihn umbringen wollte?«

»Ich kannte Herrn Meier ehrlich gesagt gar nicht«, sagte Lena. »Ich habe ihn erst vor ein paar Stunden kennengelernt, wissen Sie.« Sie überlegte. Kurz dachte sie darüber nach, dem Kommissar von Meiers Recherche zu berichten. Doch er hatte sie dringend gebeten, mit niemanden darüber zu sprechen. Und auch dieser Callenberg hatte sie davor gewarnt. Vielleicht war es erst mal besser, nichts davon zu erwähnen. Und ganz ehrlich: Was wusste sie schon darüber? Nichts. »Nein. Keine Ahnung, warum man ihn umbringen wollte.«

»Weswegen wollte er Sie denn treffen?«, hakte Ewald nach.

»Er hatte ein paar Fragen zu Ameisen.«

»Hm.« Ewald sah seine Kollegin fragend an. »Beruf?«

»Journalist«, antwortete die Polizistin. »Die Kollegen sind gerade in der Redaktion.«

»Und?«, fragte Ewald die Polizistin. »Gibt es da schon was?«

»Keine Ahnung. Sind gerade erst dort rein.«

Lena mochte sich täuschen, doch es kam ihr so vor, als verdrehte die Polizistin bei jeder Frage von Ewald innerlich die Augen.

Ewald ließ sich davon nicht beeindrucken und bediente sich an den Keksen. Dann sah er sich interessiert in Lenas Büro um. An den Wänden hingen jede Menge Projekt- und Forschungspläne und ein paar Großaufnahmen von Ameisen, die besonders interessanten Exemplare.

»Was hat ihn denn an diesen kleinen Tieren so interessiert?«, fragte Ewald.

Lena wollte antworten, doch Ewald schien plötzlich durch etwas abgelenkt, das sich hinter ihr befand. Sie drehte sich um. Die Großaufnahme einer explodierenden Camponotus cylindricus.

»Was ist denn das?«

»Eine südostasiatische Holzameise.«

»Und was spritzt da so?«

»Die Ameise selbst. Sie wird im Volksmund auch Kamikazeameise genannt. Holzameisen opfern sich für ihr Volk, indem sie sich in ihre Angreifer festbeißen und dann einen Giftcocktail losschießen. Dabei platzen sie auf, was in den meisten Fällen ihren Tod bedeutet«, erklärte Lena.

»Ist ja der Hammer«, kommentierte Ewald in Richtung seiner Kollegin. »Solche Kollegen wünsche ich mir auch.« Er lachte dreckig. Seine Kollegin verzog hingegen keinen Mundwinkel, was dazu führte, dass auch er sein Lachen wieder einstellte.

»Zurück zum Thema.« Ewald schien nun wieder bei der Sache. »Vielleicht könnten Sie uns einfach den genauen Gesprächsverlauf mit Meier wiedergeben. Bitte so detailliert wie möglich.«

Lena überlegte. »Ihn interessierte vor allem das Phänomen, dass es in einem Ameisenstaat keine steuernde Einheit gibt«, sagte Lena wahrheitsgemäß.

»Und die Königin?«, fragte Ewald.

»Steuert nichts.«

»Wie?«

»Ob Sie es glauben oder nicht: Die Ameisenkönigin macht ihr ganzes Leben nichts anderes, als Eier zu legen, je nach Art bis zu 50 Millionen Stück. Keine Kampfbefehle, kein Befehl, für Futter zu sorgen, keine geheime Architektin des Ameisenhaufens.«

»Und wer steuert die Jungs dann?«

»Keine Jungs, fast nur Mädchen.« Lena konnte sich ein Grinsen nicht verkneifen, und auch die Polizistin musste lächeln. »Und die steuern sich selbst«, ergänzte Lena. »Man nennt das kollektive Intelligenz.«

»Aber irgendjemand muss doch sagen, wo es langgeht?«

»Nein.« Lena überlegte, Ewald das Phänomen der kollektiven Intelligenz zu erklären, doch sie bezweifelte, dass ihn das wirklich interessierte.

»Hm«, murmelte Ewald. »Und haben Sie eine Idee, was Meier an dieser Frage interessiert haben könnte?«

»Er fand es spannend, dass ein System auf diese Weise ein Eigenleben entwickelt. Ohne dass ein Individuum eine Entscheidung vorgibt.«

»Also, wenn ich nichts vorgebe, dann passiert in meiner Abteilung gar nichts«, sagte Ewald lachend und sah zu der Polizistin, die seinem Blick auswich und auf den Boden blickte.

»Mag sein«, sagte Lena. »In Diktaturen verhält es sich ähnlich. Aber eine Demokratie zum Beispiel ist eine Staatsform, die ebenfalls selbstregulierend wirkt. Hier richtet sich viel nach dem Bedarf der Mehrheit. Dadurch entstehen Mechanismen, die dem im Ameisenstaat gar nicht so unähnlich sind.«

»Wenn Sie meinen«, murmelte Ewald, der Lenas indirekten Angriff der Miene nach verstanden zu haben schien. »Aber was genau könnte Meier daran interessiert haben?«

Lena zuckte mit den Schultern. Genau diese Antwort war ihr Meier schuldig geblieben. Er hatte gesagt, dass es ihm eine Erklärung für bestimmte Entwicklungen in unserer Gesellschaft gegeben hatte, die man sich sonst nicht erklären kann, aber um welche Entwicklungen es sich hier genau handelte, dazu waren sie nicht mehr gekommen.

»Und vielleicht noch wichtiger«, legte Ewald nach, »könnte dieses Wissen, wenn man es veröffentlicht, für jemanden unangenehm werden?«

Lena schüttelte vehement den Kopf. »Ich glaube kaum. Ich habe hierzu bereits mehrere Artikel veröffentlicht. Und ich lebe noch, wie Sie sehen. Aber seine Kollegen in der Redaktion werden Ihnen da vielleicht eher weiterhelfen können.« Lena war froh über diesen Schachzug. Meiers Redaktion würde wissen, ob man der Polizei die Recherchen über diese Organisation anvertrauen konnte. Sie zumindest würde es jetzt noch nicht tun. »Vielleicht sollten Sie dort mal nachfragen.«

»Eine tolle Idee, danke«, sagte Ewald so leidenschaftslos wie ein Bettler, der sich für einen Apfel bedankt, den man ihm statt des geforderten Euro reicht. Er richtete sich auf und nickte seiner Kollegin zu. »Das werden wir tun.«

Dann sah er Lena streng in die Augen. Sie hatte das Gefühl, dass er ahnte, dass sie ihm etwas verschwieg. Eine Weile standen sie so da. Dann drehte er sich abrupt um und ging in Richtung Ausgang. Seine Kollegin und Lena folgten ihm.

An der Glastür, die aus dem Gebäude führte, übergab Ewald Lena ein Visitenkärtchen für den Fall, dass ihr noch etwas einfallen sollte. Er sagte das sehr kühl und erreichte damit genau das, was er sicherlich bezweckt hatte: Lena überkamen Zweifel. Ob sie ihm doch von Meiers Recherchen erzählen sollte? Ihre innere Stimme drängte sie dazu, die Wahrheit zu sagen. Zum Glück war Lena alt genug, um diese innere Stimme, auch wenn es ihr schwerfiel, zum Schweigen zu bringen.

»Viel Erfolg«, sagte sie in einem ebenso kühlen und leidenschaftslosen Tonfall, wie er sich bedankt hatte.

Ewald sah sie ernst an. Er machte jetzt plötzlich nicht mehr die geringsten Anstalten zu gehen.

»Gibt es noch was?«, fragte Lena verunsichert.

»Ja.« Ewald grinste. »Es gibt tatsächlich noch was.« Er ließ sie keinen Moment aus den Augen. »War Meier eigentlich schon tot, als Sie zu ihm kamen?«

Lena schüttelte den Kopf. »Wie ich Ihren Kollegen bereits gesagt hatte, hat er sich noch leicht bewegt.«

»Dann hat er doch bestimmt noch etwas gesagt, oder?« Ewalds Augen begannen zu leuchten. Durch die Augen sieht man in die Seele der Menschen, hieß es immer. Ewalds Blick hatte etwas Undefinierbares, etwas, von dem Lena nicht wusste, ob es ihr gefiel.

»Ja«, sagte sie.

»Und?«, fragte Ewald.

»Bitte keine Presse!«

10 Berlin-Friedrichshain

»Chez Moi«
04. Mai, 14.30 Uhr

Erst nachdem er sich sicher war, dass ihn niemand beobachtete, hatte er sich auf den Weg zur U-Bahn gemacht. Er nahm nicht die erste, sondern die zweite Bahn und die auch erst, als der letzte Wartende in den Zug gestiegen war. Nach einer guten halben Stunde Fahrt hatte er sein Ziel erreicht.

»Na! Wie wär's mit einem Nümmerchen?« Die Prostituierte am Eingang seines Hotels streckte ihre Hand aus und griff mit dem Zeigefinger in den Ausschnitt seines Hemdes. »Relaxt ungemein!«

Viktor drückte sie von sich weg.

»Stehst nicht auf mich, was? Bin ich dir zu alt?«

»Ich habe gerade andere Probleme«, sagte Viktor. Ganz davon abgesehen, dass er wirklich andere Probleme hatte und auf »schnelle Nümmerchen« eher wenig stand, war sie wirklich nicht sein Typ. Viktor stand mehr auf Frauen mit kurzen Haaren, die so aussahen, als könnten sie innerhalb einer Stunde einen 8-Zylinder-Motor auseinandernehmen und wieder zusammensetzen, als auf Frauen, die sich als Britney-Spears-Kopien versuchten. Zumindest hatte sie einen klaren Blick, nicht so wie die Drogennutten, von denen man hier in der Ecke auch einige antreffen konnte.

»Sag mal, haben hier in der letzten Zeit irgendwelche Leute rumgeschnüffelt?«

»Wie meinste das?«

»Na ja, Polizei, Zivilfahnder oder so.«

»Nö«, nuschelte die Prostituierte. Sie öffnete ihre glitzernde Handtasche und entnahm ihr ein Kaugummi, das sie sich in den Mund schob. »Warum? Haste was angestellt?«

Ohne ihr zu antworten, griff Viktor in seine Hosentasche und drückte ihr unauffällig einen Fünfzigeuroschein und einen Zettel mit seiner Handynummer in die Hand. »Wär dir dankbar, wenn du ein wenig die Augen aufhalten könntest.«

Die Prostituierte ließ beides geschickt in ihrer Handtasche verschwinden. »Mach ich doch schon aus Eigeninteresse.«

Viktor betrat das Hotel. Vor seinem Zimmer angekommen, überprüfte er das Streichholz, das er auf dem oberen Türrahmen platziert hatte. Es war noch dort, wo er es hingelegt hatte. Er nahm es herunter und steckte es sich zwischen die Schneidezähne. Dann schloss er die Tür auf.

Der Geruch von feuchter Tapete, altem Schweiß und Nikotin schlug ihm entgegen. Viktor riss das Fenster auf. Es gab massenhaft Hotels in der Stadt, in denen er lieber geschlafen hätte als in dieser Bumshöhle, aber hier wurde er nicht nach seinem Ausweis gefragt. Und das war, gerade nach dem, was mit Nedjo und jetzt auch noch mit Meier passiert war, wichtiger als eine frisch gestrichene Wand und eine Matratze, die ihn nicht nur vom Geruch her an einen alten Küchenschwamm erinnerte.

Er öffnete den Rucksack, den er bei sich trug, und entnahm ihm vorsichtig einen Laptop. Dann setzte er sich an den kleinen Tisch.

Gottfried Meier hatte keine Kinder, keine Frau und keine Haustiere gehabt. »Josefine«, ohne Jahreszahl, ohne Groß-

und Kleinschreibung. Der erste Versuch war sofort ein Volltreffer. Meiers verschmitztes Lächeln, als er Viktor einmal von seiner neuen Assistentin erzählt hatte, hatte ihn sofort verraten.

Viktor wartete, bis der Computer vollständig hochgefahren war. Es war ein Einfaches gewesen, ihn aus der Redaktion zu holen. Meiers Kollegen hatten gar nicht erst von ihren Laptops hochgesehen. Und er war schon wieder weg gewesen, bevor die Polizei überhaupt auf die Idee gekommen war, sich bei *AnderZeit* umzuschauen. Viktor öffnete das Suchprogramm. Irgendwo auf der Festplatte musste doch etwas zu finden sein. Er war sich sicher: Meier musste trotz seiner Zweifel irgendetwas herausgefunden haben, das die Jungs von der ORG nervös gemacht hatte und weswegen sie den »Unfall« provoziert hatten. Alles andere wäre ein zu großer Zufall.

Die Festplattensuche verlief erfolglos. Dann nahm sich Viktor alle Dateien und E-Mails einzeln vor. Doch selbst nach fast zwei Stunden hatte er nichts gefunden, außer ein paar Textfragmenten, in denen sich Meier über die CIA und sogenannte Stay-Behind-Organisationen ausließ. Und jetzt? Viktors letzte Hoffnung war, dass ihm einer von Meiers Kontakten weiterhelfen könnte. Er begann alle Namen aufzuschreiben, mit denen Meier in den letzten Wochen per Mail kommuniziert hatte. Nachdem die Liste komplett war, gab Viktor jeden einzelnen in die Internetsuchmaschine ein.

Die meisten Personen hatte er schnell gefunden. Es waren Pressesprecher von großen Unternehmen und Mitarbeiter von Marketingabteilungen, die wahrscheinlich bei *AnderZeit* ihre Werbung schalteten. Am Ende blieben nur ein paar Namen übrig, deren Bezug zu *AnderZeit* unklar blieb. Einer davon stach besonders heraus: Scott Murphy.

11 Berlin-Steglitz

Institut für Biologie
05. Mai, 18.00 Uhr

Vor Lena schlängelten sich zwei Röhren durch das Labor. Am Ende der Röhren befand sich auf der einen Seite ein Formicarium mit einem Staat der Lasius niger, eine auch in Deutschland häufig anzutreffende Ameisenart, die zur Gattung der Wegameisen gehörte. Auf der anderen Seite befand sich eine kleine Box mit Zuckerwasser. Die Röhre, die aus dem Formicarium herauskam, verzweigte sich nach rund zwanzig Zentimetern. Die sich daran anschließenden Röhren bewegten sich beide auf die Box mit dem Zuckerwasser zu. Beide Röhren führten somit zum Ziel. Während jedoch die eine auf direktem Weg zu der Nahrungsquelle führte, schlängelte sich die andere in vielen Bögen und Umwegen durch das Labor, bis es sie erreichte.

Die Versuchsanordnung hatte sie für ihre Studenten aufgebaut. Mit ihr ließ sich sehr anschaulich das Phänomen der kollektiven Intelligenz und Selbststeuerung erläutern, also das Phänomen, wegen dem Meier sie aufgesucht hatte. Immer noch fragte sich Lena, was ihn so daran fasziniert und warum er aufgrund ihrer Erläuterungen seine These von dieser Geheimorganisation verworfen hatte.

Das Phänomen der kollektiven Intelligenz ließ sich ohne Versuchsaufbau am einfachsten erklären, wenn man einen Ameisenstaat mit einem menschlichen Gehirn verglich.

Auch in einem Gehirn gibt es keine Nervenzelle, die der heimliche Herrscher über die restlichen Nervenzellen ist. Ganz im Gegenteil. Jede einzelne Nervenzelle kann eigentlich nicht viel mehr, als Impulse senden oder auch eben nicht. Sie ist dumm. Erst durch die Vernetzung entsteht in unserem Kopf das, was wir als Intelligenz bezeichnen, da es uns in die Lage versetzt, Probleme zu lösen. Erst im Kollektiv sind unsere Nervenzellen in der Lage, das zu tun, was wir als »denken« bezeichnen.

Im Ameisenstaat verhält es sich ganz ähnlich. Eine Ameise allein kann ebenfalls nicht viel. Aber sie kann kommunizieren, wenn auch anders als Menschen, vor allem über Pheromone, also Duftstoffe. Und genau das tut sie mit ihren Tausenden von Schwestern. Erst dadurch wird sie in die Lage versetzt, Probleme zu lösen. Allein läuft sie mehr oder weniger ziellos umher. Zusammen hingegen können Ameisen einen Ameisenhaufen bauen, die optimal temperierte Brutstätte für ihre Nachkommen. Sie können Wege zu Futterstellen markieren und die dorthin führenden Straßen optimieren und noch vieles mehr. Erst im Kollektiv wird die Ameise zu dem, als was wir sie wahrnehmen. Und so ist am Ende die Intelligenz eines Ameisenhaufens sogar mit der eines Affen und damit eines zweijährigen Kindes vergleichbar. Ein Ameisenstaat arbeitet nicht so schnell wie ein Affenhirn, da bei den Ameisen die Nervenzellen nicht direkt miteinander kommunizieren, aber die Ergebnisse lassen sich sehen.

Lena starrte noch eine ganze Weile auf die Röhren. Es beruhigte sie, sich in die immer wieder aufs Neue faszinierende Welt der Ameisen zurückzuziehen. Sie hatte die Nacht kaum geschlafen. Und den Tag über hatte sie kaum etwas Brauchbares erarbeitet. Der gestrige Vorfall ließ ihr einfach keine Ruhe. Neben den schrecklichen Bildern von dem sterbenden Meier fragte sie sich immer wieder, was es nur gewesen sein könnte, was Meier so sehr an der Selbststeuerung und kollektiven Intelligenz interessiert hatte.

Meier war davon ausgegangen, dass eine Organisation die Bürger westlicher Gesellschaften manipulierte, also anscheinend deren Verhalten negativ beeinflusste. Und nun sollte dieses Verhalten durch eine Folge von Selbststeuerungsmechanismen erklärbar sein? Solange sie nicht wusste, was Meier genau meinte, blieb ihr das alles ein Rätsel.

Sie musste an das berühmte Negativbeispiel der Schwarmintelligenz denken: Lemminge, die sich alle gemeinsam ins Meer stürzen. Sie wusste, dass Lemminge das nicht wirklich taten. Das schon sprichwörtliche Phänomen war auf Mythen und eine gestellte Szene in einer Hollywoodproduktion zurückzuführen. Doch dass sich Massenansammlungen nicht wirklich immer intelligent verhielten, sondern das kollektive Handeln manchmal das Aus für eine Gruppe bedeuten konnte, dafür gab es in der Biologie einige Beispiele. Vogelschwärme, die sich mit feingliedrigen Netzen fangen lassen, ohne Rückkopplung von denjenigen, die als Erstes in die Falle tappen. Oder Schmetterlinge, die ihrem Schwarm aufs Meer hinaus folgen, wo sie Opfer von Stürmen werden. Aber wie sollten solche Phänomene gesellschaftliche Entwicklungen erklären können, für die Meier andererseits eine Art Geheimdienst verantwortlich gemacht hatte?

Je länger sie darüber nachdachte, desto mehr kam sie zu der Überzeugung, dass sie am anderen Ende ansetzen musste. Solange sie nicht mehr darüber wusste, was Meier eigentlich gemeint hatte, würde sie aus ihrem eigenen Wissen nicht schlauer. Sie musste den Spieß umdrehen und versuchen herauszufinden, was das Ziel dieser Organisation war. Meier hatte erwähnt, dass sie wahrscheinlich von unterschiedlichen Geheimdiensten, unter anderem der CIA, nach dem Zweiten Weltkrieg ins Leben gerufen worden war, um das westliche Gesellschaftsmodell und die Demokratie zu schützen. Vielleicht ließ sich hierzu etwas im Internet finden. Lena gab unterschiedliche Begriffe in die Suchmaschine ein. Über die CIA konnte man einiges finden, jedoch keinen Hinweis auf diese Organisation. Es wäre auch zu einfach gewesen.

Lena griff in ihren Blazer und zog den Zettel mit Callenbergs Warnung hervor. Worum es Meier auch immer gegangen war, der Autor dieser Zeilen wusste mehr. Und er hatte ihr die Adresse sicherlich nicht grundlos hinterlassen.

12 Berlin-Friedrichshain

»Chez Moi«
05. Mai, 20.00 Uhr

Es war eine Gegend, in die sich Lena selten verirrte, erst recht nicht am Abend. Billige Spielcasinos, heruntergekommene Kneipen, abbruchreife Sozialwohnungen, fragwürdig wirkende Handyanbieter, das war es im Wesentlichen, was man hier fand. Eine Prostituierte lehnte an einer Plakatwand und beäugte sie misstrauisch. Während andere Städte ihre Rotlichtbezirke hatten, gab es in Berlin käuflichen Sex an vielen Ecken – und nicht nur den heruntergekommensten. So funktionierte die freie Marktwirtschaft: Wo es eine Nachfrage gab, entstand auch ein Angebot.

Ein vornehmes Auto drosselte neben ihr das Tempo. Die Scheibe wurde heruntergelassen, und ein Geschäftsmann mit einer großen Sonnenbrille sah zu ihr herüber. Als Lena ihn wütend anblaffte, er möge sie in Ruhe lassen und verschwinden, fuhr die Scheibe sofort wieder nach oben, und der Mann gab Gas.

Lena richtete ihren Blick starr nach vorne und marschierte zügig weiter die breite Straße entlang. Vielleicht hätte sie doch besser ihren kurzen Rock gegen eine Jeanshose tauschen sollen.

Kurz darauf hatte sie das Hotel erreicht. Sie holte den Zettel aus der Tasche und prüfte noch einmal die Adresse. »Chez Moi«. Sie war richtig.

Das Hotel wirkte von außen kein bisschen besser als die anderen Gebäude in der Gegend. Vor dem Haus wartete eine weitere Prostituierte auf Kundschaft. Die Eingangstür stand offen, was das Hotel jedoch nicht wirklich einladender machte. Lena haderte mit sich. Dann gab sie sich einen Ruck, doch die Prostituierte stellte sich ihr in den Weg.

»Ist nicht so dein Laden, Schätzchen.«

Lena schenkte der Frau einen bösen Blick. Da diese jedoch keine Anstalten machte, ihr aus dem Weg zu gehen, schob sie sich mit ein wenig Kraft einfach an ihr vorbei.

»Hey«, beschwerte sich die Prostituierte. Sie funkelte Lena wütend an, hinderte sie allerdings nicht weiter daran, das Gebäude zu betreten.

Der Eingangsbereich war dunkelbraun getäfelt. Am Empfang – oder das, was den Empfang darstellen sollte – hing ein großes Schild mit einer Handynummer, die man bei Bedarf anrufen sollte. Lena ging direkt zum Aufzug durch und fuhr in den vierten Stock.

Zimmernummer »41« stand auf dem Zettel. Lena ging den kurzen Flur hinunter. Das Zimmer befand sich direkt neben dem Notausgang. Die Zimmertür stand einen Spalt weit offen.

Keine gute Idee, ging es Lena durch den Kopf. Die leicht geöffnete Tür ließ nach den letzten Geschehnissen nichts Gutes hoffen. Auf was ließ sie sich hier überhaupt ein? Vielleicht sollte sie besser wieder verschwinden. Was immer auch mit Meier passiert war, es ging sie nicht wirklich etwas an.

Sie zögerte und ging zurück in Richtung Aufzug. Dann überlegte sie es sich doch noch einmal anders. Sie wusste genau, dass sie sich die ganze Zeit fragen würde, was es hinter der Tür zu sehen gegeben hätte. Außerdem wurde sie das

Gefühl nicht los, es Meier schuldig zu sein, schließlich war er in ihren Armen gestorben.

Also ging sie zurück, holte für den Fall der Fälle ihr Handy aus der Tasche und gab die Notrufnummer ein, sodass sie nur noch auf die Ruftaste drücken musste. Dann fasste sie sich ein Herz und schob langsam die Tür auf. Viel konnte sie auf den ersten Blick nicht erkennen. An der gegenüberliegenden Wand stand ein altes Bett mit einer zerknüllten Decke darauf. Vorsichtig drückte sie die Tür ein wenig weiter auf. Jetzt konnte sie noch einen Tisch erkennen.

Doch da schnellte mit einem Ruck die Tür bis zum Anschlag auf. Lena stolperte vor Schreck nach hinten und fiel fast über ihre eigenen Beine. Im letzten Moment konnte sie sich an der Flurwand abstützen.

»Hab ich's mir doch gedacht!«, sagte eine tiefe Stimme. Der Mann, den sie aus dem Hörsaal kannte, stand in seiner vollen Größe vor ihr und beäugte sie mit regungsloser Miene.

»Sind Sie wahnsinnig?«, keuchte Lena. Sie spürte, wie ihr das Herz bis zum Hals schlug.

»Ich wollte Ihnen nur die Tür öffnen.« Callenberg gab ihr mit einer einladenden Geste zu verstehen, dass sie eintreten möge. Dann schloss er die Tür hinter ihr und ließ sich aufs Bett fallen.

Er griff zu einer offenen Coladose, die auf dem Nachttisch stand, und nahm einen Schluck. »Wenn Sie auch Durst haben …« Er deutete auf ein angebrochenes Sixpack in einer Ecke. »Sind sogar noch ein wenig kühl.«

Lena lehnte dankend ab. Sie brauchte einen Moment, bis sie sich beruhigt hatte. Nachdem ihr Puls wieder eine normale Frequenz erreicht hatte, nahm sie auf einem alten Holzstuhl Platz, der vor dem Bett stand. Außer dem Bett und dem Stuhl gab es in dem Zimmer noch einen alten Schrank und einen kleinen Schreibtisch, auf dem sich zwei auffällig moderne Laptops befanden.

»Schön haben Sie es hier«, sagte Lena. Sie hoffte, dass Callenberg der ironische Unterton nicht entging. Das Hotelzimmer war die letzte Drecksbude. Die gemusterten Tapeten waren mindestens vierzig Jahre alt, und die kleinen Blutflecke an der Wand verrieten ihr, dass es hier jede Menge Mücken gab, was sie sofort an Wanzen oder noch ekligeres Getier denken ließ. Wenn man lange genug auf den abgewetzten Teppich starrte, fing er an sich zu bewegen.

»Nichts gegen meine komfortable Bleibe«, sagte Callenberg mit einem schiefen Grinsen. »Nach ein paar Tagen sieht man den Schmutz gar nicht mehr.«

Lena betrachtete ihn. Sein weißes Hemd war bis kurz über den Bauchnabel aufgeknöpft. Und statt der Anzugshose, die er in der Uni getragen hatte, schlotterte eine Trainingshose um seine Beine. Den verquollenen Augen nach zu urteilen, hatte er nicht sonderlich gut geschlafen.

»Sie arbeiten auch für *AnderZeit*, richtig?«

»Wie kommen Sie denn da drauf?« Callenberg sah überrascht von seiner Cola auf. »Ich arbeite für den Verein ProNomadentum. Wir setzen uns für die Rechte von nomadisch lebenden Völkern und Familien ein. Das hatte ich Ihnen doch schon an der Uni gesagt.«

»Ja, aber dass Sie sich auch für die Selbststeuerung von Systemen interessieren, genau wie Meier, ist doch kein Zufall.«

»Stimmt.« Callenberg richtete sich auf. »Was haben Sie ihm erzählt?«

Lena bemerkte, wie er sie genau beobachtete. Ganz wohl fühlte sie sich dabei nicht. Niemand wusste, dass sie hier war. Und obwohl Callenberg zumindest in seinem Anzug an der Uni eine gewisse Seriosität ausgestrahlt hatte, war er ihr nicht ganz geheuer. Er hatte etwas in seinem Blick, was man positiv als enthusiastisch, andererseits aber auch als fanatisch beschreiben konnte. Und dann war da diese Narbe auf der rechten Wange, die ihr bei ihrem ersten Treffen gar nicht aufgefallen war. Lena fragte sich, woher die wohl stammte. Das war das Problem mit Narben; ob man wollte oder nicht, sie erzählten eine Geschichte. Und auch wenn er sie sich vielleicht vollkommen schuldlos zugezogen hatte, blieb der Verdacht, dass er an der Gewalt, die sie verursacht hatte, nicht ganz unbeteiligt gewesen war.

»Warum interessiert Sie das?«, fragte sie ihn.

»Es könnte ihn sein Leben gekostet haben.« Callenberg sah sie weiterhin durchdringend an. Dann begann er, sein Hemd zuzuknöpfen. Er musste gemerkt haben, dass ihr Blick an seiner unrasierten Brust hängen geblieben war.

»Was soll das heißen?«

»Genau das, was ich gesagt habe.«

»Das ist doch lächerlich!« Wenn Meier etwas sein Leben gekostet hatte, dann das, was er *ihr* berichtet hatte.

»Leider nicht.« Callenberg verzog keine Miene. Er stand auf, ging zum Tisch und ergriff ein paar zusammengeheftete Seiten, die er aufhob und Lena vor die Nase hielt. Es war eine Kopie des Artikels, auf den Meier sie angesprochen hatte – ihr Artikel. »Wollte er hierzu mit Ihnen reden?«

Sie nickte.

»Dachte ich mir. Er hatte sich da in etwas verrannt, was keinen Sinn macht. Ich wollte ihm eigentlich zuvorkommen und zuerst mit Ihnen sprechen. Aber jetzt hat sich die Sache eh erledigt. Der Mord an ihm beweist es.«

»Beweist was?«

»Dass es die ORG gibt. Davon hat er Ihnen doch bestimmt erzählt?«

Callenberg holte sich eine neue Coladose. Dann legte er sich zurück auf die Matratze, die Lena nicht mal mit einem spitzen Finger berührt hätte, so sehr ekelte sie das ganze Zimmer an. Sie wollte gar nicht wissen, wie viele Prostituierte es hier in den letzten Jahren mit ihren Freiern getrieben hatten.

»Sie meinen diese Geheimorganisation? Ja, hat er. Aber auch, dass er die Theorie verworfen hat. Und Sie wollen jetzt behaupten, dass es sie wirklich gibt?«

»Natürlich!« Callenberg wirkte überrascht. »Sind Sie nicht hier, um genau darüber mehr zu erfahren?«

»Doch, schon. Aber …«

»Nichts aber. Wer soll Meier denn sonst umgebracht haben? Sie räumen jeden aus dem Weg, der sich mit ihnen anlegt oder ihnen zu nahe kommt.« Callenberg schien auf eine Reaktion von Lena zu warten. »Sie gehen doch nicht etwa von einem Unfall aus?«

Lena zuckte mit den Schultern. »Die Polizei …«

»Die Polizei können Sie vergessen!«, unterbrach sie Callenberg aufgebracht. »Die steckt da mit drin. Diese Organisation hat alle Bereiche unterwandert und …«

»Hallo!«, unterbrach ihn Lena. Dass er laut wurde, störte sie nicht weiter. Mit Menschen, die ihre Emotionen zeigten, konnte sie um einiges mehr anfangen als mit denen, die mit einer Teflonbeschichtung gesegnet waren. Womit sie jedoch ganz und gar nichts anfangen konnte, war, dass er sie ständig unterbrach.

»Was?«

»Lassen Sie mich gefälligst ausreden!«

Callenberg rollte mit den Augen. Aber es war eine Frage des Respekts. Lenas Erfahrung nach musste man diesem Verhalten schnell Einhalt gebieten.

»Ich wollte sagen«, Lena hatte ein wenig den Faden verloren, »dass selbst die Polizei eher nicht von einem Unfall ausgeht. Die Kripo ist eingeschaltet. Der Taxifahrer hat auf Meier vor dem Institut gewartet. Er fuhr genau in dem Moment mit quietschenden Reifen los, in dem Meier die Straße überquerte. Das war kein Zufall. Aber ob hinter dem Mord diese ominöse Organisation steckt, deren Existenz doch sehr frag…«

»Es gibt sie und …« Callenberg biss sich auf die Zähne. »Bitte, erzählen Sie weiter.«

Jetzt rollte Lena mit den Augen. »Meier hatte doch als Journalist bestimmt nicht nur Freunde.«

»Es war die ORG!«, sagte Callenberg trotzig.

»Was macht Sie da so sicher?« Lena atmete tief durch. Zwei Dickköpfe in einem Raum. Nicht gerade die besten Voraussetzungen für eine weiterführende Diskussion. »Und woher wollen Sie wissen, dass es diese Organisation wirklich gibt? Außer Meiers Theorie und Ihren Behauptungen habe ich bislang nichts Greifbares gehört.«

Callenberg stand auf und ging ein wenig in dem kleinen Zimmer auf und ab. Dann blieb er abrupt stehen. »Wissen Sie was, am besten Sie gehen jetzt.«

»Warum?«

»Ich will Sie da nicht mit hineinziehen.«

»Schon geschehen.«

»Dennoch.«

»Nein, so leicht werden Sie mich nicht los«, protestierte Lena. »Ich musste gestern mit ansehen, wie ein Mensch gestorben ist. Ich möchte, dass Sie mir ein paar Fragen beantworten.«

Callenberg schmiss sich zurück aufs Bett. Er schloss für einen Augenblick die Augen. Dann starrte er an die Decke. »Dann mal los.«

»Meier sprach von gewissen Entwicklungen in unserer Gesellschaft. Er sagte, diese Entwicklungen könnten auf einer Manipulation beruhen. Wissen Sie, was für Entwicklungen er genau meinte?«

»Natürlich.« Callenberg schloss die Augen, als würde ihn das Ganze langweilen. »Ich habe ihn ja selbst darauf aufmerksam gemacht: die zunehmende Angst.«

»Angst? Welche Angst?«

»Die Angst in unserer Gesellschaft. Sie beherrscht unser Denken, unsere Wahrnehmung, alles um uns herum, macht die Menschen krank. Und das, obwohl sie vollkommen unbegründet ist«, erklärte Callenberg. »Zumindest den Menschen in Europa und Amerika ging es selten so gut wie heute. Sie haben Essen und Trinken im Überfluss, ein Dach über dem Kopf. Die Arbeitslosenzahlen sind in vielen Ländern vergleichsweise niedrig. Und wenn etwas schiefläuft, gibt es immer noch die Versicherungen und Sozialsysteme. Und trotzdem dominiert überall die Angst.«

»Woran machen Sie diese Beobachtung fest?«, fragte Lena, obwohl sie meinte zu verstehen, was Callenberg beschrieb. In der Tat waren die Menschen ängstlicher geworden. Und auch sie konnte sich leider nicht davon ausnehmen. Sie hatte es aufs Alter geschoben, auf die zunehmende Verantwortung im Job oder für die Kinder, Partner oder auch die eigenen Eltern.

»Jeder will einen möglichst sicheren Job, Unkündbarkeit«, sagte Callenberg. »Angst vor anderen Religionen, Angst vor

Menschen mit anderen Hautfarben. Die Menschen standen Veränderungen gegenüber selten so ängstlich gegenüber wie heute. Angst davor, das zu verlieren, was man sich aufgebaut hat. Status-quo-Erhalt um jeden Preis. Jeder versichert sich auch noch gegen den letzten Scheiß. Ganz zu schweigen von den ganzen neuen Krankheitsbildern, die viel mit Angst zu tun haben, Burn-out, Depression und so.«

Lena zuckte zusammen. Unschöne Erinnerungen kamen in ihr auf, Erinnerungen an die Zeit vor rund zwei Jahren, an die Klinik, an diese Ohnmacht, die wie ein unsichtbarer, schwerer Rucksack an ihr gehangen und sie niedergedrückt hatte. Sie hätte es gerne auf ihren Perfektionismus geschoben, auf einen unnachgiebigen Chef. Aber es war eher eine unbestimmte Angst gewesen, die sich in ihr eingenistet und von ihr Besitz ergriffen hatte.

»Alles okay mit Ihnen?«

Lena riss sich aus ihren Gedanken. »Ja, Entschuldigung.« Sie sah zum Fenster.

»Nehmen Sie diese zunehmende Angst nicht auch wahr?«

Doch, die Angst nahm auch sie wahr. Doch woher sie kam, da war sie sich alles andere als sicher. Zumindest lag es für sie nicht auf der Hand, dass Manipulation eine schlüssige Erklärung sein sollte. Dass die Angst ausgenutzt und geschürt wurde, von Politikern, Parteien, bestimmten Interessenverbänden, das vielleicht schon. Aber ob sie gezielt hervorgerufen wurde? Das war doch ein bisschen weit hergeholt.

»Hallo!«

»Entschuldigung.« Sie musste auf Callenberg vollkommen abwesend wirken. »Ja. Ich nehme sie auch wahr.«

»Aber?«

»Ist denn diese Angst nicht nur ein Produkt unserer Leistungsgesellschaft? Wir alle wollen schneller, weiter, höher. Sie verstehen schon.«

»Ja. Natürlich verstehe ich. Vielleicht wollen wir alle schneller, weiter, höher. Doch warum? Fühlen wir uns damit wirklich besser? Sind wir nicht schon schnell genug? Wenn uns dieser Leistungsterror in unserem Streben nach Glück weiterbringen würde, wenn wir damit etwas gewinnen würden, dann würde ich Ihren Einwand verstehen. Doch das tun wir nicht. Im Gegenteil, er schränkt uns ein, bremst uns aus. Es muss daher etwas geben, was uns zu diesem Wahnsinn antreibt.«

Da hatte Callenberg nicht unrecht. Lena entschied sich dazu, den Gedanken für einen Moment zuzulassen. »Also gut. Und wie werden wir manipuliert?« Wenn ihr Callenberg hierfür eine Erklärung bieten könnte, würde es ihr vielleicht einen neuen Blick ermöglichen. Ihr vielleicht sogar erklären, was mit ihr damals passiert war. Vielleicht war nicht sie selbst schwach gewesen, sondern nur ein Opfer eines gezielten Angriffs? »Bekommen wir täglich Drogen mit unseren Brötchen, oder was?«

Callenberg starrte einfach nur an die Decke. Wusste er nicht, wie die Manipulation funktionierte oder wollte er ihr das verheimlichen? Oder war am Ende alles doch nur eine gewagte Verschwörungstheorie?

»Sie greifen auf unser Unterbewusstsein zu«, nuschelte er nach einer Weile.

»Geht es ein wenig konkreter?«

»Leider nein.«

»Nicht Ihr Ernst!«

Callenberg schlug mit der Faust gegen das Bett. »Wir sehen die Krankheit, wissen aber nicht, wodurch sie ausgelöst wird. Das ist doch nichts Besonderes!«

»Sie haben also keinen anderen Beweis für die Existenz dieser Organisation als eine um sich greifende Angst, die Sie der Gesellschaft diagnostizieren? Und finden keine andere Erklärung als eine manipulierende Geheimorganisation? Entschuldigung, aber das ist doch ausgemachter Schwachsinn.« Lena verstand nicht, wie Meier überhaupt auf diese Verschwörungstheorie hatte anspringen können.

»Es gibt Stimmen, die behaupten, die ORG wäre eine Stay-behind-Organisation. Wenn dem so wäre, würden sie beispielsweise Attentate verüben, wie es schon die *Gladio* in Italien gemacht hat.«

»Was um Himmels willen ist eine Stay-behind-Organisation?« Lena erinnerte sich daran, dass sie dazu etwas im Internet gelesen hatte.

»Das sind Organisationen, die nachweislich nach dem Zweiten Weltkrieg im Westen verankert wurden. Für den Fall, dass der Osten uns überrennt, wollte man genügend Spione und Förderer von Widerstand hinter den feindlichen Linien haben. Sie wurden von westlichen Geheimdiensten mit Waffen und allerlei anderem technischen Gerät ausgestattet.«

»Schläfer?«

»Könnte man vielleicht so nennen. Sie schlafen nur leider nicht.« Callenberg sprang auf und ging zu einem der beiden Laptops. Dann gab er etwas in die Suchmaske des Internetbrowsers ein. »Lesen Sie mal hier. Das ist ein Zitat von einem Mann namens Vincenzo Vinciguerra, der in einem Prozess um ein Attentat ausgesagt hat, das man der italienischen Stay-behind-Organisation *Gladio* zuschreibt.«

Er übergab Lena den Laptop. Lena las die Stelle des Artikels, auf die Callenberg gezeigt hatte, laut vor: »Man musste Zivilisten angreifen, Männer, Frauen, Kinder, unschuldige

Menschen, unbekannte Menschen, die weit weg vom politischen Spiel waren. Der Grund dafür war einfach. Die Anschläge sollten das italienische Volk dazu bringen, den Staat um größere Sicherheit zu bitten …«

Das, was Callenberg ihr hier gerade zeigte, war vielleicht wirklich ein Ansatz. »Und in Deutschland gibt es diese Organisationen auch?«

»Hat es gegeben«, sagte Callenberg. »Wie angeblich auch eine Koordination dieser Gruppen durch die NATO.«

»Was heißt ›hat es gegeben‹?«

Callenberg fuhr sich durchs Gesicht. »Sie wurden mit ziemlicher Sicherheit alle aufgelöst. Außer eben die ORG. Die ORG steckt übrigens möglicherweise auch hinter den Terroranschlägen auf das World Trade Center am 11. September 2001 und auch hinter den Terrorakten in europäischen Großstädten der jüngeren Vergangenheit.«

»Behauptet wer?«

»Leute aus dem Darknet, die auch an der ORG dran sind.«

»Eine besonders glaubwürdige Quelle …«, murmelte Lena enttäuscht. Kaum klang etwas plausibel, kam Callenberg schon mit dem nächsten Klopper um die Ecke. »Und selbst wenn es eine solche Organisation noch gäbe, erklärt das gar nichts.«

»Warum nicht?«, fragte Callenberg.

»Attentate fördern Angst, keine Frage. Aber doch nicht die Art von Angst, die Sie beschrieben haben!« Lena musste erneut an ihren Zusammenbruch denken, der durch viel, aber sicherlich nicht durch ein Attentat ausgelöst worden war. »Und es gibt noch ein Argument gegen die These von der ORG.« Ihr wurde jetzt immer klarer, warum Meier sie aufgesucht und sich so sehr für ihre Forschungen interessiert hatte.

»Und zwar?«

»Die Angst in der Gesellschaft könnte schlicht und einfach nur ein Produkt eines systemischen Selbststeuerungsprozesses sein. Zumindest glaube ich, dass Meier hiervon kurz vor seinem Tod ausging. Deswegen suchte er mich doch auf. Und das würde in der Tat eine logischere Erklärung abgeben als Ihre wilde Theorie.«

»Alles Quatsch!«, echauffierte sich Callenberg. »Hier steuert sich gar nichts selbst. Das habe ich ihm mehrfach versucht zu erklären. Außerdem, wer hat Meier denn dann ermordet?«

Callenbergs Handy vibrierte. Er riss es genervt vom Nachttisch. Im selben Moment veränderte sich sein Gesichtsausdruck. Noch während er auf das Display starrte, sprang er auf, ergriff die beiden Laptops auf seinem Tisch und packte sie in einen Rucksack. Dann riss er Lena am Arm in Richtung Tür.

»Los, kommen Sie!«, zischte er sie an und schmiss sich den Rucksack auf den Rücken.

»Wieso? Was ist denn los?«, fragte Lena verunsichert.

Doch ehe sie weiter fragen konnte, hatte er sie mit festem Griff um ihren Arm aus dem Zimmer gezogen.

13 Berlin-Friedrichshain

»SonderBAR«
05. Mai, 21.00 Uhr

Im Gang hörte man das Knarren des alten Aufzugs. Callenberg zeigte auf die Tür zum Notausgang, riss sie auf und zog Lena hinter sich her die Treppe hinauf, ein Stockwerk höher durch eine Eisentür raus aufs Dach. Sein straffer Griff um ihren Oberarm ließ sie gar nicht daran denken zu protestieren. Über das flache Dach des Hotels rannten sie zum nächsten Gebäude. Dort ging es dann wieder einige Treppen hinunter und durch ein paar Türen, bis sie in einem Spielsalon standen.

Lena sah sich um. Der Spielsalon hatte sicherlich schon bessere Jahre gesehen. Außer einem alten Mann, der auf einem Barhocker saß und zwischen zwei laufenden Automaten hin und her sah, als verfolgte er gerade eine spannende Diskussion zwischen zwei Freunden, war er leer.

»Kommen Sie!«, sagte Callenberg und führte Lena quer durch den Raum. Auf der anderen Seite war eine dunkle Glastür, die Callenberg aufdrückte. Sie kamen in eine kleine, fensterlose Bar, in der sich ein paar weniger vertrauenswürdige Gestalten langweilten. Hinter einer alten Holztheke stand ein jüngerer Mann mit einer Baseballmütze, die er tief ins Gesicht gezogen hatte, und trocknete Gläser ab. Als er Callenberg sah, nickte er ihm freundlich zu.

»Besetzt?«, fragte Callenberg.

Der Barkeeper schüttelte den Kopf. Er hatte abstehende Ohren, und seine Wangen waren mit kleinen Narben übersät, die wahrscheinlich von einer starken Akne in der Pubertät herrührten.

Callenberg ging mit Lena auf einen Zigarettenautomaten zu. Er zog den Automaten ein gutes Stück nach vorne. Dahinter kam eine niedrige Tür ohne Klinke zum Vorschein. Callenberg nickte dem Barkeeper zu. Daraufhin griff dieser unter die Theke. Es summte, und die Tür sprang auf.

Callenberg bückte sich und zwängte sich durch die kleine Öffnung. Lena folgte ihm. »Gabi, schiebst du bitte den Automaten wieder zurück«, hörte sie noch den Barkeeper sagen.

Sie befanden sich jetzt in einem kleinen, viereckigen Zimmer, in dem zwei mit grünem Filz überzogene runde Tische und eine Bar standen. Auf einem der Tische lagen jede Menge Pakete mit Karten. In einer Ecke türmten sich drei ältere Monitore. Ansonsten war der Raum leer.

»Setzen Sie sich.«

Lena fühlte sich wie in einem schlechten Krimi. Erst das schmuddelige Stundenhotel, dann Callenbergs Theorien, und jetzt auch noch ein geheimes Spielzimmer.

»Herr Callenberg!« Es wurde Zeit, dass er Tacheles redete. »Ich verstehe das alles nicht. Von wem werden Sie verfolgt?«

»Nicht ich, Sie!«, sagte er grinsend. Er stand auf und griff nach einer Fernbedienung, die auf der Theke lag. Mit ihr schaltete er die Monitore ein. Bilder von Überwachungskameras. Eine davon war in der Bar nebenan positioniert. Man sah den jungen Mann mit der Baseballmütze. Die beiden weiteren Bilder zeigten die Straße, die Lena vor einer knappen halben Stunde auf dem Weg zu Callenbergs Hotel entlanggegangen war.

Lena beobachtete, was auf der Straße passierte. Zwei Autos fuhren vorbei. Sonst konnte sie nichts Besonderes erkennen.

Callenberg sah ebenfalls konzentriert auf die Bildschirme. Dann zeigte er auf ein Auto, das auf der gegenüberliegenden Straßenseite parkte. Ein Mann saß am Steuer, und wenn er sich bewegte, konnte man erkennen, dass sich noch ein zweiter neben ihm befand. Beide schienen etwas zu beobachten.

»Da!«, sagte Callenberg. »Schauen Sie sich die beiden mal genau an. Gleich werden zwei weitere Männer das Hotel verlassen.«

Und er hatte recht. Sie mussten ein wenig warten, doch dann traten zwei dunkel gekleidete Männer aus dem Hotel und gingen auf das Auto zu. Der Mann am Steuer ließ die Scheibe herunterfahren. Sie sprachen kurz miteinander, dann stiegen die zwei Männer in ein anderes Auto und fuhren weg.

»Sie hatten recht.« Dass Callenberg richtig vorhergesagt hatte, dass es vier Männer sein würden, beeindruckte sie. »Woher wussten sie das?«

»Ich weiß sogar noch mehr«, entgegnete Callenberg. »Es sind vier Polizisten in Zivil. Die beiden, die gerade losgefahren sind, sind wahrscheinlich auf dem Weg zu Ihnen nach Hause und positionieren sich dort, während die anderen beiden hier noch ein wenig nach Ihnen Ausschau halten.«

»So ein Blödsinn!«, echauffierte sich Lena. »Wieso sollten sie das tun?«

Callenberg lächelte. »Ganz einfach. Polizisten ermitteln nie allein. Sie treten immer mindestens zu zweit auf. Aus Gründen der Sicherheit und weil ein Polizist gerne seinen eigenen Zeugen dabeihat. Zwei haben das Hotel durchsucht, die anderen beiden den Eingang überwacht.«

Lena fragte sich, wieso Callenberg so gut über Polizeitaktik Bescheid wusste. »Und warum meinen Sie, sind die hinter mir her?«

Callenberg rieb sich schmunzelnd das Kinn. »Weil die Polizei Sie überwachen lässt. Meine Hoffnung war, dass die Ihr Zusammentreffen mit Meier als unerheblich eingestuft hätten. Das haben sie augenscheinlich aber nicht. Was haben Sie der Polizei erzählt?«

»Das ist doch Unsinn!« Lena sah Callenberg verärgert an. Das konnte er doch unmöglich ernst meinen! Es gab keinen vernünftigen Grund, warum die Polizei ausgerechnet sie und dann auch noch mit vier Männern überwachen lassen sollte. Wenn die Polizei sie suchte, dann konnte sie sie einfach finden, im Institut oder bei sich zu Hause. »Die Polizei ist vor Ihrem Hotel aufgetaucht, nicht vor meiner Wohnung. Die haben es auf Sie abgesehen!«

Callenberg blickte auf die Monitore. Eine Zeit lang schien er nach etwas zu suchen, was er nicht fand. Dann endlich drehte er sich wieder Lena zu.

»Da haben sie unbedingt recht«, sagte er. »Die haben es in der Tat auf mich abgesehen. Aber sie wissen nicht, wo ich mich aufhalte. Daher werden derzeit Sie verfolgt und nicht ich. Über Sie versuchen die nämlich an mich ranzukommen. Also, was haben Sie denen erzählt?«

»Nichts«, sagte Lena bestimmt, was ja auch der Wahrheit entsprach. »Ich habe denen nichts erzählt, was sie nicht schon wussten.«

»Nichts über Meiers Recherchen? Nicht über die Organisation?«

»Nein.«

»Sehr gut«, sagte Callenberg, der sich schon wieder von ihr abgewandt hatte und auf die Monitore starrte.

»Und auch nicht über Murphy's Law.«

»Murphy's Law?« Callenberg sah sie fragend an.

»Das waren Meiers letzte Worte.«

Callenberg wirkte, als hätte er schon mal etwas davon gehört.

»Sagt Ihnen das was?«, fragte Lena.

Callenberg zuckte mit den Schultern. »Keine Ahnung. Zumindest gut, dass Sie das für sich behalten haben.«

»Warum?«

»Solange die nicht wissen, dass Sie irgendwas wissen, haben Sie noch eine Chance.«

»Chance bei was?«

»Dass man Sie in Ruhe lässt.«

Lena zeigte auf den Monitor. »Das nennen Sie in Ruhe lassen?« Sie konnte nicht glauben, in was sie da hineingeraten war. Selbst wenn am Ende nur ein Bruchteil von dem stimmte, was Callenberg behauptete. Fakt schien, dass vier Polizisten damit beauftragt waren, Callenberg zu finden. Und sie wollte gern glauben, dass Ewald seine Männer beauftragt hatte, sie zu beobachten, um an Callenberg ranzukommen. Es war ihr von Anfang an so vorgekommen, als würde er nicht mit offenen Karten spielen.

Callenberg zuckte mit den Schultern. »Mein Rat: Tun Sie so, als wäre nichts gewesen.«

Als wäre nichts gewesen! Wenn das so einfach wäre.

»Und Sie?«

»Ich werde weiter suchen. Und ich werde Meier rächen. Und nicht nur den!«

14 Berlin-Friedrichshain

»Chez Moi«
05. Mai, 22.30 Uhr

Viktor hatte noch gewartet, bis auch die anderen beiden Polizisten verschwunden waren. Dann hatte er Bondroit über den Ausgang des Spielcasinos nach draußen begleitet.

Auf der Straße war in der Zwischenzeit einiges los. Die ersten Nachtschwärmer waren aus ihren Löchern gekrochen. Oberflächlich sah das Viertel noch so aus wie vor zwanzig Jahren. Aber wenn man genauer hinsah, dann merkte man, dass es sich zu verändern begann. Die ein oder andere Bar besuchten nicht mehr nur Alkoholiker, Spielsüchtige oder Freier auf der Suche nach schnellem Sex. Es war unter jüngeren Menschen »in« geworden, in dieser Gegend ein Bier trinken zu gehen, bevor man sich in die langen Schlangen der Clubs reihte, die sich nicht weit von hier angesiedelt hatten. Es würde noch einige Jahre dauern, aber dann würden sie langsam verschwinden, die Sexshops, Stundenhotels und Spielcasinos. Sie würden weiterziehen, in Viertel weiter draußen, wo die Mieten noch billig waren.

Bevor sich Viktor dem Hoteleingang näherte, sah er sich noch einmal um. Polizisten wären ihm sofort aufgefallen, aber Agenten der ORG, da war er sich nicht so sicher.

Es wurde Zeit, sich um ein neues Versteck zu kümmern. Da, wo keiner mit ihm rechnete. Und genau das sprach dafür, hier zu bleiben. Nur das Zimmer würde er wechseln.

Er kramte sein Handy aus der Tasche, um Amon anzurufen, doch das war gar nicht nötig. Amon, der alte Perser, dem das Drecksloch gehörte und der sich sonst die meiste Zeit in seinem Handyladen ein paar Häuser weiter aufhielt, war vor Ort und sortierte Rechnungen.

»'n Abend.« Er sah ihn nicht mal an. Kein Hotel war diskreter.

»Zimmer 31. Noch frei?«

Der Perser öffnete eine abschließbare Schublade, kramte nach dem Schlüssel für die 31 und legte ihn Viktor auf die Theke.

»Wie viele Stunden?«

»Drei Wochen. Ich zahle im Voraus.«

Nun sah Amon doch auf. »Ach du bist's? Mit dem Zimmer was nicht in Ordnung?«

»Doch, doch.« Viktor legte ihm tausend Euro in bar auf den Tisch.

Amon spickte über seine Lesebrille. Dann griff er nach dem Geld und steckte es in eine Aktentasche, die neben ihm stand. »Macht noch fünfzig extra für die Endreinigung.«

Viktor zückte sein Portemonnaie. Wenn der alte Halsabschneider das Zimmer wenigstens wirklich reinigen lassen würde.

Viktor reichte ihm das Geld, das der Alte diesmal in der Brusttasche verschwinden ließ. Dann vertiefte er sich wieder in seine Rechnungen.

Nachdem Viktor sein neues Zimmer bezogen hatte, beschloss er noch auf einen Drink zu Mike zu gehen. Die Bar war fast leer. Zwei Männer saßen in einer Ecke und stritten sich. An der Theke stand eine Frau, die Viktor sofort an ihren blonden

Haaren und der glitzernden Handtasche erkannte. Er ging auf sie zu und setzte sich neben sie.

»Danke für die Warnung.«

»Ehrensache.«

»Wie heißt du eigentlich?«

»Jacqueline.«

»Und wirklich?«

»Geht dich nichts an.«

Viktor musste grinsen. Jacqueline gefiel ihm. Obwohl er die Bar schon seit Längerem – meistens zusammen mit Nedjo, der sie entdeckt hatte – aufsuchte, hatte er sie hier noch nie gesehen. Sie war wahrscheinlich eine der Prostituierten, die nur tagsüber arbeitete.

Jacqueline hatte einen Sekt vor sich stehen, ohne dass Viktor einen potenziellen Freier in der Bar entdecken konnte, der ihn ihr ausgegeben haben könnte.

»Was zu feiern?«, fragte Viktor.

»Geht so.« Jacqueline schwenkte ihr Sektglas. Dann kippte sie es in einem Schluck hinunter. »Aber man muss sich doch auch mal was gönnen.« Sie griff in ihr glitzerndes Täschchen und legte Mike einen Zwanzigeuroschein hin. »Für mich noch einen, und der Herr ist ebenfalls eingeladen.«

Sekt und eine Runde? Wollte ihn Jacqueline etwa verführen?

Dann verstand er.

»Was wollten sie wissen?« Er sah sie bewusst nicht an, um sie nicht zusätzlich zu verunsichern. Als sie nicht antwortete, legte er seine Hand auf ihre. »Keine Angst, ich will nur wissen, was die wissen wollten.«

Auch sie sah ihn nicht an. Nach einer Weile drehte sie ihre Hand um, aber nicht um sie wegzunehmen, sondern um ihre Finger in seine zu flechten.

»Tut mir leid. Aber die fünfhundert Euro kann ich derzeit wirklich gut gebrauchen. Meine Tochter hat bald Geburtstag. Und die Waschmaschine ist vor einer Woche kaputt gegangen.«

Mike gesellte sich zu ihnen. »Die Dame vielleicht einen ›Mike's-Oldest-Son-of-a-Bitch‹? Ist mit viel Schampus und einem Spritzer Erdbeerlikör.«

Jacqueline schüttelte den Kopf. Sie zog ihre Hand zurück.

»Und du?«, fragte Mike in Richtung Viktor.

Mike war nicht gerade für seine umwerfenden Eigenkreationen bekannt. »Gib mir einfach ein Bier.« Viktor wandte sich wieder Jacqueline zu. »Und? Was hast du ihnen erzählt?«

»Ich weiß ja nichts über dich. Hab ihnen erzählt, dass du seit heute in dem Hotel wohnst. Ich habe ihnen auch erzählt, dass du sehr höflich bist, ein echter Gentleman.«

Mike versuchte es erneut mit einem Cocktailangebot. Doch da weder Viktor noch Jacqueline darauf reagierten, verzog er sich beleidigt in eine Ecke und begann, mit seinem Handy zu spielen.

»Dabei ist mir aufgefallen ...« Jacqueline sah Viktor lange in die Augen. »Ich weiß wirklich fast nichts über dich. Du passt so gar nicht in dieses Hotel. Was machst du eigentlich?«

Viktor war sofort klar, wo der Hase lang lief. Für die fünfhundert wollten sie natürlich was hören. Und deshalb war Jacqueline auch hier; weil sie herausgefunden hatte, dass er früher oder später hier auftauchen würde.

»Willst du das wissen oder die?«

Jacqueline lächelte verlegen. »Das haben die mich auch gefragt. Aber die sind jetzt weg. Und mich würde es auch interessieren.«

»Waren es Bullen?«

»Du weichst meiner Frage aus.« Jacqueline drehte sich zu Mike. »Mike, weißt du, womit Viktor sein Geld verdient?«

Mike sah kurz von seinem Handy auf und schüttelte den Kopf.

»Ich verdiene kein Geld, ich gebe es aus«, sagte Viktor grinsend.

»Netter Versuch!«

»Okay.« Viktor überlegte. »Lass es mich so formulieren. Ich bin ein wenig wie eine Wohltätigkeitsorganisation. Menschen geben mir Geld, damit ich es für einen guten Zweck einsetze. Ein kleines bisschen davon zweige ich mir zum Überleben ab. Zufrieden?«

Jacqueline griff nach den Salzstangen, die in einem Sektglas auf dem Tresen standen. Eine steckte sie sich in den Mund, eine zweite schob sie Viktor zwischen die Lippen. »Natürlich nicht. Aber ich verstehe. Du möchtest für mich ein Rätsel bleiben.«

»Nicht für dich«, sagte Viktor. »Waren es Bullen?«

»Ja.« Jacqueline seufzte und holte ihren Lippenstift heraus, mit dem sie ihre Lippen nachzog. »Zwei. Als sie dich nicht auf deinem Zimmer fanden, kamen sie zu mir und drückten mir die Kohle in die Hand. Am Ende wollten sie sie wiederhaben, weil ich ihnen fast nichts über dich sagen konnte. Aber da können die lange betteln. Geschäft ist Geschäft. Ich weiß schon, warum ich nur gegen Vorkasse arbeite.«

Also keiner von der ORG, überlegte Viktor. Es wäre auch zu plump gewesen. Die ORG arbeitete anders. Sie bediente sich der Informationen, die sie über die Polizei bekam, und machte sich nicht selbst die Finger schmutzig.

Mike steckte sein Handy weg und kam zu ihnen herüber.

»Welcher Paragraf?«

Er hatte anscheinend zugehört. Mike hatte, wenn man seinen Erzählungen trauen durfte, ein paar Semester Jura studiert, bevor er sich »ganz bewusst« und »freiwillig« für eine Karriere als Barkeeper entschlossen hatte. Nach einem Paragrafen zu fragen war seine Art, in Erfahrung zu bringen, was Viktor verbrochen hatte.

»Kein Paragraf.« Viktor betrachtete Mike, wie er grinsend hinter der Theke stand. Die meisten Menschen blieben irgendwann einfach stehen. Dabei war Mike noch jung. Wenn ältere Menschen sich nicht mehr weiterentwickelten oder Eltern von kleinen Kindern keine Zeit dafür fanden, dann verstand er das ja noch. Aber Männer in Mikes Alter? Leben war Bewegung, hatte Nedjo immer gepredigt. Wenn man seine gesamte Energie allerdings darauf verschwendete, Kohle zu verdienen, die man hinterher für den letzten Scheiß aus dem Fenster warf, dann war der Stillstand kein Wunder. Viktor selbst war leider die überwiegende Zeit seines Lebens nicht anders gewesen.

»Wer's glaubt.« Mike begann, einen Cocktail zu mixen. Als er damit fertig war, goss er Jacqueline und Viktor ein halbes Glas voll ein. »Geht aufs Haus.«

Aus Höflichkeit probierte Viktor. Dann trank er den Cocktail ganz. Vielleicht tat er Mike unrecht, wenn er meinte, er würde sich nicht weiterentwickeln. Zumindest dieser Cocktail war verdammt gut.

15 Berlin-Charlottenburg

Lenas Wohnung
05. Mai, 23.00 Uhr

Lena saß leicht zusammengesunken in ihrem Arne-Jacobsen-Ohrensessel und beobachtete das muntere Treiben in ihrem heimischen Formicarium. Vor ihr stand eine Tasse mit frisch aufgegossenem Pfefferminztee. Das half ihr immer runterzukommen. Andere Menschen lasen Zeitung, joggten durch den Wald, sahen fern. Sie beobachtete Ameisen. Genauer gesagt suchte sich Lena eine Ameise heraus und versuchte, sie nicht aus den Augen zu verlieren. Das bedurfte einer gewissen Konzentration, was dazu führte, dass sie alle Probleme, die durch ihren Kopf spukten, für einen Moment vergaß.

Nicht an diesem Abend.

Weder gelang es ihr, sich auf eine Ameise zu konzentrieren, noch ihre Gedanken auf etwas anderes zu lenken, als ihren Besuch bei Callenberg, die Flucht, die Polizisten und das, was er ihr berichtet hatte. Dabei ging ihr Flieger zu dem Kongress in Amsterdam schon am nächsten Morgen um Viertel nach sechs. Und um elf Uhr würde sie ihren noch immer nicht fertig ausgearbeiteten Vortrag halten müssen.

Lena sah auf die Uhr. Mit dem festen Vorsatz, noch einmal ihre Folien durchzugehen, holte sie ihren Laptop, legte ihn sich auf die Knie und klappte den Bildschirm auf. Doch kaum sprang der Bildschirm an, merkte sie, wie sie wie ferngesteuert den Internetbrowser öffnete. Nur ganz kurz, sagte sie sich. Dann gab sie den Namen von dem Verein, für den Callenberg vorgegeben hatte zu arbeiten, ein. Die Suchmaschine fand sofort einen Eintrag. Lena begann zu lesen.

> … Die westlichen Gesellschaften geben sich freiheitsliebend und tolerant. Doch entgegen ihrer Grundsätze schränken sie uns alle erheblich ein. Vor allem werden der Mobilität derjenigen, die nicht das nötige Kleingeld besitzen, Steine in den Weg gelegt, was wir von ProNomadentum nicht akzeptieren werden. Das Recht auf Mobilität darf nicht an den künstlich gezogenen Staatsgrenzen aufhören. Wir plädieren für das Recht, sich frei und ohne formale Hürden auf der gesamten Welt bewegen zu dürfen. Die Visumspflicht muss für sämtliche Länder aufgehoben werden. Das Recht auf Mobilität muss in allen Verfassungen ausdrücklich verankert werden.
>
> Wir plädieren gegen die Meldepflicht und die Festlegung eines festen Wohnsitzes.
>
> Wir plädieren neben dem Asylrecht für die Einführung des Gastrechts, wie es bei Wüstenstämmen heute noch üblich ist, bis diese Selbstverständlichkeit in alle Kulturen übergegangen ist. Die Verfolgung von nomadisch lebenden Völkern muss ein Ende finden.
>
> Wir plädieren dafür, dass das Recht auf Arbeit nicht von Staaten erteilt, genehmigt oder aufgehoben werden kann. Der weltweit übliche Protektionismus muss abgeschafft werden. Jeder Mensch hat das Recht auf Arbeit, egal wo und wann.
>
> Erst wenn die westliche Welt diese Forderungen erfüllt, kann sie von sich behaupten, wirklich frei und tolerant

zu sein. Vorher können wir über jede Verfassung, die das Wort Freiheit in sich trägt, nur lachen.
Unser Grundsatz bleibt: Leben ist Bewegung. Wer sich nicht bewegt, lebt nicht!
Gez. Nedjo Shukar und Viktor Callenberg

Auf der Seite gab es noch eine Büro- und eine E-Mail-Adresse. Ein gewisser Nedjo Shukar war als Vorsitzender des Vereins angegeben, Callenberg als sein Stellvertreter. Außerdem waren eine ganze Reihe Mitglieder aufgeführt, Sinti und Roma, ein paar amerikanische Indianerstämme und jede Menge weitere nomadische Volksstämme, von denen Lena nur zum Teil gehört hatte, es war von den Himba, Massai, Nenzen, Huaorani, Samburu und Rabari die Rede.

Über Nedjo Shukar erfuhr man auf der Webseite, dass es sich um einen rumänischen Roma handelte, der den Verein vor rund sieben Jahren gegründet hatte. Es gab sogar ein kleines Foto mit einem freundlich dreinblickenden, dunkelhaarigen Mann um die vierzig. Über Callenberg erfuhr man auf der Webseite hingegen gar nichts, außer seinem Namen.

Lena recherchierte weiter. Sie stieß auf einen aktuellen Artikel der *Berliner Zeitung*, in dem davon berichtet wurde, dass es vor zwei Tagen einen Brand im Büro von ProNomadentum gegeben hatte. Ein Mann war bei dem Brand ums Leben gekommen. Die Polizei ermittelte noch in dem Fall, doch der Autor des Artikels meinte zu wissen, dass es sich wohl um Versicherungsbetrug handeln könnte.

»Seltsam«, murmelte Lena. Das war einen Tag vor dem Mord an Meier gewesen, am selben Tag, als Callenberg sie im Institut aufgesucht hatte. Ihr gegenüber hatte er aber bei ihrem Besuch im Hotel kein Wort davon erwähnt.

Lena rieb sich die Augen. Fast ein Uhr. Die Folien würde sie sich wohl besser in ein paar Stunden im Flieger noch einmal ansehen.

Sie stand auf und warf einen letzten Blick in das Formicarium. Zwei Ameisen zerrten gerade einen kleinen Zweig über den Boden. Sie beobachtete sie eine Weile. Dann musste sie wieder an Meier denken. Die Ameisen wurden unscharf, und sie betrachtete ihr besorgtes Gesicht, das sich in der Glasscheibe des Formicariums spiegelte. Meier hatte versucht, über ihre Forschungsergebnisse eine andere Erklärung für die zunehmende Angst zu finden als die von Callenberg angeführte Theorie einer Geheimorganisation. Er hatte nach einer ernsthaften Erklärung gesucht. Jetzt war er tot. Und kurz vor seinem Tod hatte er ihr noch »Murphy's Law« zugeflüstert. Warum? Und was hatte er ihr damit nur sagen wollen?

16 Amsterdam

Flughafen Schiphol
06. Mai, 14.30 Uhr

Frustriert ließ sich Lena auf einen der letzten freien Plastiksitze am Gate fallen. Sie hatte schon dynamischere Vorträge gehalten. Doch das war nicht der Grund für ihre schlechte Laune. Enttäuscht hatten sie vor allem die 25 Zuhörer, in einem Saal, der Platz für über 400 bot. Bei dem Vortrag vor ihr waren sicherlich zehnmal so viele Teilnehmer gewesen. Ein smarter Professor aus den Niederlanden hatte über genmanipulierte Algen referiert, die die Energieprobleme von Morgen lösen könnten. Darauf fuhren sie natürlich alle ab wie auf Gratishäppchen, Forschung, mit der sich eine Menge Geld verdienen ließ. Zum Glück war Ziehmer nicht auf dem Kongress gewesen. Der und seine immer klugen Sprüche hätten ihr gerade noch gefehlt.

Lena sah sich um. Die üblichen Langweiler, die sich um diese Zeit an Flughäfen herumtrieben; Geschäftsleute, die auf ihren Rechnern rumhackten oder Nachrichten auf ihren Handys prüften. Amüsiert nahm sie zur Kenntnis, wie die zwei Männer, die eine Bank weiter saßen, sich trotz ihres Bemühens, möglichst wichtig und erfolgreich zu wirken, sich nicht zu dumm waren, dem gerade boardenden weiblichen Flugpersonal auf eine Art hinterherzusehen, die ihre Absichten nicht im Mindesten kaschierte. Und als sich eine der Flugbegleiterinnen umsah, folgte sofort das typische männliche Balzgehabe: Schütteln des Armes, um die Rolex besser zur Geltung zu bringen, ein ernster Blick in die Ferne, bei gleichzeitigem Vortäuschen eines wichtigen Telefonats.

Wie ähnlich menschliche »Männchen« doch leider häufig ihren tierischen Geschlechtsgenossen waren. Dabei waren die Männchen, wie Forschungen in der Tierwelt immer wieder zeigten, nur die Statisten bei der Partnerwahl. Denn während sie sich mit Kraft, hübschen Federkleid und Gebrüll oder Gesang in Pose warfen, entschied alleine die Damenwelt, wer sich ihnen nähern durfte.

»Hier noch frei?«

Ein Mann in ihrem Alter war vor ihr aufgetaucht und zeigte auf den Platz neben ihr. Lena nickte, woraufhin er seine Tasche aus gelber Lastwagenplane auf den Boden gleiten ließ und sich setzte. Die Tasche irritierte Lena. Sie passte irgendwie nicht zu dem sonstigen konservativen Erscheinungsbild des Mannes, sondern wirkte vielmehr wie ein Accessoire, das er sich gekauft hatte, um moderner oder am Ende sogar »hip« zu wirken.

»Alles klar?«, fragte der Mann und grinste freundlich.

Lena fühlte sich bei ihren Beobachtungen ertappt. »Äh … ja. Warum?«

»Sie haben so geschaut.«

»Nein, alles gut.«

Um ihre Verlegenheit zu verbergen, sah sie schnell zu einer Werbetafel. Trotzdem entging ihr nicht, wie der Mann wieder aufstand und zu einem kleinen Kiosk ging. Die gelbe Tasche hatte er neben ihr liegen gelassen, ein Umstand, der Lena nicht wirklich gefiel, auch wenn der Mann nicht wie ein Terrorist wirkte. Die ständigen Warnungen an den Flughäfen, man solle jedes herrenlose Gepäckstück sofort melden, hatten eindeutig Spuren hinterlassen.

Zum Glück musste sie sich nicht lange sorgen, denn der Mann kehrte kurz darauf mit zwei Pappbechern zu seinem Platz zurück.

»Hier!« Er reichte ihr einen der Becher. »Kaffee … Sie sehen so aus, als könnten Sie einen gebrauchen.«

»Oh!« Dass sie müde war, daran bestand kein Zweifel, sie hatte höchstens drei Stunden geschlafen, aber konnte man ihr das wirklich so ansehen? Ein Kaffee wäre zumindest nicht schlecht. »Sehr nett, danke!«

»Geschäftlich in Amsterdam?«, fragte der Mann und begann an seinem Becher zu nippen.

»Könnte man so sagen.«

»Vertrieb?«

»Nein, Forschung. Ein Vortrag.«

»Worüber?«

»Ameisen.« Nach diesem Bekenntnis waren die Gespräche in der Regel schnell beendet. Mit einer Frau, die sich mit Ameisen beschäftigte, wollten Männer nichts zu tun haben.

»Das klingt ja spannend!«

»Bitte?« Lena hätte sich beinahe an ihrem Kaffee verschluckt. Das konnte er unmöglich ernst meinen. Wahrscheinlich nur eine blöde Anmache. Andererseits sah er aufrichtig interessiert aus. »Was meinen Sie denn ist an Ameisen spannend?«, versuchte sie ihm auf den Zahn zu fühlen.

»Na ja. Es sind einfach aufregende kleine Lebewesen«, sagte der Mann. »Diese riesigen Haufen, die sie bauen. Außerdem finde ich Tiere, die so avancierte Staaten gründen, irgendwie faszinierend. Das tun meines Wissens nach nicht viele Tiere.«

»In der Tat«, bestätigte Lena, überrascht über seine Antwort. Also doch keine nur einfach so dahergesagte Floskel oder Anmache. Der Mann hatte es geschafft, ihre Aufmerksamkeit zu erregen. War er vielleicht auch ein Biologe? »Darf man fragen, was Sie beruflich machen?«

»Innenministerium. Mein Name ist übrigens Michael Degenhart.«

»Lena Bondroit«, stellte sich auch Lena vor. »Das Innenministerium interessiert sich also für Ameisen? Wer hätte das gedacht.«

Degenhart lachte. »Na ja. So würde ich das nicht sagen. Aber hin und wieder für staatstheoretische Themen. Das ist gewissermaßen mein Steckenpferd, schon seit dem Studium.«

»Und was sind das für Themen?«

»Interessiert Sie das wirklich?«

»Sonst würde ich nicht fragen.«

Degenhart überlegte. »Zum Beispiel die Frage, warum sich Menschen staatlichen Strukturen unterwerfen. Oder es eben auch nicht tun.«

»Und warum tun Menschen das?«, fragte Lena interessiert. Ameisen gründeten Staaten, weil sie gar nicht anders konnten. Ihr Staat war wie ein Organismus, den man nicht einfach auseinanderreißen konnte. Bei den Menschen hingegen musste es einen anderen Grund geben.

»Es gibt da unterschiedliche Erklärungsversuche«, sagte Degenhart. »Ich halte viel von der Theorie vom Gesellschaftsvertrag. Thomas Hobbes. Sagt Ihnen das was?«

Lena schüttelte den Kopf. Von Hobbes hatte sie zwar gehört – ein Philosoph, aus welchem Jahrhundert wusste sie schon nicht mehr. Ihr war die Biologie immer näher gewesen. »Hobbes schon. Aber ich muss gestehen, die Theorie vom

Gesellschaftsvertrag …« Das Ausrufen von Lenas Flug unterbrach sie. Sie wartete, bis die Ansage beendet wurde. »Mein Flug.« Lena rollte mit den Augen. »Ich muss dann wohl.«

»Auch nach Berlin?«, fragte Degenhart.

Sie nickte und stand auf. Er tat es ihr gleich. Während er seine Tasche schulterte, schielte sie noch einmal unauffällig zu ihm hinüber. Sein Gesicht hätte vielleicht an der einen oder anderen Stelle ein wenig markanter ausfallen können, aber hässlich war er weiß Gott nicht. Seine Augen wirkten aufgeweckt und ehrlich. Und er hatte gut gepflegte Zähne. Das war ihr sofort aufgefallen. Hätte sie ihn als Tier beschreiben müssen – ein Spiel, das sie früher gerne mit einer Freundin getrieben hatte –, hätte sie sich schwergetan. Für eine Katzenart wirkte er zu zugänglich und durchschaubar, für einen Hund wiederum nicht treu und dressierbar genug. Er war auch kein Bär, dafür war er viel zu schlank und unruhig. Er hatte etwas sehr Selbstbewusstes und wirkte strebsam und zielbewusst. Aber auch empfindlich. Vielleicht ein Falke. Auf jeden Fall ein Tier, das ihr nicht unsympathisch war. Für einen Moment wunderte sie sich über sich selbst. Dafür, dass sie den Mann erst seit wenigen Minuten kannte, machte sie sich auffällig viele Gedanken über ihn.

»Die Maschine scheint nicht voll zu werden«, sagte Degenhart und zeigte zu der sich bildenden Schlange.

So ein Mist! Jetzt hatte er sie schon wieder dabei erwischt, wie sie ihn beobachtet hatte.

»Was dagegen, wenn ich mich im Flieger neben Sie setze und noch ein wenig mit Hobbes langweile?«

17 Berlin-Charlottenburg

Karpfenteich
06. Mai, 15.00 Uhr

Viktor hatte sich hinter einem der großen Bäume versteckt, die um den »Karpfenteich« standen, und wartete. Von seiner Position aus konnte er den gesamten Uferbereich des Sees gut überblicken.

Ein paar Minuten nach der vereinbarten Zeit tauchte sie auf. Wenn ihm jemand dabei helfen konnte herauszufinden, ob Scott Murphy oder einer der anderen Namen, die er sich aufgeschrieben hatte, von Bedeutung sein könnte, dann Meiers Assistentin Josefine Buchtaler. Meier hatte ihm nicht nur einmal von ihr erzählt. Er hielt offenbar große Stücke auf sie.

Buchtaler stand jetzt direkt am Ufer und sah sich unsicher um. Dann setzte sie sich auf eine Bank. Nachdem er sich vergewissert hatte, dass ihr niemand gefolgt war, ging er zu der Bank und setzte sich neben sie.

»Hallo, wir hatten telefoniert.« Er hatte in der Redaktion angerufen und sich als guter Freund von Meier ausgegeben.

»Hallo.« Buchtaler betrachtete ihn argwöhnisch. Sie war noch jung, höchstens dreißig, hatte blonde mittellange Haare und trug eine enge Lederjacke. »Ist das hier wirklich nötig?«

»Du meinst, dass wir uns *hier* treffen?«

Sie nickte.

»Sicherer ist es auf jeden Fall.«

Viktor sah auf den See hinaus. Ein paar Enten stritten sich um ein Brötchen, das wie ein kleiner Ball, den man unter Wasser drückt, nach jedem Picken ein wenig heraussprang.

»Was willst du von mir?«

»Ich will diejenigen finden, die Meier umgebracht haben.«

Buchtalter rollten ein paar Tränen die Wangen herunter, was so gar nicht zu ihrem taffen Äußeren passte. Sie hatte harte Gesichtszüge und wirkte trotz ihrer langen Haare ein wenig jungenhaft, was die Nerdbrille, die sie trug, sogar noch unterstützte. An den Armen, am Hals und im Dekolleté war sie vollständig tätowiert, wahrscheinlich am ganzen Körper. Er überlegte, ob er sie in den Arm nehmen und trösten sollte, entschied sich aber dagegen.

»Du weißt, dass das mit Gottfried kein Unfall war?« Viktor hob einen kleinen Ast vom Boden auf und begann die Blätter abzuziehen.

Buchtaler nickte schluchzend. »Die Polizei hat es uns erzählt.« Sie beruhigte sich für einen Moment, dann kullerten wieder die Tränen. »Warum? Gottfried hat niemandem etwas getan.«

»Ich werde die Täter finden«, sagte Viktor bestimmt.

Buchtaler bekam sich langsam wieder in den Griff. Dann sah sie ihn fast ein wenig verärgert an. »Was macht dich da so sicher?«

»Nichts«, sagte Viktor. »Aber ich habe Zeit. Und ich glaube, ich bin gut in so etwas. Ich bin jemand, der nicht aufgibt.«

Sie zog die Nase hoch. »Was willst du wissen?«

Viktor holte den Zettel mit den fünf Namen heraus, die er sich nach seiner Recherche auf Meiers Computer notiert hatte, und übergab ihn Buchtaler.

Sie las sich die Namen durch. »War es einer von denen?«, fragte sie, nachdem sie sie gelesen hatte.

Ein Mann mit einem großen Karton in der Hand näherte sich dem Steg auf der gegenüberliegenden Seite des Sees. Viktor ließ ihn keine Sekunde aus den Augen. Der Mann rief etwas, was Viktor nicht verstehen konnte. Kurz darauf kam ein kleiner Junge angerannt und hüpfte aufgeregt vor dem Mann herum. Der stellte den Karton auf den Boden und entnahm ihm ein kleines Boot. Das Kind klatschte in die Hände, während der Mann das Boot vorsichtig zu Wasser ließ. Viktor wendete sich wieder Buchtaler zu.

»Nein«, wiederholte er. »Ich habe allerdings die Hoffnung, dass mir eine dieser Personen weiterhelfen könnte. Weißt du, wer hinter den Namen steckt?«

Buchtaler ging einen nach dem anderen durch. »Sven Rüpert kümmert sich ab und an um unsere Computer. Silja Svenson hat Gottfried in finanziellen Dingen beraten. Sie war, glaube ich, früher einmal Steuerberaterin. Sie ist jetzt im Ruhestand. Thomas Leuchtenburg kenne ich nicht. Beate Hase ist eine Mitarbeiterin des Blumenladens um die Ecke. Und Scott Murphy ...« Sie hielt inne.

»Was ist mit Scott Murphy?« Nachdem Bondroit ihm von Meiers letzten Worten erzählt hatte, hatte er gehofft, dass Buchtaler bei diesem Namen anbeißen würde.

»Ich weiß nicht.« Buchtaler kratze sich am Ohr. »Ich kenne ihn nicht. Er war nie bei uns in der Redaktion oder so. Gottfried wollte ihn treffen, wegen irgendeiner Recherche, an der er dran war.«

»Und weiter?«, fragte Viktor.

»Nichts weiter. Mehr weiß ich darüber nicht.«

Viktor sah sie bestimmt an. »Streng dich gefälligst an. Jedes Detail kann wichtig sein. Und erzähl mir bloß nicht, dass du nicht ab und zu mal ein wenig in Meiers Sachen rumgeschnüffelt hast.«

Buchtaler blickte ihn wütend an. »Mann! Warum gehst du denn so auf mich los?«

Viktor rollte mit den Augen. Warum mussten junge Frauen immer so übersensibel sein? Da er Buchtalers vorwurfsvollen Gesichtsausdruck nicht ertragen konnte, sah er wieder auf den See hinaus.

Auf der gegenüberliegenden Seite tuckerte in der Zwischenzeit das kleine Modellboot hin und her. Der Vater hielt stolz die Fernsteuerung, während der Sohn aufgeregt auf dem Steg hin und her rannte.

»Ist doch vollkommen okay. Jeder ist neugierig. Wer hätte das nicht gemacht«, sagte Viktor etwas ruhiger.

Er spürte, wie ihn Buchtalter betrachtete. Konnte sie nicht einfach damit rausrücken, was sie über Murphy wusste? Er sah starr weiter auf den See und wartete.

»Wer bist du eigentlich?«, fragte Buchtaler plötzlich. »Woher kennst du Gottfried? Und warum willst ausgerechnet du seine Mörder finden?«

»Also gut.« Viktor seufzte. Er musste das Ganze wohl anders angehen. Er fragte sich, was er ihr erzählen sollte, um Vertrauen aufzubauen, ohne direkt zu viel über sich preiszugeben. Buchtaler wirkte auf ihn wie jemand, der sich stark gegen die Werte ihrer Eltern aufgelehnt hatte. Das schloss er zumindest aus ihren Tätowierungen. Und wenn dem so war, gab es hier vielleicht eine Gemeinsamkeit.

»Auch wenn ich das nicht gerne zugebe, ich bin ein Junge aus gutem Hause, wie man so schön sagt«, begann er. »Mein Vater war Diplomat bei der UNO. Meine Mutter kommt aus Argentinien. Mein Vater hat sie dort während eines längeren Aufenthalts – ›Fieldwork‹, wie es die Diplomaten nennen – kennengelernt. Die beiden sind aber schon seit fast zwanzig Jahren wieder geschieden. Ich bin mit meinem Vater um die Welt getingelt. Irgendwann habe ich dann studiert. Betriebswirtschaftslehre. Später Philosophie. Hat mich alles nicht überzeugt. Daher habe ich mir von meinem Vater Geld geliehen und bin um die Welt gereist. Dabei habe ich einen rumänischen Zigeuner kennengelernt, der sich für die Rechte von nomadisch lebenden Völkern einsetzte. Er hatte so einen Verein gegründet. Das fand ich spannend. Und bei ihm bin ich dann eingestiegen.«

»Cool«, kommentierte Buchtaler. »Und woher kennst du Gottfried?«

»Mit Gottfried waren wir an so einer Geschichte dran. Sein Tod hat vielleicht etwas damit zu tun. Seine Mörder zu finden ist mir daher ein besonderes Anliegen. Aber es geht nicht nur um Gottfried. Die sind auch hinter mir her.«

Buchtaler sah ihn interessiert an. »Krass!«

Viktor hoffte, dass sie ihm nun endlich seine Frage beantworten würde. »Willst du mir jetzt vielleicht erzählen, was es mit Murphy auf sich hat?«

Buchtaler überlegte. »Viel gibt es da eigentlich nicht.« Sie begann an ihren Haaren zu spielen. »Natürlich hat mich immer interessiert, an was Gottfried da gerade gearbeitet hat. Da hast du recht. Aber er ließ nie was raus. Angeblich zu meinem Schutz. Dann ist er auf diesen Murphy gestoßen. Von dem weiß ich nur, weil er nach einem Treffen mit Gottfried in unserer Redaktion anrief. Sonst hätte ich wahrscheinlich nie von ihm erfahren.«

»Und?«, fragte Viktor.

»Nichts und. Mit mir hat er nicht gesprochen. Keine Ahnung, was er von Gottfried wollte. Es schien allerdings dringend zu sein.« Buchtaler sah Viktor traurig an. Dann fing sie wieder an zu weinen.

Viktor streckte seine Hand aus und klopfte ihr ein paar Mal auf die Schulter. »Ich werde die Mörder finden, glaub mir.«

Buchtaler ergriff Viktors Hand und drückte sie.

Viktor hörte ein leises Brummen. Das Boot näherte sich immer mehr ihrer Uferseite. Keine fünf Meter von ihnen entfernt wurde es langsamer, bis es dann ganz zum Stehen kam.

»Dir ist doch niemand gefolgt?«

»Nein«, schluchzte Buchtaler. »Ich habe sogar dreimal den Bus gewechselt. So wie du gesagt hast.«

Das Boot nahm langsam wieder Fahrt auf. Und dann brauste es plötzlich auf die Enten los, die sich immer noch an dem Brot versuchten. Die Enten schossen in plötzlicher Panik in alle Richtungen davon, um dann in sicherer Entfernung wieder auf dem See zu landen. Von der gegenüberliegenden Seite hörte man das Lachen des Vaters und Juchzen des kleinen Jungen.

»Hast du eine Ahnung, wer hinter dem Mord von Gottfried stecken könnte?«, fragte Buchtaler und sah ihn durch die großen Gläser ihrer Brille forschend an.

»Besser, wenn du das nicht weißt.«

»Du kannst es mir ruhig sagen. Ich habe keine Angst. Ohne Gottfried hat das alles eh keinen Sinn mehr.«

»Selten so einen Quatsch gehört!« Viktor stand auf. Er blickte zu ihr herab, nahm ihr die Brille von der Nase und sah hindurch. Fensterglas, wie er es sich gedacht hatte. Er drückte ihr die Brille in die Hand. Sie hatte schöne Augen, ein helles Blau mit einem dunklen Kreis um die Iris.

»Ohne Brille gefällst du mir besser.«

Dann griff er in seine Jackentasche und übergab ihr einen Zettel, auf den er die Adresse seines Hotels und seine neue Zimmernummer geschrieben hatte. »Falls du mal Hilfe brauchst.« Er sah ihr ernst in die Augen. »Mach keinen Blödsinn, hörst du? Mit denen, die Gottfried auf dem Gewissen haben, ist nicht zu scherzen. Den Blödsinn überlässt du lieber mir. Verstanden?«

18 Niederländischer Luftraum

Boeing 737
06. Mai, 15.00 Uhr

Degenhart saß in der Dreierreihe zwei Plätze neben ihr und blätterte in einer Zeitschrift. Noch vor dem Abflug hatte er sie darüber aufgeklärt, was es genau mit Hobbes' Gesellschaftsvertrag auf sich hat. Menschen machen die Erfahrung, von ihren Mitmenschen oder anderen Völkern ausgeraubt, unterdrückt, wenn nicht sogar vernichtet zu werden. Daher unterwerfen sie sich einem Herrscher, der ihnen verspricht, sie zu schützen. Sie zahlen ihm dafür Steuern. Dieses gegenseitige Versprechen nannte Hobbes den Gesellschaftsvertrag.

Eine einleuchtende Theorie, wie Lena fand. Sie blickte auf ihre Tasche herab, aus der ihr Notebook herausschaute. Normalerweise nutzte sie jede Art von Reisezeit zum Arbeiten. Heute war ihr aber ganz und gar nicht danach. Dabei hatte sie vor dem Flug extra noch ihre E-Mails synchronisiert.

Sie erwischte sich dabei, wie sie zum wiederholten Mal zu Degenhart hinüberblinzelte. Er schlug gerade die Seite seiner Zeitschrift um. Er trug keinen Ehering. Dass ihr das auffiel, hatte natürlich nichts zu bedeuten. Der »Statuscheck« bei Männern gehörte bei ihr zur Routine.

»Dein Ernst?«, hörte sie eine innere Stimme fragen.

Und wenn schon! Männer, die gebildet waren und trotzdem charmant und offen, traf man eben nicht alle Tage, erst recht nicht, wenn man die meiste Zeit an einem biologischen

Institut verbrachte. Ihre Kollegen waren zum großen Teil lebensunfähige, auf ein Spezialgebiet fokussierte Nerds mit wenig Interesse für ihre Umwelt. Sie erinnerte sich noch gut an das Date mit einem attraktiven Kollegen aus der Botanik, der doch tatsächlich drei Stunden lang über die Symbiose von Pflanzen mit Pilzen referiert hatte. Und sie hatte sich vorher Gedanken über ihr Outfit gemacht!

Um sich abzulenken, griff Lena zu ihrem Handy und begann unmotiviert ein Sudoku zu lösen. Doch mit ihren Gedanken war sie woanders: Sollte sie noch einmal das Gespräch suchen? Sie beschloss, dass er den Schwarzen Peter hatte, vor allem, weil er bisher schließlich auch alles andere als schüchtern gewesen war. Wenn er sich für sie interessierte, dann würde er wieder das Gespräch aufgreifen, da war sie sich sicher.

Doch er tat es nicht, sondern las weiter in seiner Zeitschrift. Zumindest tat er so.

Lena legte ihr Handy zur Seite und sah aus dem Fenster auf Amsterdam hinab. Autos bildeten lange Schlangen, hier wurde gebaut, dort abgerissen, Menschen rannten umher und verschwanden in ihren »Nestern«. Ehestreit, schlechte Schulnoten, Liebeskummer, Ärger mit dem Chef, das alles war von einer gewissen Höhe aus betrachtet vollkommen unbedeutend. Das Einzelschicksal ging unter im Treiben der Massen. Wenn man die Menschen aus dieser Position heraus beobachtete, so wie sie es sonst bei den Ameisen tat, ließ sich das menschliche Leben relativ schnell auf einen einfachen Nenner bringen: herstellen, konsumieren, sich vermehren. Es war plötzlich dem der Ameisen gar nicht so unähnlich. Am Ende ging es in der Natur – egal ob bei Mensch, Tier oder Pflanze – immer nur um das schlichte

Überleben. Und schloss man sich mit seinen Artgenossen zu einem Staat zusammen, so wie es die Ameisen und Menschen taten, dann entstand noch etwas Drittes, ein System, das – vollkommen unabhängig vom Tod des Individuums – sogar noch mehr als das reine Überleben anstrebte: die Unsterblichkeit.

»Frau Bondroit?« Degenhart lehnte sich über den freien Sitz in ihre Richtung. Seine Zeitschrift hatte er in den Sitz vor sich gesteckt. »Ihr Job, irgendwie lässt der mir keine Ruhe. Wie muss ich mir Ihre Arbeit vorstellen?«

Endlich! Lena überlegte, ob sie ihm jetzt etwas vormachen sollte. Doch das ging meistens in die Hose. Also entschied sie sich für die Wahrheit. »Ganz ehrlich, ich glaube, Sie würden meine Arbeit als ziemlich langweilig empfinden. Neben dem ganzen Papierkram, den wohl jeder Job mit sich bringt, macht meine Arbeit nämlich vor allem eines aus: das Beobachten, also eine besondere Form des Wartens. Das ist für die wenigsten etwas.«

Degenhart zog seine rechte Augenbraue nach oben. »Ihr Job langweilig? Haben Sie schon mal für eine Behörde gearbeitet?«

Lena musste lachen. »Nein. Aber meine Arbeit ist schon sehr speziell.«

»Aber Sie reisen bestimmt viel? Und Sie sind frei in dem, was Sie tun.«

»Na ja. Mit der Freiheit ist das leider so eine Sache«, erwiderte Lena. »Aber mit den Forschungsreisen haben Sie recht.« Nichts liebte Lena mehr, zumindest wenn die Begleitung stimmte. Sie musste an ihre letzte Reise denken. Sie war mit Ziehmer zusammen nach Amerika geflogen, um am Rande der Sonara-Wüste Honigtopfameisen zu beobachten.

Die Honigtopfameisen waren eine recht gut erforschte Ameisenart. Dennoch gab es immer wieder Neues zu entdecken, wenn man sich nur die Zeit nahm. Die Reise hatten sie allerdings vor allem gemacht, weil Ziehmer für ein Filmprojekt Aufnahmen machen wollte, wie Honigtopfameisen andere Ameisen von einer Futterquelle ablenkten. Dafür warfen sie Steinchen in das fremde Nest. Der andere Staat war dann so mit »Aufräumen« beschäftigt, dass er nicht dazu kam, selbst Futter zu suchen. Diese Art der Nutzung von Werkzeugen – in diesem Fall der Steinchen – war einzigartig, aber auch schon hundertfach beobachtet und gefilmt worden. Was Ziehmer nicht davon abhielt, Forschungsgelder zu verschwenden, um seine eigenen Aufnahmen zu bekommen.

»Und es gibt natürlich das Problem von renitenten Chefs.« Lena überraschte, wie offen sie zu einem noch fast Fremden war. Hoffentlich kannte Degenhart Ziehmer nicht. Die Welt war manchmal kleiner, als man dachte.

Degenhart wirkte amüsiert. »Da sagen Sie was.«

»Und Sie?«, fragte Lena. »Sind Sie bei Ihrer Arbeit frei? Lässt Sie Ihr Chef einfach machen?« So, wie er auf ihre Antwort reagiert hatte, schien das zumindest fraglich.

»Wahrscheinlich nehmen sich unsere Chefs nicht viel«, sagte Degenhart lachend. »Und auch meine Arbeit hat sehr langweilige Komponenten. Aber Sie werden lachen. Ich mag sie trotzdem.«

»Das ist gut«, sagte Lena. »Und warum?«

»Hm«, murmelte Degenhart. Er warf seinen Kopf in den Nacken und überlegte einen Moment. »Vielleicht weil ich das Gefühl habe, für eine bessere Welt kämpfen zu können.« Er sagte das ohne jeglichen Zynismus, so kam es Lena zumindest vor.

»Wirklich?«, fragte Lena.

»Ja, wirklich. Und wissen Sie, wofür ich auch kämpfe?« Er grinste charmant. »Dass interessante Unterhaltungen nicht abbrechen.«

Lena sah ihn verunsichert an, und Degenhart begann zu lachen. Er musste in ihrem Blick abgelesen haben, dass sie nicht verstanden hatte, worauf er hinauswollte. Dann wieder dieses charmante Grinsen.

»Was ich eigentlich sagen wollte: Was dagegen, wenn ich Sie heute Abend zum Essen einlade?«

19 Berlin-Steglitz

Institut für Biologie
06. Mai, 17.30 Uhr

Die Rollen des kleinen Handgepäckkoffers ratterten über den Fliesenboden des Flurs. Lena war vom Flughafen direkt ins Institut gefahren, um noch ein paar Unterlagen einzupacken und nachzusehen, ob mit den Ameisen alles in Ordnung war.

»Da wartet jemand auf dich.« Kai stand mit ein paar weiteren Mitarbeitern vom Institut im Flur und unterhielt sich, hatte sein Gespräch aber kurz unterbrochen, als er Lena den Gang entlangkommen sah.

»Doch nicht etwa Ziehmer?«, fragte Lena.

»Nein.« Kai grinste. »Ich kenne ihn nicht.« Dann sah er sie ein wenig besorgt an. »Alles gut?«

»Ja, warum?«

»Du siehst müde aus.«

»Nein. Alles gut. Wo denn?«

»In deinem Büro.«

Lena ging den Gang weiter hinunter und spickte in ihr offenes Büro. Ein Mann stand mit dem Rücken zur Tür vor der Wand mit den Ameisenfotos. Er musste sich nicht erst umdrehen, damit sie ihn erkannte. Seine Größe, der schwarze Anzug, die halblangen Haare.

Lena räusperte sich.

Callenberg drehte sich zu ihr um. »Da sind Sie ja endlich.«

»Was heißt hier endlich?« Sie schloss die Tür hinter sich. »Sagten Sie nicht, die Polizei würde mich überwachen?«

»Ist so.«

»Und dann besuchen Sie mich?«

Callenberg tippte sich an die Schläfe. »Ich habe den Hintereingang über den Botanischen Garten genutzt.«

Woher wusste Callenberg von dem Hintereingang? »Wie auch immer. Wie kann ich helfen?«

»Sie haben doch bestimmt einen Bibliothekszugang?«

»Selbstverständlich.«

»Sehr gut. Könnten Sie etwas für mich recherchieren?«

Lena verdrehte die Augen. Eigentlich hatte sie sofort wieder gehen wollen. Mit Degenhart hatte sie sich bereits um halb neun verabredet. Wenn sie sich noch frisch machen wollte, und das wollte sie auf jeden Fall, blieb ihr nicht mehr viel Zeit. »Jetzt gleich? Um was geht es denn?«

»Schauen Sie mal hier!« Callenberg holte einen Zettel aus seiner Tasche, auf dem zwei Namen notiert waren. »Ich habe etwas Interessantes herausgefunden.«

»Scott Murphy und Captain Edward A. Murphy«, las Lena laut vor. »Was ist mit denen?« Sie musste sofort an Meiers letzte Worte denken.

»Ich habe herausgefunden, dass Meier kurz vor seinem Tod mit einem Scott Murphy Kontakt hatte. Er ist der Enkelsohn eines ehemaligen ranghohen amerikanischen Militärs, ein gewisser Captain Edward A. Murphy. Der wiederum erlangte durch ein missglücktes Raketenschlittenprogramm im Jahr 1949 Berühmtheit.« Callenberg sah sie zufrieden an.

»Und?« Lena verstand nicht wirklich. »Hat das was mit Murphy's Law zu tun?«

»Ganz genau!« Callenberg zeigte ihr einen erhobenen Daumen. »Scott Murphys Großvater ist quasi der Urheber von ›Murphy's Law‹. Aber das Ganze ist noch in anderer Hinsicht interessant. Denken Sie an das Jahr 1949. Es ist kurz nach dem Krieg. Die Westmächte überlegen, wie sie die westlichen Demokratien schützen können. Das ist die Zeit, in der die ORG gegründet worden sein könnte.«

Jetzt hatte er es doch wieder geschafft, sie neugierig zu machen. »Es gibt also einen Zusammenhang von Meiers letzten Worten und der ORG?«

»Davon gehe ich aus«, sagte Callenberg. Er rückte sein Sakko zurecht. Irgendwie hatte er auf Lena mit Trainingshose authentischer gewirkt. Leider wurde sie das Gefühl nicht los, dass er hinter seiner seriösen Fassade etwas höchst Unseriöses zu verstecken versuchte.

»Und wozu brauchen Sie jetzt meine Hilfe?«

Callenberg räusperte sich. »Ich würde gerne mehr über dieses Raketenschlittenprogramm erfahren. Wikipedia ist da nicht besonders hilfreich, vielleicht haben Sie ja Zugriff auf bessere Quellen. Was genau hatte es damit auf sich? Stand es in Zusammenhangt mit der Gründung der CIA? War es am Ende vielleicht ein Codename für etwas ganz anderes? Sie wissen schon, wie bei der ›Operation Artischocke‹.«

»Operation Artischocke?« Lena hatte keine Ahnung, wovon er sprach.

»Noch nie gehört?« Callenberg zeigte auf ihren Computer. »Googeln Sie das mal.«

Lena setzte sich an ihren Schreibtisch und fuhr ihren Computer hoch. Dann suchte sie nach »Operation Artischocke«. Anscheinend ein ehemaliges Geheimprojekt der CIA, in dem es um die Möglichkeiten der Bewusstseinskontrolle ging.

»Erschreckend, was es so alles gab«, sagte Lena.

»Und gibt«, korrigierte sie Callenberg.

Lena sah auf die Uhr. Es war kurz vor sechs. Ein wenig Zeit hatte sie noch. »Okay, aber nur kurz. Und machen Sie sich keine allzu großen Hoffnungen.« Sie hatte zwar Zugang zu sämtlichen Online-Ressourcen der Unibibliothek, aber besonders geübt war sie beim Recherchieren außerhalb ihres naturwissenschaftlichen Bereiches nicht. »Wonach soll ich suchen? Nach diesem Raketenschlittenprogramm, sagten Sie?«

»Genau.«

Lena loggte sich in den Bibliotheksserver ein und tippte ein paar Stichwörter in die Suchmaske. Zu dem Raketenschlittenprogramm hatte sie schnell etwas in einem Artikel über militärische Entwicklungen gefunden. Dort war zu lesen, dass es im Jahr 1949 tatsächlich unter der Leitung der US Airforce ein Raketenschlittenprogramm gegeben hatte, das von höchster Stelle ins Leben gerufen worden war. In den Versuchen ging es darum herauszufinden, welche Beschleunigungen der menschliche Körper aushalten kann. Für den Versuch wurden Messdioden an dem Körper eines Probanden befestigt. Dieser wurde dann mit einem Raketenschlitten einer enormen Beschleunigung ausgesetzt. Der Versuch war sehr riskant, da man nicht genau wusste, wie der Proband auf die extreme Beschleunigung reagieren würde. Es bestand durchaus die Gefahr, dass er bei dem Versuch sterben würde. Doch der Versuch glückte. Der Raketenschlitten wurde erfolgreich gestartet, und der Proband überlebte. Allerdings stellte sich später heraus, dass eine Auswertung der Ergebnisse der Messdioden nicht möglich war, da die Dioden falsch, nämlich genau seitenverkehrt, am Körper des Probanden befestigt worden waren.

Dann folgte ein Absatz, den Lena laut vorlas. »Der Leiter des Versuchs, Captain Edward A. Murphy, versammelte nach dem Scheitern des teuren Experiments sein Team um sich und beschimpfte vor allem seinen Assistenten, den er für das missglückte Experiment verantwortlich machte. Vor dem Team sagte er aufgebracht: ›Wenn etwas schiefgehen kann, dann gibt es garantiert jemanden in meinem Team, der dafür sorgen wird‹. Auf der anschließenden Pressekonferenz wurde er dann wie folgt zitiert: ›Wenn etwas schiefgehen kann, dann wird es schiefgehen!‹ Dieses Zitat erlangte unter dem Begriff ›Murphy's Law‹ Weltberühmtheit.«

»Sagte ich doch schon«, kommentierte Callenberg.

»Ich weiß.« Lena überlegte. Sie fragte sich, ob es das war, worauf Meier sie mit seinen letzten Worten hinweisen wollte? Aber so richtig ergab das alles keinen Sinn.

»Suchen Sie weiter«, bat sie Callenberg. »Es muss noch etwas anderes geben.«

Lena versuchte es über andere Suchbegriffe, doch viel mehr als in dem Artikel über die militärischen Entwicklungen war nicht herauszufinden.

»Es tut mir leid.« Lena sah erneut auf die Uhr. Jetzt war es schon halb sieben. »Ich muss jetzt los.«

Callenberg richtete sich auf. Er hatte die ganze Zeit neben ihr gehockt und mit auf den Bildschirm gestarrt. »Okay. Könnten Sie mir zumindest für ein paar Stunden Ihr Auto leihen?«

»Mein was?« Das war jetzt wohl nicht sein Ernst. Einem fast Unbekannten, der noch dazu von der Polizei gesucht wurde, würde sie ihren Mini auf keinen Fall geben.

»Ich werde zu diesem Scott Murphy fahren. Und zur Autovermietung kann ich aus bekannten Gründen leider nicht gehen.«

»Haben Sie Murphy bereits ausfindig gemacht?«

»Klar.«

»Und das sagen Sie mir erst jetzt?«

Callenberg zuckte mit den Schultern. »War mir nicht sicher, ob Sie das überhaupt interessiert.«

»Na ja. Wir hätten uns wahrscheinlich diese ganze nutzlose Recherche sparen können.«

»Vielleicht«, sagte Callenberg. »Den Versuch wert war es trotzdem. Wir haben übrigens Glück. Murphy wohnt in Deutschland. Zwar nicht in Berlin, aber nicht allzu weit weg. Daher wäre es wirklich sehr nett ...«

»Können Sie ihn nicht einfach anrufen?«, unterbrach Lena Callenberg. »Lässt sich doch bestimmt auch alles am Telefon klären.«

»Mache ich lieber persönlich. Und wer weiß, wer da alles mithört.«

»Wo?«

»Ostsee. Ein kleines Kaff.« Er nannte ihr die Adresse. »Keine drei Stunden mit dem Auto. Das wäre wirklich sehr nett von Ihnen!«

Lena bekam ein schlechtes Gewissen.

»Interessiert Sie denn nicht, was dieser Murphy zu sagen hat?«, fragte Callenberg. »Und wollen Sie nicht wissen, warum Meier Ihnen ›Murphy's Law‹ zugeflüstert hat?«

Natürlich interessierte sie das. Sogar sehr. Aber dem polizeilich gesuchten Callenberg einfach ihr Auto überlassen? »Was halten Sie davon, wenn wir zusammen fahren. Morgen.«

Callenberg schien zu überlegen. »Ist mir zu gefährlich. Die Polizei ist wahrscheinlich immer noch an Ihnen dran.«

»Ich werde nicht überwacht!«, sagte Lena genervt. »Ich mache morgen früher Schluss. Dann hole ich Sie ab. Wenn ich merke, dass mir jemand folgt, breche ich ab und rufe Sie an.«

Es entstand eine längere Pause. »Dann können wir auch direkt jetzt fahren«, schlug Callenberg vor.

»Nein. Ich bin verabredet.«

Er schaute sie an, als hätte sie ihm gerade als Ausrede verkaufen wollen, dass sie sich noch die Zähne putzen müsste. »Soll das ein Witz sein? Verschieben Sie es einfach. Macht Sie nur interessanter.«

Der Typ wurde ihr langsam ein wenig zu unverschämt. Er konnte froh sein, dass sie überhaupt den Weg mit ihm machen wollte. »Morgen Nachmittag. Das ist mein letztes Wort.« Sie fuhr den Computer runter und stand auf. »Und jetzt raus hier!«

20 Berlin-Moabit

»Patio«
06. Mai, 20.30 Uhr

Das Restaurant, in dem sie mit Degenhart verabredet war, war zu ihrer Überraschung ein Schiff, das direkt am Spreeufer lag. Über einen Steg betrat Lena den Eingangsbereich. Direkt vorne gab es eine Theke, die Tische lagen im hinteren Teil. Durch die bodentiefen Glaswände hatte man einen wunderbaren Blick auf das sanft schaukelnde Wasser und das gegenüberliegende Ufer. Lena entdeckte Degenhart an einem kleinen viereckigen Tisch. Es war für zwei Personen gedeckt, in der Tischmitte brannte eine Kerze. Als Degenhart sie entdeckte, stand er sofort auf und nahm ihr die Jacke ab.

»Haben Sie es gut gefunden?«

Lena nickte. Sie sah sich um. Das Restaurant war gut besucht. Elegant, aber nicht zu protzig, angenehm gedimmtes Licht, eigentlich ganz gemütlich. Degenhart rückte ihr den Stuhl zurecht.

»Ich habe mich für einen Tisch am Wasser entschieden. Auch auf die Gefahr hin, dass Sie mir dann nicht die ganze Zeit in die Augen sehen«, sagte Degenhart und grinste.

Lena spürte, wie ihr Gesicht heiß wurde. Warum konnte er sie nur so schnell in Verlegenheit bringen? Sie brauchte dringend etwas zu trinken.

Nach der ersten Flasche Wein ließ ihre innere Anspannung endlich ein wenig nach. Das Gespräch hatte sich gut entwickelt, und es gab daher keinen Grund, weiter aufgeregt zu sein. Doch jetzt, wo sie meinte, die Situation im Griff zu haben, musste sie ständig wieder an die Geschichte um die ORG denken. Ob man sie wohl weiter beobachtete? Und was trieb Callenberg? Ob der gemeinsame Besuch bei Murphy wirklich eine gute Idee war?

»Alles okay mit Ihnen?« Degenhart musste ihr angesehen haben, dass sie nicht mehr ganz bei der Sache war.

»Ja … nein … also …«

»Ich habe Sie mit dem Abendessen überrumpelt, und jetzt sind Sie sich nicht sicher, ob Ihnen ein Abend allein mit Ihrer Lieblingsserie nicht lieber wäre.«

Lena musste lachen. »Nein. Ganz und gar nicht. Hier ist genau, wo ich sein möchte.« Hätte sie den Abend allein zu Hause verbringen müssen, hätte sie sich noch viel mehr Gedanken um diese dumme ORG-Geschichte gemacht.

»Beschäftigt Sie etwas?«, fragte Degenhart.

Lena überlegte, ob sie ihm nicht einfach davon erzählen sollte. Trotz Callenbergs Bedenken, andere Menschen einzuweihen, hatte sie ein starkes Bedürfnis, mit jemandem über die Sache zu reden, jemandem Neutralen, der damit nichts zu tun hatte. Und obwohl sie Degenhart gerade erst kennengelernt hatte, hatte sie das Gefühl, ihm vertrauen zu können. Ihr Bauchgefühl hatte sie eigentlich noch nie betrogen. Trotzdem zögerte sie. Was, wenn er sie für völlig verrückt hielt?

»Ich wollte Ihnen nicht zu nahe treten«, sagte Degenhart entschuldigend.

»Nein, es ist nur …« Sie überlegte, wo sie anfangen sollte. »Ist Ihnen schon mal aufgefallen, dass unsere Gesellschaft immer ängstlicher wird?«, begann sie.

Degenhart überlegte. »Wie meinen Sie das?«

»Na ja. Sie müssen mir versprechen, dass Sie mich nicht für verrückt halten.«

Degenhart lachte. »Ich vergebe leider keine Blankoschecks.«

»Also gut.« Lena nahm einen großen Schluck von dem Wein, den sie noch im Glas hatte, und räusperte sich. Dann legte sie los. Sie begann bei Meiers Interview, erzählte ihm von seiner Theorie von der ORG, von dem Mord an Meier, von Callenberg und seinem Verein. Den Hauptgang und eine Flasche Wein später war sie fertig. Sie atmete tief durch. Es tat gut, jemandem davon erzählt zu haben, der mit der Sache nichts zu tun hatte.

»Und was ist, wenn ich Sie jetzt doch für verrückt halte?«, fragte Degenhart grinsend.

»Es würde mich wundern, wenn Sie das nicht täten.« Lena zwinkerte ihm zu.

»Eine wirklich seltsame Geschichte«, murmelte Degenhart. Er rückte ein Stück vom Tisch ab. Für einen Moment sah er wie durch sie hindurch. Dann griff er zu der Flasche Wein. Er wollte Lena nachschenken, doch die Flasche war leer. Degenhart hob den Arm und gab dem Kellner ein Zeichen.

Keine gute Idee, ging es Lena durch den Kopf. Sie beugte sich nach vorne und drückte Degenharts Arm auf den Tisch zurück. »Lieber nicht.« Sie hatte flüstern wollen, doch an der Reaktion der Gäste an den umliegenden Tischen merkte sie, dass sie eher laut gewesen sein musste. Wie peinlich! Sie begann zu kichern. »Sonst müssen Sie mich nach Hause tragen.«

»Ihr Wunsch ist mir Befehl.« Degenhart sah ihr tief in die Augen.

Lena spürte, wie sie erneut errötete. Und sie bemerkte, dass ihre Hand immer noch auf seinem Arm lag. Auch er schien das zu bemerken, denn ohne seinen Blick von ihr zu wenden, nahm er ihre Hand in seine.

»Noch Nachtisch?«, fragte er.

Jetzt streichelte er ihre Hand. Lena konnte nicht anders, als sein Streicheln zu erwidern. Wie gut sich fremde Haut anfühlen konnte. Sie merkte, wie ihr Körper nach mehr verlangte. Der verdammte Alkohol. Doch da war noch etwas anderes; ein Bedürfnis, das sie in letzter Zeit unterdrückt hatte. Warum eigentlich? Und warum die viele Arbeit? Warum dieses Gefühl, keine Existenzberechtigung zu haben, wenn sie nicht irgendetwas erledigte?

»Oder einen Espresso?«, fragte Degenhart.

Bei dir oder mir?, hätte sie am liebsten gefragt, konnte sich aber gerade noch zurückhalten. Wie hatte ihre Großmutter ihr immer geraten: Wenn man möchte, dass sich Pflanzen gut entwickeln, sollte man sie stetig gießen, nicht zu wenig, aber auch auf keinen Fall zu viel.

21 Berlin-Charlottenburg

Lenas Wohnung
07. Mai, 07.30 Uhr

Lena war gerade aufgestanden und hatte sich einen Tee aufgegossen, als das Telefon klingelte. Es war Kommissar Ewald. Er bat um eine »Audienz«, wie er es ausdrückte.

»Um was geht es denn?«, fragte Lena.

»Nicht am Telefon.«

»Okay. Wann und wo?«

»Am liebsten sofort.«

Ewald stand bereits vor ihrem Haus. Lena öffnete ihm über die Schließanlage. Kurz darauf erreichte Ewald schnaufend ihre Wohnung.

»Ich hasse Altbau«, schimpfte er hüstelnd.

Lena bat ihn ins Wohnzimmer.

»Ich will Sie gar nicht lange stören.« Ewald betrat den großen Raum und nahm an dem runden Esstisch Platz. Er musste den Stuhl etwas abrücken, damit auch sein Bauch am Tisch Platz fand. »Wir haben eine Spur im Fall Meier.«

»Wirklich?« Lena war überrascht. So schnell hatte sie nicht mit Erfolgen gerechnet, zumal sie sich nach Callenbergs Warnungen alles andere als sicher war, ob die Polizei an solchen überhaupt interessiert war. Dass Ewald ihr persönlich davon erzählte, war allerdings noch überraschender. Was wollte er hier?

Ewald zog eine Fahndungsskizze aus der Tasche. »Wir haben einen Verdächtigen. Schauen Sie mal?« Er überreichte ihr das Bild. »Er ist fast zwei Meter groß. Halblange braune Haare. Aber vielleicht hat er sich die in der Zwischenzeit auch abgeschnitten. Insgesamt eher ein südländischer Typ.«

Lena starrte auf die Skizze in ihrer Hand. Sie versuchte, sich nichts anmerken zu lassen, aber ein Blick zu Ewald verriet ihr, dass er sie längst durchschaut hatte. Es machte daher keinen Sinn zu leugnen.

»Sie kennen ihn, richtig?«

»Richtig.«

»Woher?«, fragte Ewald gespannt.

»Was hat er denn mit der Sache zu tun?«

Ewald fokussierte sie auf seine ihr bereits bekannte Art. »Zunächst Sie. Woher kennen Sie ihn?«

»Er hat mich Anfang der Woche nach einer Vorlesung angesprochen und um einen Termin gebeten.«

»Und was wollte er wissen?«

»Der Termin kam nicht zustande.«

Ewald kniff die Augen zusammen. »Nicht?«

»Nein.« Sie sah Ewald an, dass er versuchte, aus ihrer Mimik und Gestik zu lesen. Der Typ war wirklich schlimm. »Was ist denn mit ihm?«

»Wir gehen davon aus, dass er Meier umgebracht hat.«

»Der hier?« Lena schüttelte den Kopf. »Ich könnte den Taxifahrer zwar nicht genau beschreiben, aber der hier war es nicht.« Sie tippte auf das Bild von Callenberg. »Den hier hätte ich wiedererkannt, das können Sie mir glauben.«

»Er hat ihn nicht selbst getötet«, sagte Ewald. »Der Taxifahrer wurde von ihm beauftragt.«

»Wie kommen Sie denn darauf?«

»Wir haben die Fingerabdrücke dieses Mannes in Meiers Redaktion gefunden.«

»Ich kenne mich mit Polizeiarbeit ja nicht besonders gut aus, aber einen stichhaltigen Beweis würde ich das nicht nennen!« Lena merkte, wie in Ewalds Augen etwas aufblitzte. Hatte sie zu sehr Partei für Callenberg ergriffen?

Ewald legte ein paar Blätter Papier vor ihr auf den Tisch. Es waren Ausdrucke der Internetseiten von ProNomadentum. »Schauen Sie mal. Haben Sie von dem Verein schon mal gehört? Wir gehen davon aus, dass er als Deckmantel für eine Art Terrorzelle fungiert. Der Verfassungsschutz scheint mehr darüber zu wissen, teilt sein Wissen aber leider nicht mit uns.«

Lena tat so, als ob sie sich die Ausdrucke durchlas. Dabei kannte sie den Text. »Meinen Sie nicht, eine Terrorzelle wüsste sich besser zu verstecken als hinter einem Verein, der etwas nonkonforme Ziele verfolgt?«

Ewald legte ihr ein weiteres Blatt Papier vor. Es war die Schwarz-Weiß-Kopie eines Fotos. Darauf sah man ein ausgebranntes Zimmer.

»Was soll das sein?«

»Der Hauptsitz des Vereins – wenn man die paar Räume so nennen mag. Wurde abgefackelt. Der Chef des Vereins, ein gewisser Nedjo Shukar, starb bei dem Brand. Alles spricht dafür, dass Beweise vernichtet werden sollten. Unser Verdächtiger steht wegen Verdachts auf Brandstiftung und Totschlag auf der Fahndungsliste.«

Lena erwiderte nichts. Sie hatte von dem Brand in dem Vereinsbüro gelesen und Callenberg noch danach fragen wollen, es aber ganz vergessen. Sie traute ihm einiges zu, aber einen Mord an seinem Freund?

»Sie schauen so kritisch.«

Andererseits, warum hatte er ihr nichts davon erzählt? Wenn er nichts damit zu tun hätte, würde er doch sicherlich die ORG dafür verantwortlich machen und es als Beweis für seine Theorie anführen. Warum hatte er ihr den Brand verschwiegen? Und den Tod seines Freundes?

»Woher wissen Sie, dass dieser Mann das Büro angezündet hat?«

»Reste von Brandbeschleunigern. Wenn Sie verstehen, was ich meine.«

»Und warum sollte er seinen Kollegen umbringen?«

»Wir gehen davon aus, dass er das nicht unbedingt wollte. Es war ein Unfall.«

»Aha. Und das Motiv bei dem Mord an Gottfried Meier?«, fragte Lena.

»Er und Meier waren anscheinend Bekannte. Dann haben sie sich gestritten, der Typ soll handgreiflich geworden sein.«

»Sagt wer?«

»Ein Zeuge aus der Redaktion.«

»Aha. Aber selbst wenn es stimmt, was Sie sagen: Wegen eines Streits bringt man doch nicht gleich jemanden um.«

»Das kommt auf den Streit an.«

Lena versuchte für sich, die widersprüchlichen Informationen zu ordnen. Callenberg hatte ihr nie von einem Streit mit Meier erzählt, aber ausschließen konnte man das bei seinem Temperament nicht. Meier war bezüglich der ORG-Theorie immer skeptischer geworden und hatte seine Informationen darüber nicht mehr veröffentlichen wollen. Doch ihr wollte nicht einleuchten, warum er Meier deshalb umbringen sollte.

»Dieser Mann ist gefährlich, das können Sie mir glauben«, sagte Ewald bestimmt. »Er hat ein bestimmtes Ziel vor Augen und wird alles Notwendige tun, um dieses Ziel zu erreichen.«

Ewald wartete, ob sie etwas entgegnete. Doch sie blieb still.

Irgendwann wurde es ihr dann zu blöd. »War es das?«

»Sie verschweigen mir etwas. Glauben Sie nicht, dass mir das entgangen wäre. Sie tun das, seitdem wir uns das erste Mal getroffen haben. Glauben Sie mir, es ist an der Zeit, die Karten auf den Tisch zu legen.«

»Ist es das?«, fragte Lena, die sich zunehmend unsicherer darüber wurde, ob er nicht vielleicht recht hatte. Sie hatte es jetzt in der Hand, Callenberg zu entlasten und die Ermittlungen wieder in eine andere Richtung zu lenken. Doch war sie wirklich von Callenbergs Unschuld überzeugt? Oder verfolgte er womöglich doch andere Ziele und wollte deswegen nicht, dass sie mit der Polizei redete?

»Sie werden sich danach besser fühlen«, sagte Ewald.

»Meinen Sie?«

»Ich weiß es sogar.« Er grinste überlegen.

Lena überlegte, was es zu verlieren gab. Wenn es die ORG tatsächlich gab und Ewald für sie arbeitete, dann wusste er bestimmt ohnehin bereits Bescheid. Es war also fraglich, ob sie sich durch das Preisgeben ihres Wissens einer zusätzlichen Gefahr aussetzte.

»Er heißt Viktor Callenberg«, sagte Lena. »Aber das wissen Sie ja bereits von der Webseite. Und er kannte Meier. Auch da haben Sie recht.«

»Und weiter?«, fragte Ewald.

»Er ist an der Enttarnung einer Art von Geheimdienst interessiert. Wie übrigens auch Meier.«

»Geheimdienst?«

»Eine Organisation, die im Auftrag des Staates die Bevölkerung manipuliert.«

Ewald lachte auf. »Und an so einen Scheiß glauben Sie? Der Typ führt etwas ganz anderes im Schilde. Ich glaube, dass eher er es ist, der hier manipuliert.«

Lena zuckte mit den Schultern. »Mag sein. Mag nicht sein. Aber Meier hat er ganz sicher nicht umgebracht. Das macht einfach keinen Sinn. Und an Ihre Version des Brandes glaube ich auch nicht.«

»Glauben Sie, woran Sie wollen. Wo steckt er?«

»Keine Ahnung«, log Lena, obwohl sie davon ausging, dass er weiterhin in dem Hotel war, in dem sie ihn besucht hatte. Zumindest sollte sie ihn dort am Nachmittag abholen.

»Wird er Sie wieder aufsuchen?«

»Warum sollte er?«, wich Lena der Frage aus.

»Egal. Sie werden verstehen, dass wir Sie zukünftig observieren müssen.«

»Tun Sie das nicht schon längst?«, fragte Lena mit einem gewissen Unterton in ihrer Stimme.

»Wie auch immer«, lenkte Ewald ab. »Sie würden gut daran tun, uns zu informieren, wenn er sich meldet.« Er stand auf und hielt Lena seine Hand entgegen. »Passen Sie auf. Die Dinge sind manchmal anders, als sie auf den ersten Blick scheinen.« Sein Blick verfinsterte sich. »Und seien Sie in Zukunft kooperativer! Haben Sie mich verstanden? Sonst verhafte ich Sie wegen Verdunkelungsgefahr und Mithilfe.«

Lena schenkte Ewald einen mindestens ebenso finsteren Blick. »Und Sie werden mir nie wieder drohen. Haben Sie das auch verstanden?«

22 Berlin-Friedrichshain

»Chez Moi«
07. Mai, 15.00 Uhr

Viktor lag auf seinem Bett und starrte an die Decke. Noch eine gute Stunde, bis Bondroit ihn abholen würde. Er hatte kurz überlegt, ob er ein Auto knacken sollte, aber das könnte nur unnötig Aufmerksamkeit erregen. Er hoffte sehr, dass die Befragung von Murphy ihn weiterbringen würde. Vieles sprach dafür, vor allem Meiers letzte Worte.

Ein Quietschen und Poltern riss ihn aus seinen Gedanken. Der alte Aufzug hatte sich in Bewegung gesetzt. Abgesehen von ungebetenen Gästen benutzte niemand mehr das alte Ding, dazu war es viel zu störungsanfällig.

Viktor sprang auf und griff nach seinem Handy. Kurz darauf hatte er die Laptops in seinem Rucksack verstaut.

Er lauschte erneut. Der Aufzug musste die dritte Etage schon fast erreicht haben. Für eine Flucht über das Treppenhaus war es zumindest zu spät.

Ohne weiter Zeit zu verlieren, kramte Viktor das Seil unter dem Bett hervor, das er sich für diesen Zweck besorgt hatte. Dann öffnete er das Fenster und befestigte das Seil mit einem Karabiner an der Heizung.

Jemand klopfte.

Viktor schwang sich auf den Fenstersims.

»Viktor?«

Er hielt inne. »Jacqueline?«

»Ne, deine Mutter.«

Viktor kletterte zurück ins Zimmer und sah durch den Türspion. Warum benutzte sie den Aufzug? »Was willst du?«

»Natürlich ficken, du Pflaume.«

Jacqueline lehnte lässig an der gegenüberliegenden Flurwand. Sie schien bemerkt zu haben, dass er durch den Spion blickte, denn sie zeigte ihm den Mittelfinger.

Viktor öffnete die Tür. »Was Wichtiges? Habe leider wenig Zeit.«

Ohne seine Antwort abzuwarten, drängelte sie sich an ihm vorbei ins Zimmer und sah sich interessiert um. Viel zu sehen gab es allerdings nicht.

»Was ist denn los?«, fragte Viktor verärgert. Er mochte es nicht, überrumpelt zu werden.

»Mit dir reden.« Sie setzte sich auf sein Bett und schlug ihre Beine übereinander. Sie hatte hübsche Beine. Überhaupt sah sie sehr gesund aus, fast ein wenig zu gut für ihren Job. »Mir ist langweilig. Heute ist nichts los. Ich heiße übrigens Britta.«

Warum diese plötzliche Vertrautheit? Man musste nicht viel Menschenkenntnis besitzen, um zu erraten, dass etwas nicht stimmte.

»Woher kennst du meine neue Zimmernummer?«

»Hast du ein Problem damit?« Sie riss Augen und Mund weit auf. »Dann würde ich lieber das Etablissement wechseln.«

»Amon?«

Sie nickte.

»Also, was willst du?«

»Jetzt mach dich mal locker. Mir ist langweilig. Ich will einfach nur quatschen.« Jacqueline grinste.

Natürlich konnte es sein, dass Jacqueline – die, wie er gerade erfahren hatte, eigentlich Britta hieß, nur leider hatte er sich nun an Jacqueline gewöhnt – nur reden wollte. Wahrscheinlicher war allerdings, dass die Bullen erneut bei ihr aufgetaucht waren und sie unter Druck gesetzt hatten. Oder vielleicht sogar jemand von der ORG?

»Vielleicht sollten wir das Ganze abkürzen«, sagte Viktor.

»Doch ficken?« Jacqueline lachte dreckig.

Viktor sah sie ernst an. »Die Bullen waren wieder da, richtig?«

Jacqueline rollte mit den Augen. »Waren sie nicht.«

»Lüg mich nicht an!« Er griff sie grob am Arm.

»Spinner!« Sie riss sich von ihm los und stand vom Bett auf. »Ich will wirklich nur quatschen. Meinst du, ich lass mich von den Bullen vor den Karren spannen?« Sie zeigte ihm einen Vogel. »Da hätte ich denen lieber direkt deine Zimmernummer verraten.«

Sie wirkte ein wenig traurig. Irgendwie tat sie ihm leid.

»Also gut. Reden wir. Ich hab zwanzig Minuten.«

»Prima. Frag mich was!«

Viktor überlegte kurz. »Wie bist du hier gelandet?«

Jacqueline betrachtete ihre aufgeklebten Fingernägel. »Na ja. Wie hier alle landen, denke ich. Ich hab Kohle gebraucht.«

»Kohle für was?«

»Für meine Familie.«

»Familie?« Stimmt. Sie hatte mal eine Tochter erwähnt. »Und dein Mann?«

»Weg.«

»Wie weg?«

»Na ja, verschwunden. Weiß nicht, wo der steckt.«

»Und das hier ist die einzige Möglichkeit, an Geld zu kommen?«

Jacqueline verdrehte die Augen. »Es ist die einfachste. Meine Kinder sollen es gut haben. Ich will nicht, dass sie gehänselt werden, weil sie mit einer Jutetasche statt einem 250-Euro-Schulranzen in die Schule kommen. Meine Tochter macht einen Tanzkurs. Sie ist richtig gut.« Jacquelines Augen begannen zu glänzen, als sie das sagte. »Und mein Sohn steht total auf Computerspiele. Kann ich persönlich nichts mit anfangen. Aber er soll die nicht nur bei seinen Freunden spielen können.«

»Und dafür muss man anschaffen gehen?«

»Ich bin eigentlich Friseurin. Das wäre alles nicht drin.«

»Verstehe.« Wenn es gut lief, dann verdiente Jacqueline mit ihrem Körper in vier Stunden sicherlich so viel wie andere Frauen in zwei bis drei Wochen harter Arbeit. Nur dass sie das tat, um das Geld für Schulranzen und Computerspiele auszugeben, das konnte Viktor nicht verstehen. Früher hätte er das verstanden. Heute nicht mehr. Dieses dämliche Anhäufen von Besitz. Auf seinen Reisen mit Nedjo war Viktor klar geworden, wie sinnlos das eigentlich war. Es machte die Menschen nicht glücklicher, nahm ihnen dafür aber ihre Mobilität. Scheiß Sesshaftigkeit. Wenn man ständig unterwegs war, kam man gar nicht erst in die Versuchung, sich zu viel Zeug zuzulegen.

»Und warum auf der Straße?«

Jacqueline neigte ihren Kopf zur Seite. »Auf der Straße stehe ich nur in den Pausen. Das meiste geht übers Internet. Dort buchen mich Geschäftsleute oder Familienväter für ein bis drei Stündchen. Meistens machen wir es in meinem Zimmer im ersten Stock. Aber manche wollen auch die Autonummer.«

»Du steigst zu denen ins Auto? Du hast Kinder!«

Jacqueline lachte. »Doch nicht *die* Art von Autonummer. Meine Kundschaft kann es sich in der Regel gar nicht leisten, im Auto auf irgendeinem dunklen Parkplatz erwischt zu werden. Deswegen hat Amon ja dieses Zimmer.«

»Welches Zimmer?«

»Na, das mit dem Ford Mustang. Im Erdgeschoss. Ein richtiges Auto, macht sogar Motorengeräusche. Hat Amon extra umbauen lassen. Ist voll abgefahren. Muss ich dir bei Gelegenheit mal zeigen.«

»Psst!« Viktor meinte, ein Geräusch auf dem Flur gehört zu haben.

»Was ist denn?«

»Sei mal kurz ruhig«, zischte Viktor. Er ging zur Tür und lauschte. Durch den Spion konnte er niemanden entdecken, aber das hieß natürlich gar nichts.

»Was ist denn los?«, flüsterte Jacqueline.

»Bist du mit dem Aufzug gefahren?«

Sie tippte sich an die Stirn. »Bin ich verrückt?«

»Fuck!«, schimpfte Viktor.

Er zeigte aufs Fenster. »Los, wir verschwinden.«

»Durchs Fenster?«

»Treppenhaus wird nichts mehr. Wir nehmen das Seil.«

Jacqueline ging zum Fenster und schaute in den Innenhof hinunter. »Warum denn?«

Viktor legte erneut sein Ohr an die Tür. Er hörte nichts, doch allein die Möglichkeit reichte schon. Sie hatten ihn bisher nur deshalb noch nicht gekriegt, weil er vorsichtig gewesen war.

Er schulterte den Rucksack und öffnete das Fenster. Jacqueline lehnte sich gegen das Fensterbrett. Sie sah verängstigt in die Tiefe. »Ich kann das nicht.«

»Natürlich kannst du das.« Viktor legte ihr das Seil um den Körper. »Das Ende hier hältst du mit beiden Händen fest, und dann gibst du langsam mehr Schnur. Dabei stößt du dich von der Wand mit den Beinen ab.«

»Nein, ich kann das wirklich nicht.«

Viktor sah zur Tür. Wieder ein Geräusch, diesmal näher.

»Mädchen, du musst.«

»Was hast du denn getan?« Sie sah ihn mit großen Augen an.

»Keine Zeit für Erklärungen. Los, komm!«

Sie sah erneut in die Tiefe. »Ich bin nur eine Nutte, die tun mir bestimmt nichts. Ich kann versuchen sie aufzuhalten.«

Viktor sah Jacqueline tief in die Augen. Er durfte keine Zeit mehr verlieren. Er band sich das Seil um das Handgelenk. Dann schwang er sich aus dem Fenster. Einen Moment später hörte er ein lautes Poltern, dann Stimmen, ein spitzer Schrei.

»Jacqueline?«

»Hau ab!«

»Fuck!«, fluchte Viktor. Auch wenn er sich schäbig fühlte, wusste er, dass er nichts mehr für sie tun konnte. Er musste weg.

So schnell er konnte, ließ er sich an dem Seil hinabgleiten. Als er im zweiten Stock angekommen war, sah er nach unten. Noch ungefähr zwei Meter. Wenn er sich nichts brach und sie die Gegend nicht umstellt hatten, konnte er es schaffen. Er sprang. Dann hörte er den Schuss.

23 Berlin-Friedrichshain

»Chez Moi«
07. Mai, 15.10 Uhr

Lena hatte noch an einem neuen Artikel gearbeitet und sich dann rechtzeitig auf den Weg zu Callenberg gemacht. Da sie davon ausgehen musste, dass Ewald sie wirklich observierte, hatte sie den Hinterausgang über den Botanischen Garten genutzt. Zuvor hatte sie Kai gebeten, ihr Auto ein paar Straßen weiter zu parken. Auf keinen Fall wollte sie Ewald zu Callenberg führen, bevor sie nicht herausgefunden hatte, was Murphy zu sagen hatte.

Die ersten zwanzig Minuten hatte sie nicht den Eindruck gehabt, dass ihr jemand gefolgt war, doch nun meinte sie einen dunklen BMW zwei Autos hinter sich zu sehen, der ihr komisch vorkam. An der nächsten Ampel fuhr sie bewusst langsam an. Das erste Auto überholte sie auf der zweispurigen Straße. Dann das zweite. Der dunkle BWM bog rechts in eine Straße ein.

Wie schnell man doch vollkommen paranoid werden konnte, ging es Lena durch den Kopf.

Als sie in die Straße von Callenbergs Hotel einbog, war der Teufel los. Mehrere Polizeieinsatzwagen und zwei Krankenwagen standen in zweiter Reihe, überall liefen Polizisten herum. Es war sogar ein schwarzer Bus einer Sondereinheit vor Ort.

Bitte nicht!, ging es Lena durch den Kopf.

Sie kramte ihr Handy aus der Tasche und wählte Callenbergs Nummer. Keine Antwort.

Ein Polizist forderte die Autofahrer vor ihr auf zu drehen. Lena sah, wie jemand auf einer Trage in den Krankenwagen geschoben wurde. Der Polizist kam zu ihrer Scheibe. »Hier kommen Sie nicht durch. Sie müssen umdrehen!«

Lena wendete. Sie versuchte im Rückspiegel zu erkennen, wer auf der Trage lag, doch die war bereits im Krankenwagen verschwunden. Dann bemerkte sie plötzlich den schwarzen BMW neben ihr. Zwei Männer saßen auf den vorderen Plätzen und starrten sie an.

Also doch!

Lena gab Gas. Sie überholte die Wagen vor ihr. Dann bog sie in die nächste Straße ein. Sie entdeckte eine Einfahrt auf einen von Bäumen eingefassten Parkplatz, riss den Lenker herum und lotste ihren Mini schnell in die hintere Ecke. Hektisch griff sie nach ihrer Tasche und sprang aus dem Wagen. Wenn sie nicht alles täuschte, gab es ein paar Straßen weiter eine U-Bahn-Station.

Sie rannte an den Bäumen entlang, die ihr Sichtschutz boten, in Richtung U-Bahn, überlegte es sich dann aber anders. Wenn sie zu Murphy wollte – und das wollte sie jetzt mehr denn je –, brauchte sie ihr Auto. Sie rannte zurück, duckte sich an der Straße hinter einen geparkten Wagen. Besser als nichts.

Sie spähte vorsichtig hinter dem Wagen hervor, und schon sah sie den BMW näher kommen. Lena bückte sich tiefer. Der Fahrer reduzierte das Tempo, rollte langsam an den geparkten Wagen vorbei, um dann wieder Gas zu geben. Er bog in die nächste Querstraße ein. Dann war er verschwunden.

Lena erhob sich und rannte auf den Parkplatz zu ihrem Auto. Vorsichtig setzte sie auf die Straße, blickte mehrfach hektisch in die Richtung, in die der BMW verschwunden war. Dann fuhr sie in die andere Richtung davon. Alle paar Meter kontrollierte sie im Rückspiegel, ob sie nicht verfolgt wurde.

Erst als sie auf der A 10 war, hatte sie das Gefühl, ihre Verfolger wirklich abgehängt zu haben. Sie versuchte ein weiteres Mal, Callenberg zu erreichen, ohne Erfolg. Sein Handy war ausgeschaltet. Nicht mal die Mailbox meldete sich. Wahrscheinlich musste sie langsam mit dem Schlimmsten rechnen.

Und jetzt? Aufgeben? Die ganz Sache einfach vergessen?

»Auf keinen Fall«, hörte sie sich flüstern. Sie kramte in ihrer Handtasche nach dem Zettel mit der Adresse von Scott Murphy und gab sie in ihr Navigationsgerät ein. Dann eben ohne Callenberg.

24 Neuruppin

A 24 Richtung Norden
07. Mai, 18.30 Uhr

Die erste halbe Stunde auf der Autobahn war sie noch voller Adrenalin. Doch langsam beruhigte sich ihr Körper, und sie wurde unendlich müde. Sie öffnete das Fenster und ließ sich ein wenig die frische Luft um den Kopf wehen.

Während sie sich so gut es ging auf die Straße konzentrierte, fragte sie sich immer wieder, was da am Hotel eigentlich los gewesen war. Und wer hatte sie verfolgt? Sie war zunächst davon ausgegangen, dass es Ewalds Männer waren, die über sie an Callenberg herankommen wollten. Doch nach dem, was sie am Hotel gesehen hatte, machte das keinen Sinn mehr. Sie schienen ihn gefunden zu haben – und trotzdem verfolgten sie sie weiter?

Lena versuchte erneut, Callenberg zu erreichen. Wieder teilte ihr die automatische Ansage mit, dass der Teilnehmer derzeit nicht erreichbar sei.

Sie sah die Bremslichter erst im letzten Moment. Panisch zog sie ihren Mini auf die linke Spur. Eine Sekunde später und sie wäre in den Lastwagen hineingerauscht.

Erst als sie den Lastwagen überholte, wurde ihr bewusst, dass sie bei ihrem Manöver überhaupt nicht in den Seitenspiegel gesehen hatte. Der Schreck steckte ihr in den Knochen, sie war einfach zu erschöpft. Kurz überlegte sie, ob sie umkehren sollte. Aber dann hätte sie ihre Verfolger nur wieder am Bein, und die wollte sie auf keinen Fall zu Murphy führen.

Sie versuchte es ein weiteres Mal erfolglos bei Callenberg. Dann beschloss sie, von der Autobahn abzufahren, und suchte sich ein Hotel. Murphy musste bis zum nächsten Tag warten.

Als sie ihr Hotelzimmer betrat, hörte sie ein Summen in ihrer Handtasche. Endlich! Sie kramte das Handy heraus und sah auf das Display:

Sehr geehrte Frau Professorin. Das Abendessen mit Ihnen hat mir ausgesprochen gut gefallen. Ich wäre sehr an einer Fortsetzung interessiert. Wie wäre es morgen Abend? Ich habe einen Tisch reserviert. 20.00 Uhr. Ich hole Sie ab. Liebe Grüße, Michael

Zwar kein Lebenszeichen von Callenberg, aber zumindest etwas, worüber sie sich freuen konnte. Und Nachrichten von Männern, die es nicht nötig hatten, ihr Interesse zu verstecken, weil sie dumme Spielchen spielten oder sich gerade nicht entscheiden konnten, welche Blume sie zuerst bestäuben sollten, gehörten sofort beantwortet:

Sehr geehrter Herr Minister. Ich schätze Ihren Aktionismus. Ich würde Sie auch gerne wiedersehen. Morgen um acht. Vorfreudig, die Ameisenfrau

25 Darß

Ahrenshoop
08. Mai, 09.00 Uhr

Sie war früh aufgestanden und nach einer schnellen Dusche sofort losgefahren. Die Nacht war leider weniger erholsam gewesen, als sie es sich erhofft hatte.

Das Navi leitete sie jetzt auf eine Landstraße, die parallel zum Meer über den Darß führte. Lena öffnete das Fenster und ließ sich die frische Seeluft um die Ohren blasen. Schon kurze Zeit später hatte sie ihr Ziel erreicht. An der von Callenberg angegebenen Adresse befand sich ein kleines, hellblau gestrichenes reetgedecktes Häuschen.

Lena parkte den Wagen an der Straße. Das Grundstück war von einem niedrigen, weiß gestrichenen Zaun umgeben. Durch die offene Zauntür gelangte man über einen kurzen Kiesweg zur Eingangstür. Vor dem Haus gab es eine kleine, mit Pflastersteinen befestigte Terrasse, auf der ein alter Teakholztisch mit ein paar morsch wirkenden Stühlen und ein Schaukelstuhl standen. Daneben auf dem Boden verteilt lagen zehn bis zwanzig leere Bierflaschen.

Lena suchte nach einer Klingel, die es jedoch nicht gab. Dann entdeckte sie die Kordel neben dem Eingang, mit der man eine alte Glocke in Schwung setzen konnte. Sie zog kräftig daran, und die Glocke begann laut scheppernd zu läuten.

Es dauerte eine Weile, bis sie Schritte hörte. Dann öffnete ihr ein verschlafen wirkender Mann um die fünfzig die Tür.

Freundlichkeit sah eindeutig anders aus. Der Mann starrte sie so einladend an wie ein Gorillaweibchen, dem man gerade sein Junges entreißen wollte.

»Was wollen Sie?« Der Mann sprach ohne Akzent Deutsch, was sie ein wenig wunderte. Lena hatte damit gerechnet, sich auf Englisch unterhalten zu müssen.

»Scott Murphy?«, fragte sie und reichte ihm die Hand.

Der Mann betrachtete sie argwöhnisch. Die entgegengehaltene Hand ignorierte er und machte auch sonst keinerlei Anstalten, in irgendeiner Weise zu reagieren. Er blickte zur Straße auf ihr Auto, dann ging er einen Schritt zurück und knallte ihr die Tür vor der Nase zu.

»Hey«, schimpfte Lena. »Wollen Sie denn nicht mal wissen, was ich von Ihnen möchte?«

Keine Antwort.

»Herr Murphy!«

Sie wartete, doch Murphy, wenn er es denn überhaupt war, tauchte nicht wieder auf.

»So nicht, Freundchen«, murmelte Lena. Hätte er sie freundlich gebeten zu verschwinden, hätte sie das vielleicht getan. Aber so würde sie erst wieder gehen, wenn sie erfahren hatte, was sie wissen wollte.

Nachdem sie sich ein weiteres Mal umgesehen hatte, beschloss sie, es sich in dem Schaukelstuhl auf der Terrasse bequem zu machen und zu warten. Irgendwann würde er sich schon wieder blicken lassen.

Nach einer Viertelstunde kam er endlich aus dem Haus gekrochen. Die Jacke, die er zuvor noch getragen hatte, hatte er gegen ein löchriges T-Shirt getauscht.

»Immobilienmaklerin?«, fragte er einsilbig.

»Wie kommen Sie darauf?«

Murphy zeigte auf ihr Auto. »Sie kommen aus Berlin. Und Sie stehen vor meinem Haus.«

»Sie haben noch einen Versuch.«

»Zeitung?«

»Auch nicht schlecht. Aber man sollte nicht von einem Besucher auf den nächsten schließen«, versuchte sie mit dem Gesagten auf Meier anzuspielen, in der Hoffnung, dass Murphy darauf eingehen würde.

»Wie auch immer. Verschwinden Sie!«

Lena dachte gar nicht daran aufzustehen. »Sie wollen mich wegschicken, ohne zu wissen, was ich von Ihnen will?«

»Genau.«

»Nicht gerade höflich.« Lena überlegte, ob sie gleich alle Karten auf einmal auf den Tisch legen sollte. Es blieb ihr wohl kaum etwas anderes übrig. »Ich werde es Ihnen trotzdem verraten. Ich glaube, Sie haben mit einem gewissen Gottfried Meier von der Zeitung *AnderZeit* über seine Recherchen gesprochen. Er war an einer Geschichte über eine geheime Organisation dran. Eine gewisse ORG. Mit mir hat er auch darüber gesprochen.«

Murphy zeigte keine Regung. »Steigen Sie besser wieder ein und verschwinden Sie.«

»Das werde ich nicht!« Lena versuchte, Murphys Blick so entschieden wie möglich standzuhalten. Der Typ war wirklich eine harte Nuss.

»Hauen Sie ab! Ich will mit der ganzen Sache nichts zu tun haben.« Murphy ging hinter den Schaukelstuhl und drückte ihn nach vorne, sodass Lena gezwungen war, aufzustehen. »Verschwinden Sie! Sonst hole ich die Polizei. Oder ist es Ihnen lieber, wenn ich Sie persönlich von meinem Grundstück prügle?«

Lena warf Murphy einen Blick zu, der keinen Zweifel darüber aufkommen ließ, was sie von dem, was er gerade gesagt hatte, hielt. »Okay.« Sie schüttelte verständnislos den Kopf. »Machen Sie es gut, Herr Murphy, und nehmen Sie ihr kleines Geheimnis mit ins Grab, so wie es Gottfried Meier getan hat. Er hat mich wenigstens noch auf Ihre Spur gebracht.«

In der Hoffnung, dass Murphy sie aufhalten würde, ging sie langsam auf dem Kiesweg in Richtung Auto. Er hielt sie nicht auf.

»Feigling!«, flüsterte sie laut genug, sodass er es noch hören musste. Sie war nun fast beim Zaun angekommen.

Murphy reagierte immer noch nicht.

Dann endlich doch. »Meier ist tot?«

Lena blieb stehen. Sie zuckte mit den Schultern. »Es scheint Sie ja nicht sonderlich zu interessieren.« Dann ging sie weiter, allerdings sehr langsam.

Als sie am Wagen ankam, spürte sie plötzlich einen harten Griff um ihren Arm.

»Für wen halten Sie mich eigentlich?«

Lena befreite sich energisch. »Ich weiß nicht, für wen ich Sie halten soll. Alles, was ich weiß, ist, dass Meier bei Ihnen war.«

Murphy betrachtete Lena eine Weile. Er zupfte sich einen langen Grashalm vom Boden ab und steckte ihn in den Mund. »Okay. Kommen Sie.«

Auf der Terrasse angekommen, befahl er ihr, sich an die Hauswand zu stellen und ihm den Rücken zuzukehren. »Hände aufs Holz, Beine auseinander!«

Lena zog eine Augenbraue nach oben. »Bitte?«

»Ich werde Sie auf Mikrofone, Diktiergeräte und Sender durchsuchen. Wenn ich was finde, dann gnade Ihnen Gott.«

Lena tat, wozu sie Murphy aufgefordert hatte. Daraufhin ließ er seine Hände an ihrem Körper entlangwandern. Als er nichts gefunden hatte, atmete er tief durch. »Kommen Sie rein.«

26 Ahrenshoop

Murphys Haus
08. Mai, 09.40 Uhr

Murphys Haus war eingerichtet wie ein Westernsaloon. Braune Holzmöbel, wo man hinsah, und ein riesiges Regal voller Whiskeyflaschen. Davor eine alte Couch im englischen Stil.

»Nehmen Sie Platz.« Murphy zeigte auf die Couch und suchte eine Flasche Whiskey aus dem Regal. »Ich bin kurz in der Küche. Auch einen Irish Coffee?«

»Für mich bitte einen normalen Kaffee«, rief ihm Lena hinterher.

Kurz darauf kam er mit zwei Tassen wieder, von denen er ihr eine reichte. Dann setzte er sich in einen alten Sessel und sah sie fragend an.

Lena hatte beschlossen, zunächst keine Fragen zu stellen. Es gab in der Verhaltensforschung die Grundregel, in das System, das man beobachtet, möglichst nicht einzugreifen. Sie war davon überzeugt, dass das auch für Gespräche galt. Mit jeder Frage würde sie das Gespräch ungewollt lenken und so womöglich wesentliche Dinge gar nicht mehr erfahren.

»Warum interessiert Sie das eigentlich?«, fragte Murphy nach einer Weile.

Lena setzte sich auf. »Meier starb in meinen Armen. Wir hatten uns gerade erst kennengelernt. Ich habe das Gefühl, dass ich ihm etwas schuldig bin.« Und nicht nur ihm, dachte sie. »Nach dem, was ich bisher in Erfahrung bringen konnte, kann ich mit der Geschichte nur leider nicht so ohne Weiteres zur Polizei. Vor allem aber werde ich dort nichts erfahren. Die Wahrheit erst recht nicht.«

Murphy grinste. »Da haben Sie recht. Und Sie wollen das ganz allein in die Hand nehmen?«

»Nicht ganz.« Lena trank von dem Kaffee, eine ziemlich kräftige Brühe, die ihr auf nüchternen Magen wahrscheinlich gleich Herzrasen bescheren würde. »Es gibt da noch jemanden, der sich sogar noch um einiges mehr für die Sache interessiert als ich. Aber dieser Jemand liegt gerade im besten Fall im Krankenhaus.«

»Im besten Fall?«

»Ich schlechtesten ist er auch tot.«

Murphy pfiff durch die Zähne. »Holy shit!« Er stellte seine Tasse auf den Couchtisch – ein altes Wagenrad, auf dem eine Glasplatte montiert war – und schüttelte den Kopf. »Alle tot, ja?« Er schielte in Richtung Regal mit den Whiskeys. »Und Sie wollen trotzdem wissen, was ich weiß?«

»Ja.« Lena erzählte Murphy, wie es genau zu Meiers Tod gekommen war, was er ihr noch zugeflüstert hatte und was sie über Murphys Großvater zusammen mit Callenberg herausgefunden hatte. »Da war nicht besonders viel zu erfahren. Und wir dachten, Sie könnten uns vielleicht mehr dazu sagen? Wissen Sie, was es mit diesem Versuch auf sich hatte? Und warum sich Meier dafür interessiert hat?«

Nachdem Murphy seine Tasse geleert hatte, begann er endlich zu erzählen. Er verriet Lena, dass seinem Großvater der teilweise missglückte Versuch sehr zu schaffen gemacht hatte. »Mein Großvater war ein äußerst genau arbeitender Mensch, wissen Sie. Und er hielt viel von seinem Assistenten.

Der beteuerte immer wieder, dass er alles richtig gemacht hatte. Daher begann mein Großvater daran zu glauben, dass nicht sein Assistent schuld gewesen war, sondern jemand von außen eingegriffen hatte.«

»Sabotage?«, fragte Lena.

»Ganz genau.« Murphy nickte. »Außerdem ärgerte er sich darüber, dass man ihn falsch zitiert hatte und dieses falsche Zitat jetzt auch noch unter seinem Familiennamen verbreitet wurde. Natürlich passierten Dinge, die nicht passieren sollten, aber doch nicht immer und vor allem dann nicht, wenn man gut vorbereitet ist. Und das war zumindest er stets gewesen.«

»Okay. Ihr Großvater glaubte also an Sabotage. Aber was hat das mit der ORG zu tun?«, fragte Lena ungeduldig.

»Immer mit der Ruhe!« Murphy streckte seine Füße aus. »Sie müssen wissen, mein Großvater machte eine interessante Entdeckung. Als er die Aufzeichnungen der Dioden erneut studierte, stellte er fest, dass zwar das Gesamtergebnis unbrauchbar war, aber anscheinend doch zwei der Dioden fehlerfreie Signale gesendet hatten. Es waren also nicht alle Dioden falsch angebracht worden. Und raten Sie mal, welche an der richtigen Stelle saßen?«

Lena zuckte mit den Schultern.

»Die auf dem Rücken!«, sagte Murphy.

Lena ahnte, was jetzt kam. »Der Proband selbst hat den Versuch manipuliert?«

Murphy tippte mit seinem rechten Zeigefinger gegen die Schläfe. »Schlaues Mädchen.« Er stand auf, holte zwei Gläser und einen weiteren Whiskey aus dem Regal.

»Für mich bitte nicht.« Lena hatte zu spät reagiert. Ihr Glas war bereits halb voll.

Murphy schüttete sich Lenas Whiskey in sein Glas und nahm einen tiefen Schluck. »Ein Fehler. Ein Single Malt aus bestem Hause. Der Tropfen ist über dreißig Jahre alt.«

»Das nächste Mal. Erzählen Sie weiter!« Lena war gespannt.

Murphy setzte sich in seinen alten Sessel zurück. Er berichtete, dass sich nach einigem Hin und Her der Proband verplapperte und schließlich zugab, dass er viel Geld dafür bekommen hatte, den Versuch zum Scheitern zu bringen.

»Und von wem?«

Murphy roch an seinem Whiskey. Er schwenkte das Glas, roch ein weiteres Mal und nahm einen Schluck. Diesmal nippte er nur kurz daran. Mit zufriedener Miene stellte er das Glas auf den Tisch zurück. Dann sah er zu Lena und zuckte mit den Schultern.

»Wenn wir das wüssten. Der Proband zumindest wusste es nicht. Das Einzige, was er wusste, war, dass er, würde er jemals sein kleines Geheimnis verraten, wahrscheinlich nicht mehr lange leben würde. Er bettelte meinen Großvater daher förmlich an, ihn nicht zu verraten.« Murphy griff zum Whiskeyglas und wiederholte die zuvor zelebrierte Prozedur. Er schwenkte das Glas und hielt es Lena entgegen. »Nicht vielleicht doch einen?«

Sie schüttelte den Kopf. »Und was ist jetzt mit der ORG?«

Murphy stand auf und begann mit dem Whiskeyglas durch sein Wohnzimmer zu spazieren. »Mein Großvater verriet zwar nicht den Probanden. Aber niemand hatte ihm verboten, selbst weitere Nachforschungen anzustellen. Er nervte daher jahrelang hohe Offiziere der Armee mit seinen Recherchen. Das Raketenschlittenprogramm hatte damals höchste Priorität. Mein Großvater sollte an oberste Stelle berichten. Da hing nicht nur das Militär, sondern die Regierung und Gott weiß wer mit drin. Eines Tages bekam er Besuch. Ein Mann tauchte bei ihm auf und bat um ein Gespräch. Er stellte sich nicht vor, aber es war klar, dass er ein hohes Tier sein musste, wahrscheinlich von der CIA oder direkt aus der Regierung. Jedenfalls schaffte er es, meinen Großvater nachhaltig einzuschüchtern, was wohl kaum sonst jemand geschafft haben dürfte. Er war mit dem Fall meines Großvaters beauftragt worden, um endlich für Ruhe zu sorgen. Dieser Mann schien nicht dumm zu sein, denn anstatt meinem Großvater Geld anzubieten, was dieser nie angenommen hätte, erzählte er ihm einfach die Wahrheit. Er sagte ihm, dass der Versuch tatsächlich sabotiert wurde. Den Grund verriet er ihm allerdings nicht. Dafür riet er meinem Großvater, die Nachforschungen ein für alle Mal einzustellen. Dann nickte er wohl vielsagend in die Richtung eines Familienfotos. Mein Großvater verstand sofort.«

»Und?«

Murphy seufzte. »Er bekam es mit der Angst zu tun. Die Drohung von diesem CIA-Typen war ja nicht zu überhören gewesen. Mein Großvater ließ sich dann nach Deutschland versetzen. Aber losgelassen hat die Geschichte ihn nie. In den letzten Tagen vor seinem Tod sprach er fast nur noch davon. Er sagte meinem Vater, dass da eine riesige Schweinerei lief und es eigentlich seine Pflicht wäre, sie aufzuklären. Er aber inzwischen zu alt und schwach dazu sei.«

»Und Ihr Vater?«

»Den interessierte das alles nicht. Daher wandte sich mein Großvater an mich. Bei mir ging die Geschichte aber auch bei dem einen Ohr rein und kam aus dem anderen wieder raus. Ich hatte damals andere Probleme als die Sorgen meines Großvaters.« Murphy grinste breit. »Frauen.« Murphy stand auf und verschwand in der Küche. Als er wiederkam, hatte er ein Bier in der Hand. Er erhob die Dose. »Auf meine Heimat, das Land meines Großvaters, God save the Queen, lang lebe Amerika, du verlogenes Stück Erde. Ich liebe und ich hasse dich.«

Lena sah ihm dabei zu, wie er die halbe Dose in sich hineinschüttete. »Und wie kam es dann zu dem Kontakt mit Meier?«

Murphy ging zum Fenster und starrte auf die Terrasse. »Keine Ahnung, wie er auf mich oder auf meinen Großvater gekommen ist. Er hat irgendwie herausgefunden, wo es unsere Familie hin verschlagen hat. Und er wusste von diesem gescheiterten Raketenschlittenversuch. Darüber wollte er mit mir sprechen.«

»Aber warum?«

Murphy zuckte mit den Schultern. »Keine Ahnung. Was ihn dann eigentlich viel mehr interessierte als das, was ich Ihnen gerade über die Sabotage erzählt habe, war, dass ich zwei Tage vor seinem Besuch einen Anruf bekommen habe. Der Mann, der mich anrief, sagte, dass er meinen Großvater gekannt hat. Er wollte wissen, ob mein Großvater jemals mit mir über das Raketenschlittenprogramm gesprochen hat. Dann riet er mir, die Sache am besten zu vergessen. Ich hakte nach, wollte vor allem von ihm wissen, wer er eigentlich sei. Daraufhin sagte er nur, dass mich das nicht interessieren müsste.«

»Hat er Ihnen auch gedroht?«

»Nein.« Murphy kratzte sich über seine unrasierte Wange. »Er hat dann allerdings gesagt, dass es die Organisation ohnehin nicht mehr geben würde. Und dass mein Großvater seinem Land und der Welt durch den gescheiterten Versuch ungewollt mehr gedient habe, als er sich je hätte träumen können.«

Lena verstand nicht. »Aber von einer Organisation war Ihrem Großvater gegenüber doch vorher nie die Rede gewesen? Nur von Sabotage.«

»Ganz genau«, murmelte Murphy.

»Seltsam«, murmelte Lena. »Und das war alles?«

»Das war alles.«

Lena überlegte eine Weile, wie sie die neuen Informationen in ihr bisheriges Wissen sortieren sollte. Meier war bei seinen Recherchen zur ORG irgendwie auf den Fall Murphy gestoßen. Er machte dessen Enkel ausfindig. Von diesem erfuhr er, dass es die Organisation anscheinend tatsächlich mal gegeben hatte, sie aber aufgelöst wurde. Kurz darauf kam er zu ihr, um sich eine mögliche alternative Erklärung für die zunehmende Angst bestätigen zu lassen. Doch dann, kurz bevor er starb, schien es ihm wieder wichtig zu sein, sie auf Murphy's Geschichte aufmerksam zu machen.

Sie erhob sich von der Couch.

»Sie müssen los?« Murphy wirkte jetzt fast ein wenig enttäuscht.

»Ja«, sagte Lena, die das Gefühl hatte, dass sie alles erfahren hatte, was es zu erfahren gab. »Vielen Dank für den Kaffee.«

Murphy brachte sie noch zur Straße.

»Ich werde aus dem Ganzen einfach nicht schlau«, sagte Lena zu Murphy gewandt, bevor sie in den Wagen stieg. »Wenn Meier nicht vor meinen Augen überfahren worden wäre und es jetzt womöglich nicht auch noch Callenberg erwischt hätte, würde ich das alles wahrscheinlich als Hirngespinst abtun und versuchen zu vergessen.«

»Vielleicht sollten Sie das tun«, sagte Murphy. »Ich würde es tun.« Er sah sie ernst an, aus unruhigen Augen, die umringt waren von Sorgenfalten. »Aber sehen Sie mich an. Sehe ich aus wie ein glücklicher Mann?«

27 Berlin-Steglitz

Institut für Biologie
08. Mai, 15.00 Uhr

Lena ging den langen Gang zu ihrem Büro herunter. Auch wenn man im Institut am Samstagvormittag noch dem ein oder anderen Kollegen über den Weg lief, spätestens am Nachmittag waren sie alle ins Wochenende verschwunden. Eigentlich liebte es Lena, wenn sie hier allein war. Mal ohne Störungen Dinge erledigen zu können empfand sie als absoluten Luxus. Es entspannte sie. Und nach dem Besuch bei Murphy war Ruhe genau das, was sie brauchte, um ihre Gedanken zu sortieren. Doch jetzt kam ihr eben diese Ruhe beinahe unheimlich vor. Nicht mal eine Kaffeemaschine war zu hören, die leise vor sich hin brodelte. Sie öffnete die Tür zu ihrem Büro und legte ihre Handtasche auf den Schreibtisch. Dann betrat sie ihr Labor.

Da standen sie vor ihr, die acht großen Becken, in denen sie ihre Ameisen hielt. Direkt vorne neben dem Eingang befand sich das Formicarium mit der Formica sanguinea, der Blutroten Raubameise. Der Staat war ihr ganzer Stolz. Sie erinnerte sich noch gut daran, wie kompliziert es gewesen war, sie in Gefangenschaft zur Staatenbildung zu motivieren. Um ihren eigenen Staat zu gründen, bedient sich die Königin der Raubameise nämlich einer anderen Ameisenart, der Grauschwarzen Sklavenameise. Die Königin der Sklavenameise wird von den Raubameisen eingeschüchtert und dazu gezwungen, auch das Gelege der Raubameise zu pflegen. Sobald die ersten eigenen Arbeiterinnen geschlüpft sind, wird die fremde Königin getötet, und die Königin der Raubameise lässt sich von den eigenen Arbeiterinnen und von den Sklavenameisen-Arbeiterinnen pflegen. Dieser »temporäre Sozialparasitismus« wurde nach Ansicht von Lena nur noch von den Teleutomyrmex schneideri, sogenannten Inquilien, übertroffen, die nicht nur temporär, sondern sogar dauerhaft das perfekte System eines anderen Volkes nutzten.

»Dachte ich es mir doch, dass ich Sie hier treffe, Sie Workaholic!«

Lena fuhr erschrocken herum. Callenberg stand hinter ihr im Türrahmen. Der anfängliche Schock wich der Erleichterung, dass er am Leben war. »Mein Gott. Ich hatte schon die schlimmsten Befürchtungen.«

Callenberg wirkte müde. Er trug seinen schwarzen Anzug, der jedoch an mehreren Stellen zerrissen war. In seiner linken Hand hielt er eine Baseballkappe.

»Zu Recht.« Callenberg blickte zu dem Becken mit der Blutroten Raubameise. »Aber ich bin ihnen mal wieder entwischt.« Er grinste, sichtlich ein wenig stolz.

»Was ist da passiert, in Ihrem Hotel meine ich? Ich habe mehrfach versucht, Sie anzurufen!«

»Die Bullen, Sondereinsatzkommando.« Callenberg rümpfte die Nase. »Keine Ahnung, woher die wussten, dass ich da immer noch wohne.«

»Es standen zwei Krankenwagen vor dem Haus!«

»Da war wohl einer übereifrig oder hatte einen nervösen Finger. Es hat eine Prostituierte erwischt.« Callenberg sah zu Boden. »Ich hoffe, sie wird es schaffen.«

Lena musste an die Frau denken, die sie am Betreten des Hotels hatte hindern wollen.

»Sie haben nicht zufällig eine Ahnung, wer die Polizei informiert haben könnte?« Callenberg sah Lena ernst an.

»Na hören Sie mal!« Allein, dass er darüber nachzudenken schien, dass sie ihn verraten haben könnte, machte sie wütend.

»Nur nicht aufregen. Ich wollte nur sichergehen.« Callenberg zeigte zur Tür. »Aber lassen Sie uns nicht streiten. Wird Zeit, dass wir zu Murphy fahren. Wir haben schon genug Zeit verloren. Haben Sie Ihr Auto hier am Institut?«

»Nicht mehr nötig.«

Callenberg sah sie verstört an. »Wie, nicht mehr nötig? Ist er tot?«

»Ich war schon da.«

Callenberg schaute jetzt noch dümmer aus der Wäsche, was Lena ein wenig amüsierte.

»Die Gelegenheit war günstig. Ich hatte meine Verfolger abgehängt. Und ich war mir nicht sicher, was mit Ihnen passiert ist.«

Callenberg starrte sie ungläubig an. Dann fing er sich wieder. »Verfolger?«

»Polizisten. Agenten von der ORG. Was weiß ich.«

»Eher Polizisten«, sagte Callenberg. »Die ORG arbeitet anders, unsichtbar sozusagen. Da bin ich mir inzwischen sicher.« Callenberg strich sich durch die Haare. »Aber jetzt erzählen Sie schon: Was sagt Murphy?«

Lena fasste für Callenberg kurz zusammen, was ihr Murphy erzählt hatte. Callenberg unterbrach sie kein einziges Mal, doch sah sie ihm an, dass ihm das, was er hörte, nicht wirklich gefiel.

»Was meinen Sie?«, fragte Lena am Ende ihrer Ausführungen.

»Hm«, murmelte er. »Ich bin mir sicher, dass es für die Sabotage eine sehr interessante Erklärung gibt.« Callenberg legte seine rechte Hand an seine Halswirbelsäule. Dann drehte er den Kopf. Es war ein dumpfes Knacken zu hören. »Murphy's Law«, murmelte er mehrfach.

»Und was halten Sie von der Aussage, dass diese Organisation aufgelöst wurde?«

»Blödsinn.« Callenberg schüttelte mehrfach energisch den Kopf. »Da wollte jemand Murphy beeinflussen. Wahrscheinlich haben die Wind davon bekommen, dass Meier ihn interviewen wollte. Das ist doch offensichtlich.« Callenberg lehnte sich gegen das Formicarium.

»Bitte nicht!« Lena zog ihn von dem Becken weg. Es war lose auf einen Metallrahmen gestellt. Dass es zu Boden fiel und die Ameisen dann frei im Labor herumkrabbelten, war das Letzte, was sie jetzt gebrauchen konnte.

Lena zeigte auf zwei Stühle in der Ecke. »Ich habe auf der Rückfahrt lange darüber nachgedacht. Ich musste immer wieder an Meier denken und an sein Gespräch mit mir. Die plausibelste Erklärung ist, dass Meier Murphy befragt hat und so erfuhr, dass es diese Organisation tatsächlich einmal gegeben hatte. Aber er hat auch erfahren, dass sie wahrscheinlich schon vor Jahren aufgelöst wurde, wie ja auch die anderen Stay-behind-Organisationen. Und das machte aus seiner Sicht auch Sinn, denn wirkliche Beweise, außer wilden Spekulationen von euch und aus dem Darknet hatte er nicht. Und für die zunehmende Angst gibt es am Ende eben auch eine andere, ganz einfache Erklärung: die Selbststeuerung von Systemen.«

»Zum Glück sind wir jetzt nach den Morden schlauer.« Callenberg wirkte heute irgendwie aggressiver als sonst. »Die gehen eindeutig auf das Konto der ORG. Da wurde gar nichts aufgelöst!«

»Selbst wenn einiges dafür spricht, und die Morde könnten in der Tat ein Indiz dafür sein, fehlen noch immer die Beweise«, sagte Lena ruhig. Sie betrachtete Callenberg. Es war nicht nur eine unterschwellige Wut, die sie ihm ansehen konnte. Er hatte wieder diesen gewissen Fanatismus in seinem Blick, den man nur bei wenigen Menschen zu sehen bekam. Lena wusste nicht, ob sie diesen Blick mögen oder fürchten sollte. Sie bewunderte den unbedingten Willen, den er ausdrückte, fürchtete sich jedoch gleichzeitig vor dem, wozu dieser Wille im Extremfall imstande war. »Lassen Sie uns doch mal für einen Moment alle Alternativen durchdenken«, fuhr Lena fort. »Es ist nämlich durchaus möglich, dass man die Angst systemimmanent erklären kann. In dem Sinne nämlich, dass auch ein Gesellschaftssystem nur funktioniert, wenn seine Mitglieder bestimmte kollektive Gefühle entwickeln. Vielleicht brauchen wir die Angst.«

»Und wer hat dann Meier umgebracht?« echauffierte sich Callenberg. »Und der Brandanschlag auf unseren Verein, bei dem mein Freund Nedjo umkam, wie erklären Sie den?«

»Warum haben Sie mir den Brandanschlag eigentlich bisher verschwiegen, wenn er Ihrer Meinung nach auch auf das Konto der ORG geht?«, merkte Lena an, die an ihr Gespräch mit Kommissar Ewald denken musste. Dass Callenberg ihr davon nichts erzählt hatte, fand sie immer noch seltsam.

Callenberg sah sie wütend an. »Zwei Morde an Menschen, die sich mit dem Thema beschäftigt haben! Sie werden doch wohl kaum bestreiten, dass das kein Zufall sein kann. Da steckt die ORG dahinter.«

»Ich weiß nicht, ob ich das bestreiten möchte. Es klingt plausibel. Aber es kann auch dafür eine andere Erklärung geben.«

»Ach ja! Welche denn?«

»Selbstschutzmechanismen.«

»Wie bitte? Selbstschutzmechanismen?« Callenberg fasste sich an den Kopf. »Jetzt bleiben Sie aber mal auf dem Teppich der Tatsachen. Wie soll das den bitte schön funktionieren? Wer exekutiert? Der Staat ist doch kein großer Riese mit eigenen Händen und Füßen, der einfach so ›töten‹ und ›zündeln‹ kann. Er ist immer noch nur die Summe seiner Bürger.«

»Ich dachte, Sie hätten meine Artikel gelesen?« Lena zog die Augenbrauen nach oben. »Kommen Sie mal mit.« Sie führte Callenberg zu der Versuchsanordnung mit den Röhren, die sie für die Studenten aufgebaut hatte. »Ich werde Ihnen jetzt etwas Interessantes zeigen.«

»Wenn es sein muss«, murmelte Callenberg. Dann betrachtete er die beiden Röhren, die durch das Labor von dem Formicarium zu dem kleinen Kasten mit Zuckerwasser führten.

Lena öffnete die kleine Tür, die die Ameisen davon abhielt, in die Röhren zu krabbeln. Sie liebte dieses Experiment, vor allem die Auflösung, die ihr immer ein wenig wie die Enthüllung eines Zaubertricks vorkam.

Sie mussten nicht lange warten, bis die ersten Späherameisen den kleinen Ausgang entdeckt hatten. Während eine der Ameisen den kurzen Weg zum Zuckerwasser nutzte, nutzte eine andere den längeren. Bald erreichte die Ameise, die den kürzeren Weg genutzt hatte, das Zuckerwasser. Sie trank ein wenig davon und krabbelte dann wieder zurück.

»War es das?«, fragte Callenberg ein wenig höhnisch.

»Warten Sie ab.«

Als die erste Ameise das Nest wieder erreicht hatte, konnte man beobachten, wie sie andere Ameisen mit ihren Fühlern oder mit dem Kopf berührte. Kurz darauf machten sich auch diese Ameisen auf den Weg.

»Fällt Ihnen etwas auf?«, fragte Lena Callenberg.

Der beugte sich ganz nahe an die Röhre. »Ameisen können also reden!«

»Wie kommen Sie darauf?«

»Woher sollen Sie sonst wissen, welches der kürzere Weg ist? Und den nutzen sie jetzt ja alle.«

Lena grinste zufrieden. Callenberg hatte es bemerkt. Die Ameisen nutzten in der Tat nur die Röhre, die schneller zum Zuckerwasser führte. »Sie haben nicht ganz unrecht. Sie kommunizieren in der Tat. Allerdings ›reden‹ sie, indem sie eine Pheromonspur auslegen.«

Callenberg sah sie skeptisch an. »Aber eine Pheromonspur muss es doch in beiden Röhren geben. Eine Ameise hat den längeren Weg genutzt. Das habe ich genau gesehen. Woher wissen die anderen, welcher der kürzere Weg ist?«

»Ganz einfach«, begann Lena. »Ameisen hinterlassen auf dem Weg zur Futterquelle eine Pheromonspur. Doch das tun sie nicht nur auf dem Hinweg, sondern auch auf dem Rückweg. Wenn die Ameise also wieder das Nest erreicht, ist ihr Weg bereits zweimal markiert. Und nachdem die erste Ameise schneller ist, ist die Spur des kürzeren Weges für die anderen ›intensiver parfümiert‹, wenn Sie so wollen. Sie nehmen also automatisch diesen Weg. Der mit jeder neuen Ameise erneut markiert wird. Die Ameisen wissen jetzt, welchen Weg sie nutzen müssen.«

Callenberg starrte fasziniert auf die kleinen Tierchen. Sein überwacher Blick hatte jetzt wieder etwas Ruhigeres. Er überlegte. »Ich glaube, wir sind vom Thema abgekommen.«

»Nein«, sagte Lena. »Wir sind mittendrin. Was wir gerade beobachtet haben, ist das Phänomen der kollektiven Intelligenz. Die Intensität des Geruchs wird bei den Ameisen zum Antrieb ihres Handelns. Und bei Menschen in staatlichen Strukturen lassen sich ähnliche Phänomene beobachten. Unsere Pheromone sind die Worte. Und die Medien sind ein Katalysator. Nun stellen Sie sich vor, ein Staat ist in Gefahr. Es gibt Auflösungstendenzen. Es gibt Menschen, die den Staat als solchen infrage stellen. Was passiert? Die Menschen des Systems reagieren darauf mit einer Art ›Selbsterhaltungstrieb‹. Sie fangen an, über ihre Ängste zu reden. Sie regen sich auf. Sie diskutieren. Sie sagen, dass man ›handeln‹ müsste, damit der Staat, der doch für die Ordnung zuständig ist, nicht gefährdet wird. Das Thema wird immer größer. Plötzlich fühlen sich die Menschen dazu ermächtigt und aufgerufen, nicht nur zu reden, sondern zu handeln. Die einen reagieren politisch, demonstrieren, reden von der Bedrohung und beschließen Gesetze, andere reagieren mit roher Gewalt. Jeder so, wie er gelernt hat, auf Bedrohungen zu reagieren. Das dauert so lange, bis das System sich wieder sicher fühlt. Entscheidend ist, dass ein ›Nährboden‹ für solche Reaktionen entsteht, was mit einer besonders intensiven Pheromonspur bei den Ameisen vergleichbar ist. Er schafft die Grundlage für das kollektive Handeln, das jeder entsprechend der Fähigkeiten ausübt, die er erlernt hat. Und dann kann es tatsächlich dazu kommen, dass einzelne Menschen plötzlich Asylbewerberheime anzünden oder Andersdenkende umbringen, wie auch Meier auf seine Art einer gewesen war. Er ist sicher mehreren Menschen auf den Schlips getreten. So wehren sich Systeme, ohne dass es irgendeiner Art von steuerndem oder manipulativem Eingreifen bedarf. Deshalb ist es für die Politik auch so wichtig, genau auf den ›aktuellen Nährboden‹ zu achten.«

Callenberg schloss die Augen, als würde er Lenas Theorie ernsthaft in Betracht ziehen. Dann öffnete er sie wieder. »Und der Brandanschlag auf unseren Verein. Den würden Sie auch so erklären?«

Natürlich ließ sich auch der Brandanschlag über ein sich wehrendes System erklären. Vielleicht hatten sie sich mit ihren Ideen Feinde gemacht. Oder aber, wenn es stimmte, was ihr Ewald gesagt hatte und der Verfassungsschutz hinter dem Verein eine Terrorzelle vermutete, so war es auch durchaus möglich, dass es eine geplante Aktion gegen den Verein gegeben hatte. Nedjo könnte davon erfahren und den Brand selbst verursacht haben, um Beweise zu vernichten. Und war dabei selbst umgekommen. »Könnte es nicht sein, dass Ihr Verein ins Fadenkreuz von Ermittlungen geraten ist?«

»Sehen Sie!« Callenberg sprang von seinem Stuhl auf, als hätte sie gerade eine persönliche Beleidigung ausgesprochen. Sein gerade noch freundliches Gesicht verwandelte sich in eine wütende Fratze. »Genau deshalb habe ich Ihnen nichts von dem Brand erzählt. Sie ziehen doch nur falsche Schlüsse draus.« Er schnaufte. »Aber es ist nicht, wie Sie denken. Wir sind kein verfassungsfeindlicher Verein. Wir verfolgen keine Ziele, die nicht eh schon in der Verfassung verankert sind. Wir wollen einfach nur das, was uns zusteht: Freiheit! Die Welt gehört nicht einigen, sondern allen Menschen. Niemandem wurde das Recht eingeräumt, davon Besitz zu ergreifen. Eigentum an etwas, was man selbst geschaffen hat, das können wir akzeptieren. Aber Eigentum an Land akzeptieren wir nicht. Wie könnte ich das denn begründen? Dadurch, dass ich mich auf ein Stückchen Boden setze und sage, das ist jetzt meins? Nein, die Welt mit ihren Ländern und Meeren gehört uns allen.«

»Genau das hatte ich befürchtet«, stöhnte Lena. Grundsätzlich verstand sie, was Callenberg sagte. Irgendwann einmal, vor Tausenden von Jahren, hatten Menschen, die sesshaft wurden, beschlossen, Land in Besitz zu nehmen. Das war natürlich ein Akt, der rechtlich durchaus fragwürdig war, zumal es dem ursprünglichen Modell des Nomadentums widersprach. Doch heutzutage diese »Aneignung« infrage zu stellen ging schon sehr weit. Häuser zu besetzen war das eine. Was nun allerdings bei Callenberg herauszuhören war, klang schon eher nach Anschlägen und Revolution.

»Was heißt hier befürchtet!«, schimpfte Callenberg. »Mit der Sesshaftigkeit verlor der Mensch seine Unschuld. In der Bibel wird das als Sündenfall bezeichnet. Und genau das ist es!«

»Sündenfall? Sie reden doch Unsinn.«

»Tue ich nicht. Da sind sich viele Historiker sehr einig. Das einfache Leben im Einklang mit der Natur, ein Leben, in dem wir von der Hand in den Mund lebten, in dem Gott uns in ›seinem‹ Garten alles zur Verfügung stellte, was wir zum Leben brauchen, haben wir hinter uns gelassen, um die Natur zu unterwerfen. Und was haben wir damit erreicht? Umweltverschmutzung, Kriege, Sklaverei. Denn dazu kommt es, wenn einige wenige meinen, dass ihnen das Land allein gehört und alle, die ebenfalls darauf und davon leben wollen, dafür hart arbeiten müssen. Lassen Sie sich bloß nicht von den Löhnen täuschen! Die reichen doch gerade mal dazu aus, dass die modernen Sklaven was zu beißen haben.«

»Sie wollen also, dass alles wieder allen gehört?« Wenn er dieses Ziel wirklich anstrebte, dann war ihr klar, warum man ihn verfolgte.

»Nein«, wehrte sich Callenberg. »Es wäre wünschenswert. Aber ich will keinen Kommunismus und auch keine Revolution. Was ich will, ist, dass die Rechte andersdenkender Menschen respektiert werden. Die nordamerikanischen Indianer wurden in Reservate gesperrt. Zigeuner werden, egal wo sie sich niederlassen, immer wieder vertrieben. Urwaldstämme hat man schlicht ausgerottet. Überall werden Zäune und Mauern gebaut. Das ist falsch. Jeder sollte das Recht haben, dort zu arbeiten, wo er arbeiten möchte. Wofür der ganze Aufwand mit Visa und Genehmigungsverfahren? Es ist widersprüchlich, auf der einen Seite zu argumentieren, dass sich der Markt am besten frei reguliert, dass überhaupt Freiheit eines unserer höchsten Güter ist, man dann aber bei der Wahl des Wohnortes und Arbeitsplatzes plötzlich die Schranken schließt und alles an bürokratischem Wahnsinn hervorzaubert, was man in seiner Trickkiste vorhält.«

Lena stand auf. Sie blickte auf die in der Zwischenzeit sehr rege frequentierte kürzere Röhre, um ihre Gedanken zu ordnen. Es war nicht so, dass sie das, was Callenberg sagte, für Unsinn hielt. Ganz im Gegenteil, ihr gefiel der Gedanke an ein Zusammenleben ohne Mauern und Grenzen. Nur konnte man die Zeiger der Uhr nicht einfach zurückdrehen. Ganz davon abgesehen widersprach es der Logik und dem Ziel von Systemen. Systeme mussten sich abgrenzen, um zu funktionieren. Und damit war Callenbergs Vorstellung von einer Welt ohne Hürden und Grenzen leider auch nicht die, worauf die Evolution hinauslief.

Sie zeigte auf die Ameisen im Formicarium. »Sehen Sie diese kleinen Tiere.«

Callenberg sah auf das Becken hinab. »Natürlich. Wieso?«

»Sie haben eine große Gemeinsamkeit mit uns Menschen: Sie bilden Staaten. Und da wir nun mal in einer Welt aus Raum und Zeit leben, macht einen Staat nicht nur die Masse der einzelnen Individuen aus, sondern auch der Raum, den sie für sich beanspruchen. Versucht man in einen Ameisenhaufen einzudringen, dann wird man sein blaues Wunder erleben. Die Ameisen verteidigen ihren Bau, als wäre es ihr eigener Leib. Jedes System hat das Bestreben, sich abzugrenzen. Wenn es das nicht tut, ist es kein System. Der Körper des Menschen grenzt sich mit seiner Haut von der Umwelt ab, die Ameisen durch ihren Bau, der Staat durch seine Landesgrenzen.«

»Und warum hat es bei den Indianern anders funktioniert?«, warf Callenberg ein.

»Hat es nicht«, widersprach Lena. »Es gab vielleicht keine äußerlich sichtbaren Zäune, aber Gebiete, die gegen Eindringlinge verteidigt wurden.«

»Nicht immer. Es gab Stämme, die sehr friedlich miteinander gelebt haben.«

Lena setzte sich. »Solange genug von allem da ist, mag das so sein. Paradiesische Zustände. Man lebte von der Hand in den Mund, wie Sie so schön sagten. Aber das Paradies gibt es nicht mehr.«

»Sagen Sie!« Callenberg ging auf die Tür zu, die aus dem Labor herausführte.

»Sie wollen gehen?«

»Ja.« Er drehte sich wütend um. »Die Jungs sind mir einfach immer einen Schritt voraus.«

»Wovon sprechen Sie?«

»Diesen Unsinn, den man versucht hat Murphy einzureden, kurz bevor Meier ihn besuchte. Klingelt da nicht etwas bei Ihnen?« Callenberg seufzte. »Die ORG will, dass Sie mir nicht mehr glauben. Jetzt erklären Sie sich den Tod von Meier als Tat eines Wütenden, der sich durch seine Artikel provoziert fühlte, und den von Nedjo als Tat des Geheimdienstes, der damit eine vermeintliche Terrorzelle eliminieren möchte. Und wenn ich bald verschwinden werde, dann passt das natürlich auch in Ihr Bild.« Er trat gegen den Türrahmen. »Es ist zum Kotzen, aber was kann ich machen? Für Sie ist der Fall erledigt. Stimmt's?«

Lena stand auf. Sie sah Callenberg empört an. »Wie kindsköpfig Sie sind!«

»Aber es stimmt doch!« Er sah ihr direkt in die Augen. Dann verließ er das Labor.

»Jetzt warten Sie doch mal! Ich will doch nur, dass wir alle Möglichkeiten durchdenken!« Lena sprang ihm hinterher. Callenberg ließ sich jedoch nicht aufhalten. Er ging durch ihr Büro und zielstrebig zum Hinterausgang.

»Bleiben Sie gefälligst hier!«, rief ihm Lena hinterher.

Doch Callenberg hatte bereits das Ende des Flurs erreicht. Ohne sich umzusehen, zog er die Tür auf und verschwand.

28 Berlin-Steglitz

Redaktion *AnderZeit*
08. Mai, 17.00 Uhr

Erst als er die Baseballmütze abzog, die er sich besorgt hatte, um von den allgegenwärtigen Kameras nicht sofort identifiziert werden zu können, schien sie ihn wiederzuerkennen. Ihre Haare hatte sie heute zu Zöpfen geflochten.

»Hi!« Sie lächelte schüchtern.

»Störe ich?«

Sie schüttelte Kopf. »Überhaupt nicht. Hast Glück, dass wir noch da sind. Wir räumen noch die letzten Sachen auf, und dann sind wir raus hier.«

Viktor sah sich in der Redaktion um, in der nicht viel mehr stand als ein paar Tische mit Computern. In einer Ecke räumte ein jüngerer Mann gerade Akten in einen Umzugskarton.

»Hättest du ein paar Minuten?«, fragte er und mit einem Blick zu Buchtalers Kollegen: »Vielleicht am besten woanders?«

Sie gingen in ein kleines Stehafé in der Nähe der Redaktion. Viktor bestellte für Buchtaler einen Kaffee und für sich selbst ein Wasser und ein Thunfischsandwich. Dann setzten sie sich auf zwei Hocker direkt am Fenster.

»Was gibt es denn?« Buchtaler betrachtete ihn neugierig.

»Hat Gottfried dir gegenüber mal was von einem Raketenschlittenversuch erwähnt?«

Buchtaler überlegte kurz. Dann schüttelte sie ihren Kopf.

»Schade.« Es wäre auch zu schön gewesen. Zumindest sprach der Umstand, dass Meier den Versuch ihr gegenüber nicht erwähnt hatte, dafür, dass es sich bei den Recherchen hierzu nicht um ein anderes Projekt handelte.

»Aber ich muss dir noch was anderes erzählen«, flüsterte Buchtaler. Sie sah ihn verlegen an. »Ich weiß nicht … Du musst wissen … Na ja … Das mit Gottfried und mir«, druckste sie herum. Viktor hoffte, dass sie dieses Mal schneller auf den Punkt kommen würde. »Ich habe ihn irgendwie schon geliebt, aber … Er war ja dreißig Jahre älter. Was für mich kein Problem ist … eigentlich … Ich stehe auf ältere Männer, weißt du.« Sie begann unsicher an einem ihrer Zöpfe zu spielen. »Meine Mutter sagt immer, wegen meinem Vater … Weil der uns doch so früh verlassen hat.«

»Und?«, murmelte Viktor genervt. Alles sprach dafür, schnell das Weite zu suchen, sonst konnte er sich die nächste Stunde die Psychoscheiße von ihr anhören. Am Ende musste er sie sogar noch trösten.

»Aber da war dieser Typ«, sagte sie und seufzte. »Der war einfach so süß. Vom Gesicht eher nicht so mein Fall. Zu nett, zu normal, weißt du.« Sie betrachtete Viktor auffällig lange, so als wollte sie sagen, dass ihm sein Gesicht um einiges besser gefiel. Ihr Blick blieb kurz an seiner Narbe hängen. »Aber er fand mich cool. Das hat er zumindest immer gesagt. Und er hat mich so genommen, wie ich bin. Das ist wahrscheinlich der Trick. Ich glaube, damit bekommt man alle Frauen rum.«

Viktor stellte auf Durchzug. Er rückte seinen Hocker zurecht und beobachtete das Treiben auf der Straße. Einige Passanten kamen vorbei. Dann ein bekanntes Gesicht. Es war der Typ aus der Redaktion. Als er Viktor und Buchtaler entdeckte, winkte er kurz, ging jedoch weiter. Viktor sah zu Buchtaler, die immer noch von ihrem Lover erzählte.

»Findest du nicht, dass das seltsam ist?« Sie wartete auf eine Reaktion. »Vielleicht rede ich mir da ja was ein. Weil es dann einen Grund gäbe, warum er sich gar nicht mehr meldet. Aber seltsam ist es schon, oder?«

Sie wartete, bis Viktor ihr antwortete, was er aber nicht konnte, weil er nicht zugehört hatte und daher auch nicht wusste, worauf sich ihre Frage bezog.

Sie stupste ihn in die Seite. »Jetzt sag doch mal!«

»Keine Ahnung.«

»Wie, keine Ahnung? Bis vor Gottfrieds Tod war noch alles okay. Und dann löst er sich plötzlich in Luft auf! Klingt das für dich nicht merkwürdig?«

»Wie?« Viktor drehte sich zu ihr. »Was war bis zum Tod von Meier noch okay?«

Buchtaler sah ihn an, als wäre er ein wenig unterbelichtet. »Sag mal, hast du mir überhaupt zugehört?«

»Da war also noch ein anderer? Und der hat dich nach dem Tod von Meier verlassen. Und vorher? Hat er sich da bereits seltsam verhalten?«

Buchtaler verdrehte die Augen. »Habe ich doch grad gesagt! Er hat mich immer über *AnderZeit* ausgefragt, unsere Recherchen und so und über Gottfried … Ich dachte aus Interesse an mir.«

Viktor war plötzlich wieder voll bei der Sache. »Wie, er hat dich ausgefragt? Und wann genau hast du ihn kennengelernt?«

»Vor zwei Monaten ungefähr.«

Also kurz nachdem er mit Meier Kontakt aufgenommen hatte. »Und seit Meiers Tod ist er verschwunden, sagst du?«

»Ganz genau.«

Endlich! Alle glaubten sie, er wäre ein verrückter Verschwörungstheoretiker. Nichts hatte etwas daran geändert. Nicht der Brandanschlag. Nicht der Tod von Nedjo. Nicht der Tod von Meier. Selbst Bondroit ging jetzt davon aus, nachdem sie mit Murphy gesprochen hatte. Doch er würde ihnen das Gegenteil beweisen. Denn wenn es stimmte, was Buchtaler sagte, dann hatte sich wahrscheinlich ein Agent der ORG an sie herangemacht. Und der würde ihn endlich zu dem Nest dieser Ratten führen.

»Hast du seine Nummer? Weißt du, wo er wohnt?«

Buchtaler zog ihr Handy aus der Tasche. »Nummer ja. Aber wir waren immer bei mir.« Sie hielt ihm ihr Handy entgegen. In den Kontakten hatte sie eine Rufnummer von einem »Andy« herausgesucht.

Viktor blickte auf die Nummer. »Und er geht nicht mehr ran?«

»Nö.« Buchtaler zog einen Schmollmund.

»Was weißt du sonst über ihn? Arbeit? Familie? Wo geht er gerne hin?«

»Er hat gesagt, er wäre Banker. Viel mehr weiß ich nicht. Er wollte darüber nicht so gerne reden. Wir waren mal im Kino. Meistens haben wir aber bei mir abgehangen. Unsere Beziehung war ja eher körperlich.« Sie sah zu Boden.

»Fuck!«, schimpfte Viktor leise. »Keine Idee, wie wir ihn finden könnten?«

Buchtaler schüttelte den Kopf so stark, dass ihr die beiden Zöpfe gegen die Wangen schlugen.

»Wie sah er denn aus? Hast du ein Foto?«

Buchtaler suchte im Handy. Dann zeigte sie Viktor einen halb nackten Mann, der auf einem Bett saß und sich ein

Kissen vor das Gesicht hielt. »Das ist leider alles.« Sie musste lachen. »Nicht gerade sehr hilfreich, was?«

»Beschreib ihn!«

»Braune Haare, braune Augen. Ein eher normales Gesicht. Da fällt mir nichts Auffälliges ein. Vielleicht so 1,85 groß. Mitte bis Ende dreißig, schätze ich.«

Viktor atmete tief durch. Die Beschreibung passte gefühlt auf die halbe Welt. Vielleicht ließ sich über die Nummer etwas herausfinden. Er nahm sein Handy und tippte sie ab.

»Was trug er für Klamotten? Gab es da was Auffälliges?«

Buchtaler überlegte. »Jetzt, wo du es sagst. Er hatte so eine gelbe Tasche aus Lkw-Plane. Diese wasserdichten für Möchtegern-Trendsetter, du weißt schon. Sind aber längst wieder out.«

»Besser als nichts«, murmelte Viktor. Er stand auf. »Ich muss jetzt los.«

»Schon?« Buchtaler stand ebenfalls auf. Sie stellte sich vor ihn und zog ihre Nerdbrille ab. »Sehen wir uns noch mal?«

Viktor wollte sie nicht anlügen, sagte also lieber gar nichts.

»Oder hast du eine Nummer … Ich meine ja nur … Vielleicht meldet er sich ja?«

»Ich erreiche dich.«

»In der Redaktion allerdings nicht mehr. Wie ich schon sagte, letzter Tag heute.« Sie nannte ihm ihre private Adresse. Dann sah sie ihm in die Augen. »Meinst du, Andy könnte etwas mit dem Mord an Gottfried zu tun haben?«

Viktor zuckte mit den Schultern.

»Aus Eifersucht oder so?«, fragte Buchtaler.

»Könnte sein«, murmelte Viktor, obwohl Eifersucht ganz sicher nicht der Grund war.

»Na dann, bis hoffentlich bald«, sagte Buchtaler.

Es entstand eine unangenehme Stille.

»Ja.« Er ergriff ihre Hand und drückte sie. Sie erwiderte seinen Druck. Dann sah sie ihm erneut in die Augen.

29 Berlin-Charlottenburg

Lenas Wohnung
08. Mai, 19.00 Uhr

Lena stand bestimmt schon eine Viertelstunde vor ihrem Schrank und überlegte, was sie zu ihrem Date mit Degenhart anziehen sollte. Nach dem Chaos der letzten 24 Stunden war sie froh, dass mit dem Treffen ein wenig Normalität in ihr Leben zurückkehren würde. Außerdem war sie gespannt, ob ihr zweites Treffen mit Degenhart genauso nett werden würde wie das erste. Ihre Erfahrung verhieß da leider nichts allzu Gutes.

Lena zog eine helle Bluse an. Obwohl ihr Schrank aus allen Nähten platzte, wollte ihr heute nichts so recht gefallen. Ihre Blusen und T-Shirts kamen ihr alle zu artig vor. Noch schlimmer war es bei den Hosen. Und ihre schwarze Lieblingsjeans war in der Wäsche.

Ihr Handy vibrierte. Lena beschloss es zu ignorieren, konnte es dann aber doch nicht lassen, auf das Display zu sehen. Vielleicht war es Degenhart, der sie zu erreichen versuchte, weil ihm etwas dazwischengekommen war.

Anonym. Lena zögerte kurz, nahm dann aber doch ab. »Bondroit?«

»Kommissar Ewald hier. Entschuldigen Sie die Störung am Wochenende. Aber es ist wichtig.«

Da wäre ihr sogar ein Anruf von einer dieser Telefonmarketingfirmen lieber gewesen. Die hätte sie zumindest schnell abwürgen können. »Könnten wir nicht am Montag …«

»Callenberg«, platzte ihr Ewald ins Wort. »Ich weiß, dass Sie mehr mit ihm zu tun haben, als Sie vorgeben. Ich muss dringend mit ihm sprechen.«

»Ach.« Lena musste an den Polizeieinsatz vor dem Hotel denken. »Ist er Ihnen mal wieder entwischt?«

»Sie sprechen auf das an, was in dem Hotel passiert ist. Richtig?«

»Könnte sein«, sagte Lena.

»Das waren nicht meine Männer. Ich wusste davon ehrlich gesagt gar nichts.«

Lena war überrascht. »Aber die Jungs, die mich verfolgt haben, das waren schon Ihre Männer?«

»Jetzt tun Sie bitte nicht so, als hätte ich Sie darüber nicht informiert. Wo steckt der Kerl?«

»Keine Ahnung«, sagte Lena. Sie war froh, dass sie nicht lügen musste. »Was wollen Sie denn von ihm?«

»Da läuft was Größeres. Er muss mir helfen.«

Lena war überrascht. »Ihnen helfen? Glauben Sie jetzt etwa doch an Meiers Theorie von der Organisation?« Woher kam dieser Gesinnungswandel? Oder gab Ewald das nur vor, um von ihr zu erfahren, wo Callenberg steckte?

»Nein«, sagte Ewald bestimmt. »Geht um was anderes. Kann ich leider nicht drüber reden.«

Lena sah auf die Uhr. Schon halb acht. Und sie stand immer noch in Unterwäsche da. Auch geschminkt hatte sie sich noch nicht. »Hören Sie, ich weiß nicht, wo er ist. Und ich muss jetzt leider wirklich auflegen. Ich habe noch einen Termin.«

»Frau Bondroit!«

»Ja?«

»Ich bitte nur ungerne um etwas. Aber jetzt tue ich es. Sagen Sie mir, wo Callenberg steckt. BITTE!« Er betonte jeden Buchstaben einzeln. »Wenn die ihn vor mir finden, ist er tot.«

»Wer die?«

»Tut nichts zur Sache.«

»Es tut mir leid. Aber ich weiß es wirklich nicht.«

Sie konnte Ewalds Schnaufen laut und deutlich hören. Wahrscheinlich biss er sich gerade in die Jacke, um nicht losschreien zu müssen. »Also gut«, polterte er dann doch los. »Dann haben aber Sie ihn auf dem Gewissen, meine Liebe, Sie, nur Sie!«

»Ich bin nicht Ihre ›Liebe‹«, entgegnete Lena wütend und legte einfach auf. Dann wartete sie noch einen Moment, da sie davon ausging, dass Ewald sie erneut anrufen würde. Doch er tat es nicht.

Auch gut.

Ein wenig aufgewühlt stellte sie sich wieder vor ihren Schrank, um sich erneut ihrer Abendgarderobe zu widmen. Und jetzt, wo sie kaum mehr Zeit hatte, fiel ihr die Entscheidung plötzlich um einiges leichter.

30 Berlin-Charlottenburg

Lenas Wohnung
08. Mai, 19.30 Uhr

Nachdem sich Viktor von Buchtaler verabschiedet hatte, war er sofort zurück ins Institut gefahren. Schon kurz nach dem Gespräch mit ihr war ihm nämlich ein Gedanke nicht mehr aus dem Kopf gegangen: Bondroit hatte ihn vor zwei Tagen aus ihrem Büro geworfen, weil sie ein Date hatte. Und so, wie sie sich verhalten hatte, schien es sich um eine neue Bekanntschaft zu handeln. Unter normalen Umständen hätte er diesem Treffen keine weitere Bedeutung zugemessen. Aber es waren eben keine normalen Umstände. Um an Meier zu kommen, hatten sie sich an Buchtaler rangemacht. Und jetzt, nachdem Buchtaler nach Meiers Tod für die ORG wertlos geworden war, brauchten sie Bondroit, um ihn zu finden. Wäre es denkbar, dass dieser Agent es auf dieselbe Weise ein zweites Mal versuchte?

Als er Bondroit im Institut nicht mehr angetroffen hatte, hatte er überlegt, sie anzurufen, jedoch davon abgesehen, da sie mit ziemlicher Sicherheit abgehört wurde. Und so war er nun auf dem Weg zu ihrer Wohnung.

Bisher war es nur eine Theorie. Doch wenn sie sich bestätigen sollte, konnte es endlich losgehen.

Viktor ging nach wie vor davon aus, dass Bondroit observiert wurde, deswegen suchte er die Gegend nach Möglichkeiten ab, um anders als durch die Vordertür in ihre Wohnung zu kommen. Vielleicht ein Hinterhof mit einer Feuerleiter? Fehlanzeige. Auch wenn er seine These lieber sofort bestätigt bekommen hätte, er durfte kein Risiko eingehen. Es würde ihm wohl nichts anderes übrig bleiben, als bis Montag zu warten, um sie dann unauffällig im Institut zu besuchen.

Gerade wollte Viktor wieder aufbrechen, da erregte ein Wagen seine Aufmerksamkeit, der direkt vor Bondroits Haus hielt. Ein recht dynamisch wirkender Mann sprang heraus und klingelte. Er hatte braune Haare und passte auch sonst sehr gut auf Buchtalers Beschreibung. Kurz darauf verschwand er im Hauseingang.

Viktor zog sich seine Schirmmütze tiefer in die Stirn und richtete den Kragen seiner Jacke auf. Dann ging er langsam an dem in zweiter Reihe parkenden Audi vorbei. Kurz riskierte er einen Blick in den Wagen.

Bingo! Eine Tasche aus gelber Lkw-Plane, genau wie die, von der Buchtaler berichtet hatte. Das konnte kein Zufall sein. Es war an der Zeit, Tayé aufzusuchen.

31 Berlin-Charlottenburg

Lenas Wohnung
08. Mai, 23.00 Uhr

Von wegen Blumen sollte man nicht zu viel gießen. Wie schnell man doch die guten Ratschläge der Großmutter über Bord werfen konnte. Lena selbst hatte Degenhart vorgeschlagen, noch mit hoch zu kommen.

Jetzt standen sie vor ihrer Wohnung, und Lena kramte bereits seit einiger Zeit nach ihrem Schlüssel, den sie doch gerade noch in der Hand gehalten hatte, um die Haustür aufzuschließen.

»Schlüssel verloren?«, fragte Degenhart amüsiert.

»Nein, nein.« Endlich hatte sie ihn. Sie musste ihn ohne es zu merken in die Tasche ihres Trenchcoats gesteckt haben. Wo war sie nur mit ihren Gedanken? Etwas nervös fummelte sie den Schlüssel ins Schloss. Dann standen sie im engen Flur ihrer Wohnung.

»Geh du doch schon mal ins …«

Bevor sie weitersprechen konnte, hatte sie Degenhart schon an die Wand gedrückt. Er küsste sie, zunächst ein wenig zaghaft, dann, als er merkte, dass es ihr zu gefallen schien, immer heftiger. Für eine Sekunde dachte Lena noch an den Spruch ihrer Großmutter. Doch an Widerstand war nicht mehr zu denken. Sie fühlte sich wie ein Teenager, der die Sommerferien von ihrem Freund getrennt verbracht hatte und ihn nun endlich wiedertraf. Ohne die Lippen von seinen zu lassen, schob sie Degenhart langsam Richtung Schlafzimmer. Erst dort ließen sie für einen Moment voneinander ab. Doch nur, um sich besser die Kleidung vom Leib reißen zu können.

Sie hatten kaum geschlafen, hatten einfach nicht voneinander lassen können. Es fühlte sich alles so gut an. Jetzt lagen sie nebeneinander im Bett, sie auf dem Bauch, er auf der Seite, und sahen sich an. Degenhart ließ zärtlich seine Finger über ihren nackten Rücken streichen. Ab und an erwischte er dabei eine Stelle, deren Berührung sie eine Gänsehaut bekommen ließ, woraus er sich, nachdem er diese Sensibilität bei ihr entdeckt hatte, einen Sport zu machen schien.

»Michael?«

»Soll ich aufhören?« Er hielt inne.

Sie biss ihm vorsichtig in die Unterlippe. »Nein … ich würde nur gerne …« Sie war sich nicht sicher, ob es wirklich richtig war, jetzt wieder mit diesem Thema anzufangen. Aber auch wenn es ihr gelungen war, die Geschehnisse der letzten Tage zumindest für die letzten zwölf Stunden zu verdrängen, spukten sie jetzt wieder in ihrem Kopf herum. »Na ja. Ich würde gerne mit dir über etwas Unromantisches reden.«

»Und zwar?« Seine Finger hörten auf, sie zu streicheln. Er wirkte plötzlich ein wenig verunsichert.

»Es geht um die Geschichte um diese Organisation.«

»Ach so.« Sein Blick entspannte sich wieder, und seine Finger begannen erneut ihren Rücken zu erkunden.

»Es tut mir leid. Aber die Sache geht mir einfach nicht aus dem Kopf.«

Degenhart küsste sie sanft auf die Stirn. »Das kann ich verstehen. Ist seitdem noch etwas passiert?«

Lena erzählte ihm von dem Hotel und von ihren Verfolgern. Dann berichtete sie von ihrem Besuch bei Murphy und auch von Ewald, der an irgendeiner Sache dran war, über die er nicht sprechen wollte, und dass er Callenberg zunächst für einen Terroristen gehalten hatte, ihn jetzt aber anscheinend aus anderen Gründen unbedingt sprechen wollte.

»Was meinst du?«, fragte sie Degenhart am Ende ihrer Ausführungen. »Anfangs, da hat mich diese Theorie, dass eine Organisation die Bevölkerung manipuliert, vor allem fasziniert. Aber trotz des Mordes an Meier war ich skeptisch, ich konnte mir das einfach nicht plausibel erklären. Aber jetzt glaube ich, dass da doch mehr dran ist.«

»Na ja.« Degenhart legte sich auf den Rücken. »Es stellt sich natürlich schon die Frage, wer für den Brandanschlag und die Morde verantwortlich ist. Aber zumindest scheint die Sache mit der ORG ja geklärt.«

»Wieso das denn?« Lena verstand nicht. Sie hatte ihm doch gerade erzählt, was Murphy wusste. »Meinst du, weil der Kommissar eine andere Spur verfolgt?«

Degenhart überlegte. »Auch das. Aber vor allem, weil dieser Murphy selbst gesagt hat, dass die Organisation vor langer Zeit aufgelöst worden sei.«

Hatte Degenhart nicht richtig zugehört? »Ja. Weil man ihm das so gesagt hat. Aber ob er das selbst glaubt, da bin ich eher skeptisch.«

»Du glaubst also an diese Organisation?« Degenhart wirkte sichtlich erstaunt.

»Mehr denn je.«

»Wieso?«

»Ganz einfach. Weil es sie mal gegeben hat. Das hat dieser CIA-Agent, oder wer auch immer angerufen hat, Scott Murphy gegenüber indirekt bestätigt.«

»Jetzt verstehe ich gar nichts mehr.« Degenhart richtete sich auf. »Nur weil es sie mal gegeben hat, heißt, dass es sie auch weiterhin gibt?«

»Ja. Denn ich glaube an die Logik von Systemen. Und ein System löst sich nicht einfach auf.« Lena sah Degenhart mit großen Augen an. »Und ein solches, wie die ORG eines gewesen sein muss, schon erst recht nicht.« Sie stupste Degenhart gegen die Brust und lehnte sich dann gegen die Rückwand ihres Bettes. »Mit Systemen kenne ich mich aus. Und je mehr ich darüber nachdenke, könnte es durchaus plausibel sein, dass es die ORG noch gibt. Systeme entwickeln einen eigenen Überlebenswillen. Sie streben sogar die Unsterblichkeit an. Was sich ein Individuum nur wünschen kann, ist für ein System durchaus möglich. Ein Individuum muss sterben. Im System hingegen wird einfach ersetzt. Auf diese Weise kann ein System ewig leben.«

Degenhart lehnte sich neben sie. »Es gibt sie also doch, die theoretische Unsterblichkeit?«

»Zumindest für Systeme.«

»Aber doch nicht für Organisationen.«

»Doch, auch für die.« Lena streichelte über seine Brust. »Wie auch für Behörden, Unternehmen oder selbst größere Abteilungen.«

»Größere Abteilungen?« Degenhart betrachtete sie skeptisch. »Ich habe einige Umorganisationen miterlebt. Da wurden viele Abteilungen aufgelöst.«

Lena musste grinsen. So blind war man, wenn man selbst im System steckte. Leider gelang es den wenigsten Menschen, für ein paar Minuten die Vogelperspektive einzunehmen und von außen zu sehen, was wirklich passierte. Um bei der Beobachtung von Tieren nicht den Überblick zu verlieren, markierte man sie. Das sollte man viel häufiger auch mit Menschen tun.

»Man darf sich nicht von den neuen Namen der Abteilungen und den Organigrammen verwirren lassen. Wenn man dem Unternehmen nicht gleichzeitig eine neue Kultur oder nennen wir es DNA überstülpt, werden die einzelnen Abteilungen unter anderem Namen und in anderen Konstellationen weitermachen. Und das ist auch nur natürlich. Verletzt man die Haut eines Menschen, wird nicht plötzlich ein Baum aus ihr herauswachsen. Das System wird sich regenerieren, aber nie revolutionieren. Denk an die Bankenkrise. Haben da die Beteiligten sofort dazugelernt? Nein. Es wurde weitergemacht wie bisher, nur versuchte man das unter schicken neuen Begrifflichkeiten zu verstecken.«

»Hm«, murmelte Degenhart.

»Du glaubst mir nicht?«

»Doch, ich glaube dir.« Er hatte zu schnell geantwortet, als dass er wirklich überzeugend wirkte. »Aber gibt es da keine Ausnahme?«

»Doch.« Sie streichelte ihm erneut über seine Brust. Seine Muskeln waren gut trainiert. Das war ihr schon beim Sex aufgefallen. »Wie schon gesagt; eine neue DNA könnte dafür sorgen. Oder man ersetzt das alte System durch ein neues. Entscheidend ist, dass ich das alte System zerstöre. Wir Biologen nennen es: Evolution. Eine Art wird durch eine neue, robustere, überlebensfähigere Art ersetzt.«

Degenhart überlegte. Dann begann er zu grinsen. »Was wäre, wenn die ORG ersetzt wurde?«

»Möglich«, sagte Lena. »Aber was sollte die ORG ersetzt haben?«

»Ein Geheimdienst zum Beispiel.«

»Dann wäre es nur alter Wein in neuen Schläuchen. Dieselben Ziele, aber keine Evolution, lediglich ein neuer Name.«

Degenhart überlegte. »Stimmt. Aber kann ein System denn nicht aussterben, so wie die Dinosaurier?«

»Wenn sich die Umwelt verändert. Doch das hat sie im Fall der ORG nicht.«

»Na ja, genau genommen schon. Der Zusammenbruch des Ostens und damit des sozialistischen Gesellschaftsmodells«, gab Degenhart zu bedenken. »Kurzfristig kam es sogar zu einer wirklichen Abrüstung. Es gab somit keine Konkurrenz mehr, vor der man sich als Staat schützen musste.«

Lena musste lachen. »Wie du schon selbst sagst – kurzfristig.« Sie ließ ihre Hand ein wenig tiefer wandern. Irgendwie hatte sie schon wieder Lust. »Aber selbst wenn du recht hättest und die östlichen Gesellschaftsmodelle keine Bedrohung mehr wären: Jede Gesellschaftsordnung steht ständig auf dem Prüfstein. Nur weil eine Dinosaurierart stirbt, heißt das nicht, dass andere mangels Konkurrenz automatisch überleben. Sie müssen weiterhin um ihr Überleben kämpfen.«

Ihre Hand hatte jetzt seinen Bauchnabel erreicht. Degenhart sah sie an. In seinen Augen entdeckte sie ein Blitzen. Es war dieses Blitzen, das sie schon zuvor bei ihm beobachtet hatte, wenn er … Und dann stürzte er sich auch schon wieder auf sie.

32 Berlin-Plänterwald

Reihenhaussiedlung
09. Mai, 11.00 Uhr

Nach einer guten Stunde Fahrt erreichte Viktor endlich sein Ziel. Tayé war in eine etwas abgelegene Wohnsiedlung gezogen; ein kleines Reihenhaus. Von außen wirkte es billig, wahrscheinlich voller Asbest, aber immer noch besser als die Legebatteriewohnungen in den Plattenbauten in der Nähe. Dennoch, er wurde sesshaft. Ein Umstand, der Viktor gar nicht gefiel.

Er klingelte. Kurz darauf öffnete sich die Tür.

»Viktor!« Tayé sah nicht gerade begeistert aus, fast ein wenig verärgert.

»Schön, dass du mich noch erkennst.« Viktor schaute an Tayé vorbei in den Eingangsbereich. An der Wand hing ein dekorativer Holzschnitt. Im Hintergrund war eine Sofalandschaft zu sehen. Ein Fernseher lief.

»Was willst du?«

»Das weißt du.«

»Wer ist es?«, rief eine Frauenstimme aus dem Hintergrund. Ein Kind begann zu schreien.

»Ein Nachbar«, rief Tayé zurück. Er drängte Viktor aus der Tür.

»Dein Kind?« Viktor runzelte die Stirn.

»In einer halben Stunde, beim alten Riesenrad«, flüsterte Tayé. Dann schloss er die Tür.

Viktor erwachte erst, als ihm jemand auf sein Bein klopfte. Er hatte sich auf die Wiese neben dem alten, stillgelegten Riesenrad gelegt, das sich auf dem Gelände des ehemaligen Freizeitparks befand, und die Zeit für ein Nickerchen genutzt. Man wusste nie, wann man das nächste Mal in Ruhe schlafen konnte.

Tayé beugte sich über ihn. Er sah ihn jetzt zum Glück nicht mehr so feindselig an wie zuvor. Sie umarmten sich. Dann setzte sich Tayé neben ihn. Seine sonst stechend weiße Augen waren heute eher rot. Überhaupt wirkte er müde und blass, wenn man bei dunkelhäutigen Menschen von Blässe sprechen wollte. Vielleicht wäre grau die richtige Beschreibung gewesen. Er hatte sich die Haare kurz rasiert. Das letzte Mal hatte er noch Rastalocken getragen. Und zugenommen hatte er auch.

»Entschuldige das gerade an der Tür«, sagte Tayé. »Aber ich habe jetzt Familie. Du kannst mich nicht einfach so besuchen!« Er sah Viktor lange an. Dann umarmte er ihn erneut. »Du bist wie ein Bruder für mich. Aber ruf besser an. Wir treffen uns dann auf neutralem Boden. Ich möchte meine Familie da nicht mit reinziehen.« Er grinste verlegen.

Viktor blieb ernst. »Seit wann?«

»Seit einem halben Jahr.«

»Und das Kind?«

»Nicht von mir.« Seine Augen begannen zu glänzen.

Viktor sah zum alten Riesenrad empor. In DDR-Zeiten war es einmal eine Attraktion gewesen. Jetzt gammelte es seit Jahren unbenutzt vor sich hin.

»Du lässt mich jetzt doch nicht hängen?«

»Niemals.« Tayé wirkte beleidigt. »Wie kannst du so etwas nur denken? Es ist alles da. Fehlen nur noch die Zünder.«

Viktor fuhr sich durchs Gesicht. »Das nennst du alles?« Ohne die Zünder war der Sprengstoff wertlos.

»Liegt nicht an mir. Aber ich mache noch mal Druck.«

»Gut.«

Sie schwiegen für eine Weile.

»Und bei dir?«, fragte Tayé.

»Wie viel?«

»Wie viel was?«

»Von dem Sprengstoff.«

»Genug.«

»Was heißt genug?«

»Genug, um alle Hochhäuser hier in der Gegend plattzumachen.« Tayé klatschte in die Hände. »Bum, bum, bum!« Dann schaute er wieder ernst. »Aber du hast mir nicht geantwortet.«

»Bin dran.«

»Bin dran?« Er klopfte sich auf seine Oberschenkel. »Es kann doch nicht so schwer sein, diese verdammte Organisation zu finden?«

»Hätte ich auch nicht gedacht.« Viktor musste grinsen. »Aber jetzt habe ich eine Spur!«

»Du kennst meine Meinung«, sagte Tayé. »Sie sitzen mit dem Verfassungsschutz unter einem Dach. Deswegen auch dieses riesige Gebäude.«

»Glaube ich nicht«, sagte Viktor.

»Was glaubst du dann?«

»Du weißt von dem Journalisten?«

»Nedjo hatte mal was erwähnt. Ein guter Mann, hat er gesagt.«

»Er wollte einfach nicht raus mit der Geschichte.«

»Und?«

»Tot.«

Sie schwiegen für eine Weile. Viktor sah sich um. Die verrosteten und überwucherten Attraktionen des ehemaligen Freizeitparks wirkten wie eine Kulisse für einen Zombiefilm.

»Vielleicht sollten wir es einfach lassen«, schlug Tayé vor.

»Lassen?« Viktor nahm einen Stein und warf ihn in Richtung Riesenrad. »Niemals. Und wenn es das Letzte ist, was ich tue. Das sind wir nicht nur Nedjo schuldig, sondern auch unseren Brüdern und Schwestern. Der gesamten Menschheit. Hier bewegt sich etwas in eine verdammt falsche Richtung, und das weißt du. Die meisten haben sie schon unter Kontrolle. Sie sitzen zu Hause vor ihrer Glotze und scheißen sich vor Angst die Hosen voll, jemand könnte ihnen das nehmen, was sie sich so hart erarbeitet haben. Sie haben verlernt, was es heißt zu leben. Schau in die Gesichter der Menschen, dann weißt du, was los ist.«

Tayé nickte. »Es ist wie ein Virus, der einen langsam von innen auffrisst. Manchmal habe ich das Gefühl, er hat auch mich befallen.«

Gut, dass Tayé reflektiert genug war, dass ihm das selbst auffiel. Das Reihenhaus. Der laufende Fernseher. So etwas war für ihn vor einem Jahr noch undenkbar gewesen.

Viktor schlug ihm auf die Schultern. »Sie kriegen uns nicht. Halt durch, mein Bruder. Und wenn das hier alles vorbei ist, dann ziehen wir nach Afrika, okay?«

Sie standen auf und nahmen sich erneut in die Arme.

»Noch eine Sache.«

»Was?« Tayé sah zu Viktor auf. Er war fast zwei Köpfe kleiner.

»Ich brauche ein Versteck für heute Nacht.«

Tayés zu Boden gerichteter Blick sagte alles.

»Verstehe«, murmelte Viktor.

»Nein, das verstehst du nicht!«, entgegnete Tayé etwas aufgebracht. »Es ist anders mit Familie. Was ist mit einem Hotel?«

»Zu unsicher.«

»Und wenn du hier ...?« Er zeigte auf ein paar kleine, halb zerfallene »Fachwerkhäuser«, eine ehemalige Attraktion des Parks.

»Ist schon gut.« Viktor stand auf. »Kennst du vielleicht jemanden, der sein Auto für ein paar Tage nicht vermissen würde? Ich bringe es wieder zurück. Versprochen.«

Tayé überlegte. Dann nickte er. »Komm!«

Sie gingen zu den Reihenhäusern zurück. Rund fünfzig Meter von seinem Haus entfernt zeigte Tayé Viktor einen alten Polo. »Ist von unserer Nachbarin. Die fährt den eh kaum noch, ist schon über neunzig. Schau mal, ob du den noch anbekommst.«

»Danke.« Viktor schlug Tayé auf die Schultern. Er sah durch die Scheibe des Polos. Ein wenig eng für wirklich erholsamen Schlaf, aber besser als gar nichts.

33 Berlin-Charlottenburg

Institut für Biologie
10. Mai, 08.00 Uhr

Sie roch an ihren offenen Haaren. Das Gefühl, ihn immer noch riechen zu können. Degenhart war den ganzen Sonntag geblieben. Erst vor ein paar Minuten hatte er sich verabschiedet, doch sie hatten sich direkt für den Abend wieder verabredet.

Lena ging in die Küche und goss sich einen Tee auf. Nachdem er fertig gezogen hatte, schlenderte sie mit der Tasse in ihr Wohnzimmer und setzte sich in den Sessel vor das heimische Formicarium. Als sie für einen Moment die Augen schloss, meinte sie sofort wieder seine Hände zu spüren, wie sie über ihren Körper wanderten. Und sie bemerkte, wie sie wie eine frisch Bekehrte vor sich hin lächelte.

Es war toll gewesen – nicht nur körperlich. Auch dachten sie über vieles ähnlich und mussten über die gleichen Dinge lachen. Seit langer Zeit hatte Lena endlich wieder das Gefühl, mit einem Menschen auf derselben Wellenlänge zu schwingen.

Nur die Geschwindigkeit, mit der sich alles entwickelte, machte ihr ein wenig Angst. Vielleicht sollte sie einen Gang zurückschalten; nicht weil sie das wollte, sondern um die Erwartungen nicht zu sehr hochkochen zu lassen. Doch wie sollte das funktionieren, wenn die Hormone die Kontrolle übernommen hatten?

Nachdem sie ihren Tee getrunken hatte, machte sie sich auf den Weg ins Institut. Der Termin mit Ziehmer stand an, und sie wollte auf keinen Fall zu spät kommen.

Ziehmer saß hinter seinem dunklen Schreibtisch und wühlte in einem Papierstapel. Er schien gar nicht zu merken, dass Lena sein Büro betreten hatte.

»Hallo, Theo.«

Jetzt erst richtete er sich auf. Seine neue Haarfarbe – er war immer dunkelblond gewesen, jetzt waren seine Haare schwarz – sollte ihn wohl jünger wirken lassen. Das Experiment war eindeutig missglückt. Durch seine zunehmend dünner werdenden Haare sah man seine bleiche Kopfhaut durchblitzen.

»Ach, Lena. Stimmt ja!« Er sah wieder auf seinen Papierstapel hinunter. Dann bat er sie ihm gegenüber Platz zu nehmen. Er grinste künstlich. Kein wirklich gutes Zeichen, fand Lena.

»Du wolltest mich sprechen?«

Sie hatte Degenhart von der Geschichte mit der Schreckschusspistole erzählt, der sich darüber nur totgelacht hatte. Auch ihr kam es in der Zwischenzeit vollkommen lächerlich vor, sich wegen der Sache vor Ziehmer rechtfertigen zu müssen.

»Ja.« Jetzt endlich schien er sich auf sie zu konzentrieren. »Vielleicht zunächst zu der Sache mit der Pistole.«

»Theo, wenn ich …«

Ziehmer hob die Hand und schüttelte den Kopf, um ihr anzudeuten, dass jetzt er sprechen wollte. »Versteh mich nicht falsch, ich verstehe dich. Und diese Anspielung auf deinen Großonkel. Köstlich!« Er grinste, anscheinend meinte er es sogar ehrlich. »Aber es gab zwei Beschwerden von verschreckten Studentinnen. Nicht dass sie den Schrecken nicht verdient hätten. Ich glaube, du weißt, was ich meine.«

»Selbstverständlich. Kommt nicht wieder vor.«

»Gut.«

»Dann wäre die Sache vom Tisch?«, fragte Lena erleichtert. Dass Ziehmer keinen Profit aus der Geschichte schlagen wollte, hatte sie ihm gar nicht zugetraut.

Ziehmer schloss für einen Moment die Augen. »Dann wären da noch die Finanzen.«

»Was ist damit?« Lena wusste, dass sie sich zumindest hier nichts vorwerfen lassen konnte. »Ich bin voll im Budget!«

»Ich weiß.« Ziehmer nickte. »Dennoch. Wir werden wohl nicht drum herumkommen, Stellen zu streichen. Und es wird leider auch an unsere Räumlichkeiten gehen. Die Kollegen aus der Botanik werden zu uns ziehen. Wir müssten daher über dein Labor sprechen. Aber das ist ein längeres Thema, das ich …« Jetzt kramte er wieder in den Papierbergen. »… das ich mit dir lieber nächste Woche besprechen würde.«

Typisch Ziehmer, sie für ein Gespräch antanzen zu lassen, in dem nichts wirklich geklärt wurde.

»Theo, ich wäre dir dankbar, wenn du mir sagen könntest, was das jetzt genau bedeutet. «

Ziehmer betrachtete ein Blatt Papier, das er sich aus einem Stapel gezogen hatte. »Lena.« Jetzt sah er sie wieder an. »Sagen wir mal so. Du kennst die Situation. Wenn es tatsächlich zu Stellenkürzungen kommt, hast du nicht die besten Karten. Und das liegt nicht an deiner Arbeit. Aber du bist die, die ich als Letztes eingestellt habe. Du hast keine Kinder. Und die Ameisen …« Er setzte ein mitleidvolles Gesicht auf.

»Na ja. Es ist eben nicht das Thema, das die höchste Priorität hat. Du verstehst, was ich meine.«

Lena spürte plötzlich ein Prickeln im Gesicht. Es wurde immer stärker, wanderte den Hals hinunter und verbreitete sich über den gesamten Körper. Ihr Magen zog sich zusammen.

»Alles gut?«, fragte Ziehmer.

Nichts war gut. Sie fühlte sich, als würde sie auf einem Sprungbrett stehen, das sie jeden Moment ins Nichts katapultieren würde. Dieser Job war ihr Leben! Für einen Augenblick hatte sie die Befürchtung, sich übergeben zu müssen. Ziehmer wusste doch, was sie alles für das Institut geleistet hatte. Und er wusste von ihrem Zusammenbruch.

»Aber da ist ja noch nichts entschieden. Und wie du weißt, kämpfe ich für jeden von euch.« Er klopfte sich auf seine mickrige Hühnerbust. »Wie eine Bärenmutter.«

Lena suchte nach irgendetwas, das sie Ziehmers Floskel entgegensetzen konnte. Doch sie hatte das Gefühl, als hätte ihr jemand das Gehirn aus dem Kopf geschossen und stattdessen Watte in den Schädel gestopft.

»Also!« Ziehmer stand auf. »Lass uns einfach nächste Woche noch mal zusammensetzen. Mittwoch, elf Uhr?«

Lena war plötzlich, als hätte sie die letzten Minuten die Luft angehalten. Sie merkte, wie sie hektisch nach Atem rang. Sie musste raus aus diesem Büro. Sofort!

34 Berlin-Steglitz

Institut für Biologie
10. Mai, 11.00 Uhr

Sie stürmte in ihr Büro und durch die Zwischentür direkt in das Labor. Zielstrebig ging sie in die Ecke mit dem Terrarium, in dem sie die Heuschrecken hielt. Ameisen füttern, das würde sie vielleicht wieder runterbringen.

»Mahlzeit!«

Lena fuhr erschrocken herum. Callenberg. Er saß auf einem Stuhl zwischen zwei Formicarien.

»Sind Sie wahnsinnig!« Lena hielt sich die Brust. »Wird das jetzt zur Gewohnheit? Sie können doch hier nicht einfach ein und aus gehen, wie es Ihnen beliebt!«

Callenberg rollte mit den Augen. Auch das konnte er sich sparen.

»Tut mir leid. Aber vor dem Vordereingang sitzen zwei Bullen im Auto.«

Ach! Hatte er das auch schon bemerkt. Ewalds Leute gaben sich jetzt keine Mühe mehr, sich zu verstecken.

»Was wollen Sie?« Lena griff zu einer Pinzette, um sich eine der Heuschrecken zu fangen. »Ich habe gerade überhaupt keinen Kopf für Ihre Geschichten.«

Callenberg grinste. »Wegen dem neuen Mann in Ihrem Leben?«

»Wie bitte?«

»Ihr Besucher vom Wochenende.«

Lena spürte Adrenalin durch ihre Adern rauschen. Nicht genug, dass er einfach hier auftauchte. Jetzt nahm sich Callenberg auch noch das Recht heraus, in ihrem Privatleben zu schnüffeln. »Das geht Sie gelinde gesagt einen Scheißdreck an.«

Callenberg verschränkte die Arme. »Mal hinterfragt, warum Sie ihn gerade jetzt kennengelernt haben?«

»Was ist eigentlich Ihr Problem?« Lena starrte Callenberg an.

»Schon mal überlegt, ob der Typ ein Agent sein könnte?«

Lena hätte am liebsten laut losgelacht. Blieb ihr denn heute nichts erspart? Sie verstand, dass Callenberg, nach allem was passiert war, hinter jeder Ecke einen Mitarbeiter der ORG vermutete. Aber das hier, das war paranoid. »Keine Sorge. Er arbeitet für das Innenministerium.«

»Sicher?«

»Wenn Sie sich dann besser fühlen, überprüfen Sie es.« Sie ging in ihr Büro. »Kommen Sie!« Callenberg folgte ihr.

Noch im Stehen tippte sie auf ihrem Computer Degenharts Namen in die Suchmaschine ein. Sofort gab es einige Treffer, die sie auf die Seiten des Ministeriums führten. »Da!«

Callenberg blickte ihr über die Schulter. »Alles Tarnung«, spottete er. Er wandte sich ab und begann durch den Raum zu gehen. »Er ist sehr charmant, weiß, wie man mit Frauen umgeht. Er lernt sie *ganz zufällig* kennen. Sie treffen sich mit ihm. Er interessiert sich auch *ganz zufällig* für Ihre systemtheoretische Arbeit.« Er sah zu Lena. »Und natürlich haben Sie ihm von der ORG und mir erzählt. Denn er kann ja so gut zuhören.«

Jetzt reichte es ihr. Sie baute sich vor Callenberg auf, denn sie hatte das Gefühl, dass sie so seine Angriffe besser parieren konnte. »Und das ist auch mein gutes Recht! Außerdem geht Sie das gar nichts an.«

Callenberg blieb ruhig. »Selbstverständlich. Es ist ja auch das gute Recht einer Fliege, sich auf den Leimfänger zu setzen.«

»Was wollen Sie mir eigentlich sagen?«, herrschte Lena ihn an.

»Nur, dass Sie wahrscheinlich gerade von einem Agenten manipuliert werden.«

»Schwachsinn«, schimpfte Lena. Es war absurd, so etwas zu behaupten. Außerdem kannte Callenberg Degenhart doch gar nicht. »Sie und Ihr Verfolgungswahn. Was auch immer an der ORG dran sein mag, und vielleicht ist ja wirklich was dran. Aber Sie gehen mir langsam wirklich auf die Nerven. Sie sind doch völlig verblendet! «

»Ach, so weit hat er sie schon gebracht?« Callenberg verdrehte die Augen. »Josefine Buchtaler, Sie erinnern sich? Die Assistentin von Meier.«

»Ja. Und?«

»Sie war auch mal mit ihm zusammen.«

»Bitte?« Lena betrachtete Callenberg. Sie hoffte auf ein Zucken um die Augen oder den Mund oder ein leichtes Lächeln, was ihn verraten könnte. Doch er sah sie mit regungsloser Miene an. Er wirkte nicht, als ob er nur eine Nebelbombe zünden wollte.

»Auch *Zufall*?«, fragte Callenberg.

»Woher wissen Sie das?« Lena fühlte sich mit einem Schlag verunsichert.

»Für manche Dinge habe ich ein gutes Gespür.«

»Gespür?« Er war also in der Tat so dreist, einfach leere Behauptungen aufzustellen, um sie in die Ecke zu drängen.

»Außerdem hatte Buchtalers Freund ebenso wie Ihr Degenhart eine Tasche aus gelber Lastwagenplane.«

Eine ähnliche Tasche. Das war alles, was er hatte? Jetzt reichte es ihr. Sie verpasste Callenberg eine Ohrfeige. »Und jetzt raus!« Sie zeigte auf die Tür.

»Wie wäre eine Gegenüberstellung von Buchtaler und Ihrem neuen Freund? Oder besorgen Sie ein Foto, das ich Buchtaler zeigen kann. Dann hätten Sie Ihren Beweis.«

Lena zeigte erneut auf die Tür. »Raus!«

Callenberg wandte sich noch einmal um. »Es tut mir wirklich leid, dass ich Sie da reingezogen habe. Aber …«

»Raus!«

35 Berlin-Charlottenburg

Lenas Wohnung
10.Mai, 19.00 Uhr

Lena versuchte Degenhart anzulächeln, doch es gelang ihr nicht. So sehr sie sich dagegen wehrte, Callenberg hatte sie mit seiner Verdächtigung völlig verunsichert.

Den ganzen Nachmittag über hatte sie an nichts anderes denken können, sogar Ziehmers Ankündigung war zur Nebensache geworden. Das erste Kennenlernen am Flughafen. Wer hatte da eigentlich wen angesprochen? Und dann sofort die Einladung zum Essen? Vielleicht doch ein wenig zu offensiv? Oder einfach nur selbstbewusst? Degenhart nahm sich eben das, was er wollte. Aber es konnte durchaus auch andere Gründe haben.

Nein, konnte es nicht. Das Abendessen und vor allem die Nacht und der Sonntag. Es hatte sich alles so echt angefühlt. Und ausgefragt hatte er sie auch nicht. Sie hatte ihm von der ORG und Callenberg erzählt, weil sie darüber reden wollte, vollkommen freiwillig.

Sie standen sich immer noch an der Tür gegenüber. Dann übernahm er die Initiative und drückte sie an sich. Sie war vor Anspannung ganz steif. Verbal wusste sie, was zu tun war. Doch wie sie mit ihrem Körper auf ihn reagieren sollte, dazu hatte sie sich keine Gedanken gemacht.

»Alles in Ordnung?«, fragte Degenhart sichtlich verunsichert.

»Geht so.«

»Was ist denn los?« Er roch sich unter den Achseln und grinste. »Stinke ich?«

Lena blieb ernst.

»Natürlich!« Degenhart schlug sich mit der Hand gegen die Stirn. »Das Gespräch mit deinem Chef. Sorry, daran habe ich überhaupt nicht mehr gedacht. Nicht gut gelaufen?«

»Eher weniger. Der Typ ist einfach ein Arschloch. Aber … das ist es nicht …« Am besten gar nicht lange um den heißen Brei reden. Das hatte sie sich zumindest vorgenommen. »Ich muss dir ein paar Fragen stellen.« Sie atmete tief durch. »Und ich möchte, dass du sie mir ehrlich beantwortest.«

Degenhart wirkte irritiert. »Was für Fragen?«

»Wann hattest du deine letzte Beziehung?« Lena fühlte sich alles andere als wohl in ihrer Haut. Solche Fragen stellten eigentlich nur sechzehnjährige Mädchen.

Degenhart schaute noch irritierter als zuvor. »Was soll das hier werden?«

Lena ergriff seine Hand und drückte sie. »Antworte mir einfach, bitte!«

»Ja, es gab Frauen vor dir.«

Lena merkte an seinem Tonfall, dass er nur freundlich blieb, weil er ein höflicher Mensch war. Er rückte sogar ein wenig von ihr ab, was ihr einen ziemlichen Stich versetzte. Am liebsten hätte sie die Frage wieder zurückgenommen. Aber sie musste wissen, woran sie bei ihm war.

»Wann?«

»Ist das dein Ernst?« Degenhart schüttelte den Kopf. »Die letzte ernst zu nehmende Beziehung …« Er überlegte, was Lena irritierte. Bei so etwas musste man doch nicht überlegen. »… vor circa einem Jahr.«

»Und die letzte nicht ernst zu nehmende Beziehung?«

Degenhart zog seine Hände zurück. »Was soll das hier?« Dieses Mal verbarg er seinen Ärger nicht. »Ich werde dir antworten, aber erst, wenn du mir verrätst, was das Ganze hier soll.«

Lena ging ein paar Schritte auf und ab. Dann entschied sie, dass es das Beste wäre, einfach offen zu ihm zu sein. Wenn Degenhart wirklich für die ORG arbeitete, dann würde sie ihn durch ihre Fragen ohnehin nicht enttarnen. Ihre einzige Chance war, ihn mit Ehrlichkeit zu entwaffnen.

»Also gut.« Sie erzählte ihm von ihrem Treffen mit Callenberg. »Er glaubt, dass du ein Agent bist. Und dass du bis vor Kurzem mit einer Angestellten von Meier etwas hattest. Josefine Buchtaler.«

Degenhart sah sie fassungslos an. Beide schwiegen für einen Moment. »In was bist du da nur reingeraten?«, flüsterte er nach einer Weile. Er rückte näher an sie heran und nahm sie in den Arm. »Und du glaubst Callenberg?«

»Ich weiß ehrlich gesagt nicht, was ich überhaupt noch glauben soll. Ich weiß gar nichts mehr«, flüsterte Lena. Sie kannten sich erst so kurz. Er durfte einfach keiner von der ORG sein.

»Callenberg hat unrecht«, sagte Degenhart und sah ihr in die Augen. »Zumindest teilweise.«

»Teilweise!?«, fragte Lena. Seine Worte waren wie ein Schlag mit der Faust in den Magen. »Was soll das heißen?«

»Ich hatte bis vor Kurzem eine Affäre.«

»Mit wem?«

Degenhart seufzte. »Mit Buchtaler.«

Lena sprang auf. Sie merkte, wie ihr die Tränen kamen. »Und ich ...« Sie konnte nicht weitersprechen. Ihr wurde plötzlich ganz seltsam im Kopf. Noch während sie ihr Gesicht zwischen den Händen vergrub, spürte sie, wie es um sie langsam schwarz wurde.

36 Berlin-Charlottenburg

Lenas Wohnung
10. Mai, 19.15 Uhr

Nachdem er sie vorsichtig auf die Couch gehoben und ihr ein Glas Wasser gebracht hatte, versuchte Degenhart, Lena in den Arm zu nehmen. Aber sie drückte ihn von sich weg. »Lass mich«, wimmerte sie.

»Ich arbeite nicht für die ORG«, sagte er mit ruhiger Stimme. »Ich habe damit nichts zu tun. Das schwöre ich dir.«

»Und das soll ich dir glauben?«, schluchzte Lena.

Er setzte sich neben sie auf die Couch und strich vorsichtig über ihren Arm. »Josefine habe ich in einer Bar kennengelernt. Sie sprach mich an, wir haben uns unterhalten. Aber vor allem haben wir viel getrunken.« Degenhart stoppte. Wahrscheinlich wurde ihm klar, dass der erste Abend mit Lena nicht viel anders verlaufen war.

»Und dann?«, fragte Lena.

Degenhart atmete tief durch. »Dann sind wir in der Kiste gelandet.«

Lena liefen erneut die Tränen übers Gesicht. Natürlich war es so gelaufen. Genau wie bei ihr. »Und dann hat sie dir von Meier erzählt. Ihr habt euch noch ein-, zweimal getroffen. Und dann hast du sie verlassen.«

Degenhart hörte augenblicklich auf, sie zu streicheln. »Was soll das? Ich bin ehrlich zu dir. Aber das, was du jetzt machst, ist nicht mehr gut.«

»Entschuldige.« Lena versuchte zu grinsen, obwohl ihr gar nicht zum Grinsen zumute war. »Aber war es so?«

»Nein«, sagte er ruhig. »Wir trafen uns ein paar Mal. Das stimmt.« Degenhart schluckte. »Es war rein körperlich. Mit dir ist das was ganz anderes. Wir kennen uns zwar noch kaum, aber ich habe das Gefühl … Das musst du doch auch spüren … Außerdem hab nicht ich sie, sondern sie mich verlassen, wenn man es denn so nennen möchte. Nach dem Tod von Meier hat sie sich nie wieder bei mir gemeldet.«

Lena schloss die Augen. Vielleicht sagte er bezüglich der Trennung die Wahrheit. Doch das schloss leider ganz und gar nicht aus, dass er nicht für die ORG arbeitete. Dieser Zufall, dass Degenhart sie und Buchtaler innerhalb weniger Monate kennenlernte und mit ihnen eine Beziehung anfing, war einfach zu groß.

»Du glaubst mir nicht?«

»Nein«, sagte Lena.

»Weil du an diese Organisation glaubst.«

»Ja. Und an die verdammte Angst. Ich spüre sie selbst, jeden Tag.«

Degenhart beugte sich zu ihr herab und legte seine Arme um sie. Für eine Weile saßen sie so da.

»Lena, die Angst lässt sich auch anders erklären. Und das weißt du ganz genau.«

Natürlich wusste sie das. Und eine rationale Erklärung war auch gar nicht von der Hand zu weisen. Aber so einfach war die Sache nicht. Denn alles erklärte das nicht, schon gar nicht den Mord an Meier. Und was Murphy erzählt hatte, ließ sich ebenfalls nicht von der Hand weisen.

»Vielleicht hat es einmal eine Organisation gegeben«, fuhr Degenhart fort. »Und wenn es sie gab, dann hatte sie sicherlich wie alle Stay-behind-Organisationen auch das Ziel, die westlichen Demokratien zu schützen. Aber könnte es nicht wirklich sein, dass die Angst, die du wahrnimmst, nichts anderes ist als ein Selbstschutzmechanismus unserer Demokratie? Und könnte es daher nicht sein, dass Callenberg hinter Gespenstern her ist? Was Callenberg da auch immer hinterherjagt: Ich habe mit der ganzen Sache nichts zu tun.«

Lena sah Degenhart lange an. Wenn er log, dann war er darin ein Meister. Daher wäre es ihr auch lieber gewesen, seine Erklärungen würden sie überzeugen. Nur leider taten sie das nicht. Im Gegenteil, sie war inzwischen davon überzeugt, dass es die ORG gab. Auch wenn noch nicht alle Puzzleteile zusammenpassten.

Sie stand auf und zeigte auf ihr heimisches Formicarium. »Stell dir vor, ich würde ein paar Ameisen aus einem anderen Ameisenstaat in dieses Becken setzen. Was wird passieren?«

Degenhart überlegte. »Ich bin kein Biologe, aber ich nehme an, sie werden getötet. Richtig?«

Lena schüttelte den Kopf. »Nicht unbedingt. Bei Ameisen kann man zwei mögliche Reaktionen beobachten. Die erste ist Integration: Die fremden Ameisen werden komplett in dem Staat aufgenommen und arbeiten für ihn, so als hätten sie niemals etwas anderes getan. Die zweite ist Vertreibung oder sogar Vernichtung. Entscheidend ist, ob die fremden Ameisen als Gefahr wahrgenommen werden. Werden sie das, werden bestimmte Pheromone ausgeschüttet. Schüttet nicht nur eine Ameise, sondern schütten mehrere diese Pheromone aus, kippt irgendwann die Stimmung, und die fremden Ameisen werden vertrieben oder vernichtet. Die

Intensität der Pheromone entscheidet am Ende über Integration oder Vertreibung. Sie sind also der Auslöser für das Verhalten der Ameisen.«

»Was willst du mir damit sagen?«, fragte Degenhart.

»Die Selbststeuerung in der Biologie funktioniert in gewisser Weise nach demokratischen Grundsätzen. Es reicht nicht, dass eine Ameise eine fremde Ameise als Bedrohung empfindet. Zur Abwehr fremder Ameisen kommt es erst, wenn viele Ameisen sich dazu entschließen, die Fremden als Gefahr einzustufen. Die Europäische Union, Einwanderer und Anschläge mögen manche Menschen verunsichern. Aber wann ist es zu dieser kollektiven Angst gekommen? Und all ihren Folgen, wie Depressionen, Burn-outs, Verarmungs-, Zukunftsängste? Ich frage mich, wann und warum bei uns die Stimmung gekippt ist.«

»Und?«, fragte Degenhart.

»Wenn die Ameisen die fremden Ameisen nicht angreifen, sondern sie integrieren, gibt es für uns Biologen immer noch einen anderen Weg, sie zu dem erwünschten Verhalten zu motivieren.«

»Und der wäre?«

»Man versprüht selbst mehr von den Pheromonen, sprich: Man kippt Öl ins Feuer und manipuliert.«

Degenhart sah Lena an. Er überlegte einen Augenblick, dann ergriff er ihre Hand. »Vielleicht hast du recht. Aber selbst wenn es sie geben sollte, ich arbeite nicht für sie!«

Schön wäre es. Sie sah ihn zweifelnd an.

»Ich helfe euch, sie zu enttarnen!«, sagte Degenhart bestimmt.

»Aha.« Lena wusste nicht, was sie von dem Vorschlag halten sollte.

»Wenn es Spuren gibt, die zu dieser Organisation führen, dann muss es auch Kontakte auf politischer Ebene geben. Wenn allein der Verfassungsschutz mit drinhängt, wird es schwierig. Aber auch der Verfassungsschutz ist eine Behörde, die dem Innenministerium untergeordnet ist. Und wenn es da was zu finden gibt, dann werde ich es finden!«, sagte Degenhart entschlossen. Er ergriff ihre Hand und drückte sie, wahrscheinlich, um seiner Entschlossenheit mehr Bedeutung beizumessen. »Und dann werde ich diesem Callenberg die notwendigen Informationen zukommen lassen, damit er die Sache auffliegen lassen kann. Dann spätestens wird rauskommen, ob ich für sie arbeite oder nicht.«

Sein Vorschlag machte ihr tatsächlich Hoffnung. »Aber wie willst du die Sache angehen? Diese Organisation gibt es offiziell gar nicht. Ich glaube nicht, dass sich da so leicht etwas finden lässt.«

»Ich werde der Spur des Geldes folgen«, sagte Degenhart. »Auch eine Organisation wie die ORG muss bezahlt werden. Da stecken Menschen dahinter, die essen und trinken wollen und ein Dach über dem Kopf brauchen.«

»Und du meinst, da könntest du was finden?«

»Solche Budgets lassen sich natürlich verstecken. In den USA geht der Anteil der Militärausgaben, über die keiner weiß, wohin sie geflossen sind, in die Milliarden.«

»Was bedeutet, dass es Jahre dauern kann, den richtigen Topf zu finden.«

»Stimmt. Aber ich habe da eine Idee«, sagte Degenhart. »Bitte, vertrau mir.«

Lena betrachtete Degenhart. Es konnte sein, dass dies alles nur Lippenbekenntnisse waren, um seine Verbindung zur ORG zu verschleiern oder um sie in die Irre zu führen. Doch Lena wollte ihm vertrauen, wollte die Hoffnung nicht aufgeben, dass sie sich vielleicht doch nicht so sehr in ihm getäuscht hatte.

»Also gut. Auf was wartest du noch!«

37 Berlin-Charlottenburg

Lenas Wohnung
10. Mai, 23.50 Uhr

Es war kurz vor Mitternacht, als Degenhart endlich Bondroits Haus verließ. Viktor saß in dem geliehenen Polo und trank gerade seinen dritten Kaffee. Es machte ihn nervös, dass er noch keinen von den Polizisten entdeckt hatte, die Bondroit observierten. Er wusste lieber, wo seine Feinde steckten.

Kaum hatte Degenhart einen Fuß auf den Bürgersteig gesetzt, nahm Viktor die Kamera und machte ein paar Fotos. Anschließend überprüfte er die Qualität. Wegen der schlechten Lichtverhältnisse war Degenhart nicht besonders gut zu erkennen, aber für eine Identifizierung sollte es ausreichen.

Nachdem Degenhart losgefahren war, wartete Viktor noch einen Moment. Dann verließ auch er seine Parklücke und nahm die Verfolgung auf, stets darauf bedacht, genügend Platz zwischen sich und Degenhart zu lassen. Aufgrund der fortgeschrittenen Uhrzeit war wenig los auf den Straßen, was es um einiges vereinfachte, an ihm dranzubleiben.

In der Nähe vom Gendarmenmarkt hielt Degenhart vor einem mehrstöckigen Gebäude und verschwand in der Tiefgarage. Viktor parkte den Polo, stieg aus und sah an dem Gebäude empor. Nur vereinzelt brannte noch Licht. Nach kurzer Zeit ging in einem Büro in der obersten Etage das Licht an. Viktor sah sich um. Er huschte über die Straße und näherte sich dem Eingangsportal. Dort angekommen ging er die Namen der ansässigen Firmen durch. Im obersten Stockwerk gab es tatsächlich eine Außenstelle des Innenministeriums. Degenhart schien Bondroit bezüglich seines offiziellen Arbeitgebers nicht angelogen zu haben, was allerdings nicht bedeutete, dass Viktor mit seiner These falsch lag. Es war durchaus möglich, dass die ORG als Untereinheit des Innenministeriums getarnt war. Was Viktor allerdings beunruhigte, war, dass die Zentrale einer Organisation, die ein ganzes Land manipulierte, unmöglich im obersten Stockwerk dieses Gebäudes Platz fand. Und das wiederum bedeutete, dass es noch weitere Standorte geben musste, was für seinen Plan nicht gerade förderlich wäre. Aber darüber würde er sich später Gedanken machen. Es galt zunächst, seiner These Gewissheit zu verleihen.

Viktor kramte ein neues Prepaidhandy aus der Tasche und wählte Buchtalers Nummer.

Als sie sich meldete, war im Hintergrund ein dumpfes Dröhnen zu hören.

»Viktor hier. Viktor Callenberg.«

»Hey, Viktor. Cool ... anrufst ...« Aufgrund der lauten Musik war Buchtalter kaum zu verstehen.

»Wo steckst du?«, brüllte Viktor in sein Handy.

»... Club ...«, war alles, was er verstand.

»Schick mir die Adresse. Bin in zehn Minuten da.«

Viktor musste zum Glück nicht lange suchen, er fand sie direkt an der Bar in der Nähe des Eingangs. Sie unterhielt sich gerade mit einem Typen, der ihn mit seinem Hawaiihemd und dem Schnauzbart an einen Privatdetektiv aus einer alten Serie erinnerte.

Viktor hielt sich nicht lange mit Erklärungen auf, sondern griff Buchtaler am Arm und zeigte zum Ausgang. »Komm. Lass uns gehen.«

»Schon?«

Er nahm ihr den Cocktail aus der Hand und leerte ihn in einem Zug. »Ja.«

»Warum?«

»Draußen«, brüllte Viktor. In dem Laden war an ein Gespräch nicht zu denken. Er zog an ihrer Hand. Zum Glück fing Buchtaler keine Diskussion an. Sie verabschiedete sich von dem Typen mit dem Schnauzbart und ließ sich von Viktor aus dem Laden führen.

»Was ist denn los?«, fragte Buchtaler, als sie endlich auf der Straße waren.

»Ich habe deinen Andy gefunden.«

»Nicht wahr!«

»Doch. Und wenn wir uns beeilen, finden wir vielleicht sogar noch heute raus, wo er wohnt.«

Nach kurzer Fahrt waren sie wieder am Gendarmenmarkt. Viktor kurbelte die Scheibe nach unten und sah an der Fassade des Gebäudes empor, in dem Degenhart verschwunden war. Das Licht im obersten Stockwerk brannte immer noch.

»Scheint noch da zu sein!«, murmelte Viktor zufrieden. Er holte die Kamera vom Rücksitz, schaltete sie ein und suchte nach einem Bild, auf dem man Degenhart gut erkennen konnte. Dann hielt er Buchtaler die Kamera hin. »Ist er das?«

Buchtaler vergrößerte das Foto ein wenig. »Eindeutig. Woher hast du das?«

»Nicht so wichtig.« Viktor zeigte aus dem Fenster zu dem Zimmer, in dem noch Licht brannte. »Da arbeitet er. Übrigens, er ist kein Banker.«

Buchtaler sah an dem Gebäude empor. »Und jetzt?«

»Wir warten.«

Gute zwanzig Minuten später ging das Licht aus. Kurz darauf fuhr Degenhart aus der Tiefgarage. Viktor wartete, bis er in die erste Querstraße abgebogen war, dann nahm er die Verfolgung auf. Degenhart fuhr am Potsdamer Platz vorbei in Richtung Zoo. In einer kleinen Straße hinter dem Bahnhof blieb er plötzlich stehen. Um nicht aufzufallen, musste Viktor überholen, bog jedoch in die nächste Seitenstraße ein, hielt an und sprang aus dem Wagen. »Warte hier!«, rief er Buchtaler noch zu. Dann rannte er zur Straßenecke vor.

Degenharts Wagen befand sich noch dort, wo er ihn abgestellt hatte. Der Warnblinker war eingeschaltet, Degenhart selbst stand auf der gegenüberliegenden Straßenseite vor einem riesigen, schlossgleichen Gebäude mit einem von Säulen getragenen imposanten Eingangsportal.

Viktor duckte sich hinter ein parkendes Auto. Von dort aus beobachtete er Degenhart, wie der die wenigen Stufen zum Eingangsbereich hochlief. Für einen Moment verschwand er hinter den Säulen in der Dunkelheit. Kurz darauf tauchte er wieder auf. Er ging die paar Stufen zum Bürgersteig hinunter und sah sich das Gebäude genauer an, das sich bis zur nächsten Querstraße hinzog. Dann lief er im Schatten des Gebäudes entlang und bog um die Ecke. Viktor rannte über die Straße, folgte ihm und spähte vorsichtig in die Seitenstraße. Degenhart marschierte gute vierzig Meter vor ihm. Für eine

Sekunde hatte Viktor den Eindruck, dass er sich umdrehte, doch dann ging er wieder ganz normal weiter, bis er plötzlich, Viktor war nur für einen Augenblick durch ein vorbeifahrendes Fahrzeug abgelenkt gewesen, verschwunden war.

»Fuck!«, fluchte Viktor. Am liebsten wäre er losgerannt. Doch um diese Uhrzeit in der menschenleeren Straße hätte ihn das Geräusch seiner Schuhe verraten. Er wechselte daher die Straßenseite und versuchte sich in der Deckung der dort parkenden Autos möglichst schnell vorzuarbeiten.

Nach rund fünfzig Metern entdeckte er einen kleinen Nebeneingang. Viktor sah in beide Richtungen die Straße hinunter. War Degenhart da hinein verschwunden? In der Hoffnung, ein verräterisches Licht im Gebäude zu sehen, wartete er einen Augenblick. Doch alle Fenster – zumindest die, die zur Straße hinausgingen – blieben dunkel.

Nachdem sich selbst nach mehreren Minuten nichts im Gebäude tat, ging Viktor bis zum Ende der Straße weiter. Doch auch auf der Rückseite war Degenhart nirgends zu sehen.

Viktor beschloss umzudrehen und bei Degenharts Wagen zu warten, irgendwann musste er ja zurückkommen. Als er die Hauptstraße fast erreicht hatte, hörte er plötzlich leise Schritte. Er drehte sich um; zu spät. Alles was er noch spürte, war ein kräftiger Schlag auf seinen Kopf. Dann wurde ihm schwarz vor Augen, und er sackte zu Boden.

38 Berlin-Charlottenburg

Lenas Wohnung
11. Mai, 05.50 Uhr

Es war noch nicht mal sechs Uhr morgens, als es bei Lena Sturm klingelte. Schlaftrunken zog sie sich ihren Morgenmantel über und schlappte den langen Flur hinunter. Dann betätigte sie die Türsprechanlage.

»Ich hoffe, es ist wichtig.« Sie war sich sicher, dass es Callenberg war. Wer sonst kam auf die Idee, um diese Uhrzeit bei ihr zu klingeln.

»Verdammt wichtig!«, sagte eine Frauenstimme.

»Wer ist da?«

»Josefine Buchtaler. Eine Mitarbeiterin von Gottfried Meier.«

Lena drückte den Türsummer. Kurz darauf stand eine blonde Frau vor ihr, die sichtlich durch den Wind schien. Zumindest hatte sich Degenhart Buchtaler nicht schöntrinken müssen. Lena fand sie ausgesprochen apart. Unter einer Jeansjacke trug sie ein enges Tanktop, das ihren sportlichen Körper betonte. Sie war bestimmt fünf Jahre jünger als Lena. Buchtaler hatte ihre blonden Haare zu zwei Zöpfen geflochten, die ihr rechts und links über den Schultern hingen. Um den Hals hing eine Kamera mit einem langen Teleobjektiv.

»Was wollen Sie?«, fragte Lena. Sie hatte nicht das Gefühl, sie hereinbitten zu müssen. Von guten Beziehungen zu Exfreundinnen hielt sie wenig.

»Viktor Callenberg, Sie kennen ihn doch auch«, keuchte Buchtaler. Sie schnappte nach Luft. »Er ist verschwunden. Es muss was passiert sein.« Buchtaler rollte plötzlich eine Träne über die Wange.

Jetzt tat sie Lena doch ein wenig leid. »Wollen Sie kurz reinkommen?«

Buchtaler nickte dankbar. Lena führte sie in ihre kleine Küche. Dort setzte sie die Espressomaschine sowie einen kleinen Topf mit Milch auf den Herd. »Bitte, setzen Sie sich.« Sie zog einen der Stühle unter dem Tisch hervor. »Was ist denn passiert?« Dass Callenberg verschwand und dann wie aus dem Nichts wieder auftauchte, war schließlich nichts Ungewöhnliches.

Buchtaler berichtete, dass sie sich mit ihm in der Nacht getroffen hatte. »Wir haben einen Exfreund von mir verfolgt. Zunächst mit dem Auto. Dann hat er angehalten und ist ausgestiegen. Viktor ist zu Fuß hinter ihm her. Ich sollte im Auto warten. Er kam aber nicht wieder. Nach einer halben Stunde ist es mir zu dumm geworden und ich bin ihm hinterher. Aber er war nirgends zu finden.«

»Und ihr Exfreund?«, fragte Lena.

Buchtaler zuckte mit den Schultern. »Der muss weitergefahren sein. Als ich los bin, war sein Auto schon nicht mehr da.«

Lena goss heiße Milch und Espresso in zwei Tassen. Dann reichte sie Buchtaler eine und setzte sich zu ihr an den Tisch.

»Ihr Exfreund«, begann Lena, der sofort klar war, von wem die Rede war, »könnte er hinter Callenbergs Verschwinden stecken?«

Buchtaler zuckte erneut mit den Schultern. »Weiß nicht.« Sie überlegte. »Viktor ist eindeutig größer und stärker. Aber wer soll es sonst gewesen sein? Es war nach ein Uhr. In der Gegend war kein Mensch mehr auf der Straße.« Buchtaler übergab Lena die Kamera, die sie auf den Tisch gelegt hatte. »Hier, das ist er. Viktor hat ein Foto von ihm gemacht.«

Lena hoffte auf eine Überraschung Doch schon das erste Bild räumte sämtliche Zweifel aus. Es war Degenhart, der gerade aus ihrem Haus kam. Das Bild war, wie das Datum in der linken unteren Ecke verriet, von der letzten Nacht.

»Und wo ist Callenberg verschwunden?«

»In so einer einsamen Gegend. Sagte ich das nicht schon? Irgendwo in der Nähe vom Tiergarten.« Buchtaler versuchte sich zu erinnern. »Vor einem Museum, meine ich. Andy hatte sein Auto direkt davor in zweiter Reihe geparkt.«

»Andy?«

»Na, mein Exfreund«, sagte Buchtaler.

Auch das noch! Degenhart hatte bei Buchtaler einen falschen Namen verwendet. Oder war es am Ende sein richtiger? Lena wurde übel. Sie schob den Kaffee zur Seite und betrachtete Buchtaler. Sie wirkte müde und erschöpft.

»Was sollen wir jetzt tun?«, fragte Buchtaler.

»Gute Frage«, nuschelte Lena. Callenberg schien mal wieder recht behalten zu haben. Und sie Idiotin war auf dieses Arschloch Degenhart hereingefallen. Wahrscheinlich hatte er sogar dank ihrer Vorwarnung gemerkt, dass Callenberg ihm folgte.

»Was meinen Sie, wird er wieder auftauchen?«

Wenn Degenhart tatsächlich von der ORG war, und alles sprach dafür, dann wahrscheinlich nicht. Lena hätte sich für ihre Naivität in den Hintern beißen können. Degenhart hatte Callenberg in eine einsame Gegend gelockt und ihn dann in einem unachtsamen Moment überwältigt.

»Frau Bondroit?«

Dieses miese Schwein hatte sie nach Strich und Faden belogen, ausgenutzt und verarscht.

»Frau Bondroit?!«

Alles genau so, wie Callenberg es vorhergesehen hatte. Degenhart hatte sie mit seinen Lügenmärchen manipuliert. Und jetzt, wo Callenberg ihn enttarnt hatte, musste er ihn natürlich so schnell wie möglich eliminieren. Was sie nur wunderte, war, warum sie noch am Leben war.

»Hey, alles okay mit Ihnen?«

Lena sah zu Buchtaler, die sie verunsichert anstarrte.

»Wir gehen zur Polizei«, sagte Lena. »Und zwar sofort!«

39 Berlin-Tempelhof

Landeskriminalamt
11. Mai, 08.30 Uhr

Ewald hörte sich den Anfang der Geschichte ruhig an. Als Buchtaler allerdings zu dem Punkt kam, an dem Callenberg plötzlich verschwand, unterbrach er sie und bat Buchtaler und Lena, ihm zu folgen.

Gemeinsam verließen sie das Landeskriminalamt, und Ewald führte sie ein paar Straßen weiter zu einem kleinen Platz, an dem es eine Markthalle mit einem Hotel und einem Café gab. Die Stühle wurden gerade aufgebaut, der blaue Himmel versprach hervorragendes Wetter. Doch anstatt in das Café zu gehen, führte er sie zu ein paar Steinquadern, die neben einem modernen Wasserspiel standen, das aus fünf mannshohen Töpfen bestand, aus denen das Wasser herauslief.

»Sollen wir nicht ins Café gehen?«, fragte Buchtaler.

Ewald grinste. »Hier ist es besser. Glauben Sie mir.«

»Warum?« Buchtaler sah Lena fragend an.

»In der Nähe des rauschenden Wassers sind wir vor Abhörversuchen einigermaßen sicher«, erklärte Ewald.

»Abhörversuchen?« Buchtaler verzog ihren Mund. »Ich dachte, Sie arbeiten für die Polizei?«

»Kaffee?«, fragte Ewald, ohne auf Buchtalers Frage einzugehen. »Ich hole Ihnen natürlich gerne einen.«

Buchtaler und Lena lehnten dankend ab. Daraufhin bat Ewald Buchtaler, mit ihrer Erzählung fortzufahren. Am Ende ihrer Ausführungen übergab sie Ewald die Kamera. Ewald sah sich die Fotos genau an, dann wandte er sich an Lena. »Das ist ja vor Ihrem Haus!«

»Stimmt.«

»Kein Zufall, oder?«

»Nein«, gab Lena zerknirscht zu.

Buchtaler starrte Lena an. »Sie kennen ihn auch? Aber … Warum haben Sie nichts gesagt?«

Ewald lachte. »So kenne ich sie. Die Frau Bondroit hält einen gerne an der ganz kurzen Leine.« Er zwinkerte ihr zu. »Na, dann mal los. Anders werden wir hier nicht weiterkommen. Und dann wird Frau Buchtaler auch schnell verstehen, warum ich mich mit Ihnen hier am Brunnen unterhalten möchte.«

Ewalds Ton gefiel Lena gar nicht. »Ehrlich gesagt weiß ich nicht, ob wir Frau Buchtaler mit in die Sache reinziehen sollten.«

»Warum nicht?« Ewalds Augen blitzten.

»Das wissen Sie genau.«

»Papperlapapp. Je mehr davon wissen, umso besser. Also schießen Sie los.«

Lena klärte Buchtaler über Callenbergs Theorie über die ORG auf. Dann berichtete sie Ewald davon, wie sie Degenhart kennengelernt hatte. »Ich wäre nie auf die Idee gekommen, dass er ein Agent sein könnte. Ich habe ihn damit konfrontiert. Das mit Frau Buchtaler hat er mir gestanden. Aber mit der ORG wollte er nichts zu tun haben, meinte sogar, er würde Callenberg und mir bei der Enttarnung helfen.«

Ewald lachte.

»Ja, lachen Sie ruhig. Ich könnte mich selbst in den Hintern treten.«

Er wurde wieder ernst. »Eine Ahnung, wo dieser Womanizer stecken könnte?« Nun grinste er wieder dreckig. Es war klar, dass er Buchtaler und Lena mit dieser Äußerung provozieren wollte. Lena wäre am liebsten aufgestanden und gegangen, aber Ewald war derzeit leider der Einzige, dem sie halbwegs trauen konnte.

»Im Innenministerium«, schlug Lena vor.

Sie sah zu Buchtaler, die mit skeptischer Miene dagesessen und ihren Ausführungen gelauscht hatte.

»Innenministerium also.« Ewald zog sein Smartphone aus der Tasche. »Michael Degenhart, sagten Sie?« Er begann loszutippen. »Hoffen wir mal, dass das sein richtiger Name ist.«

»Vielleicht heißt er auch Andy«, flüsterte Buchtaler unsicher.

Ewald ließ sich von Buchtalers Anmerkung nicht ablenken. Er tippte weiter. Dann las er laut vor. »Michael Degenhart. Referent für Kommunikation und besondere Angelegenheiten.« Er sah Lena kritisch an. »Aber kein Foto. Sie sind sich trotzdem sicher?«

»Sicher?« Lena musste lachen. »Sicher bin ich mir bei gar nichts mehr. Aber das muss sich doch überprüfen lassen.«

Ewald nickte. Er sprang auf und verschwand in dem Café. Lena und Buchtaler sahen sich fragend an. »Prostata«, kommentierte Lena.

Keine fünf Minuten später kam er mit drei Pappbechern wieder. »So«, hüstelte er. »Habe telefoniert. Degenharts Identität wird überprüft. Und ich habe auch schon einen schönen Plan.«

»Und zwar?« Lena war gespannt.

Ewald grinste. »Streng vertraulich.«

»Vertraulich!«, beschwerte sich Buchtaler. »Ohne uns hätten Sie doch gar keine Spur.«

»Na und? Sind Sie von der Polizei oder ich?«

Buchtaler sprang von dem Steinquader auf. Doch Ewald ließ sich nicht aus der Ruhe bringen. Er machte nur eine beschwichtigende Geste. »Ich werde Sie zu gegebener Zeit informieren. Lassen Sie mich einfach meine Arbeit machen.«

»Sie sind ein arrogantes Schwein, wissen sie das?« Buchtaler sah Ewald wütend an.

»Bitte keine Majestätsbeleidigungen!« Ewald wandte sich an Lena. »Ihre Freundin sollte sich lieber zusammennehmen, sonst könnte ich mich noch vergessen. Beamtenbeleidigung ist kein Kavaliersdelikt!«

Lena zog Buchtaler zu sich zur Seite. »Bleiben Sie einfach ruhig. Bringt nichts, sich mit dem anzulegen.«

Buchtaler spuckte vor Ewald auf den Boden. Dann setzte sie sich beleidigt zurück auf den Steinquader.

»Was meinen Sie?«, fragte Lena Ewald. »Arbeitet Degenhart für diese ORG?«

»ORG, ORG, ORG.« Ewald verdrehte die Augen. »Ich höre immer nur ORG.« Er lachte. »Von Callenbergs ORG-Theorie halte ich ehrlich gesagt überhaupt nichts. Und warum Sie an so eine Räuberpistole glauben, ist mir auch ein Rätsel. Ich sehe da eine ganz andere Handschrift: von meinen alten Freunden vom Verfassungsschutz. Was die anfassen, wird zu Scheiße. Ich bin mir ziemlich sicher, dass die sich da in irgendetwas reingeritten haben und nun mit der großen Säuberung beginnen. Aber nicht mit mir!« Er schnalzte mit der Zunge. »Noch leben wir in einem Rechtsstaat, wo jedes Verbrechen gesühnt wird und vermeintliche Attentäter vor den Richter gebracht werden und nicht einfach so verschwinden. Die Amerikaner und Russen mögen da anders vorgehen, aber hier in Deutschland verschwindet niemand einfach so. Meine Damen!«

Ewald hob seinen Becher zum Gruß. Dann ging er in Richtung Polizeipräsidium zurück.

»Wir hätten es ihm nicht erzählen sollen«, sagte Buchtaler.

»Doch«, widersprach Lena. »Es war goldrichtig.«

Buchtaler verzog ihren Mund. »Wieso?«

»Ewald ist ein Arschloch. Er ist ein Egoist und ein Macho. Aber genau deshalb vertraue ich ihm. Es hat eine Zeit lang gedauert. Aber ich glaube, er steht auf der richtigen Seite. Er ist so schön schwer in ein System zu zwängen, verstehen Sie?«

»Hä?« Buchtaler sah sie verstört an.

»Ach, nicht so wichtig.« Lena winkte ab. »Er ist jedenfalls genau der Richtige für diesen Job, glauben Sie mir. Außerdem finde ich, dass an seiner Verfassungsschutztheorie durchaus was dran sein könnte. Und er ist unsere Lebensversicherung.«

»Lebensversicherung?«

»Er weiß jetzt alles, was wir wissen. Uns zu töten, so wie sie es bei Meier und wahrscheinlich auch Callenberg gemacht haben, macht keinen Sinn mehr. Sie müssten auch noch ihn töten. Und er wird die ganze Geschichte weitertragen.«

»Es sei denn …«, murmelte Buchtaler.

»Es sei denn was?«, fragte Lena.

»Es sei denn, er gehört selbst dazu.«

Es war nicht so, dass Lena das nicht auch schon gedacht hatte, schließlich hatte sie Callenberg mehrfach vor der Zusammenarbeit mit der Polizei gewarnt. Ausschließen konnte man es nicht. Doch Polizist war nicht gleich Polizist, und Ewalds Persönlichkeitsprofil sprach ihrer Meinung nach eher gegen eine Mitgliedschaft in der ORG, es sei denn, er arbeitete dort an höchster Stelle. Und wäre das der Fall, dann hätte sich jemand wie Ewald gar nicht erst mit ihnen abgegeben.

»Wo haben Sie Degenhart eigentlich kennengelernt?«, fragte Lena Buchtaler. Irgendwie interessierte sie, wie es wirklich gelaufen war.

Im selben Augenblick ertönte Bach. Lena kramte ihr Handy aus der Handtasche und sah auf das Display.

Wenn man vom Teufel sprach.

Sie beschloss nicht abzunehmen, sondern wandte sich wieder Buchtaler zu.

»In einer Bar. Ich hatte mich mit Gottfried gestritten, wie so häufig. Ich bin von ihm weg, aber nach Hause wollte ich auch nicht. Da bin ich in diese Bar gefahren.«

»Und dort haben Sie ihn getroffen?«, fragte Lena.

»Er hat mich angesprochen und mir einen Drink spendiert«, nuschelte Buchtaler.

Natürlich. Lena trank den letzten Schluck ihres Kaffees. Degenhart war schließlich derjenige, der Informationen brauchte.

Buchtaler nahm Lena ihren Pappbecher aus der Hand und steckte ihn in ihren. Sie stand auf, ging zu einem Papierkorb und warf die Becher hinein. »Ich glaube, ich brauche jetzt erst mal Schlaf.«

Lena nickte. »Kann ich Sie noch wo hinbringen?«

Buchtaler schüttelte den Kopf. »Ich komme klar.«

Nachdem sie sich verabschiedet hatten, blieb Lena noch eine Weile auf dem Steinquader sitzen. Sie sah zu den riesigen Gefäßen aus Bronze empor, aus denen das Wasser herauslief, um dann, über Rinnen geleitet, in einem Loch zu verschwinden. Ein junges Touristenpaar machte Fotos. Dann warf der Mann ein Geldstück oben in das Gefäß und sah sie verliebt an.

Am liebsten wäre Lena nach Hause gefahren, hätte sich auf ihr Bett geworfen und einfach nur geheult. Doch das würde sie diesem Schwein nicht gönnen.

Sie griff nach ihrem Handy und öffnete die Liste der letzten eingegangenen Anrufe. Da stand sein Name. Wie ferngesteuert drückte sie auf Rückruf.

40 Berlin-Kreuzberg

Fünf-Wasser-Tiegel am Marheinekeplatz
11. Mai, 10.00 Uhr

Er ging sofort ran. »Gut, dass du zurückrufst.« Sie musste sich auf die Lippen beißen. »Wir müssen uns unbedingt sehen.«

Natürlich musste er sie sehen. Er musste sie sehen, um sie dann wie Callenberg verschwinden zu lassen. Seine Worte waren wie Blei, das man ihr langsam in ihr Herz goss.

»Geht nicht.« Sie brachte die Worte gerade so über die Lippen. Sich zusammenzunehmen fiel ihr schwer.

»Wieso?« Sie hörte das Klappern seiner Schuhe, als hätte er es gerade eilig, irgendwohin zu kommen. »Alles klar bei dir?«

»Vorlesungen. Ich habe mit den Vorbereitungen geschlampt, wie du dir vorstellen kannst.«

Das Klappern seiner Schuhe war nun verstummt. Dafür hörte sie, wie er ein wenig keuchte. »Ich brauche nur ein paar Minuten. Dafür musst du dir einfach Zeit nehmen.«

»Ich muss gar nichts«, sagte Lena bestimmt.

Stille am anderen Ende der Leitung. Dann hatte sich Degenhart wieder gefasst. »Natürlich nicht.« Sie schwiegen für einen Moment. »Wirklich alles klar bei dir?«

»Ja.«

»Ich hätte dich gerne kurz gesprochen … und vorbereitet. Der Minister will dich sehen. Er möchte mit dir reden.«

»Der Innenminister? Worüber?«

»Ich habe ihm von der ORG erzählt.«

»Was hast du?«

»Könntest du ins Ministerium kommen?«

Das würde sie sicherlich nicht tun. Was spielte er für ein Spiel? »Wenn es ihm so wichtig ist, soll er gefälligst zu mir kommen.«

Wieder Sille am anderen Ende der Leitung. »Bist du zu Hause?«

»Nein.«

»Wo bist du?«

Kurz dachte sie darüber nach, ob es Sinn machen könnte, sich zu verstecken. Aber wo? Früher oder später würden sie sie ohnehin finden. Sie war nicht wie Callenberg, dem es nichts ausmachte, in billigen Hotels, im Auto oder auf der Straße zu schlafen. Lena sah zu dem Café hinüber. Es hatten sich bereits einige Menschen an den aufgebauten Tischen bequem gemacht. Hier würde sie sich am sichersten fühlen. Und sie hatte nicht vor, klein beizugeben. Sollten sie doch kommen.

»Im Matzbach. Vor der Marheineke Markthalle.«

Wieder war es für einen Moment still, so still, wie wenn man seinen Finger auf das Mikrofon legte oder die Stummtaste betätigte. Wahrscheinlich saß der Minister gerade neben Degenhart und besprach sich mit ihm.

Dann hörte sie wieder ein Rauschen. »Geht klar. In zwanzig Minuten ist er da. Ich melde mich später noch mal.«

41 Berlin-Kreuzberg

Café am Marheinekeplatz
11. Mai, 10.10 Uhr

Lena setzte sich an einen der Tische und bestellte ein Wasser. Am Nebentisch hatten es sich drei Damen Anfang fünfzig bequem gemacht. Beschützen konnten die sie nicht, aber ein paar Zeugen in unmittelbarer Nähe waren gut genug.

Sie sah auf die Uhr. Zehn Minuten waren bereits vergangen. Dann fünfzehn, dann zwanzig.

Natürlich! Wie naiv sie mal wieder gewesen war. Der Minister würde nicht erscheinen. Sie wollten nur ihren Aufenthaltsort erfahren. Sie überlegte. Wenn sie sofort aufbrach, käme sie vielleicht noch unbemerkt weg. Oder sollte sie Ewald anrufen?

Sie hatte gerade ihr Handy entsperrt, da näherte sich eine große, schwarze Limousine. Zwei Sicherheitsleute stiegen aus und prüften die Lage. Dann öffneten sie die hintere Wagentür, und ein elegant gekleideter älterer Mann stieg aus. Sie erkannte ihn sofort. Er war es tatsächlich: Innenminister Frank Schulze. Er sah sich kurz um. Dann ging er zielstrebig auf Lena zu.

»Frau Bondroit?«

Er hielt ihr seine Hand entgegen. Der Minister war ein gut aussehender Mann mit freundlichen Gesichtszügen, dem man ohne Zögern seine Kinder anvertrauen würde. In Natur wirkte er ein wenig kleiner als im Fernsehen. Und sie hatte den Eindruck, dass er in natura mehr Falten hatte.

»Es scheint Ihnen ja wirklich wichtig zu sein«, sagte Lena und schüttelte seine Hand. Dann setzte er sich.

Schulze sah skeptisch zum Nebentisch und den drei Damen. »Muss es dieser Tisch sein?«, fragte er Lena leise.

Lena zwang sich ein Grinsen auf die Lippen. »Ich wüsste nicht, was an ihm falsch ist.«

Der Minister lächelte gequält. Mit seinen grau melierten Haaren und dem Scheitel hatte er etwas von einem amerikanischen Politiker, die zwar nicht unbedingt die intelligentesten waren, aber äußerlich doch um einiges mehr hermachten als ihre deutschen Kollegen.

Er beugte sich zu ihr vor. »Ich wünschte, das alles wäre nicht passiert.«

»Was?«, fragte Lena kühl.

Die drei Damen am Nebentisch hatten bemerkt, wer sich in ihre Nähe gesetzt hatte, und tuschelten aufgeregt.

»Könnten wir nicht vielleicht doch …« Schulze deutete zum Nachbartisch. »Es ist alles sehr vertraulich.«

Es fühlte sich gar nicht so schlecht an, von einem Minister etwas gebeten zu werden. »Von mir aus.«

Sie standen auf und setzten sich einen Tisch weiter an den Rand. Lena legte ihr Handy auf den Tisch. Sie hatte bereits eine Nummer eingegeben. »Nur für den Fall, dass sie irgendwelche Spielchen spielen … Diese Nummer hier gehört einem mir sehr wohlgesinnten Redakteur einer großen Zeitung. Es reicht ein Tastendruck, und er ist live dabei!«

Schulze schüttelte amüsiert den Kopf. »Ihre Verunsicherung ist vollkommen unbegründet.« Er bestellte sich bei dem herbeieilenden Kellner einen Cappuccino und ein Wasser. Dann lehnte er sich etwas weiter zu Lena herüber. »Aber ich kann Sie verstehen, nach all dem, was Sie in letzter Zeit mitbekommen haben. Und ich kann von Ihnen natürlich nicht verlangen, dass Sie mir vertrauen. Aber ich werde versuchen, Ihr Vertrauen zu gewinnen.« Er sah sie ernst an. »Daher werde ich Ihnen gegenüber vollkommen offen sein. Anders funktioniert das mit dem Vertrauen nämlich nicht. Doch Sie müssten mir im Gegenzug absolute Verschwiegenheit versprechen.« Er zog ein Blatt Papier aus seiner Anzugtasche und entfaltete es vor ihr.

»Was ist das?«, fragte Lena, ohne auf das Blatt zu sehen.

»Eine Geheimhaltungserklärung.«

»Die was bewirkt?«

»Ihren finanziellen Ruin, sollten Sie doch auf die Idee kommen, darüber zu sprechen.«

Lena rückte ihren Stuhl ein Stück vom Minister ab. Das fing ja gut an. Offenheit, die an diesem Tisch ihre Grenze fand. Was wollte er eigentlich von ihr? Und was war seine Agenda?

»Offen miteinander reden nennen Sie das?« Lena nahm die Geheimhaltungserklärung und zerriss sie vor Schulzes Augen. Die Schnipsel legte sie vor ihn auf den Tisch. »Dann werde ich Ihnen gegenüber jetzt auch ganz offen sein. Ich werde Ihnen nicht meine absolute Vertraulichkeit versprechen. Fahren Sie also besser wieder. Ich habe um keine Geheimnisse gebeten.«

Schulze sah sie verdutzt an. Dann lachte er. »Genau, wie Degenhart Sie beschrieben hat. Sie gefallen mir!« Er nahm die Schnipsel vom Tisch und ließ sie in seiner Jacketttasche verschwinden. »Frau Bondroit, Sie sollten für mich arbeiten. Menschen wie Sie bräuchte ich viel mehr um mich herum.«

Lena war klar, dass Schulze sie mit solchen Komplimenten umgarnen wollte. Doch da klopfte er bei ihr an der falschen Adresse. »Immer noch bereit für Offenheit?«

Schulze überlegte. »Mir bleibt, glaube ich, nichts anderes übrig. Und wissen Sie, ich persönlich mache mir bezüglich Ihrer Verschwiegenheit keine großen Gedanken. Es wäre nur schön gewesen, etwas Schriftliches zu haben. Beamtenkrankheit. Geht um meine Pension.«

Lena musste sich ein Grinsen verkneifen. Trotz aller Vorbehalte, unsympathisch war ihr Schulze nicht. »Da begehen Sie einen schweren Fehler. Ich bin unberechenbar. Hat Ihnen das Degenhart nicht auch gesagt?«

Wieder lachte Schulze. »Ich glaube, dass Sie eine sehr intelligente Frau sind, die auch die größeren Zusammenhänge versteht. Daher bin ich der Überzeugung, dass Sie über das, was ich Ihnen gleich berichten werde, gar nicht werden reden wollen.«

Lena rollte mit den Augen. »Dann mal los!«

Der Minister beugte sich erneut zu ihr vor. »Ich versuche, mich kurz zu halten. Wenn Sie Fragen haben, unterbrechen Sie mich einfach.«

Da hatte sie eine bessere Idee. »Drehen wir den Spieß doch einfach um, und ich stelle meine Fragen direkt. Das könnte das Gespräch erheblich abkürzen.«

»Wenn Sie meinen?« Schulze lächelte, aber dieses Mal eher etwas gequält. Er war kein Mann, der es gewohnt war, Ansagen zu bekommen, das merkte man sofort.

»Gab es die ORG und gibt es sie noch?« Wenn Schulze schon bei dieser Frage anfing rumzueiern, konnten sie sich das ganze Gespräch sparen.

»Okay. Also direkt ans Eingemachte.« Schulze atmete tief durch. »Ja, es gab die ORG. Und nein, es gibt sie nicht mehr.«

Lena war einigermaßen baff. Sie hatte mit irgendeiner Märchengeschichte gerechnet, mit der er sie abspeisen würde.

Vielleicht meinte er es tatsächlich ernst, sie mit der Wahrheit überzeugen zu wollen.

»Sie wurde nach dem Zweiten Weltkrieg im Rahmen einer Zusammenarbeit der Westmächte zum Schutz der Demokratien aufgebaut. Herr Degenhart erzählte mir, dass Sie das schon von diesem verstorbenen Journalisten erfahren haben. Die Gerüchte diesbezüglich sind wahr.«

»Wie arbeitete sie?«, fragte Lena. »Hat sie den 11. September initiiert?«

Der Minister lachte. »Wer behauptet denn das? Callenberg?«

Lena nickte.

Schulze wurde wieder ernst. »Mit dem 11. September hatte die ORG ganz sicherlich nichts zu tun. Terror ist genau das, was man mit dieser Organisation immer vermeiden wollte. Man wollte ein Alternativsystem zu den Geheimdiensten des Ostens, die einer Schreckensherrschaft gleichkamen. Es ging der Organisation immer nur um den Schutz und nicht die Zerstörung von Leben und um den Schutz der Demokratie.«

»Und Gottfried Meier? Nennen Sie das Schutz von Leben?«, echauffierte sich Lena.

Der Minister legte ihr eine Hand auf den Arm. »Etwas leiser, bitte.« Er sah zu dem Tisch mit den drei Damen, an dem schon wieder getuschelt wurde. »Sie müssen mir glauben. Es gibt die ORG nicht mehr. Und zu Meiers Tod kann ich Ihnen gerne später …«

»Sie wollen mir also erzählen, diese Geheimorganisation bestand nur aus Menschenfreunden, die zusammensaßen und Kaffee tranken?«, unterbrach Lena Schulze. Er konnte ihr einiges erzählen, aber das nicht. Wenn es so gewesen wäre, dann hätte es gar keinen Grund gegeben, sie zu verstecken.

»Frau Bondroit.« Lena bemerkte, wie der Minister zunehmend unruhig wurde. »Bitte regen Sie sich nicht so auf. Und ein wenig leiser, wenn es geht. Dürfte ich vielleicht doch einfach mal erzählen?«

Lena lehnte sich zurück und verschränkte die Arme vor ihrer Brust.

»Nach einem Krieg ist jedes Land geschwächt. Die Menschen sind verroht. Ihre Herzen sind voll Rache und Trauer. Jeder versucht im neuen Staat seine Interessen durchzusetzen. Wenn er es jetzt nicht schafft, wann dann? Jedes Staatssystem, das auf einen Krieg folgt, ist daher instabil. Doch es braucht einen Staat, damit wieder Ordnung und Frieden herrscht, denn wir wissen spätestens seit Thomas Hobbes: Lupus est homo homini, der Mensch ist dem Mensch ein Wolf. Ohne die ordnende Kraft des Staates würden wir uns gegenseitig zerfleischen, auch heute noch, dazu müssen Sie nur über die europäischen Grenzen hinaussehen. Um ihre Staaten zu stabilisieren, entschieden sich daher die Ostmächte mit ihren Geheimdiensten für Unterdrückung, Folter und Terror. Jeder, der das neu etablierte System hinterfragte, wurde eingesperrt oder eliminiert. Denken Sie an Russland, an die Stasi der DDR, an die Kulturrevolution in China. Im Westen hatte man dieselben Ängste, wollte jedoch eine andere Antwort darauf finden. Denn je mehr Gewalt ich dafür aufbringen muss, damit sich die Bürger einem Staat unterordnen, umso ineffizienter wird er. Der Staat kümmert sich irgendwann nur noch um das Bewachen seiner Bürger, anstatt seine Energie in die Verbesserung von Infrastruktur und die Förderung von Innovationen zu stecken. Unter anderem genau daran ist der Osten am Ende gescheitert.

Die ORG, die nun also anders vorgehen sollte, beauftragte ein Expertenteam, das an die Geheimdienste angegliedert war und sich mit der Frage beschäftigen sollte, wie man die westlichen Staaten stärken kann, ohne dass man sie mit Gewalt verteidigen muss. Das Expertenteam wusste, dass sie es hier mit einem großen Problem zu tun hatten: Der Mensch ist an sich egoistisch. Sein eigenes Überleben und das seiner Familie stehen an erster Stelle. Er mag die Krönung der Schöpfung sein, aber in dieser Beziehung unterscheidet sich der Mensch wenig von den Tieren. Er wird sich daher nie aus altruistischen Gründen einem Staat unterwerfen, sondern nur dann, wenn er das Gefühl hat, dass er und seine Familie einen Überlebensvorteil davon haben. Erst wenn er weiß, dass er auch etwas dafür bekommt, ist der Mensch bereit zu geben.

Im Westen herrschten weitgehend kapitalistische Gesellschaftsordnungen. Der Kapitalismus mag nicht jedem schmecken, aber er nimmt die Natur des Menschen – vor allem seinen fehlenden Altruismus – ernst. Wer fleißig ist, kann für sich und seine Familie die Lebensbedingungen immer weiter optimieren und muss nicht, oder nur bedingt, die Schwachen und Faulen mit durchfüttern, wie es im Kommunismus der Fall war. Das Problem des Kapitalismus in seinen unterschiedlichen Ausprägungen, und darauf machte das Expertenteam aufmerksam, ist allerdings, dass sich insbesondere die fleißigen und erfolgreichen Menschen nach einer gewissen Zeit fragen, warum sie sich überhaupt noch einem Staat und seinen Steuern unterwerfen müssen. Sie haben ihre eigene Polizei in Form von Sicherheitsdiensten, eigenen Hubschrauber, die die Infrastruktur ersetzen, ihre eigenen privaten

Universitäten. Man könnte die Liste beliebig fortführen. Und die Reichen finden auf diese Frage auch eine Antwort: Faktisch unterwerfen sie sich gar keinem einzelnen Staat mehr, sondern betreiben sogenanntes ›cherrypicking‹. Sie suchen sich überall das Beste heraus. Sie leben in dem Staat, wo die Luft am reinsten ist, machen ihre Geschäfte dort, wo das große Geld wohnt, sie lassen dort produzieren, wo es die billigsten Arbeitskräfte gibt oder ihnen die Gesetze das Produzieren vereinfachen, sie zahlen ihre Steuern da, wo man keine Steuern zahlen muss. Nur wenige erinnern sich daran, wer ihnen die Grundlage für ihren Reichtum schuf. Da sich Geld zudem leichter verdienen lässt, wenn man schon welches hat, werden die Reichen immer reicher und die Armen immer ärmer. Die Schere zwischen Arm und Reich, wie wir sie nennen, beginnt zu wachsen. Der Mittelstand, der nur bedingt ähnlich professionelles ›cherrypicking‹ betreiben kann, stirbt aus.«

Der Minister machte eine Pause und trank von seinem Wasser. Bisher hatte er ihr noch nicht viel Neues erzählt. Seine Ausführungen waren eine schöne Analyse dessen, was man seit dem Zweiten Weltkrieg hatte beobachten können, aber noch lange keine Antwort auf ihre Frage, wie die ORG arbeitete.

»Für die westlichen Demokratien ist das Problem mit dem ›cherrypicking‹ das eine. Aber noch viel gravierender schätzten die Experten ein anderes Problem ein«, setzte Schulze fort. »Die vielen Armen sehen, was die wenigen Reichen machen. Sie fragen sich, warum sie an einen Staat glauben sollen, auf dessen Rechte und vor allem Pflichten die Reichen pfeifen. Früher oder später wird eine Schicht, die das Gefühl hat, nachteilig behandelt zu werden, zu dem einzigen Mittel greifen, das sie hat: Revolution. So ist es schon immer gewesen, und so wird es bleiben. Staat, Friede, Ordnung ade. Die ORG sah also ihre Aufgabe darin, auf der einen Seite das ›cherrypicking‹ nicht ausufern zu lassen, aber auf der anderen Seite auch das gemeine Volk zu beruhigen.« Der Minister grinste Lena an. »Sie sind doch Biologin. Und Sie haben schon einiges über die ORG gehört. Können Sie sich vorstellen, zu welcher Lösung man griff?«

»Wenn ich es nicht besser wüsste, würde ich sagen drakonische Strafen für Steuerflüchtlinge, Abschaffung von doppelten Staatsbürgerschaften, Auslieferungsabkommen, Vereinheitlichung von Steuersystemen, Strafbarkeit von Wirtschafts- und Umweltverbrechen, die in Dritte-Welt-Ländern verübt werden, auch im eigenen Land, ähnlich wie bei Sexualverbrechen. Aber das hat ja nicht stattgefunden.«

Schulze nickte. »Das sind alles gute Ideen, aber in unserer Welt, in der nicht nur Menschen, sondern auch Staaten konkurrieren, leider nicht durchsetzbar. Sicherlich versuchte man auch das egoistische Treiben der Superreichen in den Griff zu bekommen. Aber sie waren es am Ende nicht, die die Staaten an sich infrage stellten. Sie nutzen sie nur aus, wenn sie sie nicht sogar gegeneinander ausspielen. Wen es wirklich zu beruhigen galt, war die Masse der Nichtreichen. Ich sagte zu Beginn, dass Menschen nur dann bereit sind, sich einem Staat unterzuordnen, wenn sie auf der Gegenseite auch etwas von ihm bekommen. Im Mittelalter reichte es, als König seinen Untertanen den Schutz vor Räuberbanden und fremden Völkern zu garantieren. In moderneren Zeiten brauchte man da schon mehr. Bereitstellung von Infrastruktur, Bildungsstätten, Arbeitslosengeld, Sozialhilfe, Übernahme der Krankenkosten. Sie verstehen?«

»Ich verstehe«, sagte Lena. »Man ließ die Massen am Kapitalismus teilhaben, in manchen Ländern mehr, in anderen weniger. Der moderne Sozialstaat. Aber ich verstehe immer noch nicht, was dann die Aufgabe der ORG war?«

Schulze lächelte. »Genau zu diesem Punkt komme ich jetzt. Man ging nun davon aus, dass ein gewisser Wohlstand zwar die Massen beruhigen kann, aber ein Gewöhnungseffekt eintritt. Sie kennen das. Sie wünschen sich nichts sehnlicher als ein Auto. Kaum haben Sie es, wird es für Sie eine Selbstverständlichkeit, und Sie verlangen nach mehr. Vielleicht ein größeres Auto oder ein Haus? Doch das kann ein Staat durch seine Umverteilung nicht leisten, ohne dass es zu extremer Frustration bei denen führt, die bereits hohe Steuern zahlen. Die Psychologen aus dem Expertenteam kamen daher auf eine brillante Idee: Menschen sind auch mit weniger zufrieden, wenn man ihnen klarmacht, dass ihr Status quo auf keinen Fall gesichert ist, sie also morgen wieder alles verlieren könnten. Wenn man es dann schafft, den Menschen klarzumachen, dass es allein der Staat ist, der dafür sorgt, dass sie ihren Status quo behalten, dann hat man schon gewonnen. Letztlich griff man also auf das zurück, was Thomas Hobbes vor langer Zeit gesagt hat: Es ist die Angst, die die Menschen dazu bewegt, sich einem Gesellschaftsvertrag zu unterwerfen. Vor allem auch die Angst vor dem Weniger!«

Angst. Jetzt kamen sie zu dem entscheidenden Punkt, der Lena wirklich interessierte. »Angst als Massenmanipulationsmittel. Um so die Menschen auf Spur zu halten?« Callenberg hatte also recht.

»Ich würde es anders ausdrücken«, sagte Schulze. »Wie Sie als Biologin wissen, hat Angst durchaus ihre positiven Seiten. Ohne Angst wären wir alle schon lange tot.«

»Ha!«, prustete Lena. Das, was Schulze ansprach, war doch ein ganz anderes Thema. »Also doch Terror? Hier und da ein Attentat?« Was hatte Callenberg noch über diese Stay-behind-Organisationen erzählt? »Und das soll besser sein als das, was Diktatoren und Terrorregime gemacht haben?«

Schulze schüttelte mehrmals den Kopf. »Nein, nein, nein. Sie schauen zu viel Kino. Und wie ich schon sagte, es sollte ein Alternativmodell sein. Daher auch keine Gewalt.«

»Was dann?«, fragte Lena.

Schulze räusperte sich. »Die Psychologen fanden einen viel effektiveren Weg. Es ging ihnen nämlich gerade nicht um eine durch Terror hervorgerufene Angst, die am Ende nur alles lähmt. Es reicht vollkommen, wenn man die Menschen zu einem gesunden Pessimismus erzieht.«

»Zu einem ›gesunden‹ Pessimismus?«

»Edward A. Murphy. Nach meinem Kenntnisstand haben Sie von dem Fall gehört?«

»Habe ich.« Scott Murphy erschien vor ihrem inneren Auge und wie er sich einen Whiskey nach dem anderen in die Kehle schüttete.

»Der Großvater von Scott Murphy, also dem Herrn, den Sie nach Aussage von Herrn Degenhart an der Ostsee besucht haben. Er war der erste Proband. Murphy war Projektleiter eines sehr riskanten Versuchs, aber das wissen Sie ja bereits.«

»Das Raketenschlittenprogramm?«

»Richtig. Der Versuch wurde manipuliert. Die Person, die auf dem Schlitten saß, hatte den Auftrag, im letzten Moment die an ihm befestigten Dioden auszutauschen.«

»Ich weiß«, murmelte Lena. »Sein Versuch wurde sabotiert.«

»Nicht sabotiert.« Schulze schüttelte den Kopf. »Es gab eigentlich kein Raketenschlittenprogramm, das schiefgehen konnte. In der Verhaltensforschung muss man die Menschen, die man beobachtet, ablenken. Sie wissen das sicherlich. Würde man die Probanden in den Versuch einweihen, würden sie sich nicht mehr normal verhalten. Murphy bekam deshalb den Auftrag mit dem Raketenschlittenprogramm. Der eigentliche Versuch war aber herauszufinden, wie Murphy auf das Scheitern reagieren würde.«

»Und deshalb auch kein neuer Versuch!« Lena hatte sich schon gefragt, warum der Versuch mit dem Raketenschlitten nie wiederholt wurde. »Woher wissen Sie das eigentlich alles?«

Schulze grinste verlegen. »Sagen wir mal so, es ist für einen Innenminister nicht ganz unwichtig. Aber zurück zum Thema. Sie haben nämlich absolut recht. Es bedurfte keines neuen Versuchs, weil der eigentliche Versuch sehr erfolgreich war. Er bestätigte die These der Psychologen: Scheitern kann dazu führen, dass selbst optimistische und sehr selbstbewusste Menschen, wie Murphy einer war, ihre Grundeinstellung ändern. Positiv formuliert würde man sagen: sie lernen. Und sie lernen aus dem Scheitern vor allem eines: Man kann sich nie sicher sein, dass es nicht doch schiefgeht.

Murphy selbst war schon immer ein genauer Arbeiter gewesen. Jetzt entwickelte er sich zu einem Pedanten. Er traute niemanden mehr, vermutete hinter jedem Mitarbeiter einen Versager oder Saboteur. Angst bestimmte plötzlich sein Leben, Angst, erneut zu versagen. Und diese Angst führte dazu, dass er zu einem Pessimisten auf ganzer Linie wurde.«

»Und das soll was Gutes sein?«, merkte Lena an.

»Na ja«, sagte Schulze. »Es passierte noch etwas Zusätzliches, womit keiner gerechnet hatte. Als wäre die Angst ein

Virus, mit dem sich Murphy infiziert hatte, verbreitete sie sich. Sein ganzes Umfeld wurde pessimistisch. Damit hatten die Wissenschaftler zwar gerechnet, jedoch nicht damit, dass es so gut funktionieren würde. Und so entstand dann ›Commando Murphy‹. Kleine Teams wurden beauftragt, die Menschen zu verunsichern. Sie nutzten dafür verschiedenste Methoden – jede davon nicht lebensgefährlich, um das direkt vorwegzunehmen. Man sabotierte beispielsweise Projekte, stellte Unfälle oder provozierte Staus.«

»Staus?«

»Ja. Es sind die kleinen Dinge, die die Menschen dazu bringen, zu glauben, dass alles, was schiefgehen kann, auch schiefgehen wird. Die vielen Abstürze von Computern beispielsweise, die einem den letzten Nerv und viele Stunden Arbeit kosten. Zu einem Großteil ein Produkt der ORG.«

»Murphy's Law«, kommentierte Lena.

»Ganz genau. Letztlich geht es um diesen Satz. Er wurde zum Mantra der ORG.«

Lena blickte zu den Wassertiegeln. Das, was Schulze ihr gerade erzählt hatte – so unglaublich es sich auch anhörte –, fügte die Puzzlesteine zusammen, die bisher ungeordnet vor ihr gelegen hatten. Es war so einfach. Und obwohl sie sich dagegen gewehrt hatte, war es ihm tatsächlich gelungen, ihr eine Geschichte aufzutischen, die sie glauben konnte.

»Und dann? Wurde die ORG wirklich aufgelöst?«

»Die Angst verbreitete sich immer mehr. Sie ist tatsächlich wie ein Virus. Und der Kapitalismus ist für diesen Virus natürlich der optimale Nährboden. Er sorgt dafür, dass wir alle genug Eigentum anhäufen, um das wir uns Sorgen machen können. Aber nicht nur wir. Sehen Sie sich um. Die Presse ist davon erfasst. Nur schlechte Nachrichten, die Furcht und Angst einflößen. Und dann die Börsen. Ein kleiner Windstoß, und sie brechen ein. Eine rationale Logik gibt es dafür nicht. Aus diesem Grund hat man die ORG wieder aufgelöst. Man muss keine Angst mehr säen. Wir bekommen sie in der Zwischenzeit quasi mit der Muttermilch eingeflößt.«

»Unglaublich«, flüsterte Lena. »Unser Staat scheint einigermaßen stabil. Aber es ist ein hoher Preis.«

»Stabil? Ich weiß nicht. Und es ist der Preis, den wir schon lange bezahlt haben. Der Mensch hat sich für die Sesshaftigkeit entschieden. Die Sesshaftigkeit bedingt Staaten. Und der Staat braucht die Angst. Die einen müssen in einem Polizeistaat oder in einer Diktatur leben. Wir mit ein wenig Manipulation. Wäre Ihnen eine Diktatur lieber?«

Lena starrte erneut zu dem Wasserkunstwerk. Schulze erwartete sicherlich keine Antwort auf seine Frage. Natürlich war ihr eine Diktatur nicht lieber. Es war interessant, dass auch er die Sesshaftigkeit als den Anfang des Übels ansah, wenn man es denn so nennen wollte. Genau so hätte es wahrscheinlich auch Callenberg beschrieben. Aber dass er sich mit dieser Art System zufriedengegeben hätte, das bezweifelte sie sehr.

»Wenn es stimmt, was Sie sagen, und die ORG wirklich aufgelöst wurde, was für eine Rolle hatte dann Degenhart? Warum hat er sich an mich und Buchtaler rangemacht? Und jetzt erzählen Sie mir bitte nicht, Sie wissen nichts davon!«

»Natürlich weiß ich davon«, sagte Schulze. Er trank von seinem Wasser. »Die Antwort ist recht einfach. Die Geschichte von der ORG ist keine Geschichte, die wir morgen in der Zeitung lesen wollen. Sie können sich sicherlich vorstellen, was dann los wäre. Ein Staatssystem, das seine Bürger über Jahrzehnte manipuliert hat. Das Vertrauen wäre von heute auf morgen verschwunden. Revolutionäre Kräfte würden erstarken. Im schlimmsten Fall käme es zu einem totalen Zusammenbruch. Wenn Sie sehen wollen, wie es in Ländern zugeht, die keinen funktionierenden Staat haben, dann reisen Sie mal nach Zentralafrika. Wir müssen sicherstellen, dass das nicht passiert. Deshalb hatte Degenhart die Aufgabe, Meier zu überwachen. Und deshalb machte er sich an dessen Mitarbeiterin ran.«

»Und der Mord an Meier?«, fragte Lena.

Schulze hob abwehrend die Hand. »Wir morden nicht. Wir wollen die Geschichte unter Verschluss halten, Gerüchte eindämmen. Wir überzeugen. Eine Demokratie funktioniert nur durch Überzeugen. Bei Meier sind wir daher auch ganz anders vorgegangen. Wer, meinen Sie, hat Meier Ihren Artikel zugespielt?«

»Sie waren das?«

»Nicht direkt. Herr Degenhart war so nett, ihm den Artikel unauffällig über Frau Buchtaler zukommen zu lassen. Wir mussten eben ein bisschen nachhelfen und bei Meier begründeten Zweifel streuen. Und Meier verstand, dass die systemische Erklärung wesentlich logischer ist als eine Verschwörungstheorie ohne wirkliche Beweise. Das System steuert sich selbst. Es gibt keine ORG, zumindest nicht mehr. Damit gibt es auch keine Story.«

Lena selbst hatte sich die Frage nie gestellt, wie Meier über ihren Artikel gestolpert war. Aber die Frage hätte sie sich stellen müssen, denn wer las schon biologische Fachmagazine?

»Und wer hat Meier dann umgebracht?«

Schulze zuckte mit den Schultern. Dann rückte er ein wenig näher an sie heran. »Ich kann Ihnen leider nur das berichten, was der momentane Stand der Ermittlungen ist, und das wird Ihnen nicht gefallen.«

»Und was ist der Stand?«

»Meier wurde aller Wahrscheinlichkeit nach von Callenberg getötet, und der ist jetzt untergetaucht.«

»Ach!«, prustete Lena. »Das ist doch Schwachsinn!«

Schulze zuckte erneut mit den Schultern. »Sie dürfen sich nicht täuschen lassen, Callenberg ist extrem gefährlich. Und hinter seinen vorgegebenen Aufklärungsversuchen stecken Motive, die weit über die Aufdeckung eines Skandals hinausgehen. Nach meinen Informationen plant er gerade einen größeren Anschlag. Er wird schon länger vom Verfassungsschutz beobachtet.«

»Blödsinn!«, echauffierte sich Lena.

»Leider nein«, widersprach Schulze. »Er benutzt Sie nur, hat Sie manipuliert. Verstehen Sie das denn nicht?«

»Nein! Und nur zu Ihrer Information: Callenberg ist nicht untergetaucht. Er wurde entführt. Dafür gibt es Zeugen. Sie wollen mir doch nicht weismachen, dass Degenhart mit dem Verschwinden nichts zu tun hat?«

»Fragen Sie ihn doch am besten selbst.« Schulze zückte sein Handy und wählte eine Nummer. »Schulze hier. Könnten Sie mal vorbeikommen?«

42 Irgendwo in der Nähe von Berlin

Lagerhalle
11. Mai, 11.00 Uhr

Ein Geräusch. Er öffnete vorsichtig die Augen. Es war stockdunkel. In seinem Schädel hämmerte es, als hätte er die halbe Nacht mit billigem Rum zugebracht. Er versuchte sich aufzurichten, musste jedoch feststellen, dass er an Armen und Beinen fixiert war.

»Hallo?«

Keine Antwort. Dem Hall nach zu urteilen, war der Raum, in dem er sich befand, leer.

Viktor schloss die Augen, atmete tief durch, öffnete sie erneut. Immer noch dunkel.

Was war passiert?

Er versuchte sich an das zu erinnern, was geschehen war, bevor er ausgeknockt wurde. Er hatte Buchtaler in einem Club getroffen. Dann waren sie zu dem Büro von Degenhart gefahren, waren ihm gefolgt. Doch was danach passierte, wollte ihm einfach nicht einfallen.

Viktor versuchte sich zu konzentrieren, doch es blieb bei der Erinnerungslücke. Nur eines war klar: Sie hatten ihn gefasst, und er war noch am Leben. Also hatten sie es auf Informationen abgesehen. Erst wenn sie die hatten, würden sie ihn endgültig loswerden.

Wieder hörte Viktor ein Geräusch. Es klang wie eine ferne Tür, die sich öffnete. In einer Ecke entdeckte er das sanfte rote Licht einer Infrarotdiode. Eine Überwachungskamera.

»Hallo?«, schrie er erneut.

Jetzt waren Schritte zu hören. Eine Leuchtstoffröhre an der Zimmerdecke startete durch. Viktor schloss gegen das blendende Licht die Augen. Dann schob sich knarzend eine Tür auf.

»Hey!«

Vorsichtig öffnete er seine Augen. Es dauerte einen Moment, bis er sich an das Licht gewöhnt hatte.

»Schön, dass Sie endlich aufgewacht sind.«

Zwei Männer standen neben ihm, links Barack Obama, neben ihm Putin. Gummimasken. Die Jungs hatten Humor.

Viktor sah an sich herab. Man hatte ihn mit Lederriemen auf eine Eisenpritsche geschnallt. »Wo bin ich?«

Putin lachte. Obama beugte sich zu ihm herunter. »Was dagegen, wenn wir die Fragen stellen?«

Viktor verzog sein Gesicht. »Wasser, bitte.«

Obama nickte Putin zu, woraufhin dieser aus dem Raum verschwand und mit einer Flasche Wasser wiederkam. Er öffnete sie und hielt sie Viktor an die Lippen. Viktor schluckte hastig den halben Inhalt hinunter.

»Wo bin ich?«

Jetzt standen sie beide wieder neben der Pritsche und sahen auf ihn herab.

»Wenn Sie kooperieren, können wir über alles reden, vielleicht sogar über Ihre Freilassung«, sagte Obama.

»Wer garantiert mir das?«

»Eigentlich haben wir nur drei einfache Fragen.«

»Wer garantiert mir das?!«

»Wer sind Ihre Hintermänner? Woher kommt das Geld? Und wo ist die Bombe?«

Viktor schloss die Augen. Natürlich ging es ihnen darum. Für sie war er nur ein kleiner Fisch, der die Drecksarbeit erledigte. »Sie wissen, dass ich Ihnen darauf keine Antworten geben werde.«

»Warum?«

»Weil Sie mich dann anschließend umbringen werden. Und wenn nicht Sie, dann erledigen das die Männer, die ich verraten habe.«

Obama sah Putin an und Putin Obama. »Wie gesagt, wir können über alles reden, wenn Sie kooperieren«, schlug Putin vor.

»Vergessen Sie's!«

Putin sah zu Obama. Obama nickte.

»Dann eben anders.«

Viktor war klar, was sie andeuteten. Dass sie es zunächst auf die freundliche Tour versucht hatten, wunderte ihn ehrlich gesagt fast ein wenig. »Tun Sie sich keinen Zwang an. Sie wissen selbst, dass Folter nicht gerade die verlässlichsten Informationen liefert. Ich werde Ihnen alles sagen, was Sie hören wollen, nur leider nicht die Wahrheit.«

»Folter?« Putin lachte. »Wir haben unsere eigenen Methoden.« Er nickte Obama zu, der zustimmend zurücknickte. Putin verschwand ein weiteres Mal aus dem Zimmer. Als er zurückkam, hatte er ein Tablet in der Hand. Er drückte auf den Bildschirm und zeigte Viktor ein Video. Ein Mann war zu sehen, der nackt auf einem blanken Betonboden saß und verängstigt zu Boden blickte. Um ihn herum lagen Reste von Exkrementen. Eine Stimme aus dem Off schrie den Mann in einer Viktor unbekannten Sprache an, woraufhin dieser ängstlich in die Kamera blickte. Obwohl er vollkommen abgemagert war und man ihm die Haare geschoren hatte, erkannte ihn Viktor sofort wieder: Es war Nedjo. Er war gar nicht wirklich tot!

»Ihr Schweine!« Viktor riss wie wild an seinen Fesseln, was jedoch außer Schmerzen nichts brachte.

»Tja«, murmelte Putin. »Kein wirklich schöner Ort. Doch da wird er wohl noch bleiben müssen, wenn Sie sich nicht kooperationsbereiter zeigen.«

»Immer wieder interessant, was Menschen in der Lage sind, auszuhalten«, gab Obama zu bedenken.

Viktor war sich sicher, dass er unter der Maske grinste. Wieder versuchte Viktor vergeblich, sich zu befreien.

»Immer schön ruhig bleiben.« Obama strich Viktor sanft über die Brust, was ihn nur noch wütender machte. Aber genau das bezweckte er wahrscheinlich.

»Sie müssen ihn freilassen!«, schrie Viktor.

»Wenn er oder Sie endlich über Ihre Hintermänner auspacken, können wir über so vieles reden«, sagte Putin. »Aber Sie wollen ja nicht. Und das bringt mich auf die Idee, ob wir nicht vielleicht noch andere Menschen in Gewahrsam nehmen sollten.«

Wenn Viktor nicht gefesselt gewesen wäre, hätte er die beiden auf der Stelle erwürgt.

»Aber lassen Sie sich ruhig Zeit«, sagte Obama. »Ich denke, für heute haben wir genug miteinander geplaudert.«

Dann verließen die beiden den Raum. Kurz darauf ging das Licht aus.

43 Berlin-Kreuzberg

Café am Marheinekeplatz
11. Mai, 11.30 Uhr

Degenhart setzte sich auf den freien Stuhl an ihrem Tisch. Zum Glück versuchte er erst gar nicht, Lena zu küssen oder ihr sonst näher zu kommen. Allerdings wirkte er auch nicht so reumütig und zerknirscht, wie sie es von ihm erwartet hätte.

»Frau Bondroit interessiert, was Sie mit Herrn Callenbergs Verschwinden zu tun haben«, sagte Schulze und sah zu Lena.

»Callenberg ist verschwunden?« Degenhart sah verunsichert zwischen Lena und Schulze hin und her. »Seit wann das denn?«

»Du weißt natürlich von nichts!« Lena hätte ihm am liebsten ihr Wasser ins Gesicht geschüttet.

Degenhart wandte sich an Schulze. »Wussten Sie das?«

Schulze schüttelte den Kopf. »Habe es auch gerade erst erfahren. Er scheint Ihnen gefolgt zu sein. Wohin sagten Sie noch gleich, Frau Bondroit?«

»Zu einem Museum. Unwichtig. Es war eine menschenleere Gegend.«

»Bitte wohin?« Degenhart wirkte aufrichtig überrascht.

Lena beschloss, auf seine Frage nicht einzugehen. »Schluss jetzt! Wo ist Callenberg?«

»Woher soll ich das denn wissen?« Degenhart schnaufte. »Du weißt doch selbst, der Typ taucht auf und verschwindet wie ein Maulwurf.«

»Aber Sie wurden angeblich kurz vor seinem Verschwinden noch in seiner Nähe gesehen«, fasste der Minister nach.

Degenhart fuhr sich durchs Gesicht. Er wirkte nervös. So hatte Lena ihn bislang noch nie erlebt. »Okay«, sagte er. Er verschränkte die Arme vor seiner Brust. »Du sagst, er ist vor einem Museum verschwunden?«

Lena nickte.

Degenhart sah sich um, allerdings nicht so, als würde ihn die Umgebung interessieren. Er wirkte mehr, als müsste er sich sammeln. Dann sah er sie ernst an. »Jetzt mal ehrlich. Du weißt doch selbst, wo ich gestern Abend war. Bei dir. Dann bin ich noch mal kurz ins Büro, ich hatte eine Idee, wonach ich suchen könnte. Und dann bin ich nach Hause. Was sollte ich bitte mitten in der Nacht an einem Museum? Heute Morgen habe ich dann Herrn Schulze berichtet, was ich herausgefunden hatte. Dann haben wir uns direkt bei dir gemeldet.«

»Schwachsinn!«, schimpfte Lena. »Du lügst. Ja, du warst bei mir. Und ja, du bist ins Büro gefahren. Du hast gemerkt, dass du verfolgt wirst, und angehalten, um Callenberg aus dem Auto zu locken. Und dann hast du ihn überwältigt. Du siehst mir in die Augen und lügst!« Sie musste sich zusammennehmen, um ihm nicht eine zu scheuern. »Du lügst mich an, seitdem wir uns kennengelernt haben.«

Sie stand auf, griff in ihre Handtasche und legte einen Zehneuroschein auf den Tisch. Für sie war das Gespräch beendet.

Schulze hielt sie am Arm fest. »Wohin wollen Sie?«

»Geht Sie nichts an«, sagte Lena schroff.

»Aber unser Gespräch, ich kann mich darauf verlassen, dass …«

»Schon alles wieder vergessen, Herr Minister. Zufrieden?«

Sie sah Schulze an, dass er vieles war, nur nicht zufrieden. Aber das war ihr jetzt egal.

Sie wandte sich an Degenhart. »Und du, tu mir bitte einen Gefallen. Lass mich in Ruhe. Ruf mich nie wieder an. Hörst du, nie wieder!«

Sie drehte auf dem Absatz um und ging auf die Straße zu. Dort hielt sie das nächste Taxi an und sprang auf den Beifahrersitz.

»Wohin?«, fragte der Fahrer.

»Egal. Einfach nur weg.«

44 Irgendwo in der Nähe von Berlin

Lagerhalle
11. Mai, 11.40 Uhr

Die Dunkelheit machte ihm zum Glück nichts aus. Er hatte in seinem Leben schon häufig längere Phasen der Dunkelheit ertragen müssen, zuletzt auf dem Containerschiff, mit dem er vor eineinhalb Jahren als blinder Passagier mit Nedjo zusammen nach Europa gereist war. Gefesselt zu sein empfand er jedoch als unerträglich.

Er sah in die Ecke mit der Kamera. Sie beobachteten ihn. Die beiden Witzfiguren mit den Masken saßen bestimmt in einem Raum ganz in der Nähe und versuchten herauszufinden, wie sehr sie ihn mit ihrem Auftritt verunsichert hatten. Und natürlich war ihnen das gelungen. Aber das würde er sich nicht anmerken lassen.

Viktor schloss die Augen. Er atmete tief ein und aus, sodass sich nicht nur sein Brustkorb, sondern auch sein Bauch anhob. Dann versuchte er, an etwas anderes zu denken. Er dachte an den alten, kanadischen Indianer, den er bei seiner ersten Station seiner Weltreise in Banff in Kanada kennengelernt hatte. Kurz darauf sah er vor sich, wie er hinter ihm durch die kanadischen Wälder wanderte. Er war ein wortkarger Mann gewesen. Wenn ihm etwas wichtig gewesen war, dann hatte er sich damit begnügt, darauf zu zeigen. Am zweiten Tag der Wanderung fing es an zu regnen, und es hörte gar nicht mehr auf. Am vierten Tag hatte Viktor dann die Schnauze voll. Er bat den Indianer, ihn zurück in die Stadt zu bringen. Bei ihrem Abschiedsessen fragte er den sicherlich schon 60-jährigen Mann, warum er sich nicht einen Bürojob suchte, bei dem man bei diesem Wetter am Schreibtisch sitzen konnte. »Man muss in Bewegung bleiben«, hatte der Indianer ihm erklärt. »Alles ist in Bewegung. Das Leben ist Bewegung. Stillstand ist der Tod.«

Dieses Mal hörte Viktor nicht die nahenden Schritte, sondern erwachte erst, als die Leuchtstoffröhre durchstartete. Ein paar Sekunden später öffnete sich die Tür. Es war Putin.

Viktor richtete seinen Kopf so weit auf, wie es die Fesseln um seinen Brustkorb zuließen. Er fühlte sich ruhiger. Auch die Kopfschmerzen waren besser.

»Hoher Besuch«, kündigte Putin an.

Ein Mann im Anzug betrat den Raum.

»Was für ein Zufall«, murmelte Viktor.

»Michael Degenhart, mein Name, aber das wissen Sie ja bereits.«

»Brauchen Sie Hilfe?«, fragte Putin Degenhart.

Degenhart schüttelte den Kopf. Daraufhin verließ Putin wieder den Raum. Degenhart drehte sich zurück zu Viktor.

»Ich habe es von Anfang an gewusst«, murmelte Viktor. Was hätte er jetzt dafür gegeben, wenn Bondroit hier stehen könnte. »Und, geiles Gefühl, mit Frauen zu bumsen, um aus ihnen Informationen herauszulocken? Ich wette, Ihnen geht dabei richtig einer ab.«

Degenhart ließ Viktors Aussage unkommentiert. Er stand jetzt direkt neben ihm und blickte auf ihn hinab. Er hatte eine Cola-Flasche und einen Notizblock dabei. Was sollte das denn werden?

»Wo ist die Bombe?«

Viktor konnte nur lachen. War der Typ wirklich so naiv oder tat er nur so? »Was für eine Bombe?«

»Wir wissen, dass Sie einen Anschlag planen.«

»So!« Viktor grinste. Sie wurden nervös, wussten, dass sie kaum etwas wussten. Das gefiel ihm. »Wie schlau ihr doch seid.«

»Herr Callenberg. Wollen wir das mit den coolen Sprüchen nicht lassen? Hier ist keiner, der sie honorieren könnte. Machen Sie einfach reinen Tisch. Ich weiß, dass Sie eigentlich kein schlechter Mensch sind.«

Viktor lachte. »So! Das wissen Sie also. Teil Ihrer Ausbildung?«

Degenhart öffnete die Flasche und nahm einen tiefen Schluck, beinahe so, als wollte er Viktor extra provozieren. Viktor spürte, wie es in seiner trockenen Kehle kratzte. »Sie werden reden, früher oder später.«

»Ist klar! Wo ist eigentlich Ihre Maske? Ich finde, Hitler würde Ihnen ganz gut stehen.«

»Warum sollte ich mich vor Ihnen verstecken? Ich weiß, dass Sie mich kennen.«

»Genau.« Viktor versuchte Degenhart ins Gesicht zu spucken, was ihm jedoch misslang. Die mühsam zusammengesaugte Spucke klatschte ihm auf die eigene Brust.

»Callenberg.« Degenhart blieb ernst. Nicht einen Hauch von Schadenfreude. »Warum kämpfen Sie nicht wie ein Mann? Nutzen Sie rechtsstaatliche und demokratische Mittel. Reden Sie mit den Menschen, versuchen Sie sie zu überzeugen. Aber Bomben! Unschuldige töten ist einfach nur erbärmlich.«

Viktor rüttelte an seinen Fesseln. »Was behaupten Sie da überhaupt!«

»Wir wissen beide, dass es wahr ist.«

»Ich habe es nicht auf Unschuldige abgesehen. Und ich habe immer mit demokratischen Mitteln gekämpft.« Es war so leicht, die Fehler immer nur bei den anderen zu sehen. »Aber Sie, Sie und Ihre Organisation halten sich nicht an die Regeln. Die Angst, die Sie unter den Menschen verbreiten – Ihnen sind Unschuldige doch völlig egal. Sie haben Nedjo eingesperrt, Meier getötet. Sie halten mich hier ohne Haftbefehl fest. Das nennen Sie rechtsstaatlich?«

»Hören Sie doch mit dem Gerede auf«, sagte Degenhart ruhig. »Nur Sie selbst haben sich in diese missliche Lage gebracht, und das wissen Sie. Dennoch, ich hätte Ihnen gerne geholfen. Aber dazu brauche ich ein gewisses Entgegenkommen.« Er trank die Flasche leer. Dann zückte er seinen Notizblock.

»Vergessen Sie's«, brüllte Viktor. Was bildete sich dieser arrogante Schnösel eigentlich ein?

»Ich verspreche Ihnen einen fairen Prozess.«

»Fuck you!«

Degenhart sah mitleidslos auf Viktor hinab. »Von mir aus. Wir sehen uns wieder.« Er drehte sich um und ging in Richtung Tür.

Viktor kochte vor Wut. »Irgendwann, da werdet ihr fallen. Vielleicht nicht heute und nicht durch mich. Ihr werdet ersticken an eurer Habgier und eurem Kontrollwahn. Eure Behäbigkeit, eure Konsumsucht und eure Arroganz werden euch töten!«

Degenhart klopfte an die Tür. Sie öffnete sich, und er verschwand.

Viktor rüttelte an seinen Fesseln. »Ihr werdet untergehen!«, schrie er. »Untergehen wie die Maya, die Römer und all die anderen dekadenten Reiche, die sich überhoben haben und dachten, man kann Menschen in ein Raster pressen. Ihr werdet einfach überrannt!«

Das Licht ging aus. Viktor rüttelte erneut an seinen Fesseln, obwohl ihm klar war, dass das nichts brachte. Als er sich wieder ein wenig beruhigt hatte, spürte er etwas neben seiner rechten Hand. Es war kalt und glatt und ließ sich bewegen. Die Cola-Flasche. Degenhart hatte sie auf dem Pritschenrand vergessen. Die Ironie kannte keine Grenzen.

45 Berlin-Charlottenburg

Lenas Wohnung
11. Mai, 14.00 Uhr

Erst hatte sie sich ziellos durch die Stadt fahren lassen, dann zu sich nach Hause. Dort angekommen legte sich Lena auf ihr Bett und begann zu heulen. Im Taxi hatte sie sich noch zusammennehmen können, aber jetzt brachen die Dämme. Tränen kullerten ihre Wangen herunter, und sie schrie in ihre Kissen. Es reichte nicht, dass sie in die ganze Geschichte um diese dämliche Organisation reingezogen worden war, sie dumme Kuh musste sich natürlich auch noch in den miesesten Typen von allen verlieben. Heul nicht wegen ihm, nicht wegen diesem Idioten, versuchte sie sich immer wieder zu sagen, doch es nützte nichts. Am liebsten hätte sie sich ihr Herz aus dem Leib gerissen.

Irgendwann musste sie eingeschlafen sein. Jetzt saß sie aufrecht in ihrem Bett und starrte auf die gegenüberliegende Wand. Auf der antiken Kommode gegenüber standen ein paar gerahmte Fotos. Auch eines von Jean, dem Bruder ihres Urgroßvaters. Ihr Großvater hatte immer gesagt, wie sehr sie ihn an Jean erinnerte. Sie hätte denselben Ehrgeiz und Dickkopf, Eigenschaften, die man sonst in ihrer Familie eher weniger vorfand.

Auch Jean war Ameisenforscher gewesen. In der Familie war er bekannt für sein aufbrausendes Naturell. Insbesondere hasste er es, wenn er unterbrochen wurde oder man ihm widersprach. Dann zeigte er mit seinem Revolver auf seine Widersacher, einem echten wohlgemerkt. Sein Charakter und seine Aufopferungsbereitschaft für die Wissenschaft waren es laut Lenas Großvater gewesen, weswegen er sein Leben lang alleine geblieben war.

»Das Leben ist zu kurz für mehr als eine große Liebe«, hatte ihr Großvater häufiger zu ihr gesagt. »Wer beruflich erfolgreich sein möchte, der muss seine Arbeit mindestens so lieben wie einen Partner. Kein Fremdgehen, weitermachen, auch wenn es mal schwerfällt, vor allem keine Pausen, sondern bedingungslose Liebe. Das ist der Preis des Ruhms.« Lena hatte das immer für Schwachsinn gehalten.

Und jetzt?

Ein Leben für die Forschung. Ein Leben für die Ameisen. Wenn sie es noch einmal anders machen könnte, würde sie es wahrscheinlich tun. Sie fühlte sich plötzlich so unglaublich einsam.

Und dann Degenhart. Nach dem letzten Wochenende hatte sie gedacht, dass sie noch eine Chance bekam. Endlich ein Mann, mit dem sie sich eine ernsthafte Beziehung hätte vorstellen können – wer weiß, vielleicht sogar Kinder. War es nicht verrückt, selbst dieser Gedanke war ihr am Sonntag kurz gekommen. Für einen kurzen Augenblick hatte sie sich als glückliche Mutter gesehen, mit zwei Kindern in den Armen, die am Morgen in ihr Bett gesprungen kamen.

Sie drehte sich um und presste ihre verheulten Augen wieder ins Kissen.

46 Irgendwo in der Nähe von Berlin

Lagerhalle
11. Mai, 14.30 Uhr

Viktor sah in die Ecke mit der schwach leuchtenden Infrarotdiode. Im Zweifel beobachteten sie ihn rund um die Uhr. Doch ihre Aufmerksamkeit würde nicht immer gleich sein. Dennoch, eine Flasche zu zertrümmern, das würden sie mitbekommen, wenn nicht über die Kamera, dann über die sicherlich im Raum angebrachten Mikrofone. Irgendwie musste es ihm gelingen, die Flasche zu zerschlagen, ohne dass er dadurch Lärm produzierte.

Nachdem er sich eine ganze Zeit schlafend gestellt hatte, versuchte er es vergeblich mit der Kraft seiner Hände. Dann erspürte er eine kleine Metallschraube an der Pritschenkante. Er drehte die Flasche so, dass er den Hals über den Metallvorsprung schieben konnte, und fing vorsichtig an zu hebeln. Nach dem dritten Ansatz gelang es ihm, ein kleines Stück des Flaschenhalses herauszubrechen. In seinen Ohren klang es wie eine Explosion. Er hielt inne. Doch zum Glück war von draußen nichts zu hören. Er fixierte die Flasche mit dem nun scharfen Hals und sägte los. Nach einer gefühlten Ewigkeit hatte er das Band um sein rechtes Handgelenk durchtrennt. Durch den gelösten Arm würde er den linken Arm schneller befreien können, musste aber damit rechnen, dass seine Bewacher bemerkten, was er trieb.

In der Hoffnung, ein paar wertvolle Sekunden zu gewinnen, spielte Viktor erneut den Schlafenden. Dann wanderte er mit seiner rechten Hand so unauffällig wie möglich zur linken. Dort spürte er, dass die Lederriemen mit einer Art Gürtelschnalle an der Unterseite der Pritsche verschlossen waren. Das vereinfachte die Sache erheblich. Statt den Riemen zu durchtrennen, konnte er ihn sofort öffnen.

Nachdem er auch seinen linken Arm befreit hatte, musste es jetzt schnell gehen. Er richtete sich blitzartig auf und löste die Fußschnallen. Es war immer noch ruhig vor der Tür, doch das würde sich bald ändern. Viktor sprang auf und versteckte sich in dem toten Winkel unter der Kamera.

Kurz darauf wurde es laut. Männer riefen vor der Tür wild durcheinander. Er hörte das Poltern von laufenden Stiefeln. Das Licht sprang an. Erst passierte nichts, dann öffnete sich die Tür, und ein bewaffneter Arm schob sich durch den Türspalt.

Das war der Moment, auf den Viktor gewartet hatte. Er sprang unter der Kamera hervor und auf die Tür zu. Dort ergriff er den Arm, drehte ihn herum und riss den Wachmann durch die Tür. Zwei gekonnte Schläge in den Nacken, und der Wachmann lag bewusstlos auf dem Boden. Viktor ergriff die Pistole und schoss auf die Tür.

»Rückzug«, hörte er eine Männerstimme brüllen.

Ohne zu warten, stürzte Viktor hinterher. Er musste handeln, bevor sich die Wachleute neu formieren konnten.

Drei Männer flohen den Flur hinunter. Sie schienen völlig überrascht von den Schüssen und rannten einfach panisch davon, anstatt sich neu zu ordnen. Nur einer drehte sich zu ihm um und legte an.

Viktor blieb nichts anderes übrig: Er brauchte nur wenige Schüsse, um sie auszuschalten.

Dann war er es, der den Flur hinunterrannte. Er endete an einer Betontreppe. Viktor nahm drei Stufen auf einmal. Nach zwei Absätzen gab es eine Tür, die allerdings verschlossen war. Zwei gezielte Schüsse, und das Schloss sprang auseinander. Viktor drückte die Tür auf. Im Flur hinter der Tür stand ein weiterer Wachmann. Er hielt seine Pistole auf Viktor gerichtet, schmiss sie aber sofort zu Boden, als er Viktor auf sich zukommen sah.

»Bitte, ich habe Frau und Kinder.«

»Das sagen Sie alle«, murmelte Viktor und schlug ihm die Pistole über den Schädel. Dann steckte er sie ein.

Am Ende des Gangs befand sich eine Stahltür. Viktor öffnete sie.

Es war wie ein Wunder. Frische Luft. Und er sah den bewölkten Himmel über sich. Doch noch hatte er es nicht geschafft. Er versuchte sich zu orientieren. Die Stahltür gehörte zu einer alten Lagerhalle. Keine vier Meter weiter stand eine weitere Halle, die zum Teil eingestürzt war. Am Ende der Hallen verlief ein hoher Maschendrahtzaun.

Er rannte los. Am Zaun angekommen sah er sich noch einmal um. Der Zaun schien das gesamte Gebiet einzugrenzen. Er war auffällig neu. Viktor begann zu klettern. Immer wieder blickte er hinter sich, rechnete jede Sekunde damit, dass ihm jemand folgte. Aber niemand hielt ihn auf.

Auf der anderen Seite des Zauns befand sich ein großer Parkplatz. Dort standen ein paar verlassene Container und einige wenige Autos herum. Wahrscheinlich die Fahrzeuge der Wachleute, überlegte Viktor. Er rannte auf das nächstbeste Auto zu und schlug die Fensterscheibe ein. Im selben Moment hörte er hinter sich einen Wagen aufheulen. Er drehte sich um. Ein Audi fuhr auf ihn zu, Degenharts Audi.

Viktor nahm die Pistole und zielte. Degenhart reagierte sofort. Der Wagen drehte, doch ehe er ganz hinter einem der Container verschwinden konnte, hatte Viktor schon abgedrückt. Er erwischte den vorderen linken Reifen. Der Audi begann zu schleudern. Dann rammte er mit dem Heck den Container.

Viktor hielt sich nicht länger mit Degenhart auf. Er griff durch das kaputte Seitenfenster und öffnete die Autotür. Dann schloss er den Wagen kurz und gab Gas. Im Rückspiegel sah er, wie Degenhart in seinem Wagen mit dem Airbag kämpfte. Viktor grinste. Zum Glück alles Anfänger.

47 Berlin-Charlottenburg

Lenas Wohnung
11. Mai, 24.00 Uhr

Ein seltsames Geräusch riss Lena aus dem Schlaf. Sie drehte sich zu dem kleinen Tisch neben ihrem Bett, schaltete die Leselampe ein und sah auf die Uhr. Mitternacht. Es hatte geklungen, wie eine zuschnappende Mausefalle. Doch da war nichts, sicher nur ein Traum. Sie löschte das Licht, doch kaum war es aus, hörte sie es wieder schnappen.

Aufgeregt griff sie zum Tisch. So ein Mist! Ihr Handy hing noch am Ladekabel im Flur. Ihr blieb also nichts anderes übrig, als sich leise rauszuschleichen.

Vorsichtig öffnete sie die Schlafzimmertür. Dann tastete sie sich zur Kommode und griff zu ihrem Handy. Die Wohnungstür war geschlossen, doch an dem schmalen Lichtstreifen unter der Küchentür erkannte sie, dass dort Licht brannte. Hatte sie es angelassen? Eigentlich passierte ihr das nie.

Lena entsperrte ihr Handy und begann Ewalds Nummer zu suchen. Noch bevor sie wählen konnte, sprang die Küchentür auf.

»Sie!« Lena musste sich an der Wand festhalten, um nicht vor Schreck hinzufallen. Mit ihm hatte sie am allerwenigsten gerechnet.

Callenberg sah sie grinsend an.

»Wie sind Sie hier reingekommen?«

Callenberg zog eine Kreditkarte aus der Tasche. »Die Türen hier im Haus sind selbst für mich, und ich bin weiß Gott kein Profi, kein wirkliches Hindernis. Sie sollten mal über ein neues Schloss nachdenken oder zumindest doppelt abschließen.«

»Und meine Beobachter?«

»Habe keine mehr gesehen.« Callenberg grinste. »Warum auch, sie hatten mich ja.«

In seiner linken Hand hielt er einen Toast. »Sorry. Ich wollte Sie noch ein wenig schlafen lassen, bevor ich Sie wecke. Aber mein Hunger!«

Lena drückte sich von der Wand ab. »Schon gut.« Eigentlich war sie ja froh, dass er wieder aufgetaucht war, vor allem aber, dass sie nicht Besuch von irgendwelchen Agenten des Innenministeriums bekommen hatte. Darauf hätte sie eher getippt.

Callenberg ging zurück in die Küche. Dort holte er sich zwei weitere Toasts aus dem Toaster und biss hinein. »Ich weiß nicht, wie lange ich nichts zu essen bekommen habe«, kommentierte er. »Ich hoffe, es ist okay.«

Der Toaster. Das war also das Geräusch, das sie geweckt hatte. Lena folgte Callenberg und setzte sich an den Küchentisch.

»Ich hatte Sie schon aufgegeben.«

Callenberg grinste. »Das sollten Sie nie tun. Ich habe wie eine Katze sieben Leben und davon erst zwei verbraucht.« Er biss von einem der Toasts ab. »Warten Sie ab, was ich zu erzählen habe. Jetzt werden Sie mir glauben.«

»Wollen wir vielleicht ins Wohnzimmer?«, fragte Lena. Dort war es um einiges gemütlicher.

Callenberg schüttelte den Kopf. »Die Fenster in der Küche gehen zum Hof hinaus. Das ist mir lieber.«

Lena ging zum Kühlschrank, holte Milch und eine Tafel Zartbitterschokolade. Sie setzte sich zurück an den Tisch, brach sich ein Stück ab und steckte es sich in den Mund. Nervennahrung war genau das, was sie jetzt brauchte.

Callenberg setzte sich zu ihr. Er zeigte ihr seine Handgelenke, die rot und wund waren. Also doch eine Entführung? Sie hatte schon geahnt, dass sie jetzt Dinge hören würde, die sie nach dem Gespräch mit dem Minister eigentlich gehofft hatte, hinter sich lassen zu können.

Nachdem Callenberg den ersten Hunger gestillt hatte, erzählte er ihr, wie er Degenhart verfolgt hatte.

»Was dann genau geschah, weiß ich leider nicht. Er muss mich irgendwie überwältigt haben. Als ich aufwachte, lag ich gefesselt und eingesperrt in einem Keller einer alten Lagerhalle. Dort bekam ich dann Besuch, unter anderem von Ihrem Freund.«

»Von Michael Degenhart?«

»Wundert Sie das?«

»Nicht wirklich.« Dass Degenhart hinter der Entführung stand, glaubte sie gerne. Nur wie weit der Minister mit in der Sache drinsteckte, das konnte sie nicht einschätzen. Er hatte am Morgen im Café ähnlich unwissend gewirkt wie sie.

Callenberg erzählte ihr von seiner Flucht, die ihm dank der vergessenen Cola-Flasche gelungen war.

»Nicht schlecht«, kommentierte Lena. Jetzt erst entdeckte sie die Pistole, die Callenberg neben sich auf den Tisch gelegt hatte. Waffen kannte sie bisher nur aus dem Fernsehen. Sie spürte, wie Gänsehaut ihren Rücken hochkroch.

Callenberg, der ihrem Blick gefolgt war, zuckte mit den Schultern. »Nur zur Verteidigung.«

»Und Degenhart?«

Obwohl sie ihn verfluchte, hoffte sie, dass Callenberg ihm nichts getan hatte und es doch noch eine Erklärung für das Ganze gab.

»Ein kleiner Unfall.«

»Ein Unfall?«, entfuhr es Lena mit Blick auf die Pistole.

»Er wollte mich überfahren. Da musste ich handeln.«

»Er wollte Sie töten?« Lena rieb sich die Hände über das Gesicht.

»Sie sehen. Ich bilde mir keine Gespenster ein. Es gibt sie. Und Ihr neuer Freund ist einer von ihnen.«

Lena nickte. »Ich weiß. Ich habe übrigens auch Neuigkeiten.«

Callenberg sah sie gespannt an. »So lange war ich doch gar nicht weg«, witzelte er.

Lena erzählte von ihrem Treffen mit dem Minister und was er ihr über die ORG und das, was sie mit dem Großvater von Murphy gemacht hatten, berichtet hatte.

»Und das hat er Ihnen alles einfach so erzählt?«

»Ja, warum?«

»Jetzt hören Sie mal. Macht Sie das nicht stutzig? Der Innenminister persönlich trifft sich mit Ihnen und verrät Ihnen mal so eben eines der größten Staatsgeheimnisse! Da steckt doch etwas anderes hinter.«

Callenbergs Skepsis war leider nicht unbegründet.

»Natürlich haben Sie recht – die ganze Aktion könnte wieder irgendwelchen Manipulationsversuchen gedient haben. Doch seine Geschichte war ziemlich stimmig. Und sie passt zu allem, was wir bisher herausgefunden haben.«

»Und meine Entführung? Warum müssen die beiden das leugnen?«

Callenberg schlug mit der Hand gegen die Wand.

»Die Geschichte stinkt zum Himmel! Sorry, aber wenn Sie das nicht merken, dann weiß ich auch nicht mehr.«

»Natürlich haben sie mich diesbezüglich belogen. Aber das bedeutet nicht, dass auch der Rest der Geschichte Blödsinn ist«, widersprach Lena. »Die sehen Sie als riesige Gefahr für die öffentliche Ordnung an. Und ganz davon abgesehen …«

»Ja?«

»Dass mich Degenhart belogen hat, steht wohl außer Zweifel. Aber der Minister …« Es war seltsam, aber sie hatte wirklich das Gefühl, dass Schulze von der Entführung von Callenberg nichts gewusst hatte. Vielleicht gab es im Ministerium oder beim Verfassungsschutz Einheiten, von denen selbst der Minister nichts wusste beziehungsweise wissen wollte, überlegte Lena, und vielleicht war Degenhart einer von denen, die sich mit Händen und Füßen dagegen wehren, dass ihre Zeit zu Ende war. Oder aber Schulze war ein ähnlich guter Schauspieler wie Degenhart. Leider war auch das nicht auszuschließen.

Callenberg ging zum Toaster und drückte zwei weitere Scheiben hinein. »Man hat Sie mal wieder nur verarscht«, murmelte er.

»Was meinen Sie: Warum hat man Sie am Leben gelassen?«, fragte Lena.

»Weil ich schnell genug fliehen konnte.« Callenberg wischte sich mit seinem Ärmel ein paar Krümel vom Mund. »Früher oder später hätten sie mich sonst eliminiert. Darauf können Sie einiges wetten.«

»Wahrscheinlich.« Lena nickte. »Aber mit Meier haben sie kurzen Prozess gemacht.«

»Stimmt.« Callenberg sah zu der Schokolade herüber. Sie schob ihm die Tafel zu. »Bei ihm wollten sie verhindern, dass er etwas über die ORG veröffentlicht und Staub aufwirbelt, den sie dann nicht mehr eingefangen bekommen. Bei mir ging es ihnen um die Hintermänner. Sie vermuten, dass ich nur die Spitze des Eisbergs bin.«

»Und warum hat man Sie dann nicht schon vorher festgenommen?«, hakte Lena nach.

Callenberg steckte sich ein Stück Schokolade in den Mund. »Was stört Sie am Zeitpunkt?«

»Es wird doch schon vorher Gelegenheiten gegeben haben, Sie gefangen zu nehmen. Die wussten schließlich, wo Sie Ihr Büro haben.«

»Klar. Aber das hätte keinen Sinn gemacht. In Freiheit würde ich sie am ehesten zu meinen Hintermännern führen.«

»Warum dann jetzt?«

Callenberg überlegte. »Ich nehme an, weil ich Degenhart enttarnt habe«, mutmaßte er.

Lena war noch nicht überzeugt. »Allein deswegen ein Strategiewechsel? Man hätte Degenhart auch einfach abziehen können.«

Callenberg ließ seinen Kopf in den Nacken fallen und schloss dabei die Augen. »Stimmt. Vielleicht habe ich noch etwas herausgefunden, was mir gar nicht bewusst ist.«

»Die Verbindung zum Innenministerium?«, schlug Lena vor.

»Möglich.« Er überlegte. »Wenn ich doch nur wüsste, wohin ich … Natürlich!« Er sprang von seinem Stuhl auf. »Buchtaler! Sie wird mir helfen können.« Er ergriff seine Pistole und steckte sie sich in die Jacke. »Ich muss los.«

»Ich muss Sie noch was fragen.« Lena stand ebenfalls auf. Auch wenn sie nicht wirklich glaubte, was Schulze über

Callenberg behauptet hatte, gingen ihr seine Beschuldigungen einfach nicht aus dem Kopf. »Planen Sie ein Attentat?«

Callenberg baute sich vor ihr auf. Sie ging ihm nicht mal bis zur Schulter. Jetzt wurde er ihr wieder ein wenig unheimlich. Seine Größe, sein ernster Blick. Und diese Narbe. »Wieso fragen Sie?«

»Der Innenminister … Er ist der Meinung, dass Sie Meier auf dem Gewissen haben. Und dass Sie ein Attentat planen.«

Callenberg lachte. »Zum Glück glauben Sie diesen Quatsch ja nicht mehr.«

Lena sah zu ihm empor. »Demjenigen, der mir sagen könnte, was ich noch glauben soll, wäre ich wirklich dankbar.«

Callenberg machte einen Schritt zurück und lehnte sich an den Tisch. »Das macht doch keinen Sinn. Ich brauchte Meier. Und warum soll ich ein Attentat planen? Gegen wen?«

»Die ORG.«

»Machen Sie sich nicht zu viele Gedanken. Die einzige Frage, die Sie sich vielleicht stellen sollten, ist, warum die Jungs bisher *Sie* verschont haben.«

Es war nicht so, dass sie sich diese Frage nicht auch schon gestellt hatte.

Callenberg ging an ihr vorbei zur Wohnungstür. »Denken Sie mal darüber nach, für einige Zeit ins Ausland zu reisen. Bisher dachten die noch, dass sie Sie wieder gedreht bekommen. Wenn die allerdings herausfinden, dass ich geflohen bin …«

Lena folgte ihm zur Tür. »Ich lasse mich nicht vertreiben. Außerdem habe ich die Polizei eingeweiht.«

»Sie haben was?!?« Callenberg bekam einen stechenden Blick, beruhigte sich aber schnell wieder und zuckte mit den Schultern. »Wenn Sie meinen, dass Sie das schützt, von mir aus.«

Wahrscheinlich nicht. Aber eine Reise ins Ausland wohl auch nicht. Wenn sie sie töten wollten, dann würde ihnen das überall gelingen.

»Und was werden Sie jetzt tun?«, fragte Lena. »Tauchen Sie unter? Ist das Ihre Lösung?«

»Vielleicht«, murmelte Callenberg.

Callenberg stand im Flur vor ihr. Er sah sie lange an, so als wollte er sie sich noch einmal einprägen, bevor er auf eine lange Reise ging. »Passen Sie auf sich auf.«

Lena wurde ganz anders. Das alles klang extrem nach Abschied.

»Wie kann ich Sie erreichen?«

Er schaute sich um, dann zeigte er auf eine fünfzig Zentimeter große Kriegerstatue aus dunklem Holz, die neben der Eingangstür stand. Lena hatte sie einmal von einer Reise aus Afrika mitgebracht. »Stellen Sie die da ins Fenster Ihres Wohnzimmererkers.«

48 Berlin-Kreuzberg

Buchtalers Wohnung
12. Mai, 09.00 Uhr

»Aufwachen!«

Buchtaler betrat mit einem gut gefüllten Tablett das Zimmer und setzte sich neben ihn aufs Bett. Außer einem schwarzen Tanga war sie nackt. Auf dem Tablett standen ein Teller mit Vollkornbrot und ein Orangensaft, auch etwas Käse und Schinken. Viktor griff zu.

Dann ließ er seinen Blick über ihren fast lückenlos tätowierten Körper schweifen.

»Wann hast du dir das alles eigentlich stechen lassen?«

Buchtaler betrachtete ihren Körper. Sie hatte schöne Brüste, die allerdings durch die Übermalung kaum auffielen. »Innerhalb der letzten drei Jahre.« Sie zeigte auf ein Tattoo unter ihrem linken Arm. »Das hier ist mein letztes.« Es war ein kleiner Zwerg, einer von Schneewittchens Disneyzwergen. Auf der Nase trug er eine runde Brille. »Gottfried wollte, dass ich es mir stechen lasse.«

»Gottfried?« Viktor wurde hellhörig.

»Erkennst du ihn nicht wieder?«

In der Tat hatte der Zwerg eine gewisse Ähnlichkeit mit Meier. Wahrscheinlich wegen der Brille. »Er wollte das?«

Sie nickte. »Cool, oder?« Sie betrachtete die Tätowierung für eine Weile. Dann sah sie Viktor lange in die Augen. »Schön, dass du wieder da bist.« Sie strich ihm über den Kopf. »Ich habe mir Sorgen gemacht.«

»Ich weiß.« Deswegen hatte er sie ja aufgesucht. Und natürlich weil er keine Lust hatte, auf der Straße oder im Auto zu schlafen. Dass er mit ihr direkt in der Kiste landen würde, hatte er nicht geplant gehabt. Aber was soll's.

Er streckte seinen Arm aus und zog Buchtaler zu sich. Während er sie küsste, ließ sie sich zurück auf die Matratze fallen. Gefühlvoll fuhr er mit seiner Zunge über ihre Brüste, dann über ihren Bauch. Sie begann leise zu stöhnen. Er ergriff ihre Hände. Dann fuhr er mit seiner Zunge langsam zwischen ihre Beine.

»Später«, sagte Buchtaler. Sie drückte ihn von sich, rückte ihren Slip zurecht und richtete sich wieder auf. »Iss erst mal.«

Als er nach einem Brot griff, bemerkte er, wie sie auf seine Handgelenke blickte. Vorsichtig begann sie über die wunde Haut zu streicheln. »Willst du jetzt drüber reden?«

Er nickte. Als er nach seinem Besuch bei Bondroit zu ihr gekommen war, war er dazu zu müde gewesen. Und nach dem Sex sowieso.

»Was ist passiert?«

»Degenhart hat mich ausgeknockt. Und dann haben sie mich in einen Raum gesperrt und gefesselt.«

»Der Verfassungsschutz?«

»Wie kommst du auf den Verfassungsschutz?«

»Ich war mit Bondroit bei der Polizei. Der Kommissar sagte so etwas.«

»Du auch noch?« Dann lachte er. »Die glauben wirklich, der Verfassungsschutz steckt dahinter. Na ja, wenn sie meinen. Braucht dich nicht weiter zu interessieren.«

»Tut es aber«, sagte Buchtaler beleidigt. »Außerdem weiß ich Bescheid. Bondroit hat mir die ganze Geschichte erzählt. Wie bist du entkommen?«

Viktor erzählte von dem Bunker, von Degenhart und der Cola-Flasche.

Buchtaler grinste. »Cool.«

Viktor trank den Orangensaft mit einem Schluck. »Sag mal, hat dir Degenhart mal einen Artikel über Ameisen zugeschoben?«

Buchtaler überlegte. »Er hat viel gelesen, wenn wir zusammen waren.«

»Vielleicht hat er dich sogar gebeten, ihn an Meier weiterzugeben.«

Sie streichelte ihm über den Rücken. »Ja, stimmt. Da war was. Warum?«

Degenhart hatte Meier also tatsächlich manipulieren wollen. Und er war damit sogar erfolgreich gewesen.

»Ich verstehe das einfach nicht«, murmelte Viktor.

»Was?«

»Warum sie Meier umgebracht haben? Sie hatten ihn doch schon da, wo sie ihn wollten.« Er stellte das Tablett zur Seite. »Und warum haben sie mich nicht einfach weiter beobachtet, um an die Hintermänner zu kommen?«

»Vielleicht wurden sie ungeduldig.«

»Glaube ich nicht.« Viktor schüttelte den Kopf. »Ich glaube eher, es ging ihnen nicht mehr nur um die Hintermänner. Ich muss etwas herausgefunden haben, was mir selber nicht bewusst ist. Was haben wir an dem Abend noch gesehen?«

»Sein Büro?«, mutmaßte Buchtaler. Sie setzte sich auf seinen Schoß.

»Dachte ich erst auch.« Er strich ihr über die Schultern. »Aber dass er für das Innenministerium arbeitet, war kein Geheimnis. Das steht sogar im Internet.«

Viktor führte sich den Abend nochmals vor Augen. Er hatte Buchtaler abgeholt. Sie waren gemeinsam zum Gendarmenmarkt gefahren. Dann hatte Degenhart sein Büro verlassen. Sie waren ihm gefolgt. Degenhart hatte gehalten und den Warnblinker eingeschaltet. Und dann? Plötzlich fiel es ihm wieder ein. Degenhart war um ein großes Gebäude herumgegangen und hatte Viktor auf diese Weise in eine Seitenstraße gelockt. »Da war doch dieses Gebäude in der Nähe vom Zoo.«

Buchtaler nickte. »Du meinst das Museum. Ziemlich dunkle Gegend, die nachts wie ausgestorben ist.«

War es ein Museum? Viktor konnte sich nicht mehr erinnern.

Buchtaler stupste ihre Nase gegen seine. Dann küsste sie ihn sanft auf die Lippe. »Aber jetzt mal was ganz anderes. Was hältst du eigentlich von mir?«

Keine Frage hasste er mehr. »Alles gut.«

»Wie, alles gut?«

Am besten wäre es wahrscheinlich, wenn er jetzt einfach ging. Er stand auf und zog sich an.

»Du willst gehen?«

Viktor nickte.

»Wohin?«

»Weiß noch nicht«, log er.

Sie stand auf und sah ihm in die Augen. »Kommst du wieder?«

Viktor zog sie an sich heran und küsste sie. Dann sah er sie ernst an. »Ich bin nicht so der Typ für feste Sachen. Aber ich mag dich ... langsam sogar deine Tattoos.«

49 Berlin-Steglitz

Institut für Biologie
12. Mai, 10.30 Uhr

»Diese kleinen Viecher sind wirklich spektakulär«, sagte eine Stimme hinter ihr. Lena war gerade dabei, ihre Ameisen zu füttern.

»Guten Tag, Herr Ewald. Wer hat Sie denn hereingelassen?«

»Ihr Assistent.«

War es von einer studentischen Hilfskraft wirklich zu viel verlangt, Menschen bis zu ihrem Labor zu begleiten und anzukündigen? Wahrscheinlich schon. Generation Z, oder wie auch immer man sie nannte.

Ewald ging zu einem der Formicarien und tippte an die Scheibe. »Sie haben mich da total angefixt. Nach unserem ersten Treffen habe ich mir direkt ein paar interessante Dokus angesehen. Das Internet macht's möglich.«

Von den meisten Ameisendokumentationen hielt Bondroit nicht viel. Sie waren zu sehr auf Spektakel getrimmt und zu wenig auf Information. »Was gelernt?«

»Sehr viel sogar«, sagte Ewald. »Wussten Sie, dass es Ameisen gibt, die lebende Säugetiere fressen? Selbst Elefanten nehmen sich vor ihnen in Acht.«

»Noch nie gehört«, sagte Lena, was natürlich nicht stimmte.

»Ach, Sie wollen mich …« Ewald sah zu Lena, die sich ein Grinsen nicht mehr verkneifen konnte. Er drohte mit dem Finger. »Sie haben mich fast gekriegt!«

Lena schloss das Formicarium, in das sie gerade ein paar frische Früchte gelegt hatte. »Was Sie da gesehen haben, stimmt nicht so ganz. Gesunde Tiere laufen vor Ameisen einfach davon. Da haben die Ameisen keine Chance. Aber es ist durchaus schon vorgekommen, dass angebundene Tiere von Wanderameisen angegriffen und getötet wurden.«

»Sag ich doch!« Jetzt hatte Ewald wieder dieses wahnsinnige Funkeln in den Augen, das ihr schon bei ihrem ersten Treffen aufgefallen war. »Und dann gibt es da noch diese Sklavenhalter unter den Ameisen. Kennen Sie sicherlich auch?«

»Ja.« Lena rührte es fast ein wenig, wie sich Ewald in das Thema eingearbeitet hatte. Sie mochte ihn nicht wirklich, aber sie bekam den Eindruck, dass vielleicht auch eine sympathische Seite in ihm steckte. Sie zeigte auf das Formicarium mit der Formica sanguinea. »Hier sind sie.«

Ewald ging zu dem Becken und beugte sich fasziniert darüber. Ein paar Späher der Raubameisen hatten gerade das Stückchen Apfel entdeckt, das Lena hineingelegt hatte.

»Viel sieht man ja nicht«, merkte Ewald enttäuscht an.

»Bezüglich was?«

»Na, der Sklavenhaltung. Keine Peitsche und so.«

»So ist das.« Lena nahm beruhigt zur Kenntnis, dass Ewald grinste. Ihm hätte sie auch abgenommen, wenn er das mit der Peitsche ernst gemeint hätte.

»Bei Ameisen läuft das alles etwas subtiler ab«, sagte Lena. »Wenn man sie nicht sehr genau und über einen längeren Zeitraum beobachtet, fällt einem so manches gar nicht auf.« Sie zeigte auf ein größeres Foto an der Wand. »Schauen Sie mal hier. Eine Teleutomyrmex schneideri. Sogenannte Inquilien. Die schleichen sich unbemerkt in fremde Nester ein und lassen den fremden Staat für sich arbeiten, ohne dass dieser das merkt.«

Ewald betrachtete das Foto, auf dem eine Ameise zu sehen war, die auf dem Rücken einer sehr viel größeren Ameise huckepack ritt. »Wie raffiniert ist das denn? Und die hier!« Ewald zeigte auf das Formicarium, aus dem die Röhren zu dem Gefäß mit Zuckerwasser führten. »Was haben die so drauf?«

»Das sind Wegameisen. Nichts Spektakuläres. Aber allein der Bau eines Ameisennestes ist schon eine grandiose Leistung, finden Sie nicht, vor allem wenn man bedenkt, dass es hier keinen Bauplan und keinen Architekten gibt.«

»Auf jeden Fall«, stimmte ihr Ewald zu. »Und das hier?« Er zeigte auf ein paar weitere kleinere Becken neben dem großen Formicarium, in denen Lena ein paar Arbeiterinnen des Wegameisenvolkes separiert hielt.

»Ein kleiner Versuch«, erklärte Lena.

»Oder Einzelhaft?« Ewald lachte dreckig. Dann wandte er sich vom Formicarium ab und sah zu Lena. »Von den spannenden Themen direkt zum Eingemachten. Sie sollten sich setzen.«

»Setzen?«

»Besser ist das.«

Lena griff zu einem der Stühle, die sich im Labor befanden. Einen zweiten schob sie Ewald zu.

»Sie hatten recht.«

»Bezüglich was?«

»Degenhart.« Ewald räusperte sich. »Er arbeitet tatsächlich für das Ministerium. Ich wollte ihn gestern vernehmen, doch laut offizieller Auskunft ist er spurlos verschwunden.«

Verschwunden nannten sie das? Nach dem, was Callenberg erzählt hatte, lag er wahrscheinlich unter anderem Namen in irgendeinem Krankenhaus und kurierte die Verletzungen seines »Unfalls« aus.

»Ich gehe jetzt übrigens auch davon aus, dass er hinter dem Verschwinden von Callenberg steckt. Natürlich nicht nur er. So etwas zieht man nicht allein durch.«

»Ach!«

Ewald zog die linke Augenbraue nach oben. »Sie machen sich über mich lustig?«

»Würde ich nie tun. Aber was ist daran so spektakulär?«

Ewald verzog seinen Mund, als hätte er in etwas Saures gebissen.

»Na ja. Bisher haben Sie mir nur das bestätigt, was ich Ihnen erzählt habe.«

»Ja. Aber jetzt glaube ich Ihnen!« Ewald zog die Augenbrauen nach oben. »Das Innenministerium steckt da mit drin. Die müssen was Großes vertuschen. Vielleicht ist es die Geschichte um diese ominöse ORG. Vielleicht auch was ganz anderes. Letztlich ist mir das egal, denn vor mir vertuscht keiner was! Auch der Dreck in den eigenen Reihen muss aufgekehrt werden. Außerdem kann ich es nicht ausstehen, wenn man unter guter Zusammenarbeit immer nur Nehmen und nicht auch Geben versteht.«

»Worauf spielen Sie an?«

Ewald knackte mit den Fingern. »Die Akten zum Fall Meier wurden vom Ministerium angefordert. Ich musste alle meine Informationen rausrücken. Aber als ich wissen wollte, warum, hat man mich damit abgefüttert, dass das leider streng vertraulich ist.« Ewald hatte wieder dieses diabolische Grinsen in seinem Blick. »Schweinehunde!«

»Aber Sie haben doch bestimmt noch ein Ass im Ärmel?« Wenn Lena Ewald richtig einschätzte, war er ein Mensch, der sich immer noch einen Pfeil im Köcher hielt.

Ewald lehnte sich selbstzufrieden zurück. »Ich sehe, wir verstehen uns.«

»Und?«

»Ich habe Meiers Akte mit einem Ortungssensor ausstatten lassen. Ich hatte so ein Gefühl, dass sie eine merkwürdige Reise machen würde.«

»Und?«

»Was soll ich sagen. Ich hatte recht.«

Lena beugte sich in seine Richtung. »Wo ging die Akte hin? Etwa nicht ins Ministerium?«

»Doch. Schon. Aber dann wanderte sie für kurze Zeit in ein anderes Gebäude. Raten Sie mal!«

»Jetzt sagen Sie schon!« Lena hatte keine Lust auf Rätselraten. Ewalds Selbstverliebtheit ging ihr schon jetzt auf die Nerven.

»Zu einer Versicherung. Der ›A & K International Insurance AG‹, einer der größten Versicherungsgesellschaften der Welt.«

»Ist nicht Ihr Ernst!« Das waren jetzt wirklich mal Neuigkeiten.

»Verstehen Sie jetzt, was wir da für einen riesigen Fisch an der Angel haben? Die Industrie steckt mit in der Geschichte. Da ist was ganz Großes am Laufen, das können Sie mir glauben.«

»Vor allem glaube ich, dass ich Sie unterschätzt habe«, sagte Lena, obwohl das nicht der Wahrheit entsprach. Schon nach ihrem ersten Treffen hatte sie das Gefühl gehabt, dass Ewald raffinierter war, als man auf den ersten Blick meinen könnte. Sie überlegte, ob sie ihn über die aktuellen Geschehnisse, insbesondere den Ausbruch von Callenberg, informieren sollte. Doch einem inneren Gefühl folgend, beschloss sie, es nicht zu tun.

Ewald stand auf und stellte sich erneut vor das Formicarium mit den Wegameisen. »Warum kaufen Sie sich eigentlich nicht diese Wanderameisen?« Er tippte an das Beckenglas. »Die gefallen mir am besten. Ich spende dann auch gerne das Futter.«

»Glaube ich Ihnen gerne«, sagte Lena. Gemeinsam sahen sie auf die kleinen Tierchen herab. »Aber für die Wanderameisen wäre dieses Formicarium eindeutig zu klein. Außerdem halte ich nicht viel vom Import fremder Arten.«

»Die hier essen kein Fleisch?«, fragte Ewald.

Lena schüttelte den Kopf. »Eher nicht.«

»Langweilig.«

Drei Ameisen zogen gerade ein Stück einer Himbeere über den Boden, das zehnmal so groß war wie sie selbst.

Ewald griff in seine Tasche. Dann hielt er Lena zwei Speicherkarten vor die Nase, die jeweils in einem kleinen Plastiketui steckten.

»Was ist das?«, fragte Lena.

»Meine Lebensversicherung.«

»Lebensversicherung?«

»Falls die Geschichte zu heiß wird.«

»Wirklich?«, fragte Lena, die zunächst einen Witz vermutet hatte, jedoch an Ewalds Gesichtsausdruck bemerkte, dass er das Gesagte verdammt ernst meinte. »Ihre Lebensversicherung ist auf diesen Karten gespeichert?«

Ewald nickte.

»Was ist drauf?«

»No comment.« Ewald blickte auf die beiden Speicherkarten in seiner Hand, als wären es kleine süße Tierchen. »Ich bin keine Petze, wissen Sie. Wir alle haben unsere dunklen Seiten. Sollte ich allerdings verschwinden, dann wäre ich Ihnen dankbar, wenn Sie das meinem Anwalt geben könnten.« Er übergab Lena eine Visitenkarte mit einer Adresse.

»Warum geben Sie ihm die Speicherkarten nicht selbst?«

Ewald lachte. »Weil es das denkbar schlechteste Versteck wäre. Bei ihren Anwälten haben alle ihre kleinen Lebensversicherungen geparkt. Da suchen sie als Erstes. Außerdem kann man dem Anwaltspack nicht wirklich trauen. Ich habe lange darüber nachgedacht. Und dann kam mir die Idee …« Ehe ihn Lena davon abhalten konnte, hatte Ewald schon die Glasabdeckung von dem Formicarium angehoben und bohrte die Plastiketuis mit den Speicherkarten in den Boden.

»Sind Sie wahnsinnig?!« Lena ergriff Ewalds Arm. Doch da hatte er seine Hand schon selbst wieder aus dem Becken gezogen. Er wischte sich ein paar Ameisen von der Hand, dann schob er die Glasabdeckung zurück an seinen Platz.

»Ihnen und Ihren kleinen Freunden vertraue ich.«

Lena starrte auf die Stelle im Becken, in der nun die Speicherchips verschwunden waren. »Warum?«

»Weil ich ein Gefühl für Menschen habe, die unkorrumpierbar sind.« Er ging in Richtung Ausgang. »Wir sehen uns.«

Lenas Handy vibrierte. Der Termin mit Ziehmer. So ein Mist. Den hatte sie ganz vergessen.

50 Berlin-Tiergarten

»A & K International Insurance AG«
12. Mai, 10.45 Uhr

Viktor blickte zu dem imposanten Eingang mit den hohen Säulen zurück. Die Wände des Innenhofs schmückten Verzierungen im römischen Stil. In der Mitte des Hofs stand auf einem Holzpodest eine dieser lebensgroßen bunten Kühe, die man immer wieder in Großstädten rumstehen sah, deren Bedeutung Viktor sich bisher jedoch nicht erschlossen hatte.

Buchtaler hatte sich getäuscht. Von wegen Museum! Das Gebäude sah zwar von außen vielleicht so aus, aber in seinem Inneren residierte eine der größten Versicherungen der Welt: die »A & K International Insurance AG«.

Jetzt, wo er vor dem Gebäude stand, konnte er sich besser erinnern. Degenhart hatte direkt gegenüber geparkt. Dann war er um den riesigen Komplex herumgegangen, und Viktor war ihm gefolgt.

Viktor untersuchte die Gegend nach Auffälligkeiten. Sie war – und das galt besonders für die Seitenstraßen –nachts sicherlich nicht besonders gut besucht, dennoch wurde er das Gefühl nicht los, dass Degenhart hier nicht nur hergefahren war, um Viktor zu überwältigen. Ganz im Gegenteil. Wahrscheinlicher war, dass sie ihn gefangen genommen hatten, gerade weil Degenhart ihn ungewollt zu diesem Gebäude geführt hatte. Doch warum?

Viktor setzte sich gegenüber dem Hintereingang auf eine Bank. Wollte er die Versicherung unauffällig betreten, dann über diesen Eingang. Wenn er eines von Nedjo gelernt hatte, dann dass Hintereingänge fast immer die Schwachstelle waren.

Nach einiger Zeit hielt ein VW-Bus einer Reinigungsfirma. Sieben Frauen und zwei Männer in grauen Overalls stiegen aus dem Wagen und verschwanden durch die Tür im Gebäude.

Das war die Gelegenheit, auf die er gewartet hatte. Er sprang von der Bank auf und rannte los. Noch bevor der Wagen wieder Fahrt aufgenommen hatte, hatte er die seitliche Schiebetür geöffnet und war hineingesprungen. Der Fahrer hielt sofort an und drehte sich erschrocken zu ihm um.

»Was Sie wollen? Raus!«

»Ganz ruhig.« Viktor setzt sich hinter den Fahrer. Er zog ein Bündel Geld aus seiner Jacke. »Fünfhundert Euro, wenn Sie mir Klamotten und zwei Kanister Putzmittel verkaufen. Haben wir einen Deal?«

Der Mann starrte Viktor verdutzt an. »Nichts da. Raus hier!«

»Tausend Euro«, wiederholte Viktor und wedelte mit dem Geld.

»Jetzt wirklich oder was?« Der Fahrer sah auf das Geld. »Ich weiß nicht, ob ich darf. Bekommen Zeug billiger bei Großhändler.«

»Aber ich brauche es sofort.« Viktor grinste.

Der Fahrer überlegte. Dann zuckte er mit den Schultern und stieg aus. »Komm, Mann. Ist in Kofferraum.«

Man konnte gegen den Kapitalismus sagen, was man wollte, aber was die Effizienz von Entscheidungsprozessen anging, war Bares einfach nicht zu überbieten.

Nachdem der Fahrer weitergefahren war, zog sich Viktor den Overall über. Er war ihm ein wenig zu kurz und zu eng, doch Viktor entschied, dass ihn das noch authentischer aussehen ließ. Dann setzte er sich die dazugehörige Schirmmütze auf, ging zum Hintereingang und klingelte.

»Bitte?«

»Haben Putzmittel vergessen.« Er hob die beiden Kanister vor den Kopf und direkt in die Kamera. Es ertönte ein Summen, und schon war er im Gebäude.

Hinter der Tür gab es weder einen Empfang noch sonstige Kontrollen. Ging man ein paar Stufen hinauf, befand man sich direkt auf einem langen Flur, an dessen Ende er einen Aufzug erblickte.

So leicht hatte er sich die Sache nun wirklich nicht vorgestellt. Viktor suchte die Decken nach Kameras ab, die es jedoch auch nicht gab. Fast war er enttäuscht. Die laschen Sicherheitsvorkehrungen sprachen nicht gerade dafür, dass er hier auf große Geheimnisse stoßen würde. Doch noch war es zu früh, Schlüsse zu ziehen.

Er nahm die Kanister und ging los. Neben dem Aufzug hing ein Lageplan, auf dem Hunderte von Büros, Treppenhäuser und Notausgänge eingezeichnet waren. Das Gebäude hatte mehrere Stockwerke. Wo sollte er da anfangen zu suchen? Und wonach überhaupt?

Die dritte Etage wurde als »Vorstandsetage« bezeichnet. Wenn es Informationen gab, die ihn weiterbringen würden, dann sicherlich hier. Doch auch Dreistigkeit hatte seine Grenzen.

Zwei Frauen in grauen Kostümen gingen an ihm vorbei. Viktor bückte sich schnell und tat so, als würde er die Verschlüsse der Kanister prüfen. Ohne ihm auch nur die geringste Aufmerksamkeit zu schenken, gingen die beiden Frauen weiter. Er hörte, wie sie sich über eine neue Fernsehserie unterhielten.

Und jetzt?

Ihm fiel ein Aufsteller auf, der unweit vom Aufzug stand und eine Strategietagung im ersten Stock ankündigte. Vielleicht war das ein Ansatz.

Vor dem Tagungsraum ein Stockwerk höher war einiges los. Kleinere Grüppchen von Menschen in grauen oder schwarzen Anzügen standen vor Stehtischen, tranken Kaffee und aßen Kanapees. Viktor stellte die Kanister hinter eine Säule und ging mit gebeugtem Kopf zu einem der Mülleimer neben den Tischen mit den nett hergerichteten Mittagssnacks. Hier und da schnappte er ein paar Worte auf, im Wesentlichen unverfänglichen Small Talk oder Fachsimpeleien über Versicherungsmodelle und Anlageformen.

Viktor entfernte die Mülltüte und sammelte ein paar benutzte Servietten ein. Dann betrat er den Tagungsraum.

Der Raum bot Platz für etwa fünfzig Gäste. Die Jalousien waren heruntergefahren, die Luft verbraucht. An der vorderen Wand war ein Säulendiagramm zu sehen, das von einem Beamer auf eine riesige Leinwand projiziert wurde. Auf der X-Achse waren Jahreszahlen vermerkt, die Y-Achse mit einem €-Symbol gekennzeichnet. Die Säulen, die über der X-Achse dargestellt waren, wurden mit zunehmender Jahreszahl immer größer.

»Kann ich helfen?«

Viktor fuhr erschrocken zusammen. Ein junger Mann hatte sich neben ihn gestellt. Er folgte Viktors Blick zur Leinwand. »Interessant, nicht wahr?«

»Muss Müll wegmachen.« Viktor zeigte auf die Tüte in seiner Hand.

»Verstehen Sie, was dort dargestellt ist?«, fragte der junge Mann, als hätte er Viktor nicht gehört.

Viktor sah ihn gespielt verwirrt an. Dabei versuchte er, so debil wie möglich zu grinsen. »Verstehen?«

»Charts müssen so einfach sein, dass Sie jeder versteht.« Der Mann hielt sich eine Hand vor den Mund und flüsterte: »Sogar der Vorstand! Also idiotensicher. Sie verstehen.« Er lachte.

Viktor blickte zum projizierten Bild. »Nein. Verstehe nicht. Aber schön bunt.«

Der Mann lächelte freundlich. »Ach, kommen Sie. Versuchen Sie es. Ist ganz leicht.« Er deutete in Richtung der Projektion und zeigte auf die dargestellten Säulen. »Das Bild zeigt die Umsatzentwicklung der Versicherungsbranche ab dem Jahr 1990. Die Säulen sagen uns, wie viel Umsatz pro Jahr gemacht wurde. Und, fällt Ihnen was auf?« Er sah Viktor erwartungsvoll an. Er schien ihn wirklich ernst nehmen zu wollen.

Zu doof zu tun, war vielleicht auch auffällig. Viktor kniff die Augen zusammen und zeigte dann auf das Jahr 2001. »Ab da sind Säulen viel höher.«

Der Mann klatschte in die Hände. »Sehen Sie! Sie sollten bei mir anfangen.« Er lachte. »Und können Sie sich vorstellen, warum?«

Viktor schüttelte den Kopf.

»11. September. Das Attentat.«

»New York?«

»Genau!«, sagte der junge Mann. »Für die Versicherungsbranche, insbesondere die Rückversicherer und Spezialversicherer, ein Meilenstein.«

Eine junge Frau näherte sich dem Mann, woraufhin sich dieser von Viktor genau so plötzlich abwandte, wie er aufgetaucht war.

Viktor sah erneut auf die Grafik. Dann sammelte er noch ein paar benutzte Servietten von den Tischen ein. Dabei ließ er unauffällig eine herumliegende Mappe in den Müllsack verschwinden. Ohne dass ihn jemand Weiteres aufhielt, erreichte er kurz darauf den Aufzug.

Er holte die gestohlenen Unterlagen aus dem Müllsack und verstaute sie in seinem Overall. Dann legte er den Müllsack in eine Ecke und verließ das Gebäude.

51 Berlin-Steglitz

Institut für Biologie
12. Mai, 11.00 Uhr

Ziehmer ließ sich gerade ein Sandwich schmecken, dem Geruch nach eines mit Thunfischcreme mit besonders viel Zwiebeln.

»Lena! Pünktlich wie immer.« Er grinste und wies auf seinen Besucherstuhl.

Eigentlich hatte sie sich vorgenommen, sich auf diesen Termin vorzubereiten. Sie hatte ein paar Zahlen zusammenschreiben wollen, die zeigten, dass sie das Institut wirtschaftlich eindeutig am wenigsten belastete. Jetzt musste sie es ihm eben aus dem Kopf vorrechnen.

»Zuerst die gute oder die schlechte Nachricht?«, fragte Ziehmer schmatzend.

»Wie Nachricht?« Lena fühlte sich überfahren, obwohl der ganze Institutsscheiß im Vergleich zu allem anderen beinahe schon völlig nebensächlich geworden war. Waren jetzt etwa schon Beschlüsse gefällt worden, ohne sie einzubinden? Zuzutrauen war es ihm.

»Die gute«, sagte Lena.

»Ich denke, deine Stelle können wir halten.« Ziehmer wischte sich über den Mund. »Es ist noch nicht final. Aber wie ich schon sagte, ich kann kämpfen wie eine Bärenmutter!« Er lachte.

»Und die schlechte?«

Ziehmer setzte eine traurige Miene auf. Das konnte er besonders gut. »Dein Labor geht an die Botaniker.«

»Nicht dein Ernst.«

»Doch, leider schon.«

»Und die Ameisen?«

Ziehmer zuckte mit den Schultern. »Nimm sie mit nach Hause oder verbrenn sie.«

»Verbrennen?« Lena konnte nicht glauben, dass er das gesagt hatte. »Du weißt genau, dass ich zu Hause nicht genug Platz für die ganzen Becken habe.«

»Dir wird schon was einfallen.« Ziehmer lehnte sich in seinem Stuhl zurück und stopfte sich den letzten Bissen Brot in den Mund.

»Idiot!«, murmelte Lena.

»Was?!« Jetzt war er plötzlich nicht mehr so cool. »Ich hoffe, ich habe mich verhört!«

Lena schwieg.

»Was bildest du dir eigentlich ein!«, fuhr Ziehmer sie an. »Ich setze mich für euch ein, rette euch den Arsch und ihr …« Er hob die Hände, als würde er gerade die Zehn Gebote empfangen. »Undankbarkeit, wo ich nur hinsehe. Mit Peter gerade genau dasselbe. Nur weil ich ihm seine Forschungsreise nach Neuseeland gestrichen habe.«

Die auch wirklich nicht nötig war, dachte Lena, hielt aber ihren Mund.

Sie stand auf. »Ich nehme mal an, das war alles?«

Ziehmer nickte.

»Bis wann muss ich das Labor geräumt haben?«

Ziehmer überlegte. »Nächsten Monat wollen die Kollegen einziehen. Drei Tage Einzug, fünf Tage Renovierung. Bis Ende der Woche wäre nicht schlecht.«

Lena drehte sich um. Raus hier und zwar schnell.

»Lena?«

»Ja?«

»Nächster Montag reicht auch.«

Jetzt stand sie in ihrem Labor und wischte sich die Tränen von der Backe. Es waren vor allem Tränen der Wut. Die heimischen Ameisen, die sie hier hielt, konnte sie einfach aussetzen. Aber die anderen? Verbrennen, so wie Ziehmer vorgeschlagen hatte, würde sie sie sicherlich nicht, das stand fest. Doch dass sie sie töten musste, dass stand leider ebenfalls außer Frage.

Lena beugte sich über das Becken der Sericomyrmex, einer Ameisenart, die Pilze anbaute. Sie waren richtige kleine Gärtnerinnen. Sie hatte sie damals vom Amazonas eingeschmuggelt. Was für ein Aufwand das gewesen war. Seit vier Jahren waren sie jetzt ihre treuen Wegbegleiter. Sogar einen Forschungspreis hatte sie ihnen zu verdanken. Und jetzt sollte sie sie einfach töten?

Sie starrte auf das Formicarium. Und dann wurde ihr mit einem Schlag bewusst, dass ihre kleinen Freundinnen ihr vielleicht die Lösung für alles demonstrierten. Warum war sie darauf nicht schon vorher gekommen?

52 Amazonas

35 Kilometer westlich von Manaus
4 Jahre zuvor

»Schau dir das mal an!«

Markus, ein Doktorand, der auf dieser Reise vor allem für die Kamera zuständig war, kam zu ihr herüber. »Was denn?«

Lena zeigte auf den Eingang des Nests der Sericomyrmex, das sie vor ein paar Tagen entdeckt hatten. Es waren jede Menge Ameisen zu sehen, die miteinander kämpften. Markus holte sofort die Kamera und hielt sie auf das Geschehen.

»Ameisenkrieg?«, fragte er.

»Ganz genau.«

Ein berühmter Ameisenforscher hatte einmal geschrieben, dass Ameisen, wenn sie Atomwaffen hätten, die Welt schon lange zerstört hätten. Wer in ihr System eindrang und als Feind klassifiziert wurde, wurde ohne Rücksicht auf Verluste gnadenlos vernichtet. Es gab sogar richtige Invasoren unter ihnen, Ameisenarten, die sich in andere Länder ausgebreitet und in vielen Regionen die dort heimischen Arten fast vollständig verdrängt hatten.

Lena nahm einen kleinen Stock und zeigte auf eine der Ameisen. »Das hier ist eine von den Pilzgärten-Bäuerinnen.« Sie zeigte auf eine weitere Ameise. »Und jetzt bitte Zoom auf diese hier. Eine Diebsameise. Sieht zwar nicht unähnlich aus, aber schau dir mal den Hinterleib an. Der ist schwarz und nicht braunrot.«

»Und welche sind diese da?«, fragte Markus. Er legte die Kamera ab, nahm sich auch einen Stock und zeigte auf ein paar weitere Ameisen, die sehr gut von den anderen zu unterscheiden waren, da sie komplett schwarz waren.

»Das sind Gnamptogenys-Ameisen. Sie greifen gerne die Pilzgärtnerinnen an und bedienen sich an ihren Pilzen oder auch Eiern und Larven. Machst du von denen bitte auch noch eine Zoomaufnahme?«, bat ihn Lena.

Markus hielt das Objektiv erneut auf das Geschehen. Wenn man genau hinsah, konnte man erkennen, dass es für die Angreifer nicht sonderlich gut aussah. Viele lagen schon tot und zerstückelt auf dem Boden.

»Sie nehmen sich eine nach der anderen von den Angreifern vor«, sagte Markus, während er filmte. »Faszinierend. Die Bäuerinnen verteidigen ihren Hof.«

»Fast richtig«, sagte Lena. »Aber schau genau hin!« Was sie hier beobachten konnten, überraschte sie selbst. Denn es waren nicht die Pilzgärtnerinnen, die sich auf die Feinde stürzten, sondern die Diebsameisen mit ihrem schwarzen Hinterleib.

»Verteidigen die Diebsameisen etwa die Pilzgärtnerinnen?«, fragte Markus.

»So sieht es aus.« Lena war von dieser neuen Entdeckung ganz erregt. »Weißt du, bisher ging man immer davon aus, dass die Diebsameisen die Pilzgärtnerinnen nur ausnutzen. Klassische Parasiten eben. Sie nisten sich bei den Gärtnerinnen ein und bedienen sich an ihren Pilzgärten. Aber das hier zeigt, dass auch sie ihren Beitrag leisten. Eine klassische Symbiose.«

»Du meinst, sie sind die Streitkraft für die Gärtnerinnen?«

»Ganz genau«, sagte Lena. »Die Diebsameisen haben nämlich ein viel effektiveres Gift. Sie können die Gärtnerinnen daher besser verteidigen als die sich selbst. Und das tun sie, um sich ihre Lebensgrundlage zu erhalten. Ist das nicht großartig?«

53 Berlin-Charlottenburg

Lenas Wohnung
12. Mai, 14.00 Uhr

»Interessantes Outfit«, kommentierte Lena.

Dass er so schnell kommen würde, damit hatte sie nicht gerechnet, aber es war ihr nur recht. Es war noch keine Stunde vergangen, dass sie vom Institut nach Hause geeilt war und die afrikanische Statue ins Erkerfenster gestellt hatte.

»Nicht wahr«, witzelte Callenberg.

Er hatte eine weiße Schirmmütze auf dem Kopf. Zudem trug er einen ihm deutlich zu kleinen grauen Overall. Auf einem Sticker an seiner Brust stand der Name einer Reinigungsfirma.

»Hatten Sie den Eindruck, dass Sie eine Tarnung benötigen, um mich zu besuchen? «

Callenberg grinste. »Ist zumindest nicht hinderlich. Aber den hier«, er zeigte auf den Overall, »brauchte ich für etwas anderes.«

»Na, dann.«

»Sie hatten die Statue platziert. Degenhart?«

Allein Michaels Namen zu hören tat Lena weh. »Nein, der leitende Kommissar.«

Callenberg wirkte, als ob die gerade noch vorhandene Spannung in seinem Körper wie auf Knopfdruck aus ihm herausgelassen wurde. »Was wollte der denn?«

Lena neigte den Kopf zur Seite. »Unterschätzen Sie Kommissar Ewald nicht.« Sie erzählte Callenberg von Ewalds Ermittlungen, dem Sender, den er an die Ermittlungsakte angebracht und den nicht uninteressanten neuen Informationen, die er dadurch an Land gezogen hatte. »Was sagen Sie nun?«

»Interessanter Zufall«, kommentierte Callenberg.

»Wieso Zufall?«

»Das mit der ›A & K‹-Versicherung.«

»Was ist mit der ›A & K‹?«

»Da komme ich gerade her.«

»Sie waren dort? Warum?«

»Weil sie genau in dem Gebäude ihren Hauptsitz hat, wo Degenhart mich entführt hat.«

Langsam wurde aus der ganzen Sache ein Schuh.

»Aber.« Callenberg nahm die Schirmmütze ab und kratzte sich am Kopf. »Da gab es nichts. Eine ganz normale Versicherung.«

»Und wenn es dabei gar nicht wirklich um die ORG geht?«, fragte Lena. Sie war gespannt, was Callenberg von ihrer neuen Theorie halten würde. »Was wäre, wenn mir der Innenminister die Wahrheit gesagt und Meier noch etwas anderes entdeckt hat?«

»Was meinen Sie?«

Lena holte noch einmal Luft. »Gehen wir mal davon aus, dass uns Schulze die Wahrheit gesagt hat: Die ORG wurde in der Nachkriegszeit gegründet und später wieder aufgelöst. Sie produzierte Angst mit dem Ziel, dadurch die westlichen Demokratien zu schützen. Nun wurde dieses Projekt eingestellt. Wem könnte dies ganz und gar nicht gefallen haben?«

»Den ORG-Abteilungen, die aufgelöst wurden? Oder wen meinen Sie?«

»Wie wäre es mit Parasiten und Trittbrettfahrern?«

»Parasiten?« Callenberg sah sie fragend an. »Was meinen Sie damit?«

»Unternehmen, die von diesem Vorgehen profitiert haben, verstehen Sie? Unternehmen, die ihr Geld damit verdienen, dass Menschen Angst haben.«

»Sie meinen, Unternehmen, die Sicherheit verkaufen?« Langsam begann er zu begreifen. »Unternehmen, deren Geschäftsmodell auf Angst beruht.« Callenbergs Gesichtszüge klarten sich auf. »Die Versicherungsindustrie!«

»Ganz genau.«

In seinen Augen machte sich ein zufriedenes Lächeln breit. »Und deswegen ist Degenhart auch zu der ›A & K‹ gefahren.« Er überlegte, doch dann wurde seine Mimik wieder weniger enthusiastisch. »Und die ORG?«

»Na ja.« Es lag so sehr auf der Hand, dass man es leicht übersehen konnte. »Die logischste Erklärung wäre doch die: Die ORG sollte aufgelöst werden, doch sie hatte ein gewisses Eigeninteresse, dies zu verhindern. Der Überlebenstrieb von Systemen, Sie wissen schon. Und die Versicherungsindustrie, deren Umsätze sicherlich nicht unerheblich von der verbreiteten Angst abhängig sind, war ihr hierbei behilflich.«

Lena musste wieder an den Kampf der Diebsameisen denken und wie sie ihre »Gärtnerinnen« verteidigten.

»Natürlich«, murmelte Callenberg. »Die ORG existiert vielleicht nicht mehr als staatliche Organisation. Aber tot ist sie nicht. Sie arbeitet jetzt für sie!«

54 Berlin-Charlottenburg

Lenas Wohnung
12. Mai, 14.30 Uhr

Viktor griff in seinen Overall und holte die Papiere hervor, die er in der Versicherung hatte mitgehen lassen. Mehrfach hatte er sie auf dem Weg zu Bondroit durchgeblättert, aber die Informationen waren ihm nicht wirklich hilfreich erschienen. Jetzt sah das ganz anders aus.

Er rieb sich vor Aufregung die Hände. Dann blätterte er bis zu der Seite, die die Umsatzsteigerungen der Versicherungsindustrie zeigte. »Schauen Sie mal hier.« Bondroit bückte sich über das Papier. »Die Umsatzentwicklung der Versicherungsbranche.«

Bondroit zog die Augenbrauen in die Höhe. »Der 11. September scheint ein Bombengeschäft gewesen zu sein.«

»Im wahrsten Sinne des Wortes«, kommentierte Viktor. »Die Zahlen belegen es mal wieder: Die Unternehmen können sich keine Umsatzrückgänge erlauben. Ganz im Gegenteil. Und die Jungs von der ORG sorgen dafür, dass es dazu auch nie kommen wird. Diese Idioten!« Viktor klatschte vor Freude in die Hände. »Wenn die wüssten!«

»Wer?«

»Schulze und Degenhart.«

»Ich verstehe nicht.«

»Na, ist doch klar. Die beiden hatten die Aufgabe, die Geschichte unter Verschluss zu halten. Wahrscheinlich haben sie dafür ein nettes Sümmchen kassiert. Schulze hat versucht, Meier durch Ihren Artikel von der Auflösung der ORG zu überzeugen. Doch dadurch haben wir beide uns erst kennengelernt. Und jetzt servieren Sie mir die Lösung! Die Ironie des Schicksals!«

Viktor konnte kaum mehr an sich halten, er sprang auf, hob Bondroit hoch, drückte sie an sich und gab ihr einen Kuss auf die Wange. Dann setzte er die etwas verblüfft wirkende Bondroit wieder ab. »Haben Sie Champagner?«

»Geht auch Prosecco?«, fragte Bondroit.

Seit so langer Zeit hatte er sich gefragt, von wem genau die ORG gesteuert wurde, wo sie ihren Sitz hatte und was genau dahintersteckte. Jetzt hatte er endlich die Lösung. Und sie war so einfach. Es war wie immer: Man musste sich nur fragen, wer am meisten profitierte.

Bondroit ging in die Küche und kam kurz darauf mit zwei Sektgläsern und einer Flasche Prosecco zurück. Sie stießen an und stürzten anschließend den kühlen Tropfen die Kehle hinunter.

»Noch einen?«, fragte Bondroit.

Callenberg hielt ihr sein Glas hin. Er spürte neue Energie in sich aufsteigen. Alles machte plötzlich Sinn! Jetzt endlich konnte es weitergehen.

Bondroit ging zum Fenster. »Dennoch. Wir sollten uns nicht zu früh freuen.«

»Jetzt spielen Sie nicht die Spielverderberin!«

Bondroit drehte sich zu ihm um. »Doch. Es ist bisher nur eine Theorie, die noch dazu viele Unbekannte hat. Wie genau steckt das Innenministerium da mit drin? Wie international agiert die ›A & K‹? Ich habe viele Theorien platzen sehen wie Seifenblasen.«

»Aber diese nicht.« Dazu passte einfach alles zu gut zusammen. Degenharts nächtlicher Ausflug, die Akte von Kommissar Ewald, die bei der ›A & K‹ gelandet war. Der Rest waren Detailfragen.

»Außerdem brauchen wir mehr als eine Theorie, um damit an die Öffentlichkeit zu gehen«, sagte Bondroit. »Wir brauchen Beweise. Aus eigener leidvoller Erfahrung weiß ich, dass es eher kontraproduktiv ist, mit Theorien ohne Beweise hausieren zu gehen.« Bondroit lachte jetzt nicht mehr. Im Ganzen wirkte sie eher wieder ernst. »Vielleicht weiß Degenhart ja gar nichts von dem Fortbestehen der ORG?«, nuschelte sie.

Daher wehte also der Wind! »Seien Sie nicht albern!« Am liebsten hätte er sie kräftig durchgeschüttelt. »Warum ist Degenhart dann in der Nacht zu der Versicherung gefahren? Und warum hat er mich vernommen?«

»Aber ...«

»Nichts aber! Die vom Ministerium wissen über alles Bescheid, das können Sie mir glauben. Und dafür kassieren sie auch noch ordentlich ab.«

Bondroit wirkte plötzlich gar nicht mehr zufrieden. Sie starrte ihn einfach nur an.

»Seien Sie stolz auf sich«, versuchte er sie aufzumuntern. »Dank Ihnen kann es jetzt endlich losgehen. Wir werden diesen miesen manipulativen Arschlöchern endlich das geben, was sie verdienen!«

Bondroits Miene blieb misstrauisch. »Losgehen?«

Viktor wurde ungeduldig. Sie konnte doch nicht so naiv sein zu glauben, dass er jetzt die Sache auf sich beruhen lassen oder noch weitere Zeit verstreichen lassen würde, um auf wasserdichtere Beweise zu warten? Der Laden würde sein hochverdientes Hiroshima erleben. Die Jungs von der ORG hatten Nedjo entführt, sie hatten Meier umgebracht, ihn eingesperrt, und er wollte gar nicht darüber nachdenken, was sie noch mit ihm angestellt hätten, wenn er sich nicht befreit hätte.

Aber vor allem waren sie daran schuld, dass sich das System nicht erneuerte. Die Angst lähmte die Menschen, machte sie krank. Jeder klammerte sich an seinen Besitz und den Status quo, als wäre es die Brust der Mutter, von der man sich ewig ernähren könnte. So würden seine Forderungen an eine nomadisch geprägte Welt nie gehört. Jetzt zu handeln war er nicht nur den Nomaden schuldig, die ihr Geld und ihre Hoffnung auf ihn setzten, sondern der gesamten Menschheit. Schluss mit der Manipulation! Die Menschen mussten endlich erwachsen werden. Sie mussten lernen, sich wieder zu bewegen und zu verändern. Schluss mit der Angst, die sie zu lebenslangen Bettnässern machte! Sie mussten befreit werden!

»Ich werde sie vernichten!«, sagte Viktor trocken.

»Vernichten?« Bondroit entfernte sich einige Schritte von ihm und sah ihn mit ungläubigen Augen an. »Was meinen Sie damit?«

»Ich werde mir die großen Fische schnappen und ihr System zerstören.«

»Sie wollen Menschen umbringen?«

»Mit ihnen zu diskutieren wird wohl nichts bringen.«

Bondroit starrte ihn an. »Dann hatte Ewald also doch recht?«

»Mit was?«

»Sie sind Mitglied einer Terrorzelle!«

Viktor schlug mit der Faust gegen die Wand. »Terrorzelle!« Klar, so nannte man diejenigen, die nicht derselben

Meinung waren. Die Menschen lernten einfach nicht dazu. »Nennen Sie es ruhig Terrorzelle. So wie Jesus eine Terrorzelle war und eliminiert werden musste. So wie ein Graf von Stauffenberg, der als Verräter erschossen wurde. Zum Glück korrigiert sich die Geschichte manchmal selbst. Gegen Unrechtssysteme muss man sich wehren. Und wer das nicht tut, der trägt eine Mitschuld. Wie leben in einer Art Matrix, werden kontrolliert durch unseren Besitz und unsere Angst. Verstehen Sie das denn nicht?!«

»Sie wissen, was ich meine. Es geht nicht um Ihre Meinung. Es geht darum, wie Sie sie durchsetzen wollen«, sagte Bondroit. »Gewalt ist keine Lösung.«

»Ach, kommen Sie mir nicht mit dem Spruch!« Viktor konnte es nicht mehr hören. »Wenn sich die anderen nicht an die Regeln halten, dann muss ich das auch nicht tun. Wir haben es friedlich versucht. Ich war nicht derjenige, der als Erstes die Regeln gebrochen hat. Sie haben unser Büro abgefackelt, Meier umgebracht, mich entführt. Wir werden belogen, betrogen, manipuliert.« Er versuchte, wieder ruhiger zu werden. »Aber ich will nicht so sein. Schlagen Sie mir eine Alternative vor, und ich werde darüber nachdenken.«

Bondroit starrte ihn fassungslos an. »Ich erkenne Sie nicht wieder.«

»Also keine Alternative?« Viktor mochte Bondroit. Ihm wäre es lieber, sie würde ihn verstehen. Aber wenn sie es nicht tat, würde er sich davon sicherlich nicht von seinem Plan abbringen lassen.

»Sie werden damit nichts erreichen«, sagte Bondroit bestimmt. »Wir haben es hier mit einem System zu tun. Töten Sie die Königin in einem Ameisenhaufen, und eine neue Königin wird herangezogen werden. Um ein System zu zerstören, müssen Sie es komplett vernichten. Das ist der evolutive Vorteil von Systemen. Töten Sie einen Löwen, und er ist tot. Töten Sie eine Ameise, und Sie haben nichts erreicht, aber auch gar nichts!«

Viktor drehte Bondroit den Rücken zu. Langsam ging er zur Haustür. Vielleicht hatte sie recht. Vielleicht auch nicht. Aber auf jeden Fall hatte sie keinen besseren Vorschlag. Und der Tod der Königin würde den Ameisenstaat immerhin für eine gewisse Zeit schwächen. Das könnte auch sie nicht verleugnen. Zudem würde ein Weckruf durch die Gesellschaft gehen! Die Menschen würden aufwachen aus ihrem Koma, sie würden die Matrix der Angst erkennen, die sie umgab. Und wenn man sie einmal erkannt hatte, dann gab es kein Zurück mehr.

55 Berlin-Charlottenburg

Schlossgarten
12. Mai, 15.00 Uhr

Nachdem Callenberg gegangen war, verließ auch Lena ihre Wohnung. Sie brauchte dringend frische Luft. Im nahe gelegenen Schlossgarten fühlte sie sich schon ein wenig besser. Sie setzte sich auf eine Bank und schloss die Augen. Sie musste endlich wieder einen klaren Kopf bekommen.

Als Kind war immer alles so einfach gewesen. Es gab ein Gut und es gab ein Böse. Doch mit zunehmendem Alter hatte sie erkennen müssen, dass es eigentlich gar kein Gut und Böse gab. Es war wie bei den Tieren. Ein Löwe war nicht böse, weil er eine Antilope riss, und eine Antilope nicht gut, weil sie gefressen wurde. Es ging um Anpassung und Fortpflanzung. Es ging ums Überleben. Und der Zweck heiligte oft die Mittel.

Sie verstand Callenbergs Wut. Und sie verstand auch, dass er sich aufgerufen fühlte, etwas zu tun. Er wollte Veränderung und das schnell. Doch man veränderte nichts mit Gewalt. Man bombte sich nicht in die Herzen der Menschen. So langwierig und mühsam der Weg auch sein mochte, Menschen gewann man nur für sich, indem man sie überzeugte. Argumente mussten ausgetauscht und am Ende einer Lösung zugeführt werden. Vielleicht war die Lösung für eine bessere Welt ein modernes Nomadentum, wie es Callenberg anstrebte, eine Welt ohne Grenzen, in der sich kein Staat zulasten anderer Staaten optimieren konnte. Vielleicht war es das auch nicht. Aber ob es das war, musste in einem demokratischen Prozess ausdiskutiert werden. Wenn man eines von den Ameisen lernen konnte, dann das. Auch eine Ameisenstraße entwickelte sich nicht, weil ein Individuum einen bestimmten Weg für richtig hielt. Sie entstand erst, wenn viele Ameisen den Weg gemeinsam gingen.

Lena öffnete ihre Augen. Die Sonne kam gerade hinter den Wolken hervor und wärmte ihre Wangen. Neben ihr dehnte ein Jogger seine Waden. Er trug einen Trainingsanzug und hatte eine Schirmmütze auf, die er sich tief ins Gesicht gezogen hatte.

»Ausgeträumt?«

Erst jetzt erkannte sie ihn. »Michael!?« Sie wusste nicht, was sie sagen sollte.

»Schau nach vorne. Tu so, als ob du mich nicht kennst.«

Lena sah auf die vor ihr liegende Wiese. Degenharts Anwesenheit schnürte ihr den Magen zusammen, sie hatte das Gefühl, kaum atmen zu können. »Was willst du?«

»Einiges erklären.«

Lena atmete tief durch. Ihr Herz schlug ihr bis zum Hals. »Michael, es gibt nichts zu erklären.«

»Das sehe ich anders.« Degenhart stand auf und dehnte einen Oberschenkel, indem er seinen Fuß ans Gesäß zog. Sie sah in sein Gesicht. Er wirkte müde, dünner.

»Da ist ein ganz mieses Ding am Laufen.« Degenhart spähte nach links und rechts, als hätte er Angst, verfolgt zu werden. »Ich kenne noch nicht alle Details. Aber die werde ich herausfinden, das verspreche ich dir«, flüsterte er. »Und eines weiß ich sicher: Die ORG wurde nicht aufgelöst. Zumindest nicht in Deutschland. Das Netzwerk arbeitet jetzt für die Versicherungsindustrie.«

»Ach!«, entfuhr es Lena. Ruckartig drehte sie sich zu ihm.

»Das weißt du schon?« Er wirkte überrascht. »Ich hatte keine Ahnung, das musst du mir glauben.«

Degenhart setzte sich neben sie. Lena wollte aufstehen und gehen, spürte jedoch seine Hand, die sie festhielt. »Lass mich einfach nur in Ruhe!«, forderte sie.

»Hör mir zu. Bitte!«

Sie setzte sich wieder. »Was?«

»Neulich Abend«, flüsterte Degenhart, »nachdem ich bei dir war, da bin ich noch zu mir ins Büro. Ich hatte einen Ansatz, erinnerst du dich noch?« Natürlich konnte sie sich daran erinnern. »Mir fiel ein, dass Schulze einmal davon erzählt hatte, dass es im Ministerium vor meiner Zeit, im Jahr 2002, einen größeren Personalabbau gegeben hatte. Ich wollte der Sache auf den Grund gehen, weil wir ja gesagt hatten, dass nichts einfach so verschwindet. Vielleicht war das genau die Auflösung einer Einheit, nach der wir suchten. Und jetzt pass auf!« Degenhart näherte sich ihr ein wenig mehr. »Ich fand heraus, dass der Abbau genaugenommen gar kein Abbau war. Eine Einheit mit dem Namen ›Risikomanagement & Statistik‹ mit über fünfhundert Mitarbeitern wurde aus dem Ministerium gelöst. Laut Unterlagen wollte man diese Tätigkeiten nach amerikanischem Vorbild outsourcen und die Dienste dann extern zukaufen.«

Lena sah ihn an. Was sollte das ganze Gerede? Sie wusste doch schon, was jetzt kam. »Und die Einheit wurde dann an die ›A & K International‹ verkauft. Ist es das, was du mir erzählen willst?« Degenhart ging doch nicht im Ernst davon aus, dass er einfach so ihr Vertrauen zurückgewinnen konnte. Nicht nach dem, was passiert war.

Degenhart wirkte verblüfft. »Hat dir das Schulze erzählt?«

»Nein.« Lena verdrehte die Augen. »Du weißt doch selbst, dass er mir nur das Nötigste erzählt hat, damit ich den Mund halte. Genau wie du es jetzt auch wieder tust. Scheint eure Masche zu sein, um Vertrauen aufzubauen. Und jetzt zum letzten Mal: Lass mich endlich in Ruhe!«

Sie versuchte erneut aufzustehen, doch Degenhart hielt sie wieder fest. »Ich wusste nichts davon, wirklich, das musst du mir glauben!«

Sie riss seine Hand von ihrem Armgelenk. Noch einmal würde er sie nicht aufhalten. »Ja. Ich weiß.« Sie stand auf. »Und wir haben uns ›ganz zufällig‹ kennengelernt. Und du hast Callenberg nicht entführt. Und du hast ihn auch nicht in dieser Lagerhalle besucht.«

Degenhart sah zu Lena auf. »Bitte!« Er zeigte jetzt schon fast flehentlich auf die Bank. »Nur noch kurz. Ich kann das alles erklären.«

»Nein.« Lena griff in ihre Handtasche. Ihre Finger spürten sofort, wonach sie suchte: die Schreckschusspistole.

Degenhart blickte zu Boden. »Du hast recht. Ich habe die Bekanntschaft zu dir aufgebaut, weil es mir vom Ministerium aufgetragen wurde. Aber was danach passiert ist, das war echt. Ich habe mich in dich verliebt.«

»Ist klar.« Es tat unendlich weh, immer weiter von ihm belogen zu werden.

»Und es stimmt auch, dass ich Callenberg besucht habe. Allerdings um ihn zu befreien. Hat er dir denn nicht erzählt, dass ich ihm eine Flasche untergeschoben habe?«

»Jetzt willst du mir deine Dummheit auch noch als Heldentat verkaufen?« Sie lachte künstlich. Was Degenhart hier versuchte, war einfach nur lächerlich. Sie würde kein weiteres Mal auf ihn und seine Geschichten hereinfallen.

Degenhart stand auf, machte einen Schritt auf sie zu.

Lena umfasste die Schreckschusspistole. »Setzen!« Da sah sie plötzlich drei Männer in schwarzen Anzügen in ihre Richtung laufen. »Sag deinen Freunden sofort, sie sollen abhauen!«

»Mit denen habe ich nichts zu tun!«

Er wollte ihr Handgelenk ergreifen. Doch Lena war schneller. Schon hatte sie die Pistole aus ihrer Tasche gezogen und hielt sie ihm vor die Stirn. »Finger weg!«

Degenhart hob beschwichtigend die Hände. »Lass mich dir helfen.«

»Jeden, nur dir nicht.«

Sie sah zu den Männern, die immer näher kamen.

»Lena, du musst weg hier!«

»Nein. Du musst weg hier.« Lena drückte die Pistole an Degenharts Stirn. »Sonst schieße ich.«

»Mit einer Schreckschusspistole?«

Wie hatte er das mit der Schreckschusspistole so schnell erkannt?

»Los Lena, hau ab! Ich versuche sie abzulenken.«

Lena sah sich um. Dann rannte sie los, allerdings nicht, weil Degenhart ihr das geraten hatte, sondern schlicht und allein deshalb, weil ihr gar nichts anderes übrig blieb. Hier im hinteren Teil des Schlossgartens war sie ein einfaches Opfer. Sie musste eine Stelle erreichen, an der es mehr Menschen gab. Hinter der Wiese war eine größere Straße. Dort gab es Autos und sicherlich auch Passanten. Wenn sie es bis dahin schaffen würde, dann wäre sie in Sicherheit.

Sie rannte so schnell, wie sie konnte. Erst als sie die Straße erreicht hatte, warf sie einen Blick zurück. Degenhart war verschwunden. Dafür waren ihr zwei der Typen in den schwarzen Anzügen auf den Fersen. Als sie sahen, dass sich Lena neben eine Frau mit Kinderwagen stellte, reduzierten sie ein wenig ihr Tempo, hielten aber weiter auf sie zu.

»Einsteigen!«

Lena drehte sich zur Seite. Ein kleiner rostiger Polo hielt neben ihr an der Straße. Durch die geöffnete Scheibe erkannte sie das grinsende Gesicht von Josefine Buchtaler.

Lena riss die Tür auf und sprang in den Wagen. Buchtaler gab Gas. Die Männer in den Anzügen hatten jetzt die Straße erreicht. Sie fluchten und fuchtelten wild mit den Armen. Einer von ihnen zog ein Handy aus der Tasche.

»Das war knapp«, juchzte Buchtalter. »Endlich mal zur rechten Zeit am rechten Ort.«

56 Berlin-Plänterwald

Reihenhaussiedlung
12. Mai, 15.45 Uhr

Schon aus der Ferne bemerkte Viktor, dass etwas an Tayés Haus nicht stimmte. Er näherte sich so unauffällig wie möglich. Die notdürftig reparierte Eingangstür gab ihm dann Gewissheit.

»Fuck!«, schimpfte Viktor.

Durch die Vorhänge im Erdgeschoss sah er Schatten, die sich bewegten. Viktor griff zu dem neuen Prepaidhandy, das er sich auf dem Weg zu Tayé besorgt hatte. Dann wählte er seine Nummer.

»Hallo?«

Zumindest lebte er noch. »Ich bin's«, flüsterte Viktor. Ein Schatten näherte sich dem Fenster. Tayés Kopf kam zum Vorschein. Er wandte sich nach rechts und links. Dann entdeckte er Viktor hinter dem Busch in seinem Vorgarten.

»Ach, Onkel Hasani. Ist gerade schlecht. Ich rufe später zurück.«

Viktor ging in Richtung des ehemaligen Freizeitparks. Er war noch keine hundert Meter gegangen, da hörte er laufende Schritte hinter sich. Kurz darauf hatte Tayé ihn eingeholt, und sie umarmten sich.

»Wer ist bei dir?«

»Meine Frau, ihr Sohn und eine Freundin.«

»Und die Tür?«

»Die Bullen. Das war gestern. Meine Frau hat eine wahnsinnige Wut. Sie glaubt jetzt, ich handle mit Drogen. Wenn die wüsste.« Er musste kichern.

Viktor verstand nicht, wie man sich in dieser Situation noch amüsieren konnte. »Und jetzt ist alles weg?«

»So ein Quatsch.« Tayé lachte. »Nichts ist weg. Ich bin doch nicht so blöd und bewahre das Zeug in meinem Haus auf. Die mussten wieder abziehen. Dafür gibt es bald eine neue Tür auf Staatskosten.«

Viktor war erleichtert. Jetzt, wo er so kurz vor dem Ziel stand, wäre die Beschlagnahmung des Sprengstoffs wirklich eine Katastrophe gewesen. Sie hätten Monate gebraucht, um die gleiche Menge neu zu besorgen.

»Guter Mann«, lobte Viktor.

»Im Gegensatz zu dir.«

»Wieso?«

»Warum stehen die Bullen sonst bei mir vor der Tür?«

Viktor seufzte. »Woher soll ich das wissen?«

»Du tauchst bei mir auf. Und keine drei Tage später rammen sie mir die Tür ein. Wohl eher kein Zufall, oder?«

Viktor fühlte sich zu Unrecht verdächtigt. Er war extrem vorsichtig gewesen. Er konnte sich kaum vorstellen, dass ihm jemand bei seinem letzten Besuch gefolgt war. Aber was brachte es, sich jetzt um Schuld oder Unschuld zu streiten. Er war hergekommen, um sich für seinen Kampf zu rüsten.

»Wo ist das Zeug?«

»Nicht weit von hier. Wir müssen ein wenig graben. Brauchst du es sofort?«

Viktor nickte. »Und die Zünder?«

»Auch da.«

»Ich bräuchte auch noch ein bis zwei Pistolen, wenn du welche hättest.«

»Kein Problem.«

Tayé nickte in Richtung des Riesenrads. »Alles gar nicht weit von dem Ort entfernt, wo wir uns das letzte Mal getroffen haben.«

57 Berlin-Charlottenburg

Parkhausdach
12. Mai, 15.45 Uhr

Buchtaler schien sich gut in der Gegend auszukennen. Schon nach wenigen Metern bog sie in eine Querstraße ein, dann in die nächste. Sie gab Gas, schlug ein paar weitere Haken, um dann in einem Parkhaus zu verschwinden. Dort fuhr sie mit Lena ganz nach oben auf die Dachterrasse. Wenn es Verfolger gab, dann hatten sie sie jetzt abgehängt.

Sie stiegen aus. Lena lehnte sich gegen den Wagen und atmete tief durch. Die Fahrweise von Buchtaler war ihr ein wenig auf den Magen geschlagen, von den Ereignissen im Park mal ganz abgesehen. Buchtaler stellte sich neben sie.

»Sie waren mein Schutzengel«, sagte Lena.

»Sieht ganz so aus. Leute von der ORG?«, fragte sie.

»Davon gehe ich aus.« Lena fuhr sich durch die Haare, die an den Schläfen ganz verschwitzt waren. »Degenhart wollte mal wieder mein Vertrauen gewinnen. Fragen Sie mich bitte nicht, warum. Und als ich ihm klipp und klar gesagt habe, dass das nicht zieht, und gehen wollte, tauchten plötzlich seine Kollegen auf.«

»So ein Wichser«, murmelte Buchtaler.

»Das können Sie laut sagen.«

Von dem obersten Stockwerk des Parkhauses aus hatte man einen guten Ausblick über die Stadt. Lena ging auf die

Betonmauer zu und sah zu den umliegenden Kirchtürmen. Buchtaler gesellte sich zu ihr.

»Ich hatte direkt so eine Ahnung«, sagte Buchtaler.

»Bezüglich Degenhart?«

»Nein. Bezüglich der Typen. Was meinen Sie, warum ich Sie aufgabeln konnte. Ich war auf dem Weg zu Ihnen, wegen Viktor. Es gibt gute Neuigkeiten. Er ist entkommen. Er war heute Nacht bei mir. Als ich gerade vor Ihrem Haus parken wollte, stiegen auf der gegenüberliegenden Seite ein paar Männer in schwarzen Anzügen aus einem Wagen mit getönten Scheiben. Ich blieb erst mal sitzen und beobachtete die Männer. Sie sahen immer wieder zu dem Erker ihrer Wohnung. Dann telefonierten sie. Und dann rannten sie in Richtung Park. Da hatte ich plötzlich so ein Gefühl.«

Buchtaler holte eine Schachtel Zigaretten aus der Brusttasche ihres karierten Cowboyhemds, das sie über dem Bauchnabel zusammengeknotet hatte. Sie steckte sich eine in den Mund und zündete sie an. »Auch eine?«

Lena rauchte nicht. Sie hatte noch nie geraucht. Aber wenn es einen Tag gab, damit anzufangen, dann diesen. Sie zog sich eine Zigarette aus der Schachtel und ließ sie sich von Buchtaler anzünden. Lena nahm einen tiefen Zug. Sofort überkam sie ein Hustenanfall.

»Vielleicht doch nicht so mein Ding.« Sie musste lachen.

»Ach was.« Buchtaler zog genussvoll an ihrer Zigarette. »So geht es am Anfang jedem.«

Lena zog noch einmal, vorsichtiger. An dem Geschmack konnte sie nichts Gutes finden. Allerdings gefiel ihr das Gefühl, etwas Glühendes in den Fingern zu halten.

»Woher haben Sie eigentlich die Knarre?«, fragte Buchtaler.

»Knarre?« Lena musste lachen. »Ist nur eine Schreckschusspistole.«

»Wofür? Angst, überfallen zu werden?«

»Nein. Ornithophobie.«

»Bitte?«

»Angst vor Vögeln.« Buchtaler sah Lena ungläubig an. »Ist so«, sagte Lena. »Ich hasse Vögel, die mir zu nahe kommen. Der Kanarienvogel einer Freundin ist schuld dran. Lange her. Wir waren bei ihr, und das dumme Ding – sie ließ es immer frei rumfliegen – landete auf meinem Kopf. Ich wollte es verscheuchen. Dabei verfing es sich in meinen Haaren. Es war ein schreckliches Gefühl. Ich habe wild mit meinen Armen gefuchtelt und am Ende das arme Tier dadurch erschlagen. Seitdem trage ich meine Haare ungern offen und mache um Vögel einen großen Bogen. Aber wenn sie mir doch mal zu nahe kommen, dann schieße ich einfach.«

»Abgefahren«, nuschelte Buchtaler.

Lena zog erneut an der Zigarette. Dann blies sie den Rauch in den bewölkten Himmel. »Irgendwie schon.«

Beide mussten lachen.

Buchtaler zeigte auf ein paar Tauben, die auf dem Parkplatz umherstolzierten. »Und die sind okay?«

»Zu weit weg. Und nicht in der Luft. Außerdem schieße ich erst, wenn wegrennen nicht mehr hilft.« Lena blickte zu Buchtaler. »Das wird bei der ORG nicht funktionieren.«

»Wegrennen?«

»Genau.«

»Was werden Sie tun?«

Lena fragte sich, ob Buchtaler schon von Callenbergs Plänen wusste. Sie legte ihren Kopf in den Nacken und sah in die Wolken. »Vielleicht werde ich zu Ewald gehen. Er scheint mir der Einzige, dem ich noch halbwegs vertrauen kann. Und ich muss ihn vor Callenberg warnen.«

»Vor Viktor?«, fragte Buchtaler erschrocken. »Warum?«

»Er hat auch mich besucht. Er will ein paar böse Jungs aus dem Weg räumen. So ähnlich hat er sich ausgedrückt. Er versteht nicht, dass er damit nichts erreichen wird.«

Buchtaler nahm einen tiefen Zug. Es dauerte eine gefühlte Ewigkeit, bis sie den Rauch wieder ausblies. »Dieser Idiot!«, flüsterte sie. »Das wird er nicht überleben. Versteht er denn nicht, dass er es mit jemanden zu tun hat, der viel mächtiger ist als er?«

»Ich glaube, das ist ihm egal.«

»Hm.« Buchtaler schmiss ihre Kippe auf den Boden und trat sie aus. Lenas war noch nicht mal zur Hälfte heruntergebrannt. »Und Sie meinen, niemand könnte ihn aufhalten?«

Lena schüttelte den Kopf. »Kam mir nicht so vor.«

Sie versuchte es mit einem letzten Zug. Dann warf auch sie die Kippe zu Boden und trat sie aus. Es würde wohl ihre erste und letzte bleiben.

»Ich werde ihn suchen«, sagte Buchtaler bestimmt. »Eine Ahnung, wo er stecken könnte?« Lena schüttelte den Kopf. »Egal. Ich werde ihn finden. Mir wird da schon was einfallen.«

»Viel Glück«, murmelte Lena. Wenn es so einfach wäre, Callenberg zu finden, dann wäre er schon lange tot. Aber Buchtaler schien ihr sehr entschlossen. Wahrscheinlich hatte sie mit Callenberg etwas am Laufen, da tut man ja gern mal Dinge, die aussichtslos scheinen.

»Und Sie? Glauben Sie, zu Ewald zu gehen ist wirklich eine gute Idee?«

Lena starrte über die Stadt. »Was sollte ich sonst tun?«

»Für eine Zeit lang verschwinden? Haben Sie nicht Freunde im Ausland, bei denen Sie Unterschlupf finden könnten, bis sich hier die Wogen wieder geglättet haben?«

Wenn sie sie finden wollten, dann würde es ihnen auch im Ausland gelingen. »Ich bleibe erst einmal hier. Ich glaube, solange sie mich beobachten können und das Gefühl haben, dass ich keinen Mist baue, bin ich am sichersten.« Sie sah zu Buchtaler. »Danke für Ihre Hilfe. Und viel Glück bei Ihrer Suche.«

Buchtaler nickte. »Danke.« Sie hielt Lena ihre Hand entgegen, und Lena schlug ein. Buchtalers Miene nahm einen ernsten Zug an. »Ich weiß, ich bin jünger als Sie, und Ratschläge von jüngeren Menschen nimmt man ungern an. Aber hauen Sie ab. Sagen Sie niemandem, wohin. Setzen Sie sich ins Auto und fahren nach Spanien. Oder Griechenland. Oder was weiß ich. Und das am besten sofort!«

58 Berlin-Friedrichshain

»SonderBAR«
12. Mai, 16.15 Uhr

Bestückt mit jeder Menge Plastiksprengstoff, Fernzündern, drei Prepaidhandys und zwei Pistolen machte sich Viktor auf den Weg zurück in die Stadt. Er versah ein paar der Sprengsätze mit den Zündern und befestigte die Bomben an den zuvor ausgewählten Stellen. Dann machte er sich auf den Weg zu seinem alten Hotel.

Die Bar war noch leer und Mike nicht vor Ort. Dafür grinste ihn ein anderes bekanntes Gesicht an. Sie sah anders aus, irgendwie jünger. Als sie Viktor bemerkte, sprang sie über die Theke und in seine Arme.

»Viktor! Wie schön.«

»Jacqueline! Geht es dir gut?«

»Auf jeden Fall.« Sie zog ihr T-Shirt hoch. Zum Vorschein kam ein langes Wundpflaster, das sie an der einen Ecke vorsichtig löste. Mehrere Stiche kamen zum Vorschein, die Fäden waren noch nicht gezogen. »Auch wenn ich mir das lieber erspart hätte.«

Viktor betrachtete die Narbe, die in Jacqueline Gewerbe sicherlich nicht gerade förderlich war. Er fragte sich, ob er ein schlechtes Gewissen haben musste.

»Was machst du hier?«, fragte Jacqueline. »Hätte nicht gedacht, dich noch mal wiederzusehen.«

»Business«, murmelte Viktor. Er sah sich um. Beobachter waren das Letzte, was er jetzt brauchte. »Dieselbe Frage wollte ich eigentlich dir stellen.«

Jacqueline grinste. »Bin jetzt mit Mike zusammen. Er ist nicht gerade Antonio Banderas, das wissen wir beide, da wärst du schon mehr mein Typ«, Jacqueline zog Viktor an seinem Hemd, »aber er war sehr nett. Hat mich fast täglich im Krankenhaus besucht. Und er meinte, er bräuchte Hilfe in seinem Laden. Der läuft jetzt nämlich richtig gut.«

»Verstehe.« Viktor sah sich um. »Platzt aus allen Nähten.«

»Blödmann.« Jacqueline lachte. »Wird erst so gegen zehn voll. Aber dann bis fünf Uhr morgens.«

»Na, dann.« Viktor zeigte Jacqueline einen erhobenen Daumen. »Sag mal, dieses Zimmer drüben im Hotel, du weißt schon, das mit dem Auto, das du neulich erwähnt hast. Gibt es das noch?«

»Das wird es wohl geben, bis sie die alte Bumsbude abreißen. In Zimmer zwei. Das hat einen Zugang zu einer alten Garage, da steht die Karre drin. Fürs authentische Feeling.« Jacqueline lachte. »Wieso? Willst du's ausprobieren?«

»Ich brauche es für ein paar Stunden.«

Jacqueline zwinkerte ihm verführerisch zu. »Was hast du vor?«

»Nichts in der Richtung.«

»Schade. Geh zu Amon, alles eine Frage des Geldes. Aber das weißt du ja. Was hast du denn vor?«

»Erkläre ich dir später.« Viktor zeigte auf den Zigarettenautomaten. »Den Raum hinter dem Automaten bräuchte ich auch für ein paar Stunden und die Hilfe von Mike.«

»Was Illegales?«, fragte Jacqueline. Viktor wog nur den Kopf. »Ist klar. Also was Illegales.« Sie griff zu ihrem Handy.

»Er soll sofort in die Bar kommen. Ich kläre derweil die Dinge mit Amon.«

Jacqueline suchte nach Mikes Nummer. »Wirst du hier wieder einziehen?«

Viktor ging in Richtung Glastür. Nein, er würde sicherlich nicht wieder hier einziehen, selbst wenn er das Ganze überlebte. »Mal schauen. Sag Mike, es ist wichtig!«

59 Berlin-Tempelhof

Landeskriminalamt
12. Mai, 20.30 Uhr

Sie hatte sich mit Ewald in seinem Büro verabredet, eine typische Amtsstube mit funktionalen Möbeln, einem veralteten Computer und einer halb verdorrten Yuccapalme in der Ecke.

»Ah, die Frau Bondroit. Sorry, dass es nicht früher ging. Wichtige Termine. Was kann ich für Sie tun?«

»Wie wäre es, wenn Sie heute einfach mal die Welt retten.« Lena musste an einen Song denken, in dem etwas in der Art gesungen wurde.

»Mache ich doch täglich.« Ewald lachte. »Um welche Welt geht es denn heute?«

»Sollen wir wieder zu dem Brunnen?«

Ewald schüttelte den Kopf. »Nicht nötig. Mein Zimmer ist sauber. Habe alles kontrolliert. Nur mein Telefon hatten sie angezapft.«

Lena sah sich um. In einer Ecke stand ein Radio, das leise vor sich hin dudelte. Und an der Wand hinter Ewald stand ein antik wirkender Globus.

Ewald bemerkte Lenas irritierten Blick. »Hübsch, nicht wahr? Habe ich auf dem Sperrmüll gefunden. Ich habe was übrig für die Dinger. Zu Hause hängen ein paar an meiner hohen Decke. Sieht toll aus. Erinnern mich daran, dass ich mir irgendwann noch mal die Welt anschauen muss. Australien,

Thailand, Afrika, Südsee. Raus aus diesem Wahnsinn hier.« Er hielt inne. »Das passende Stichwort. Schießen Sie los!«

Lena erzählte von Callenbergs Besuch und ihrer Theorie.

»Und der Zusammenhang mit der ›A & K‹, das fällt Ihnen so ein, während Sie Ihre Haustiere beobachten?« Ewald schien einigermaßen beeindruckt. »Vielleicht sollte ich mir auch mal ein paar Ameisen zulegen.«

Lena erzählte ihm weiter von Degenhart und von dem Outsourcing der Abteilung »Risikomanagement & Statistik« des Innenministeriums in die »A & K« und natürlich auch von seinen Männern, die sie verfolgt hatten. »Und jetzt bin ich ehrlich gesagt mit meinem Latein am Ende. Ich weiß nur, dass Sie mir helfen müssen. Und Sie müssen Callenberg aufhalten. Ich habe kein gutes Gefühl. Er plant was Größeres, da bin ich mir ziemlich sicher.« Ihr war klar, dass sie Callenberg gerade ans Messer geliefert hatte. Sie hatte lange mit sich gerungen, doch am Ende war sie zu der Überzeugung gelangt, dass ihr ein lebender Callenberg im Gefängnis lieber war als ein toter oder einer, der etliche Menschen auf dem Gewissen hatte. »Sie müssen ihn finden. Können Sie nicht nach ihm fahnden? Und dann müssen Sie diesen ganzen Mist aufdecken.«

Ewald runzelte die Stirn. Er stand auf und ging ein paar Schritte im Raum auf und ab. Dann stellte er sich ans Fenster. Im Radio spielte gerade ein alter Bee-Gees-Song. Ewald summte die Melodie mit. Dann drehte er sich um und lehnte sich gegen die Fensterbank.

»Ich denke, das Beste wird sein, erst mal abzuwarten.«

»Bitte?« Lena sprang von ihrem Stuhl auf. »Abwarten? Was gibt es da abzuwarten?«

Ewald atmete tief durch. »Vertrauen Sie mir einfach.«

Lena kostete es viel Kraft, Ewald nicht anzuschreien. »Vertrauen, dass Sie durch Abwarten Ihre Fälle lösen? Was hat Ihnen denn Ihre Methode bei Meier gebracht? Der Mörder läuft immer noch frei herum.«

Ewald drückte sich von der Fensterbank ab und ging zu seinem Schreibtisch zurück. Dort griff er zu einer Akte, die er Lena in die Hand drückte. »Noch«, sagte er.

»Was noch?«

»Noch läuft er frei herum.« Er öffnete die Akte und zeigte auf ein Foto. »Ist er das?«

Lena hätte ihn nicht mehr beschreiben können, doch jetzt, wo sie ihn auf dem Foto sah, erkannte sie ihn sofort wieder. Es war eindeutig der Taxifahrer, der Meier überfahren hatte. »Sie haben ihn?«

Ewald zog ihr die Akte aus der Hand und schmiss sie auf den Schreibtisch zurück. Dann ging er um den Tisch herum und setzte sich.

»Wir wissen, wer es war. Aber wir nehmen ihn nicht fest. Und können Sie sich vorstellen, warum?«

»Weil Sie nicht wissen, wo er sich aufhält«, rätselte Lena.

»Nein. Weil wir an die Hintermänner wollen. Was bringt uns dieses Würstchen?« Ewald klopfte mit seinem Zeigefinger auf die Akte. »Buchten wir ihn ein, wird er ersetzt. Es wird immer Menschen geben, die bereit sind, für Geld zu töten. Wir wollen aber an die ran, die bereit sind, dafür zu bezahlen.«

Lena setzte sich ebenfalls zurück auf ihren Stuhl. »Ich glaube, ich könnte jetzt etwas zu trinken gebrauchen. Ein Wasser wäre toll.«

Ewald stand auf und kramte in einem grauen Wandschrank ein Glas und eine Wasserflasche hervor. Er goss Lena ein. Dann setzte er sich wieder.

»Eine Großfahndung wird uns derzeit bei der Suche nach Callenberg nicht weiterbringen. Ganz im Gegenteil. Er wird sich noch besser verstecken. Außerdem schrecken wir so nur die Jungs von der ›A & K‹ auf.«

»Dann lassen Sie die ›A & K‹ hochgehen, bevor er es tut. Das wäre auch eine Möglichkeit.«

»Wie soll das funktionieren?«

»Was weiß ich! Besorgen Sie sich einen Durchsuchungsbeschluss. Graben Sie den Laden einmal um. Irgendwo wird es Beweise geben.«

»Durchsuchungsbeschluss!« Ewald lachte. »Wegen was? Verdacht auf Übernahme einer Abteilung aus dem Innenministerium? Potenzielle Freiheitsberaubung eines Terroristen, von dem wir nicht mal wissen, wo er gerade steckt und ob er Ihnen die Wahrheit erzählt hat?«

»Die Täuschung, Steuerung und Manipulation von Tausenden von Menschen, um ihre Versicherungen besser verkaufen zu können. Das sind doch illegale Machenschaften. Astreiner Betrug!«

Ewald sprang auf. »Hu … Hu … Hu!«, schrie er und machte dabei ein grässliches Gesicht, sodass sich Lena tatsächlich ein wenig erschreckte. Dann setzte er sich wieder. »Angst machen ist doch strafrechtlich nicht relevant. Das gerade war nicht nett von mir, aber anzeigen können Sie mich deswegen nicht. Manipulation gehört schließlich zu jedem zweiten Geschäftsmodell. Da könnte ich direkt die gesamte Werbewirtschaft und ihre Auftraggeber mit festnehmen. Solange wir keine hieb- und stichfesten Beweise haben, geht da gar nichts.«

»Und was ist mit dem Mord? Dem Brandanschlag?« Lena schüttelte verzweifelt den Kopf. Sie verstand, dass

Ewald wahrscheinlich wirklich nicht viel tun konnte. Doch wenn er nichts tat, würde Callenberg bald ein Blutbad anrichten.

»Außerdem bezweifle ich, dass wir dort etwas finden werden«, sagte Ewald. »Ich glaube, Beweise wird uns jemand ganz anderes liefern.«

Lena sah Ewald an. In seinem Blick entdeckte sie wieder sein diabolisches Grinsen.

»Machen Sie sich keine Sorgen, Frau Bondroit. Vertrauen Sie mir einfach. Callenberg hilft uns am meisten, wenn wir ihn nicht festnehmen.«

»Sie nehmen also einen Anschlag in Kauf?«

»Manchmal müssen Opfer erbracht werden.«

»Sie sind ja wahnsinnig!«, schimpfte Lena fassungslos.

In dem Moment wurde sie von einer aktuellen Durchsage im Radio abgelenkt, für die das Programm unterbrochen wurde. »... ist es in Berlin-Mitte in der Nähe des Tiergartens zu einer Explosion gekommen.«

Ewald griff zum Radio und stellte es ein wenig lauter.

»Ob es Verletzte und Tote gibt, kann zu diesem Zeitpunkt noch nicht gesagt werden. Die Polizei rät allen Bürgern, ihre Häuser nicht zu verlassen und Ruhe zu bewahren.«

60 Berlin-Friedrichshain

Hinterzimmer »SonderBAR«
12. Mai, 21.00 Uhr

Mike sah erschrocken zu ihm herüber. Vor nicht mal zehn Minuten hatte Viktor über das Handy den Fernzünder der ersten Bombe ausgelöst. Die Jungs von der Presse waren schnell. Viktor stellte das Radio wieder leiser.

»Warst du das?«, fragte Mike.

Viktor grinste.

Sie saßen zusammen im Spielzimmer der Bar hinter dem Zigarettenautomaten.

Mike schien nicht sonderlich amüsiert. »Mit dieser Scheiße will ich nichts zu tun haben. Kannst du das nicht von woanders aus erledigen?«

»Leider nein.« Viktor öffnete das Telefonprogramm auf seinem Laptop. »Keine Angst. Bisher nur Blechschaden«, sagte er ruhig. »Gehört zur Verhandlungsstrategie. Und jetzt wollen wir mal sehen.«

Er wählte die Nummer des Ministeriums. Mit dem Programm, das er nutzte, waren die IP-Adresse seines Rechners und sein Standort nicht ermittelbar. Ihn zu orten würde Stunden, wenn nicht Tage dauern.

Eine Dame meldete sich freundlich.

»Ich will Minister Schulze sprechen. Es geht um die Explosion in der Nähe des Tiergartens. Ich will ihn persönlich sprechen. Sofort.«

Viktor grinste zu Mike hinüber. Dann drückte er die Stummtaste. »Wollen doch mal sehen, wie schnell man so einen Minister an den Hörer bekommt.«

»Hallo«, dröhnte es nach einer Weile aus dem Computer. Es war eindeutig nicht die butterweiche Stimme des Ministers. Viktor griff zu einem der drei Prepaidhandys, die er vor sich hingelegt hatte, und wählte eine Nummer.

»Ich wollte Schulze sprechen. Ich dachte, ich hätte mich klar ausgedrückt.«

»Der Minister ist gerade in einer Besprechung. Worum geht es denn?«, sagte der Mann.

Viktor brach die Verbindung ab. Dann drückte er die Ruftaste des Handys. »Ein Mülleimer, direkt vor dem Ministerium«, kommentierte er in Richtung Mike.

Er wartete. Im Hintergrund lief immer noch das Radio. Der Reporter berichtete von den Zerstörungen in der Nähe des Tiergartens. Bisher gehe man davon aus, dass es keine Verletzten gibt. Noch sei die Situation völlig unklar. Er interviewte einen Passanten, der den Knall gehört hatte. Dann hielt er kurz inne. Für einen Moment war es still im Radio, etwas, das man selten erlebte. Dann hörte man, wie der Reporter sich räusperte. »Wie ich soeben erfahren habe, gibt es Hinweise auf eine weitere Explosion. Berichten in den sozialen Medien zufolge gab es eine Detonation in der Nähe des Innenministeriums.«

Viktor klickte mit der Maus auf die Taste für die Wahlwiederholung. Wieder meldete sich die freundliche Dame. »Ich hoffe, ich werde jetzt schneller verbunden«, sagte Viktor.

Langsam schien auch Mike Gefallen an der Sache zu finden. Zumindest zeigte er Viktor einen erhobenen Daumen.

Es dauerte dieses Mal ein wenig länger.

»Schulze hier.« Es war eindeutig die Stimme des Ministers. »Mit wem spreche ich?«

»Tut nichts zur Sache. Machen wir es kurz. Ich möchte mich mit dem Vorstandsvorsitzenden der ›A & K‹, einem gewissen Dr. Gerhard Kronkreuzer, treffen und zwar sofort. Ich bestimmte den Treffpunkt. Kronkreuzer darf sich gerne so viele Bodyguards wie nötig mitnehmen, damit er sich sicher fühlt. Sprechen werde ich allerdings mit ihm allein. Sollte es zu Zwischenfällen kommen, geht die nächste Bombe los. Und dann bleibt es nicht bei Blechschäden. Haben wir uns verstanden?«

Man konnte ein Schnaufen vernehmen. Im Hintergrund hörte Viktor, wie leise getuschelt wurde.

»Das kann ich Ihnen leider nicht versprechen.«

»Doch«, sagte Viktor. »Ich erwarte den Herrn in dreißig Minuten im Hotel ›Chez Moi‹ auf Zimmer zwei.«

»Herr Callenberg, sind Sie das?«

»Haben wir uns verstanden?«

Kurz war es ruhig.

»Wie wäre es mit einem Telefonat? Das ließe sich sicherlich organisieren.«

»Nein. In einer halben Stunde im ›Chez Moi‹.«

»Das ist ein unkalkulierbares Risiko. Ich kann das nicht sanktionieren.«

»Doch, das können Sie.«

Viktor griff zu dem dritten Prepaidhandy und wählte die Nummer des Fernzünders der Bombe in einer neuen U-Bahn-Station, die morgen in Betrieb gehen sollte.

»Vielleicht lassen Sie sich kurz berichten, was gerade in der neuen U-Bahn-Station in der Nähe Ihres Ministeriums passiert ist. Und dann überlegen Sie gut, wie lange Sie meine Geduld noch strapazieren möchten.«

Viktor legte auf. Er sah zufrieden zu Mike. »Er soll sehen, dass ich nicht nur bluffe. Mal sehen, ob er jetzt einlenkt.«

»Ich würde es tun«, sagte Mike.

Viktor wählte erneut die Nummer des Ministeriums. Dieses Mal hatte er sofort den Minister in der Leitung. »Callenberg, Sie sind wahnsinnig! Dr. Kronkreuzer wird eine Garantie brauchen, dass Sie ihn nicht umbringen.«

»Die gibt es nicht. Seine Jungs können von mir aus das Zimmer und mich auf Waffen durchsuchen. Aber sprechen werde ich mit ihm allein.«

Es wurde wieder still am Telefon.

»Geben Sie mir drei Stunden. Ich werde sehen, was ich tun kann.«

»Dreißig Minuten, sonst geht die nächste Bombe hoch.« Damit legte Viktor auf und wandte sich an Mike. »So. Und jetzt zu Teil zwei des Plans. Ich muss mich beeilen.«

Mike öffnete die Tür und schob den Zigarettenautomaten zur Seite. Auf der anderen Seite wartete Jacqueline.

»Alles gut gelaufen?«

»Das werden wir gleich sehen«, sagte Viktor. Er gab Mike eines der Prepaidhandys. »Hier. Wenn du über die Kameras irgendwas siehst, das nach Stürmung des Gebäudes aussieht, sofort die eingegebene Nummer wählen. Dann gibt es ein kleines Feuerwerk, und wir brechen ab. Sonst alles wie besprochen.«

Mike nickte.

61 Berlin-Tempelhof

Landeskriminalamt
12. Mai, 21.15 Uhr

Lena saß wie angewurzelt auf dem Stuhl und starrte das Radio an, das alle zehn Minuten neue Hiobsbotschaften verkündete. Auch Ewald lauschte konzentriert, was die Reporter zu berichten hatten. Er schien jedoch im Gegensatz zu Lena nicht sonderlich angespannt.

»Da haben Sie es!«, sagte Lena.

»Nicht dumm, dieser Callenberg. So wie es klingt, alles nur Ablenkungsmanöver. Er sorgt für Chaos. Und dann stürzt er sich auf die Königin. Nicht die schlechteste Strategie.« Ewald grinste. »Und das Beste daran … Alles nicht mein Problem. Die Jungs vom Innenministerium verarschen mich schon seit Jahren. Hätten die mich nicht immer am langen Arm verhungern lassen, hätten die das Problem jetzt wahrscheinlich gar nicht.

Bachs »Wohltemperiertes Klavier« spielte in Lenas Tasche. Sie zog ihr Handy heraus. Die Nummer war unterdrückt. Als sie endlich auf den Annahmeknopf drückte, hatte schon ihre Mailbox übernommen. Keine drei Sekunden später klingelte es erneut.

»Frau Bondroit?« Schulze – er klang nervös.

»Ja?«

»Wir brauchen Ihre Hilfe«

Ewald sah zu ihr herüber. »Callenberg?«, flüsterte er.

Lena drückte die Stummtaste. »Nein, der Innenminister. Will meine Hilfe.«

Ewald schlug sich mit der Hand vor den Kopf und lachte sich kaputt. »Diese Idioten!«

Lena gab Ewald ein Zeichen, dass er wieder ruhig sein sollte, und schaltete ihr Handy auf Lautsprecher. »Natürlich habe ich das. Sie wissen, dass Sie daran nicht ganz unschuldig sind.«

»Wir sollten uns jetzt nicht über die Frage nach der Schuld in die Haare bekommen. Wissen Sie, was Callenberg vorhat?«

»Nicht im Geringsten«, sagte Lena. Sie sah zu Ewald, der seltsame Grimassen schnitt. Den Innenminister schien er wirklich zu hassen. »Aber ich bin mir sicher, dass Sie das bald erfahren werden, denn was da draußen gerade stattfindet, scheint mir nicht sein wirkliches Ziel zu sein.«

Ewald zeigte Lena einen erhobenen Daumen.

»Ich weiß«, sagte Schulze.

Jetzt hielt sich Ewald einen Finger an den Kopf und drückte ab. Lena schaltete ihr Handy stumm. »Wollen Sie mir was sagen?«

»Die wissen doch schon lange, was er von ihnen fordert. Wollen die Sie für dumm verkaufen?«, schimpfte er und drückte sich seinen Finger erneut an den Kopf.

Der Minister hatte sicherlich ein Diplom im Lügen, darüber war sich auch Lena im Klaren. Aber in diesem Fall verstand sie, dass er sämtliche Register ziehen musste. Lena schaltete wieder auf laut.

»Gut«, sagte sie. »Dann wissen Sie mehr als ich. Ich weiß nur, dass Callenberg extrem sauer ist. Und daher hoffe ich für Sie, dass es der liebe Gott heute gut mit Ihnen meint.«

Sie vernahm ein Seufzen am anderen Ende der Leitung. »Frau Bondroit, ich konnte Ihnen nicht alles sagen, das müssen Sie …«

»Und ich kann Ihnen nicht helfen«, unterbrach sie Schulze. »Nicht mal, wenn ich wollte.«

Ewald zeigte ihr erneut einen erhobenen Daumen. Noch bevor Schulze antworten konnte, mischte er sich selbst ins Gespräch: »Was fordert Callenberg?«

»Wer spricht da?«

»Hauptkommissar Ewald. Sie wissen schon, der mit der Akte.«

Kurze Stille. »Ach, Herr Ewald. Sie hören mit?«

»Was dagegen?«

»Natürlich nicht. Aber ich muss jetzt Schluss machen. Hier drängt ein wenig die Zeit. Wir melden uns.«

Die Leitung wurde unterbrochen.

»Arschloch!«, schimpfte Ewald. »Egomanen, Egoisten, Narzissten! Informationspolitik wie im Mittelalter. Teile und herrsche.«

So war es in der Tat. Lena musste einmal mehr an die Ameisen denken. Ihr perfektes System kannte solche Mechanismen nicht. Für die Ameisen war die ständige Kommunikation ohne jegliche Art von Filter überlebenswichtig. Dennoch hielt sie es für übertrieben, wie sich Ewald echauffierte. »Sie müssen es aus der Sicht des Ministers verstehen«, versuchte sie Ewald zu beruhigen, der sich wie Rumpelstilzchen aufführte und immer noch vor sich hin fluchte. »Jetzt geht es ausnahmsweise wirklich um etwas; um das Leben unschuldiger Bürger.«

Ewald hörte auf zu schimpften. Er sah sie mit einem Blick an, der nichts Gutes verkündete. »Nein, Frau Bondroit.« Er richtete den Finger auf sie. »Sie müssen was verstehen! Denen da oben geht es nicht um das Leben von unschuldigen Bürgern. Die ticken ganz anders. Hier geht es nur um ein Leben, das Leben und den Ruf des Ministers. Und es geht um Macht. Und um sonst gar nichts!«

62 Berlin-Friedrichshain

»Chez Moi«
12. Mai, 21.40 Uhr

Als Viktor den Helikopter über dem Gebäude rotieren hörte, wusste er, dass sie sich auf seine Forderungen eingelassen hatten. Wenn sie ihn hätten überwältigen wollen, dann wären sie leise angerückt.

Er schloss das Fenster und ging den Flur in Richtung Eingang. Amon saß nicht an seinem Platz. Abgesehen davon, dass er da überhaupt äußerst selten saß, roch er Ärger über Meilen, und das hier roch verdammt nach Ärger. Außerdem sorgte er wahrscheinlich gerade dafür, dass das Geld, das ihm Viktor gegeben hatte, auf den richtigen Konten im Ausland landete.

Viktor verließ das Hotel. Er sah zur Außenkamera des Spielcasinos und zwinkerte. Schade, dass Überwachungskameras eine Einbahnstraße waren. Zu gerne hätte er gesehen, wie Mike gerade mit schwitzenden Händen in dem kleinen Raum saß und ihn beobachtete. Wahrscheinlich zwinkerte er ihm sogar zurück.

Er musste nicht lange warten. Schon von Weitem erkannte man sie an den blendenden Xenon-Scheinwerfern. Dann näherte sich die Kolonne schwarzer Autos dem Hotel. Männer in schwarzen Anzügen stiegen aus und sahen sich um. Einer von ihnen kam auf Viktor zu. An der Beule unter dem Sakko erkannte er, dass der Mann bewaffnet war. Er hatte eine kleine Narbe unter dem Auge, die aber eher nach missglückter Schönheitsoperation als nach ernstem Kampf aussah.

»Wo ist das Zimmer?«

Viktor führte ihn und zwei weitere seiner Kollegen zu dem Zimmer, das er für das Gespräch vorbereitet hatte. Dann öffnete er die Tür. Außer zwei Stühlen und dem schweren Schrank hatte er mithilfe von Mike alles aus dem Zimmer entfernt. Die drei Männer untersuchten jeden Quadratzentimeter, außerdem das anhängende kleine Badezimmer und den Schrank. Mit einem Peilgerät überprüften sie den Raum auf Wanzen, dann drückten sie Viktor mit den Händen gegen die Wand. Auch er wurde von oben bis unten durchsucht. Das Einzige, was sie fanden, war ein Smartphone. Einer der Männer wollte es in seiner Jackentasche versenken, doch Viktor hielt ihn mit einer Handbewegung davon ab.

»Keine Sorge. Da ist keine SIM-Karte drin«, sagte Viktor. »Aber ich werde das Gespräch mit Herrn Kronkreuzer aufzeichnen. Und Sie werden mich nicht daran hindern, sonst geht eine weitere Bombe hoch.«

Der Mann mit der Narbe sah sich das Handy genauer an und wählte eine Nummer. Als sich nichts tat, warf er Viktor noch einen drohenden Blick zu, besann sich dann offenbar auf seine Befehle und gab Viktor das Handy zurück. Dann nahm er einen der Stühle und stellte ihn rund zwei Meter vom anderen entfernt auf. »Wenn Sie Dr. Kronkreuzer zu nahe kommen, werden wir stürmen und Sie erschießen. Verstanden?«

Viktor nickte.

Der Mann mit der Narbe nuschelte etwas in ein Mikrofon, das an seinem Hemd befestigt war. Kurz darauf kamen vier

Männer den Gang hinunter. Einer flüsterte dem mit der Narbe etwas zu. Zwei positionierten sich am Ende des Gangs, zwei vor der Tür des Zimmers. Dann kam Kronkreuzer. Ein recht kleiner, schmächtiger Mann um die fünfzig, sein braunes Haar war nach links gescheitelt. Er hatte einen gepflegten Vollbart und trug eine runde Brille aus Horn. Insgesamt wirkte er nicht unsympathisch, aber das war Viktor schon auf den Videos aufgefallen, die er im Netz über ihn gefunden hatte. Man sah den Menschen leider nicht an, wozu sie fähig waren.

»Dr. Kronkreuzer«, stellte sich der Mann vor. »Und Sie sind Herr Callenberg, nehme ich an.«

Viktor nickte. Er sah, dass Kronkreuzer eine schusssichere Weste trug, außerdem entdeckte er ein kleines Mikro an dessen Revers. Sie würden von draußen alles mithören, aber darauf war er vorbereitet.

»Bringen wir es hinter uns«, sagte Kronkreuzer bestimmt. »Und nur um eines klarzustellen« – Kronkreuzer zeigte auf die beiden Männer vor der Tür –, »meine Männer haben den Befehl zu stürmen, sollten sie seltsame Geräusche aus dem Zimmer wahrnehmen. Über dem Hotel kreist ein Hubschrauber. Wir haben zudem Leute auf allen Fluren des Hotels. Was auch immer Sie vorhaben: Sollte mir auch nur ein Haar gekrümmt werden, werden Sie dieses Gebäude nicht lebend verlassen.«

Viktor nickte erneut und wies auf einen der beiden Stühle. Kronkreuzer betrat den Raum und setzte sich. Nachdem Viktor die Tür geschlossen hatte, zog er das Smartphone aus der Tasche, schaltete die Diktierfunktion ein und legte es vor Kronkreuzer auf den Boden. Er selbst setzte sich auf den Stuhl gegenüber.

»Was wollen Sie von mir?«, fragte Kronkreuzer. Ein nervöses Beben in seiner Stimme war nicht zu überhören.

»Sie sind der Vorstandsvorsitzende der ›A & K‹. Sie sind verantwortlich für die ehemaligen deutschen ORG-Einheiten. Richtig?«, fragte Viktor.

Kronkreuzer verdrehte die Augen. »Schulze sagte mir schon, dass Sie mit so etwas um die Ecke kommen würden.« Er schenkte Viktor einen Blick, als wäre er nicht ganz richtig im Kopf. »Keine Ahnung, wovon Sie sprechen.«

Die Typen aus den oberen Etagen hatten es dank ihrer jahrelangen Übung raus, zu lügen, ohne rot zu werden.

»Sie haben also noch nie von der ORG gehört?«

Kronkreuzer zuckte mit den Schultern.

»Diese Verschwörungstheorie? Doch, habe ich. Absoluter Nonsens.«

Viktor lehnte sich auf seinem Stuhl zurück. Noch würde er Kronkreuzer seine Nummer durchziehen lassen. Er sollte sich ruhig in Sicherheit wiegen.

»Und wer hat mich dann gefangen genommen?«, schrie Viktor gespielt wütend. Er musste für seinen nächsten Schritt sicherstellen, dass Kronkreuzer überzeugt war, dass seine Gorillas rechtzeitig eingreifen würden. Wie erwartet, sprang die Tür auf, und der Mann mit der Narbe betrat mit gezogener Waffe den Raum.

»Alles unter Kontrolle, Nünning.« Kronkreuzer machte dem Mann mit einer Handbewegung deutlich, dass er wieder gehen konnte. Er wartete, bis der sich aus dem Zimmer verzogen hatte, dann wandte er sich zurück an Viktor. »Gefangen genommen? Ich kenne Sie nicht mal.«

»Es geschah direkt vor der ›A & K‹-Hauptverwaltung«, sagte Viktor. »Das ist doch kein Zufall!«

Kronkreuzer lächelte. Man merkte, dass er sich mit jeder Sekunde sicherer fühlte und meinte, die Lage im Griff zu haben. »Wenn Sie vor einem McDonald's entführt worden wären, würden Sie dann auch den Manager antanzen lassen?«

Viktor tat so, als müsse er über Kronkreuzers Argument nachdenken. Er wollte, dass er ihn noch mehr unterschätzte, als er es jetzt schon tat.

Kronkreuzer wartete einen Moment. Dann übernahm er selbst das Wort. »Was wollen Sie von mir, Herr Callenberg? Geht es um Geld?«

»Geben Sie es zu, Sie stecken da mit drin«, nuschelte Viktor etwas kleinlauter.

»Wo drin?«

»Na, bei dieser Geschichte mit der ORG.«

Kronkreuzer schüttelte lachend den Kopf. »Das Einzige, wo ich drinstecke, ist die Versicherungsbranche. Hören Sie, was auch immer Sie hiermit bezwecken, ich habe mit der ganzen Sache nichts zu tun. Glauben Sie vielleicht, ich wäre hierhergekommen, wenn ich tatsächlich der Schuldige wäre, für den Sie mich halten? Dann würde ich wohl andere Mittel und Wege finden, statt mich Ihnen auszuliefern.«

Viktor mimte den Verunsicherten. Er zeigte auf das Smartphone. »Sie gestatten, wenn ich kurz die Aufnahme überprüfe?«

Kronkreuzer nickte. Viktor richtete sich auf und bückte sich zu dem Smartphone hinunter. Er drückte ein paar Knöpfe, und schon war Kronkreuzers Stimme zu hören, allerdings sehr leise.

»Scheiße«, fluchte Viktor. »Ich glaube, wir müssen noch mal von vorn anfangen.« Kronkreuzer sollte denken, dass er es mit einem totalen Idioten zu tun hatte. »Würde es

Ihnen etwas ausmachen, das Gerät während der Aufnahme festzuhalten?«

»Her damit!« Kronkreuzer winkte mit überheblicher Geste sein Einverständnis.

Auf diesen Moment hatte Viktor gewartet. Während er weiter am Smartphone herumdrückte, näherte er sich langsam Kronkreuzer. Dann schlug er blitzschnell zu. Er traf ihn genau an der richtigen Stelle an der Schläfe, woraufhin Kronkreuzer ohnmächtig zusammensackte. Viktor fing ihn auf und legte ihn vorsichtig auf den Boden. Dann zog er das Mikrofon samt Sender aus Kronkreuzers Revers und legte es neben sein Smartphone auf den Stuhl. Er drückte auf Play. Eine Aufnahme ertönte, in der sich Kronkreuzer gerade räusperte, bevor er eine längere Erklärung abgab. Es war der Mitschnitt einer Hauptversammlung, die sich Viktor aus dem Internet heruntergeladen hatte. Er war sich ziemlich sicher, dass das den Idioten vor der Tür nicht auffiel. Hauptsache Kronkreuzer sagte überhaupt etwas. Anschließend durchsuchte er ihn. Er fand ein Handy und einen Ortungschip. Beides legte er neben das Mikro auf den Stuhl. Dann schlich Viktor zur Tür und lauschte. Keine verdächtigen Geräusche. Bisher lief alles nach Plan.

Viktor ging zum Schrank. Die Rückenwand hatte er vorab präpariert und vom Schrank losgeschraubt, sodass er sie nun leise zur Seite schieben konnte. Es kratzte, aber nicht so laut, dass es nicht von der Aufnahme übertönt wurde. Zumindest hoffte Viktor das. In der dahinterliegenden Wand wurde ein Loch sichtbar, das Viktor zuvor mit Mike aus der dünnen Gipswand geschlagen hatte. Es war fast mannshoch. Für die anschließende Reparatur hatte ihm Amon bereits siebenhundert Euro abgeknöpft.

Viktor ging zurück zu dem am Boden liegenden Kronkreuzer, hob ihn auf die Schultern und trug ihn zum Schrank. Als er ihn durch das Loch bugsieren wollte, stieß er mit Kronkreuzers Kopf an. Viktor zuckte zusammen. Für einen Augenblick dachte er, es wäre aus. Er sah wie gebannt auf die Zimmertür, die jede Sekunde aufspringen musste. Doch nichts geschah. Die Übertragung über das Mikro musste auch den dumpfen Stoß überspielt haben.

Viktor wartete noch einen Moment. Dann stieg er mit Kronkreuzer durch das Loch. Zum Glück war sein Opfer einigermaßen handlich, denn obwohl Viktor trainiert war, hatte er sich diesen Teil der Übung einfacher vorgestellt. Auf der anderen Seite legte er Kronkreuzer ab, stieg noch einmal zurück und öffnete das Fenster. Dann warf er einen letzten Blick in das Zimmer, kletterte durch den Schrank, schloss die Türen von innen und schob die Rückwand zurück vor das Loch. Einer genauen Durchsuchung des Raumes würde das nicht standhalten, aber Viktor hoffte, das offene Fenster würde Kronkreuzers Männer sofort auf eine andere Spur führen.

Kronkreuzer und er befanden sich nun in dem Vorzimmer für die Kundschaft mit den »besonderen Wünschen«. Durch eine dicke Stahltür auf der anderen Seite des Zimmers kam man in eine Garage. Hier stand der ganze Stolz von Amon: ein alter Ford Mustang. Als Viktor daran dachte, für welche Zwecke dieses Prachtstück zweckentfremdet wurde, konnte er nur einmal mehr seinen Kopf schütteln.

Viktor schleppte Kronkreuzer in die Garage und schloss die Tür. Dort ließ er ihn auf den Betonboden herab. Als Erstes verband er ihm mit einem Tuch die Augen. Dann fesselte er seine Füße mit einem Kabelbinder. Gleiches tat er mit den Händen. Als Letztes steckte er ihm einen der Sadomaso-Knebel in den Mund, die hier an der Wand hingen, und schob ihn auf die Rückbank des Mustang. Er selbst setzte sich auf den Fahrersitz. Dort drückte er auf einen roten Knopf, der in die Frontkonsole eingelassen war: Die Fahrsimulation startete, und schon ging die Reise los. Das Auto begann zu wackeln, als würde man über Kopfsteinpflaster fahren. Es war schon verrückt, was sich Amon für die speziellen Vorlieben einiger Kunden alles hatte einfallen lassen. Das Motorengeräusch der eingelegten CD war ein wenig zu penetrant, doch das würde Kronkreuzer in seiner Angst und Panik hoffentlich nicht bemerken.

Dann nahm Viktor eine kleine Videokamera aus dem Handschuhfach und positionierte sie so auf dem Armaturenbrett, dass sie direkt nach hinten auf Kronkreuzer gerichtet war. Viktor sah zu ihm auf die Rückbank. Das Timing war perfekt. Er wachte gerade auf und versuchte sich mühsam aufzurichten, während er gurgelnde Geräusche von sich gab und an den Kabelbindern zu zerren begann. Jetzt wirkte er überhaupt nicht mehr wie der coole Manager von eben.

»Ruhig bleiben«, sagte Viktor. »Wir sind gleich da.«

Kronkreuzer hielt mit seinen Befreiungsversuchen inne. Er horchte. Dann riss er wieder an seinen Fesseln. Als er merkte, dass dies nichts brachte, fing er an, panisch gegen die Wagentür zu treten.

Mit so viel Widerstand hatte Viktor nicht gerechnet. Er schaltete die CD und den Fahrtsimulator aus, griff zu der Pistole auf dem Beifahrersitz und drückte sie Kronkreuzer in die Schläfe. »Ruhig bleiben, wenn Sie noch ein wenig weiterleben wollen.«

Kronkreuzer erstarrte.

»Ich denke, jetzt können wir endlich vernünftig miteinander reden.« Viktor bohrte die Pistole nun in dessen Stirn. »Oder vielleicht sollte ich Sie einfach abknallen?«

Viktor stieg ein strenger Geruch in die Nase. Der Supervorstand hatte sich in die Hose gemacht. Mist! Das würde sich Amon noch mal gesondert vergüten lassen. Er gab Kronkreuzer eine Ohrfeige. »Für die Schweinerei!«

»Was wollen Sie? Wo haben Sie mich hingebracht?«, stammelte Kronkreuzer, nachdem Viktor ihm den Knebel aus dem Mund gezogen hatte.

»Sind Sie jetzt bereit zu reden?«

Kronkreuzer zitterte. Kaum merklich nickte er. »Ich weiß nichts über das, was Sie wissen wollen.«

»Das werden wir noch sehen«, sagte Viktor kühl.

»Ich habe Familie!«

»Was Sie nicht sagen.« Viktor musste grinsen. »Aber ich kann Ihnen Hoffnung machen. Wenn Sie reden, werden Sie sie wiedersehen. Verstanden?«

Kronkreuzer nickte.

Viktor stellte die Kamera ein. »Kurz zu den Regeln. Ich stelle Ihnen ein paar Fragen. Eine Kamera wird unser Gespräch aufzeichnen. Sollte ich das Gefühl bekommen, Sie erzählen Blödsinn, knalle ich Sie einfach ab.« Er drückte die Waffe etwas fester gegen Kronkreuzers Stirn. »Wenn Sie hingegen kooperieren, lasse ich Sie laufen.« Viktor grinste. »Großes Indianerehrenwort.«

63 Berlin-Tempelhof

Landeskriminalamt
12. Mai, 22.05 Uhr

Kurz nach seinem kleinen Ausraster hatte Ewalds Handy geklingelt. Er hatte abgenommen und das Zimmer verlassen. Gute fünfzehn Minuten später kam er wieder herein und grinste Lena an, als wenn nichts gewesen wäre. Seine Haare waren ein wenig nass und das Gesicht gut durchblutet. Wahrscheinlich hatte er seinen Kopf in kaltes Wasser getaucht.

»Ich werde dieses Arschloch filetieren«, trällerte Ewald in einem Tonfall, in dem man eigentlich eher Kindern den Weihnachtsmann ankündigte. »Seit Jahren macht er aus mir einen Affen. Jetzt ist er dran.«

Lena verdrehte die Augen. Die Rachegelüste eines kleinen Mannes – am Ende nichts anderes als ein feuchter Traum, erregend, aber ohne Konsequenzen. »Wenn Sie meinen. Ihnen ist schon klar, dass wir genau genommen nichts in der Hand haben außer einer guten Theorie?«

»Die Beweise werde ich mir besorgen«, sagte Ewald so, als wäre er sich seiner Sache absolut sicher.

»Und wo?«

»Bei der ›A & K‹.«

»Bitte?« Gerade noch hatte er ihr erklärt, dass er nicht daran glaubte, dass man dort Beweise finden würde, geschweige denn, dass er überhaupt einen Durchsuchungsbeschluss bekommen würde. »Und wie wollen Sie das machen?«

»Ich werde dort einfach einmarschieren. Gefahr im Verzug.«

»Wovon sprechen Sie?«

»Callenberg wird mir den Weg ebnen.«

»Callenberg?« Lena verstand nicht.

»Die Bomben überall in der Stadt. Wie ich schon sagte, alles ein Ablenkungsmanöver. Er hat es auf die Königin abgesehen. Und die sitzt in der ›A & K‹. Früher oder später wird dort eine Bombe hochgehen, da bin ich mir sicher. Und dann werde ich da sein, einmarschieren und mir die Beweise sichern.« Er sah Lena selbstzufrieden an.

»Ich dachte, Sie glauben nicht daran, dass man dort etwas finden kann.«

»Hab meine Meinung geändert«, sagte Ewald grinsend. »Warum plötzlich so kritisch? Sie wollten doch, dass ich den Scheiß aufdecke!«

»Ein dünnes Brett«, murmelte Lena. Ewald mochte zwar recht haben damit, dass es Callenberg auf die ›A & K‹ abgesehen hatte, aber er konnte genauso gut von einem ganz anderen Ort aus operieren. Wenn man die Königin töten wollte, musste man an ihren Soldaten vorbei. Und das sprach eher dafür, die Verantwortlichen von dort wegzulocken.

»Ich mag dünne Bretter«, sagte Ewald. Er zog sein Sakko aus und öffnete den Schrank hinter sich. Dem entnahm er ein Schulterhalfter und eine Pistole. Er hängte sich das Halfter um, kontrollierte die Pistole und steckte sie ein, dann zog er sich wieder sein Sakko über. »Ich muss los. Ein Kollege wird ein Auge auf Sie haben.«

»Danke«, sagte Lena. Sie hatte schon fast wieder vergessen, dass man sie gerade noch verfolgt hatte. »Und noch eine Bitte.«

Ewald hielt sich eine Hand ans Ohr. »Ich höre!«

»Passen Sie auf Callenberg auf. Er ist nicht wirklich ein schlechter Mensch. Sorgen Sie dafür, dass ihn niemand umbringt.«

»Aye, aye!« Ewald salutierte. »Ich werde sehen, was ich tun kann.« Dann schloss er die Tür hinter sich.

Kurz nachdem Ewald aufgebrochen war, kam ein junger Polizist zu ihr ins Zimmer und fragte sie, ob er etwas für sie tun könne.

Lena sah auf die Uhr. Es würde noch spät werden. »Ich glaube, ich könnte einen Kaffee gebrauchen. Und gibt es hier irgendwo einen Fernseher?«

»Klar«, sagte der Polizist. »Kommen Sie mit.«

Sie verließen Ewalds Büro und gingen den Flur entlang, der so trist war wie eine alte Bahnunterführung, nur ohne den strengen Uringeruch. Am Ende des Flurs war eine kleine Kaffeeküche, in der ein laufender Fernseher in der Ecke stand. Es wurden Bilder von den Folgen der Detonation vor dem Ministerium gezeigt. Ein Reporter versuchte die Lage einzuschätzen und rief die Zuschauer immer wieder dazu auf, zu Hause zu bleiben.

Lena setzte sich. Die Nachrichten wiederholten sich am laufenden Band, aber sie konnte nicht anders, als ununterbrochen auf den Bildschirm zu starren. Was hatte Callenberg nur vor?

Nach einer Weile musste sie auf die Toilette. Als sie wiederkam, empfing sie der Polizist bereits im Flur.

»Sie haben Besuch«, sagte er aufgeregt.

»Besuch?«

Der Polizist zeigte auf die Kaffeeküche. Davor standen zwei Bodyguards. »Er wartet auf Sie. Der Innenminister. Er möchte Sie allein sprechen. Keine Sorge, ich werde hier auf Sie warten.«

In der Küche standen zwei weitere Bodyguards und zwischen ihnen Innenminister Schulze. Alle drei starrten gebannt auf die Mattscheibe des Fernsehers. Als Schulze Lena bemerkte, drehte er sich um und hielt ihr seine Hand entgegen. Sein Gesichtsausdruck war besorgt.

»Frau Bondroit, wären Sie so nett und würden uns begleiten?«

64 Berlin-Friedrichshain

»Chez Moi«
12. Mai, 22.10 Uhr

Kronkreuzer war nicht wiederzuerkennen. Plötzlich redete er wie ein Wasserfall. Er bestätigte Viktor, was Bondroit schon vermutet hatte: Die Versicherungsindustrie war zunächst nur Trittbrettfahrer gewesen, jetzt saß sie im Sattel.

»Wie genau ist das möglich?«, fragte Viktor. »Wie kann man eine ganze Nation manipulieren, ohne dass sie es bemerkt? Dafür braucht man doch Tausende von Agenten!«

»Eben nicht«, sagte Kronkreuzer. »Es ist wie in der Homöopathie. Es reichen sehr geringe Dosen. Man muss gar nicht alle Menschen manipulieren. Angst ist sehr wirksam. Wenn man die Richtigen erwischt, überträgt sich die Angst auf den Rest wie von alleine.«

»Die Richtigen? Wer sind die Richtigen?«

»Sogenannte Multiplikatoren. Wir nennen sie auch die ›Verunsicherer‹. Es sind Menschen, die ein großes Netzwerk haben, Menschen, die viel kommunizieren und denen man Gehör schenkt, Trendsetter, Netzwerkjunkies, Journalisten, Politiker. Und daneben natürlich Menschen, die zunächst noch unterdurchschnittlich versichert sind.«

»Und die beeinflussen Sie wie genau?«

»Eine gestohlene Handtasche, ein kleiner Einbruch, ein provozierter Auffahrunfall. Es geht uns nur um den gesunden

Pessimismus. Und um die Kommunikation. Ab dann greift das, was man Schwarmintelligenz nennt.«

»Oder Schwarmdummheit«, murmelte Viktor. »Der Auftrieb nach der Öffnung des Ostens und die enormen Umsatzsteigerungen nach dem 11. September reichten Ihnen nicht?« Viktor spielte mit der Pistole herum, achtete aber darauf, dass sie nicht in der Kamera zu sehen war. »Sie sind ein unersättliches Pack. Skrupellos. Es ist Ihnen scheißegal, dass Sie den Menschen ihre Lebensqualität stehlen. Hauptsache, es hilft Ihnen beim Betanken Ihrer Luxusjacht.«

»Herr Callenberg, seien Sie doch nicht naiv.« Kronkreuzer wandte seinen Kopf in Viktors Richtung. »Wir haben uns das Ganze nicht ausgedacht. Die westlichen Regierungen haben das System entwickelt. Wir sind nur die Betreiber.«

Viktor musste lachen. »Nur die Betreiber!« Er konnte und wollte nicht verstehen, wozu Menschen in der Lage waren, wenn sie dafür genügend bedruckte Scheine bekamen. »Nur weil andere auf grausame Ideen kommen, muss man sie noch lange nicht umsetzen. Am Ende noch mit dem Argument: Wenn wir es nicht gemacht hätten, hätte es ein anderer gemacht. Ganz davon abgesehen steht Ihr finanzielles Interesse hier wohl außer Frage.«

»Ich habe Familie. Bitte …« Kronkreuzer fing wieder an zu wimmern.

Viktor legte die Pistole zur Seite und schaltete die Kamera aus. Dann zog er ein Handy aus dem Handschuhfach. »Ich glaube, wir haben genug Beweismaterial. Ich werde Ihren Jungs jetzt sagen, wo sie Sie abholen können.«

Kronkreuzer spannte die Schultern. »Sie lassen mich gehen? Einfach so?«

»Ich habe es Ihnen versprochen.« Viktor grinste. »Geben Sie mir die Nummer von Ihrem Gorilla, dann bekommen sie die GPS-Daten.«

Einen Moment später hielt Viktor Kronkreuzer das Handy ans Ohr.

»Nünning? Er hat es irgendwie geschafft, mich da rauszubekommen. Ich sitze in einem Auto.«

»Das kann nicht sein!«, hörte Viktor Nünning durch den Hörer schreien. Wahrscheinlich stürmten sie jetzt bereits das Nebenzimmer. In dem Mustang in der Garage bekam man davon zum Glück nichts mit.

»Nünning!«

Sein Bodyguard reagierte nicht. Man hörte nur, wie er Befehle schrie.

»Nünning!«, schrie Kronkreuzer erneut. »Jetzt hören Sie doch mal zu. Sie haben es vermasselt. Ich sitze in einem Auto. Ich schicke Ihnen gleich die Koordinaten.«

Viktor nahm ihm das Handy vom Ohr und legte auf. »So. Zuerst aber noch eine andere Sache. Wen muss man anrufen, damit Shukar befreit wird?«

»Shukar?«

»Nedjo Shukar, mein Kollege von ProNomadentum.«

»Davon weiß ich nichts.« Kronkreuzer begann wieder zu zittern. »Wirklich! Das müssen Sie mir glauben.«

»Doch, das tun Sie sehr wohl!« Viktor klopfte mit der Pistole an Kronkreuzers Schädel.

»Ich weiß nicht, wo er ist«, sagte Kronkreuzer wimmernd.

»Aber Sie beschäftigen doch sicherlich Menschen, die das wissen.« Nach einem Zögern und einem weiteren unsanften Stoß mit der Pistole gegen seine Schläfe nickte Kronkreuzer. Er diktierte Viktor mit zitternder Stimme eine weitere Nummer und gab dann die notwendigen Instruktionen zur Befreiung von Nedjo durch.

»Geht doch«, kommentierte Viktor.

»Und jetzt?«, fragte Kronkreuzer unsicher.

Viktor wählte die Nummer von Mike.

65 Berlin-Tempelhof

Landeskriminalamt
12. Mai, 22.35 Uhr

Nachdem Lena dem Minister mehrfach klargemacht hatte, dass sie alles tun würde, außer ihn zu begleiten, setzte er sich an den kleinen Tisch in der Mitte der Kaffeeküche. Er zeigte auf den Fernseher, in dem noch immer nichts anderes lief als die Liveberichterstattung zu den Bombenanschlägen. Es war bekannt geworden, dass es zwei Verletzte gab.

»Ich hatte es Ihnen gesagt, oder nicht?«, sagte Schulze.

»Was?«

»Dass Callenberg ein gefährlicher Terrorist ist.«

Lena blickte zu Boden. Ja, das hatte er. Und auch sie hatte das nicht gewollt. »Aber Sie haben mir trotzdem nicht die ganze Wahrheit erzählt.«

»Könnten wir vielleicht kurz unter vier Augen?«, sagte Schulze zu seinen Bodyguards, die daraufhin wortlos die Küche verließen. Schulze zeigte auf den Stuhl neben sich. »Bitte.«

Lena setzte sich.

Schulze sah sie ernst an. »Sie vertrauen mir nicht. Und das kann ich verstehen. Aber warum sind Sie sauer auf mich?«

Lena war über diese Einschätzung ein wenig überrascht. Sie war sauer auf Degenhart. Er hatte sie getäuscht und benutzt. Er hatte ihre Gefühle ausgenutzt, um an Informationen über Callenberg zu kommen. Aber Schulze? Er tat nur seinen

Job. Er musste ein System rechtfertigen und schützen, das man vor seiner Zeit erschaffen hatte und das nun für einen Dritten arbeitete. Vielleicht ließ er sich von der »A & K« dafür bezahlen. Sie traute ihm das durchaus zu. Und wahrscheinlich hatte er Degenhart den Auftrag erteilt, sie zu beschatten. Aber war sie deshalb sauer auf ihn? Um sauer zu sein, mussten Erwartungen enttäuscht werden. An Schulze hatte sie nie Erwartungen gehabt.

»Sie täuschen sich«, sagte Lena. »Aber ich hätte Ihnen mehr Format zugetraut. Wie kommt es, dass ein Mann wie Sie zu einer Spielfigur der ›A & K‹ wird?«

Schulze rückte sich seine Krawatte zurecht. »Spielfigur«, wiederholte er. »Das haben Sie schön gesagt.« Er strich sich durchs Haar. »Aber das stimmt nicht.« Er räusperte sich. »Ich vertrete die Interessen des Staates, sprich – und das sollten wir nie vergessen – die Interessen der Mehrheit der Bürger. Und die wollen in Frieden miteinander leben. Sie wollen, dass morgen alles noch so ist wie am Abend zuvor. Und dafür ist es gut, wenn die ORG weiter existiert, wenn auch in neuem Mäntelchen.«

»Ist das so?« Lena rümpfte eine Augenbraue. »Wessen Idee war das mit dem Outsourcen?«

»Nicht meine.«

»Ich wollte eigentlich wissen, ob es eine Idee der ›A & K‹ oder von spitzfindigen Staatssekretären war.«

»Halb nahm er sie, halb sank sie hin.« Der Minister sah für einen Moment zum Fernseher. Es wurden mehrere Krankenwagen gezeigt. Eine Reporterin stand vor einem Absperrband und berichtete, während sie immer wieder hinter sich zeigte. »Wir haben diese Organisationsmaßnahme nach amerikanischem Vorbild umgesetzt, wie auch bereits andere Nationen, in denen die ORG nach dem Krieg etabliert worden war. Es machte Sinn, das alles in eine Hand zu geben. Die international tätige ›A & K‹ ist ein optimaler Partner.«

»Verstehe«, murmelte Lena. »Und was haben Sie noch mit der Sache zu tun?«

»Eigentlich nichts.«

»Sie lügen.«

»Nein, das tue ich nicht.« Schulze sah sie ernst an. »Wir haben nur noch eine Aufgabe: Klappe halten und dafür sorgen, dass nichts anbrennt.«

»Und deshalb haben Sie Degenhart auf Buchtaler und mich angesetzt?«

»Ganz genau.«

»Warum?«

»Damit genau das hier nicht passiert.« Er zeigte auf den Fernseher. »Callenberg ist ein Terrorist. Wir wollten an Callenberg ran, über ihn aber vor allem an seine Hintermänner. An sich ist mir Callenberg egal. Nach ihm kommen zehn neue. Verstehen Sie?«

»Ich habe zwar nur Biologie studiert, aber das verstehe sogar ich«, sagte Lena mit einem gewissen Unterton in ihrer Stimme. Dann stand sie auf. Sie ging in die Ecke, in der der Fernseher hing. Ein »Terrorexperte« des Senders wurde interviewt. Sie fragte sich, was man studiert haben musste, um sich so nennen zu dürfen. Im Zweifel reichte es, einen Wikipedia-Artikel quergelesen zu haben.

»Entschuldigen Sie.« Der Minister stand auf und stellte sich neben sie. »Ich wollte Sie nicht beleidigen. Aber Sie sehen ja selbst.« Im Fernsehen zeigte man Bilder kreischender Menschen, die vor dem Rauch der Explosion am Tiergarten wegrannten. Die Handyaufnahme stammte von einem Augenzeugen, der das Video ins Netz gestellt hatte. »Wollen Sie, dass das so weitergeht? Callenberg will die Revolution. Seine Hintermänner wollen, dass die Staatsgrenzen niedergerissen werden. Um die ›A & K‹ geht es ihm nur bedingt. ›Kommando Murphy‹, wie wir die Operation der ORG nannten, ist ihm nur deshalb ein Dorn im Auge, weil es den Staat stärkt. Und das kann er nicht tolerieren, weil er das Nomadentum wieder einführen möchte. Er möchte die Errungenschaften der letzten Jahrtausende zerstören. Doch das wird nicht funktionieren. Es wäre ein Schritt zurück in die Steinzeit. Sie werden verstehen, dass wir das nicht zulassen können. Und Sie werden auch verstehen, dass wir hier als Innenministerium tätig werden müssen, auch ganz ohne ›A & K‹.«

»Ich weiß nicht, ob Callenberg das will«, sagte Lena, ohne Schulze anzusehen. Sie hörte ein Handy vibrieren. Es war Schulzes, das auf dem Tisch lag. Er nahm ab und drehte ihr den Rücken zu.

»Wie, er hat Kronkreuzer entführt? Diese Idioten von der ›A & K‹«, hörte sie Schulze stöhnen. »Wir hätten das koordinieren sollen, so wie ich gesagt hatte … Gut, fahren Sie da hin. Und halten Sie mich auf dem Laufenden.«

Er legte auf. Lena musste sich ein Grinsen verkneifen. Anscheinend spielte Callenberg gerade erfolgreich Katz und Maus.

Schulze kam zu ihr zurück. »Haben Sie eine Idee, wer mit ihm zusammenarbeitet?«

Das war natürlich die Frage, die ihn eigentlich hierhergetrieben hatte. Er hatte sie sicherlich nicht aufgesucht, um ihr irgendetwas zu erklären.

»Nein.« Lena sah ihn bestimmt an. Sie glaubte nicht einmal, dass es Hintermänner gab. Aber Schulze davon zu überzeugen hätte bedeutet, Callenbergs Todesurteil zu unterzeichnen. Und das wollte sie auf keinen Fall.

66 Berlin-Friedrichshain

»Chez Moi«
12. Mai, 22.55 Uhr

Nachdem Mike ihm bestätigt hatte, dass alle Einheiten abgezogen worden waren, versetzte Viktor Kronkreuzer erneut einen gezielten Schlag gegen die Schläfe. Dann zog er dem ohnmächtigen Mann eine mit Reißverschlüssen an Augen und Mund verschließbare Sadomaso-Maske aus dem Bestand des Vorzimmers über, zog ihn aus dem Mustang und schulterte ihn.

Im Flur war niemand mehr zu sehen. Vorsichtig ging Viktor in Richtung Hinterausgang. Dort angekommen rief er Buchtaler an, die kurz darauf mit dem alten gestohlenen Polo vor ihnen hielt. Viktor ließ Kronkreuzer auf den Rücksitz fallen, dann stieg er zu ihr in den Wagen.

»Ich dachte, du bist allein hier. Wer ist das denn?«, fragte Buchtaler mit einem despektierlichen Blick auf die Sadomaso-Maske.

»Der Chef der ORG.« Viktor grinste. »Und jetzt los hier.«

Nach ein paar Kilometern begann sich Kronkreuzer wieder zu bewegen. Er warf seinen Kopf hin und her und gab gurgelnde Geräusche von sich. Viktor drehte sich zu ihm um. »Wir machen noch einen kleinen Ausflug.«

Nun begann Kronkreuzer so wild um sich zu treten, dass Viktor ihm die Pistole wieder gegen die Schläfe drückte.

»Ruhe dahinten«, rief Buchtaler. »Wohin?«, fragte sie.

»Zur ›A & K‹. Vordereingang.«

Buchtaler gab Gas.

Nach gut fünfzehn Minuten hatten sie die Hauptverwaltung erreicht. Normalerweise brauchte man doppelt so lang, aber die Straßen waren wegen der Anschläge wie leer gefegt. Viktor sah an der Fassade empor. Jetzt in der Dunkelheit wirkte das Gebäude durch die Bestrahlung sogar noch imposanter als am Tag. Viktor zog Kronkreuzer die Maske vom Gesicht.

»Wird das Gebäude nachts bewacht?«

Kronkreuzer sah sich um. Es dauerte einen Moment, bis er begriff, wo sie sich befanden. »Warum sind wir hier? Ich dachte …«

Viktor drückte ihm die Waffe an den Hals. »Nachtwache oder nicht?«

Kronkreuzer nickte. »Ein kleines Zimmer, direkt am Eingang.«

Buchtaler und Viktor stiegen aus, dann zogen sie Kronkreuzer aus dem Wagen, der sie zu einer Nachtklingel am Haupteingang führte. Viktor klingelte. Ein älterer Herr mit Schnäuzer öffnete ihnen und begrüßte sie, vor allem aber Kronkreuzer, sehr freundlich. Viktor hielt dem Mann sofort die Waffe an den Kopf. Dann nahm er ihm Taschenlampe und Pistole ab und fesselte ihm die Hände auf dem Rücken.

Im Wachzimmer überwältigten sie noch einen zweiten Mann, der dort saß und fernsah. Nachdem sie die zwei Männer an eine Heizung gefesselt hatten, schob Viktor Kronkreuzer in die Eingangshalle zurück.

»Ich will die Daten. Wo sind sie?«

»Welche Daten?« Kronkreuzer sah Viktor unsicher an.

»Datenbanken, Mails, was auch immer. Sie haben von den Agenten gesprochen, von ›Verunsicherern‹, ›Multiplikatoren‹. Dazu muss es Nachweise geben.«

Kronkreuzer schüttelte den Kopf.

»Verkaufen Sie mich nicht für dumm. Da gibt es immer was. Selbst wenn etwas streng geheim ist.«

Kronkreuzer schüttelte erneut den Kopf. »Keine Datenbanken. Sie müssen mir glauben. Wäre zu heikel. Und wofür wollen Sie das eigentlich? Sie haben doch das Video!«

»Reicht mir nicht. Ich will Beweise.«

»Aber etwas anderes als meine Aussage kann ich Ihnen nicht bieten.« Kronkreuzer war wesentlich ruhiger und bei Weitem nicht mehr so unsicher wie zuvor im Auto, was Viktor ein wenig wunderte. Sagte er womöglich die Wahrheit?

»Wie kommt es, dass ich Ihnen nicht glaube?« Viktor drückte seine Pistole in Kronkreuzers Brust. »Ich hatte Sie gewarnt.«

Buchtaler legte ihre Hand auf die Pistole. »Viktor!«

»Was?«

»Und wenn er nichts hat?«

»Er hat was. Das kannst du mir glauben.«

»Wirklich nicht«, beteuerte Kronkreuzer. »Wenn sich jemand keine Versicherung andrehen lässt, informieren unsere Vertreter die Zentrale. Dann werden über unser Netzwerk Maßnahmen ergriffen. Direkt und ohne weitere Zwischenschritte. Und vor allem nicht auf schriftlichem Weg und ohne Notizen im System. Wir haben hier keine zentrale Datenbank, das müssen Sie mir glauben.«

»Ich glaube Ihnen gar nichts.« Viktor nahm den Rucksack vom Rücken, in dem noch genug Plastiksprengstoff steckte, um das gesamte Gebäude in die Luft zu jagen. Aber bevor er das tat, brauchte er Beweise. Sonst würde die ganze Aktion nach hinten losgehen, da hatte Bondroit leider recht. Er musste am Ende in der Lage sein, den Menschen zu erklären, warum es die Explosionen gegeben hatte. Er musste ihnen klarmachen, dass er sie befreit hatte, dass er eine Fessel gesprengt hatte, die sich um ihre Glieder gezurrt hatte.

»Von wegen direkt und ohne Zwischenschritte. Für eine Operation in diesem Ausmaß ist das schlicht unmöglich. In diesem Gebäude gibt es Beweise, das weiß ich.« Er sah sich um. Dann drückte er Buchtaler seine Pistole in die Hand. »Pass du auf ihn auf. Ich werde etwas nachsehen.«

Viktor ging zurück in das Zimmer der Nachtwächter. An den Wänden hing ein großer Plan des Gebäudes. Wie er bereits von den Plänen neben den Aufzügen wusste, gab es drei Stockwerke. Auf diesem Plan wurde allerdings noch ein weiteres Geschoss angezeigt, ein riesiger Keller. Viktor sah auf die Monitore an der Wand. Sie übertrugen Bilder von Außenkameras, das Innere des Gebäudes schien hingegen nur an den Eingangstüren der Vorstandsetage überwacht zu werden. Das deckte sich mit seiner Beobachtung vor ein paar Tagen. Es gab allerdings noch eine Ausnahme: Zwei Kameras zeigten einen langen Flur, an dessen Ende eine Art Tresortür zu sehen war.

»Das muss es sein«, murmelte Viktor.

Er drehte sich um und verließ das Zimmer. Kronkreuzer ließ sich von Buchtaler gerade die Handfesseln durchschneiden.

»Was soll das denn?«, raunzte er Buchtaler an. »Die Kabelbinder bleiben dran.«

Buchtaler drehte sich zu ihm um und richtete die Waffe auf ihn.

»Hey! Waffe runter!« Er ging auf sie zu, um ihr die Pistole aus der Hand zu nehmen. Für derlei Scherze war jetzt keine Zeit. Da hallte plötzlich ein Knall durch die Empfangshalle. Die Kugel verfehlte ihn nur knapp.

»Rühr dich nicht von der Stelle!«

»Was soll das?« Viktor sprang auf Buchtaler los, um ihr die Waffe zu entreißen, doch sie reagierte schneller, drückte erneut ab und traf sein linkes Bein. Er sackte zu Boden.

»Bist du verrückt geworden? Was tust du?«

Buchtaler reichte Kronkreuzer die Pistole, dann fesselte sie Viktors Arme hinter dem Rücken.

»Hat er dir Geld geboten?«

Buchtaler zog ihre Nerdbrille aus der Brusttasche und setzte sie auf. Viktor verstand nicht. Warum richtete sie sich plötzlich gegen ihn? Was hatte sie vor?

»Der da hat Meier auf dem Gewissen, ist dir das klar?«, schrie er Buchtaler an.

»Nicht der. ICH habe Meier auf dem Gewissen«, schrie Buchtaler zurück. »Zumindest habe ich den Killer angeworben. Dass du das immer noch nicht begriffen hast.«

Viktor starrte Buchtaler an. Er konnte nicht glauben, was er gerade hörte. »Du? Warum?«

»Er wusste zu viel. Ein Klick, und sein ganzes Material wäre online gewesen. Wer konnte schon sicher sein, dass ihn der Artikel von Bondroit wirklich umgestimmt hatte. Er war zwar ins Zweifeln gekommen, aber da war immer noch die Sache mit Murphy. Und auch eine ORG, die in der Zwischenzeit aufgelöst war, hätte eine Story werden können. Vielleicht war das Treffen mit Bondroit nur ein Ablenkungsmanöver. Vielleicht wollte er, dass man glaubte, ihn wieder unter Kontrolle zu haben, damit er in Ruhe seine Recherchen beenden konnte. Wir mussten auf Nummer sicher gehen.«

Viktor wurde ganz anders. »Woher wusstest du, dass er genug Material hatte?«

»Weil er es mir erzählt hat.« Buchtaler strich sich mit dem linken Zeigefinger durch ihren Schritt. »Pussy Power, wenn du verstehst, was ich meine. Ich habe dann alles gelöscht, bevor du dir den Laptop geholt hast.«

Kronkreuzer stellte sich neben Buchtaler und drückte ihr die Pistole wieder in die Hand. »Genug jetzt. Her mit dem Video!«

»Längst an einem sicheren Ort«, sagte Viktor grinsend, der froh war, dass er sich zumindest diesen Joker im Ärmel behalten hatte.

Kronkreuzer sah zu Buchtaler. »Wo?«

Sie zuckte mit den Schultern. »Keine Ahnung. Aber damit kann er nichts anfangen. Sie werden alles dementieren.«

»Ich wäre mir da nicht so sicher«, versuchte Viktor Kronkreuzer zu verunsichern. Diese Schlange. Wieso in aller Welt hatte er ihr vertraut?

»Wenn so ein Video erst mal in der Welt ist ...« Kronkreuzer ging zu Viktors Rucksack und durchsuchte ihn. »Wo ist das verdammte Ding?«, schrie er Viktor an, der die Kamera, wie mit Jacqueline vereinbart, im Ford Mustang liegen gelassen hatte, damit sie sie an einem sicheren Ort verstecken konnte.

Viktor zuckte mit den Schultern, wofür ihm Buchtaler einen schmerzhaften Tritt gegen sein verwundetes Bein verpasste. Kronkreuzer wandte sich von ihm ab und ging ein paar Schritte durch den Eingangsbereich. Er hielt vor Buchtaler.

»Wir dürfen kein Risiko eingehen. In diesem Gebäude gibt es zu viele Beweise. Wir müssen die Akten verlagern.« Er überlegte kurz. »Nein. Zu viel Material. Das wird nicht funktionieren. Wir müssen sie vernichten.«

»Sicher?«, fragte Buchtaler.

»Absolut. Wer weiß, was wegen dieses Videos für Untersuchungen auf uns zukommen. Was ist eigentlich mit Bondroit?«

»Wegen der müssen Sie sich keine Sorgen machen.« Buchtaler sah zu Viktor. »Um die kümmert sich gerade Schulze.«

»Schulze?« Kronkreuzer wirkte nicht gerade begeistert. »Ich hoffe nur, der erledigt das auch wirklich. Sonst müssen Sie nachhelfen. Verstanden? Und hier gilt: Vernichtung. Abzug. Neuaufbau.« Er warf ihr Viktors Rucksack zu. »Da ist alles drin, was Sie dazu brauchen. Sprengen Sie einfach das ganze Archiv in die Luft.«

Buchtaler hob den Rucksack auf. Sie zog einen der Zünder heraus. »Sind Sie sicher, dass das nötig ist?« Sie schien nicht wirklich überzeugt. »Wir könnten versuchen, das Video zu finden.«

»Kein Risiko. Die Polizei hat davon Wind bekommen. Obwohl …« Er sah erneut zu Viktor. »Ich habe eine bessere Idee: Sprengen Sie das gesamte Gebäude in die Luft. Inklusive Callenberg. Dem werden wir die Sache in die Schuhe schieben.«

»Es wird Jahre dauern, so etwas wiederaufzubauen.«

Kronkreuzer knirschte mit den Zähnen. »Vernichtung. Abzug. Neuaufbau. Ich sehe keine andere Möglichkeit. Es muss Gras über die Sache wachsen, verstehen Sie? Ich will, dass diese ORG-Geschichte für immer aus der Welt ist. Früher oder später holt uns das sonst wieder ein.«

»Wie Sie meinen.« Buchtaler holte ein Sprengstoffpaket aus dem Rucksack. Kronkreuzer sah ihr dabei zu, wie sie das erste Paket an eine der Säulen im Eingangsbereich befestigte.

»Und was machen wir mit denen da?« Sie zeigte in das Wachzimmer.

Kronkreuzer schloss die Augen. Buchtaler verstand sofort, ging zu ihnen und jagte beiden eine Kugel in den Kopf.

»Danke.« Kronkreuzer nickte Buchtaler anerkennend zu. »Wird die Geschichte, dass es Callenberg war, noch glaubhafter machen. Haben Sie ein Handy bei sich?«

»Hier.« Sie warf es ihm zu.

Kronkreuzer wählte eine Nummer. »Kronkreuzer hier … Alles bestens. Gut, dass ich immer einen Plan B in der Tasche habe … Bondroit ist bei Ihnen? … Gut. Dann lösen Sie das Problem … Mir egal. Lassen Sie sich etwas einfallen. Sie wissen, was auf dem Spiel steht. Melden Sie sich, wen es erledigt ist.«

67 Berlin-Tempelhof

Landeskriminalamt
12. Mai, 23.30 Uhr

Schulze hatte kurz die Küche verlassen und vor der Tür telefoniert. Jetzt stand er wieder vor ihr. Sein Gesichtsausdruck gefiel ihr gar nicht.

»Was Neues?«, fragte Lena.

»Das kann man wohl sagen.« Schulze blickte auf den immer noch laufenden Fernseher. »Sie bringen mich ganz schön in Schwierigkeiten, wissen Sie das?«

Lena zuckte mit den Schultern. »War nie meine Absicht.«

Er rieb sich das Gesicht. »Ich weiß.«

Wenn Schulze jetzt so mit ihr sprach, konnte das eigentlich nur eines bedeuten.

»Ist Callenberg tot?«

»So gut wie«, murmelte Schulze. Er sah sie immer noch nicht an.

»Und jetzt? Wollen Sie nichts tun?«

Schulze nickte. »Doch.« Jetzt endlich sah er sie an. »Sie und Ewald sind die Einzigen, die noch von der ganzen Sache wissen. Ewald bekomme ich in den Griff. Er ist Polizist, also ein kleiner Junge, der ab und zu mal einen Orden braucht, damit er sich wohlfühlt. Den werde ich ihm geben. Und ein wenig Kleingeld, wie ich gehört habe, will er noch was von der Welt sehen.«

Das war sein Plan, Ewald einzunorden? Er hatte wahrscheinlich nicht die leiseste Ahnung, wie sehr ihn Ewald hasste. »Wie gut kennen Sie Ewald eigentlich?«

»Wieso fragen Sie?«

Lena zuckte mit den Schultern. »Nur so.«

»Kaum. Aber ich habe langjährige Erfahrungen mit solchen Jungs. Wissen Sie, warum die diesen Beruf wählen? Weil sie früher gerne Räuber und Gendarm gespielt haben. Ob aus den Jungs später ein Verbrecher oder Polizist wird, hängt allein vom Zufall ab. Von der Grundpsychologie her sind sie gleich. Sie lieben Adrenalin und das Spiel mit der Macht. Anfangs meinen sie noch, eine Waffe am Gürtel würde ihnen Macht verleihen. Je länger sie im Geschäft sind, kapieren sie, dass es allein das Geld ist.«

»Und was passiert mit mir?«, fragte Lena. Es wunderte sie, wie ruhig sie war. Obwohl klar war, was Schulze mit ihr vorhatte, verspürte sie kein bisschen Angst. »Der junge Polizist, der draußen auf mich wartet, steht nicht mehr da, richtig?« Lena ging zur Tür und öffnete sie. Im Gang langweilten sich Schulzes Bodyguards. Von dem jungen Polizisten fehlte jede Spur. »Was haben Sie mit ihm gemacht?«

»Ich?« Schulze hob die Augenbrauen. »Nichts. Er ist gerade auf dem Weg zur Bank, um dort ein wenig Bargeld einzuzahlen. Die Menschen sind käuflich. Haben sie erst mal die ersten Euro entgegengenommen, dann halten sie auch die Klappe. Was man hat, will man nur ungern zurückgeben, erst recht, wenn man sich dafür was Schönes gekauft hat. Fast jeder ist käuflich, glauben Sie mir. Nur bei Ihnen bin ich mir da nicht so sicher.«

Lena griff in das kleine Innenfach ihrer Handtasche, in das sie eine von Ewalds Speicherkarten gesteckt hatte. Auf die andere Karte passten noch ihre kleinen Freunde auf. Sie zog die Karte heraus und legte sie auf den Tisch. Leider hatte sie nicht mehr die Zeit gehabt, nachzusehen, was Ewald darauf gespeichert hatte. Aber es war sicherlich brisant genug, um Schulze einzuschüchtern.

»Was ist das?«, fragte Schulze.

»Meine Lebensversicherung«, sagte Lena. Wenn es für Ewald als Lebensversicherung taugte, dann bestimmt auch für sie. »Ein guter Freund bei der Presse hat eine Kopie davon. Wenn ich mich nicht innerhalb von zwölf Stunden bei ihm melde, stellt er es online.« Pokern war noch nie ihre Stärke gewesen. Aber die Not erwies sich als der beste Lehrmeister.

Schulze ergriff die Speicherkarte. »Ein Video?«

Lena grinste. »Ich bin mir sicher, Sie wissen bereits, was darauf gespeichert ist.«

»Nicht wirklich.« Er drehte die Speicherkarte in seinen Fingern. »Aber wir werden es herausfinden.«

Er ging zur Tür. »Bringt mir einen Laptop, und zwar zügig, wenn es den Herren keine Umstände bereitet.«

68 Berlin-Tiergarten

»A & K International Insurance AG«
12. Mai, 23.30 Uhr

Nachdem Kronkreuzer das Gebäude verlassen hatte, brachte Buchtaler noch zwei weitere Sprengstoffpakete an. Viktor hoffte auf einen Moment der Unaufmerksamkeit, doch Buchtaler ließ ihn nicht eine Sekunde aus den Augen. Als sie fertig war, schulterte sie den Rucksack, in dem Viktor noch mindestens zehn Sprengstoffpakete verstaut hatte, und zeigte auf den Aufzug.

»Los, da lang!« Sie half ihm auf und schubste ihn in Richtung Aufzug. Die Schmerzen in seinem Bein waren höllisch, aber das war gerade sein geringstes Problem.

Die Türen schoben sich auf und enthüllten eine Innenverkleidung aus feinstem Mahagoni. Überhaupt machte der gesamte Eingangsbereich nicht den Eindruck, dass man es nötig gehabt hatte zu sparen.

Um in das Untergeschoss zu gelangen, musste Buchtaler eine Chipkarte in einen Schlitz schieben und einen Code eintippen. Mit einem sanften Ruck setzte sich der Aufzug in Bewegung. Kaum hatten sich die Türen im Untergeschoss wieder geöffnet, schob Buchtaler Viktor mit der Pistole im Rücken auf einen langen Flur hinaus. Es war der Gang, den er schon auf dem Monitor der Videoüberwachung gesehen hatte. Am Ende des Flurs befand sich die große Stahltür.

Viktors verletztes Bein begann immer mehr zu schmerzen. »Einen Moment … bitte.« Er musste irgendwie Zeit gewinnen. Doch Buchtaler ließ sich nicht erweichen. Sie drückte Viktor weiter in Richtung der Stahltür.

»Los!«

Neben der Tür war ein weiteres Kartenlesegerät befestigt, in das Buchtaler erneut ihre Karte schob. Hier gab es zusätzlich noch einen Augenscan. Die Tür öffnete sich automatisch.

»Und jetzt rein da! Hier kannst du dich gleich lange genug ausruhen.«

Viktor trat durch die Tür. Er hatte mit einem kleinen Tresorraum voller Akten gerechnet, doch was er nun zu sehen bekam, übertraf seine Erwartungen um ein Vielfaches. Das, was sich vor ihm auftat, glich einem unterirdischen Logistikzentrum. Ein gigantisches Archiv. Hunderte von Aktenschränken standen in Reih und Glied. Alle paar Meter gab es große Betonsäulen, die das darüber liegende Gebäude stützten.

»Also doch«, murmelte Viktor. »Ich wusste es.«

»Nichts wusstest du.«

Viktor sah Buchtaler verständnislos an. »Ist doch alles voll von Akten und Belegen und Nachweisen.«

Buchtaler schubste ihn ein wenig weiter in die Halle hinein. »Du hast von Datenbanken und Mails gesprochen. Dachtest wohl, du könntest mit einem USB-Stick den Helden spielen und mal kurz die Wahrheit ans Licht bringen. Da hast du dich aber getäuscht.« Sie grinste.

»Dann eben Akten. Wusste nicht, dass die hier so vorsintflutlich sind.«

Buchtaler lachte. »Von wegen vorsintflutlich.« Sie drückte Viktor die Waffe in den Nacken. Anscheinend ging er ihr immer noch zu langsam. »Digitale Daten sind viel zu unsicher. Sie sind leicht kopiert und schnell verbreitet. Zudem braucht man fast immer externe IT-Kräfte für die Pflege und Wartung. Die ›A & K‹ war schon vor Snowden so schlau, auf das gute alte Papier zu vertrauen.« Buchtaler strich mit einer Hand an einem Regal entlang. »Außerdem hält Papier länger als jeder Datenträger und ist immun gegen elektromagnetische Strahlung. Und einmal in Brand gesetzt, ist es nicht wiederherstellbar.«

Nach ein paar Metern schien Buchtaler das gefunden zu haben, wonach sie suchte.

»Da rüber!«

Sie zeigte auf ein Metallrohr, das durch die Halle führte. Mit ein paar geschickten Griffen fesselte sie Viktor mit den Kabelbindern aus seinem Rucksack an das Rohr. Dann begann sie, den Plastiksprengstoff zu verteilen.

Viktor sah sich um. Er war sich nicht sicher, ob der Sprengstoff stark genug war, die monströsen Betonpfeiler zu zerstören und damit den Keller zum Einsturz zu bringen, doch das steigerte seine Überlebenschancen auch nicht gerade. Die Druckwelle würde ihm sämtliche Organe aus dem Körper reißen.

»Josefine!«

Sie war gerade dabei, die Zünder anzubringen.

»Merkst du eigentlich nicht, dass dich Kronkreuzer nur benutzt? Bist du wirklich sicher, dass du für die richtige Seite kämpfst?«

»Benutzt?« Buchtaler sah ihn wütend an. »*Er* benutzt mich?«, schrie sie ihn an. Sie ging zu ihm herüber. »Nicht er, du hast mich benutzt«, brüllte sie weiter. Sie stand jetzt genau vor ihm. Ihre Spucke traf sein Gesicht. »Ich war für dich doch nur die kleine, dumme Fickschlampe. Genau wie für Meier. Keiner von euch hat mich ernst genommen. Bei Kronkreuzer weiß ich, woran ich bin. Klare Aufträge. Klare Bezahlung. Hier behauptet keiner, der Gute zu sein.«

Viktor zerrte an den Kabelbindern. Sie hatte sie so straff gezogen, dass sie nicht einen Millimeter nachgaben. »Josefine. Lass dich von Kronkreuzer nicht länger vor seinen Karren spannen. Der will doch nur, dass du die Drecksarbeit für ihn erledigst. Du hast selbst mitbekommen, dass er kurzen Prozess macht, sobald jemand überflüssig ist. Ohne mit der Wimper zu zucken, hat er die beiden Wachleute ans Messer geliefert. Du wirst die Nächste sein, glaub mir!«

Buchtaler lachte. »Und hast du auch mitbekommen, wer die beiden Wachleute exekutiert hat?« Sie beugte sich zu ihm herab und packte ihn am Kiefer. »Ich war für dich von Anfang an nur das kleine Dummchen aus der Redaktion. Im Kopf hat sie nichts, aber ficken kann sie wie ein Weltmeister.« Sie gab ihm einen Kuss. »Goodbye, darling!« Ihre Finger fuhren über seine Wangenknochen. »Wirklich schade. Du bist eigentlich genau mein Typ. Aber du machst einen exzellenten Sündenbock.«

Nachdem sie sich von ihm abgewandt hatte, installierte sie die letzten Fernzünder. Dann nahm sie die Liste mit den Rufnummern aus dem Rucksack und überprüfte, welche Fernzünder sie verbaut hatte. Nachdem sie fertig war, stellte sie sich ein weiteres Mal vor Viktor. Sie zog ihren Ärmel hoch und zeigte auf das Tattoo, das Meier darstellen sollte.

»Der Zwerg, du erinnerst dich?«

Viktor antwortete nicht.

»Ich hab gesagt, dass Meier sich dieses Tattoo gewünscht hat.« Sie spuckte vor ihm auf den Boden. »Hat er nicht. Hab es mir nach seinem Tod stechen lassen. Ein kleines Andenken. Ich trage sie alle mit mir herum, weißt du. Und siehst du hier?« Sie zeigte auf einen leeren Fleck auf ihrem Unterarm. »Hier werde ich mir einen kleinen Nomaden, einen Indianer, den ›Little Hiawatha‹ von Disney, stechen lassen.«

Sie entfernte sich rückwärts in Richtung Ausgang. Dabei sah sie Viktor ohne Unterbrechung in die Augen. An der großen Stahltür angekommen, warf sie ihm noch einen Handkuss zu. Dann erst wandte sie sich von ihm ab. Die Stahltür fiel zu und schloss mit einem satten Hall.

69 Berlin-Tempelhof

Landeskriminalamt
12. Mai, 23.45 Uhr

Sein Laptop war nicht angesprungen, sodass er ihn noch einmal hatte hochfahren müssen. »Verdammt!«, schimpfte Schulze. Endlich erschien der Startbildschirm. »Na, dann wollen wir mal.« Ungeduldig schob er die Speicherkarte in den dafür vorgesehenen Slot. Lena wusste nicht, was sie erwartete, aber es war ihre einzige Chance.

Schulze fuhr mit der Maus über das Display. Dann zog er die Speicherkarte heraus, um sie erneut einzustecken. »Seltsam. Er erkennt die Karte«, kommentierte er. »Aber sie scheint leer zu sein.«

»Wie, leer?« Lena beugte sich über den Bildschirm. Tatsächlich zeigte der Computer keine Daten an. »Kann nicht sein.«

»Was war denn drauf?«, fragte Schulze.

Lena überlegte, aber raten wäre zu gewagt. »Etwas, das Sie auf keinen Fall in der Öffentlichkeit haben wollen.« Es musste etwas geben, das Schulze um jeden Preis verheimlichen wollte. Warum sonst hätte Ewald es sonst als »Lebensversicherung« bezeichnet.

Schulze schüttelte plötzlich den Kopf und lachte. »Sie sind gut.« Er lachte erneut. »Fast wäre ich drauf reingefallen. Sie haben nichts, richtig?«

Lena wollte nicht glauben, dass die Karte leer war. Ewald hatte sie sicherlich nicht nur einmal überprüft. Und als

Lena die Karte aus dem Formicarium geholt hatte, war sie völlig unbeschädigt.

»Wie dem auch sei.« Schulze klappte den Laptop zu. »Was jetzt?«

Lena sah Schulze an. Etwas Gutmütiges lag in seinem Blick. Doch davon durfte man sich nicht täuschen lassen. Schulze war Politiker und geschmierter Kompagnon der »A & K«. Die Politik war ein System, in dem es um Macht ging. Und Macht setzte ein Ungleichgewicht voraus, bei dem eine Seite bluten musste.

»Ihre Entscheidung«, sagte sie. »Sie wissen, dass ich meinen Mund nicht halten werde.«

»Ja, das weiß ich«, sagte Schulze und fuhr sich durchs Gesicht. »Doch ich frage mich, was es Ihnen bringen würde. Sie sind eine intelligente Frau. Ich glaube, Sie haben sehr wohl verstanden, dass unsere Gesellschaft die Angst braucht. Jedes Tier braucht die Angst zum Überleben. Das wissen Sie als Biologin besser als ich. Eine angstlose, degenerierte Antilope wird sofort zerfleischt. Und leider sind wir in unserer westlichen Konsumgesellschaft genau das: degenerierte Antilopen. Wenn wir den Menschen die Angst nehmen, dann werden wir den Staat und seine Exekutive schwächen. Und dann werden sie kommen und uns zerfleischen.«

»Wer wird uns zerfleischen?« Lena war nicht ganz klar, auf wen Schulze anspielte.

»Der Osten, der Westen, ein paar verrückte Muslime, die Chinesen. Es ist nicht nur eine innenpolitische Frage, eine des sozialen Friedens und der Ordnung, sondern auch eine außenpolitische. Und das wissen Sie. Ich glaube daher, dass Sie Ihren Mund halten werden. Denn für den Flächenbrand, den Ihr Streichholz auslösen könnte, wollen Sie nicht verantwortlich sein.« Er betrachtete sie für eine Weile. »Und ganz davon abgesehen: Es gibt die Angst sowieso. Wir haben sie nicht erschaffen. Wir haben sie nur verstärkt.«

Lena sah zum Fernseher hoch. Der Nachrichtensprecher im Studio schien eine neue Information erhalten zu haben. Es wurde live zu einem Kamerateam geschaltet, das im Auto unterwegs war. Man konnte in der Dunkelheit nicht wirklich etwas erkennen, aber es schien von Bedeutung zu sein. Lena ergriff die Fernbedienung und schaltete den Fernseher lauter.

»... soeben erfahren, dass es in der Nähe des Tierparks erneut eine Detonation gegeben hat. Dort steht eine riesige Rauchwolke am Himmel. Wir werden gleich live vor Ort sein.«

Das Auto fuhr um ein paar Ecken, und dann sah man sie, die brennende »A & K«. Der vordere Teil des Gebäudes war komplett eingestürzt. Ein paar Menschen standen fassungslos vor dem Gebäude und betrachteten die Zerstörung.

»Wie kann das sein?«, flüsterte Lena.

»Seltsam.« Auch Schulze schien sich zu wundern.

»Ich dachte, die haben Callenberg. Wie kann er dann ...?« Lena verschlug es bei den Bildern die Sprache. »Vielleicht seine Hintermänner?«

Der Reporter war mit seinem Kameramann aus dem Auto gesprungen. Sie positionierten sich in einiger Entfernung vor dem Gebäude. »Wie es aussieht, wurde ein großer Teil der renommierten Versicherungsgesellschaft ›A & K International‹ in die Luft gesprengt. Der vordere Teil des Gebäudes scheint komplett zerstört.«

Ein Polizist kam auf die beiden zu und wies sie an, sich von dem Gebäude zu entfernen. Im Hintergrund wurde die

Straße mit Flatterband abgesperrt. Dann trat plötzlich ein kleiner, dickerer Mann ins Bild. Kommissar Ewald. Er stellte sich vor, und der Reporter legte sofort los. »Wissen Sie schon, ob es Verletzte oder vielleicht sogar Tote gibt?«

Ewald grinste unvorteilhaft in die Kamera. Er war nicht einer von denen, die gefilmt besser aussahen. »Das wissen wir noch nicht. Aber viele Menschen werden sich um diese Uhrzeit glücklicherweise nicht im Gebäude aufgehalten haben.« Lena sah auf die Uhr. Es war kurz vor Mitternacht. »Was Sie allerdings interessieren dürfte: Wir haben bereits eine Verdächtige festgenommen.«

»Eine Verdächtige?« Der Reporter blickte verdutzt in die Kamera und wandte sich dann wieder Ewald zu.

»Ja. Wir konnten sie festnehmen, kurz nachdem sie das Gebäude verließ. Sie trug einen Rucksack mit Waffen und Sprengstoffresten mit sich.«

»Können Sie unseren Zuschauern vielleicht mehr dazu sagen? Agierte sie allein, oder gibt es Mittäter? Arbeitet sie für eine Organisation? Was ist das Motiv? Ein terroristischer Anschlag?«

»Ich gehe von Habgier aus.« Ewald hob das Flatterband und winkte dem Reporter. »Kommen Sie mit. Ich habe da etwas, was die Öffentlichkeit interessieren dürfte.«

Lena sah Schulze fragend an. »Eine Frau?«

Er zuckte mit den Schultern, ohne seinen Blick vom Fernseher zu wenden. »Wahrscheinlich eine von Callenbergs Komplizen.«

Man sah, wie Ewald den Reporter zusammen mit seinem Kameramann zu einem Polizeibus führte. Er schob die Tür zur Seite.

»Ist sie das etwa?«, fragte der Reporter, und Ewald nickte.

»Buchtaler?« Lena hielt sich die Hand vor den Mund. Callenberg musste sie davon überzeugt haben, bei der Aktion mitzumachen.

Neben Buchtaler saß ein elegant wirkender Herr. Als er die Kamera erblickte, hielt er sich sofort die Hände vors Gesicht. »Raus hier! Ich will umgehend mit meinem Anwalt sprechen.«

Schulze zeigte sprachlos auf den Fernseher. »Das war ja …«

»Psst!« Lena starrte auf die Bilder, die übertragen wurden. Ewald drängte sich gerade wieder vor die Kamera. »Das war's.« Er schob die Wagentür zu. »Ich hielt es für wichtig, dass die Öffentlichkeit zeitnah über diesen Fall informiert wird.«

Natürlich hielt er das für wichtig, dachte Lena. Es war schließlich seine Lebensversicherung.

»Um wen handelt es sich bei dem Mann? Ist er ebenfalls verdächtig?«, fragte der Reporter aufgeregt.

Ewald grinste in die Kamera. »Aus ermittlungstechnischen Gründen darf ich keine Namen nennen, aber es handelt sich vermutlich um ein Vorstandsmitglied der ›A & K International‹. Kurz vor der Explosion konnten wir den Mann vor diesem Gebäude in Gewahrsam nehmen. Wir sind noch am Anfang unserer Ermittlungen, aber alles deutet darauf hin, dass die ›A & K‹ in die Vorfälle am heutigen Tag involviert ist. Wenn wir unseren derzeitigen Informationen trauen dürfen, hängt die ganze Sache mit einem milliardenschweren Betrug der Versicherungsbranche zusammen. Wir gehen weiter davon aus, dass es sich um eine Verschwörung bis in höchste politische Kreise handelt, es herrscht akute Verdunkelungsgefahr. Wir sind in einer groß angelegten Aktion gerade dabei, wichtige Beweise zu sichern. Das ist für den

Moment alles. Danke.« Ewald sah ernst in die Kamera. Er hatte wieder sein diabolisches Blitzen in den Augen.

Die Kamera schwenkte zu dem Reporter, der Ewalds Worte noch einmal kommentierte. Dann wurde zurück ins Studio geschaltet.

Lena sah zu Schulze, der sich wieder an den kleinen Küchentisch gesetzt hatte. Er fixierte das Wasserglas vor sich, als wollte er es mit seinen Blicken leeren. Dann nahm er es in die Hand und schüttete sich den gesamten Inhalt auf einmal in den Rachen.

»Glauben Sie immer noch, dass Sie Ewald in den Griff bekommen?«, fragte Lena vorsichtig.

Schulze schluckte. »Dieser Idiot!« Er sah zu ihr hoch. Dann stand er so ruckartig auf, dass er dabei seinen Stuhl umstieß. »Kommen Sie!« Er ging zur Tür.

Lena blieb stehen.

»Keine Angst, ich beiße nicht.«

70 Berlin-Tiergarten

»A & K International Insurance AG«
13. Mai, 00.25 Uhr

Sie fuhren direkt zur Versicherung. Neben etlichen Polizisten war inzwischen auch die Feuerwehr vor Ort. Der Wagen war noch nicht ganz zum Stehen gekommen, da sprang Schulze schon aus der Limousine und ließ sich darüber aufklären, wo er Ewald finden konnte. Man zeigte auf den schwarzen Bus, den sie zuvor schon im Fernsehen gesehen hatten.

Schulze rannte auf den Bus zu und hämmerte gegen die Scheibe. Lena rannte hinterher.

Ewald öffnete persönlich die Tür. »Ach, der Chef.« Er grinste triumphierend. »Sie kommen genau im richtigen Moment. Bitte eintreten.« Er zwinkerte Lena zu, die er ebenfalls hereinwinkte.

Auf der einen Bank saßen Kronkreuzer und Buchtaler. Beiden hatte man Handschellen angelegt. Buchtaler sah nicht gut aus.

Lena setzte sich neben sie. »Hat Sie Callenberg in die Sache reingezogen?«, flüsterte sie ihr zu.

Ewald zog Lena von Buchtaler weg. »Bitte Abstand halten. Zu Ihrer eigenen Sicherheit.« So gut gelaunt hatte sie ihn noch nie erlebt. »Eine Agentin der ORG, oder …« Er sah zu Kronkreuzer. »… sollte ich vielleicht besser sagen, eine inoffizielle Mitarbeiterin der ›A & K‹?« Er lachte laut los.

Lena starrte Buchtaler an. War sie wirklich eine Agentin? Das würde einiges erklären, aber zugetraut hatte sie es ihr gewiss nicht.

»Und wo ist Callenberg?«, fragte Lena.

Ewald sah Buchtaler auffordernd an. »Wollen Sie, oder soll ich?«

»Tot.« Buchtaler sprach mit tonloser Stimme.

Lena wandte sich an Ewald. »Stimmt das?«

Er nickte.

Lena sah Buchtaler fassungslos an. »Ich verstehe gar nichts mehr.«

Buchtaler zeigte auf Kronkreuzer. »Ich kann nichts dafür. Er hat es mir befohlen. Sonst hätte er auch mich getötet.«

»So ein Schwachsinn«, brüllte Kronkreuzer. Er wandte sich an Schulze. »Ich dachte schon, Sie kommen gar nicht mehr.« Er streckte Ewald seine Handschellen entgegen. »So, abmachen! Und zwar sofort!« Dann nickte er in Richtung Lena. »Was macht die eigentlich hier?«

»Abmachen?« Ewald brach in schallendes Gelächter aus. Er baute sich vor Schulze auf. »Nichts wird hier abgemacht. Das wissen Sie …«

»Hinsetzen«, herrschte Schulze Ewald an. Seltsamerweise gehorchte Ewald. »Und hier wird gar nichts abgemacht«, fügte er in einem ruhigeren Tonfall hinzu. »Schön eins nach dem anderen.« Er sah Kronkreuzer an. »Sie interessiert, was Frau Bondroit hier macht?« Lena war gespannt, was nun kommen würde. »Ganz einfach. Ich schätze diese Frau.«

Kronkreuzer lief vor Wut rot an. »Schulze, wenn Sie jetzt nicht sofort …«

»Ruhe!« Dieses Mal brüllte Schulze, was so gar nicht zu ihm passte. Er atmete tief durch. »Dumme Situation.« Er sah bedeutungsschwanger in die Runde. »Wird Zeit, eine Strategie zu entwickeln, wie wir hier alle möglichst gesichtswahrend wieder herauskommen.«

Ewald fing bellend an zu lachen. »Strategie?! Sie sind einfach unverbesserlich. Sie sind im Arsch, Schulze. Im Arsch! Haben Sie das noch nicht verstanden?«

»Herr Ewald.« Schulze hob die Hände und schloss dabei die Augen. »Immer mit der Ruhe«, flüsterte er fast. Dann legte er die Hände zurück in seinen Schoß. »Wir können uns hier weiter anschreien. Aber das wird unser Problem nicht lösen. Ich betone: ›unser‹ Problem. Nicht meins, nicht Ihres und auch nicht das Problem von Herrn Dr. Kronkreuzer. Ich habe es Frau Bondroit bereits vorhin erklärt. Hier geht es nicht nur um die Bomben, um Mord und Betrug. Wenn die ganze Geschichte um die ORG an die Öffentlichkeit geraten würde, hätte das nachhaltige und schwerwiegende Konsequenzen. Für unser Staatsgefüge, unsere Demokratie, unseren Rechtsstaat. Denken Sie nur an die radikalen Kräfte, die das freisetzen würde. Wir würden ein innen- und außenpolitisches Erdbeben auslösen, das wir nicht mehr in den Griff bekommen werden. Und das will sicherlich keiner von uns. Trotz aller Vorbehalte mögen wir doch unser Land. Und wir alle haben ein Interesse an einem funktionierenden Staat.«

»Aber an keinem, in dem die Bürger nur manipulierte Marionetten sind!«, echauffierte sich Ewald. »Hier ist etwas gelaufen, was an die Öffentlichkeit muss. Betrug auf allerhöchster Ebene! Das war von keinem Parlament genehmigt. Nicht mal wir von der Polizei waren eingeweiht!«

Lena konnte es nicht fassen. Männer und ihr Ego. *Er* war nicht »eingeweiht« gewesen. War das wirklich sein größtes Problem?

»Ich verstehe Sie«, sagte Schulze zu Ewald. Es war faszinierend, wie er sich unter Kontrolle hielt und seine natürliche Autorität wirken ließ. »Aber lassen Sie uns jetzt nicht mit der Vergangenheit aufhalten, sondern an die Zukunft denken. Den Aufschrei in der Bevölkerung, den die Aufdeckung mit sich bringen würde, den wollen nicht mal Sie, das kann ich Ihnen garantieren. Und wissen Sie warum?« Ewald rümpfte die Nase. »Sie hätten nichts davon«, beantwortete Schulze seine eigene Frage. »Unser Land würde im totalen Chaos versinken. Die Staatsgewalt hätte keine Kontrolle mehr. Wollen Sie das?«

Ewald sah zu Boden. Er sah jetzt nicht mehr halb so gut gelaunt aus wie noch vor einer Minute. Ihm musste klar geworden sein, dass Schulze nicht ganz unrecht hatte.

»Wir müssen jetzt besonnen handeln«, fuhr Schulze fort. Er sah Ewald ernst an. »Und das ist, dank Ihres Interviews, gar nicht mehr so einfach.«

»Das denke ich aber auch.« Ewald lachte. »Wir haben gar keine andere Chance als …«

»Als Erstes brauchen wir ein Bauernopfer«, unterbrach ihn Schulze. »Für die Anschläge.« Er sah in die Runde.

»Und das Bauernopfer haben wir auch schon«, meldete sich Kronkreuzer zu Wort, der seine Chance zu wittern schien. »Es liegt unter den Trümmern der ›A & K‹. Dieser Callenberg. Es war ein terroristischer Anschlag. Ist doch ganz einfach!«

Schulze überlegte kurz, dann schüttelte er den Kopf. »Das wird nicht funktionieren. Dazu hat der Kollege Ewald schon zu viel in die Kamera gequatscht. Millionen Menschen haben gesehen, wie er Sie als Drahtzieher des Anschlags bezichtigte. Das liebt das Volk. Selbst ernannte Götter, die von ihrem Thron gestoßen werden. Die wollen jetzt keinen billigen Terrorismus mehr. Jedem wird klar sein, dass Callenberg, wenn überhaupt, nur der kleine Mann war, der die schmutzige Arbeit erledigen sollte. Mindestens ein König muss auf die Guillotine. Das Volk braucht das.«

»Und der wäre?«, fragte Kronkreuzer, dem man ansah, dass er, wie auch alle anderen im Wagen, die Antwort schon ahnte.

»Sie.« Schulze sagte das, ohne eine Miene zu verziehen. »Sie sind das Bauernopfer. Sie und Ihre Vorstandskollegen. Es bleibt uns gar nichts anderes übrig. Wir werden die Anschläge als eine Aktion der Versicherungsindustrie verkaufen. Jeder weiß, welche Zuwächse Sie seit dem 11. September hatten. So ein paar Bombenanschläge sind Wasser auf die Mühlen der Versicherungen, deshalb wird auch jeder die Geschichte kaufen. Eine sehr schöne Geschichte übrigens, die alles andere überdecken wird.«

»Sie Schwein!« Kronkreuzer richtete sich auf. »Damit werden Sie nicht durchkommen.« Ewald drückte ihn zurück auf seinen Platz.

Schulze blieb ruhig. Zumindest nach außen sah man keinen Ansatz von Schadenfreude. »Doch, das werde ich.«

»Dann werde ich auspacken!« Kronkreuzer war rot angelaufen vor Wut. »Ich reiße Sie mit in die Hölle, Schulze, das können Sie mir glauben, und Ihre gesamte Regierung direkt mit!«

»Wirklich?« Nun lächelte Schulze amüsiert. »Aber ich würde Sie dringend bitten, vorher noch einmal nachzudenken. Sie werden damit nämlich nicht nur mich, sondern auch Ihre Kollegen in den anderen Ländern mitreißen, dort, wo die Geschäfte noch bestens laufen. Und Sie wissen selbst, was die dann mit Ihnen machen. Da könnte nicht mal mehr ich für Ihre Sicherheit garantieren.«

»Wie stellen Sie sich das denn vor?«, schrie Kronkreuzer. »Wenn ich nicht rede, werden es die Agenten tun.«

»Sehe ich anders.« Schulze schüttelte den Kopf. »Denn Ihre Agenten werden kein gesteigertes Interesse daran haben, über das zu reden, was sie die letzten Jahre getrieben haben. Aber das müssten sie. Warum lernen nur so wenige Menschen aus der Geschichte?« Schulze sah kopfschüttelnd an die Decke des Buses. »Ich werde Ihnen sagen, was passieren wird: Untertauchen werden Ihre Agenten, wie die Nazis nach dem Zweiten Weltkrieg, wie die Stasimitarbeiter der DDR, leugnen, dass sie jemals etwas mit der Sache zu tun hatten, dass es überhaupt so etwas gegeben hat. Sie werden es so lange leugnen, bis sie es selbst glauben. Und um es Ihren Leuten noch ein wenig leichter zu machen, wird die ›A & K‹ ihnen eine ordentliche Abfindung mit auf den Weg geben.«

Man sah Kronkreuzer an, dass er krampfhaft nach Argumenten suchte, Schulzes Vorschlag zu torpedieren. Er schnaufte vor Wut und Erregung, fischte nach Strohhalmen. »Ohne die Angst wird unsere Demokratie untergehen, das wissen Sie selbst. Sie brauchen uns!«

Schulze schüttelte den Kopf. »Ich bin da ganz anderer Meinung.« Er sah zu Lena. »Der Kapitalismus braucht keine zusätzliche Angst. Er produziert sie selbst. Wir können hier ganz auf die Selbststeuerungsmechanismen unseres Gesellschaftsmodells vertrauen. Man muss den Menschen nur die Chance geben, Besitz anzuhäufen. Ab dann läuft alles wie von selbst. Es ist die Angst vor dem Weniger, die die Menschen im Kapitalismus treibt. Sie ist die Triebfeder für ihr gesamtes Handeln. Je mehr ich besitze, umso größer wird die Angst.«

»Und die Jugend?«, setzte Kronkreuzer noch einmal an. »Sie wird das System hinterfragen! Wir müssen auch an die Zukunft denken.«

»Schon mal etwas von Schwarmintelligenz gehört?« Schulze hob die Augenbrauen. »Wir haben längst die kritische Masse erreicht, dass auch Andersdenkende und Jugendliche irgendwann mit dem Strom schwimmen. Sie können gar nicht anders.«

Für einen Moment herrschte Ruhe im Wagen.

»Und Sie?« Kronkreuzer nickte in Schulzes Richtung. »Sie haben mit uns gemeinsame Sache gemacht. Auch wenn Sie alles auf die ›A & K‹ schieben werden, da kommen Sie nicht raus.«

»Allerdings.« Ewald sah zu Schulze. »Und warum sollte ich Ihre Geschichte mittragen?«

Schulze zwinkerte Lena zu. »Weil ich weiß, dass Sie ein vernünftiger Mann sind«, sagte er zu Ewald und klopfte ihm auf die Schultern. »Wie wäre zum Beispiel eine gehobene Position beim Verfassungsschutz? Ich denke, da muss jetzt mal neuer Wind rein. Dafür wären Sie genau der richtige Mann.« Er überlegte ein paar Sekunden, dann nickte er, als wäre er sich ganz sicher. »Ja. Ich könnte mir sogar die Leitung gut für Sie vorstellen. Nach diesem Desaster muss dort mal frischer Wind rein.«

»Hm …« Ewald schien verständlicherweise nicht abgeneigt. Touché, dachte Lena. Neben der Beförderung, die die Sache mit sich brachte, würde er so endlich mit so manchem Widersacher abrechnen können.

»Und zu Ihrer Frage bezüglich meiner Person.« Schulze wandte sich nun wieder an Kronkreuzer. »Meine Verantwortung werde ich in der Form ausüben, als dass ich den für die fehlende Aufklärung verantwortlichen Abteilungsleiter feuern werde. Und ich selbst werde natürlich auch gehen.«

»Ach!«, entfuhr es Ewald, der Schulze verblüfft anstarrte. »Für so verantwortungsvoll hätte ich Sie gar nicht gehalten.«

»Da sehen Sie mal.« Schulze grinste. »Außerdem, der Außenminister hat sich da so ein paar untragbare Schnitzer geleistet. Ich bin für den Posten vorgesehen. Das passt doch ganz gut zusammen.«

Jetzt war es wieder ruhig im Bus. Lena überlegte, welchen Abteilungsleiter Schulze wohl feuern wollte, war sich aber ziemlich sicher, dass er Degenhart meinte. Eine härtere Strafe wäre ihr lieber gewesen. Doch die hätte es nur mit einer lückenlosen Aufklärung des Skandals gegeben, die Schulze aus gutem Grund zu verhindern versuchte.

»Einverstanden.« Ewald hielt Schulze seine Hand entgegen. »Ich denke, wir haben einen Deal.«

Schulze nickte zufrieden und schlug ein.

»Aber ich brauche eine Sicherheit«, setzte Ewald hinterher.

»Mein Wort sollte reichen«, sagte Schulze bestimmt. »Ich halte nicht viel von Papier. Es gibt Dinge, die sollte man später nicht schriftlich nachvollziehen können.«

»Ihr Wort reicht mir aber nicht.«

»Sie haben Zeugen.«

»Pah«, prustete Ewald. »Die sind schneller verschollen, als Sie bis drei Zählen können.«

»Na gut.« Schulze griff zum Handy. »Dann klären wir das eben sofort.«

71 Berlin-Steglitz

Institut für Biologie
17. Mai, 14.00 Uhr

Ziehmer blickte schweigend auf das Blatt Papier in seinen Händen. Lena hatte es ihm gerade zwischen einen Kaffeebecher und eine Plastikbox mit frischen Früchten auf seinen Schreibtisch gelegt.

»Warum?«, fragte er.

»Möchtest du eine ehrliche Antwort?«

Ziehmer sah zu ihr auf. »Ich habe für dich gekämpft, wie …«

»… eine Bärenmutter«, vollendete Lena den Satz. »Wer es glaubt.«

»Es stimmt.« Ziehmer griff zu der Tastatur seines Computers. »Soll ich dir die Mail zeigen?«

»Nicht nötig. Es ändert nichts an meinem Entschluss.«

»Aber wo willst du jetzt hin? Als Ameisenforscherin! Mit deinem gesundheitlichen Hintergrund!«

Eine gute Frage, für die sie selbst noch keine Antwort hatte. Aber es war keine Frage – und das war das Entscheidende –, vor deren Lösung sie weiterhin Angst hatte. Irgendetwas würde sich schon finden. »Ich weiß es noch nicht. Nur hier halte ich es nicht länger aus. Und das liegt nicht an der Arbeit an sich, um auf deine Frage zurückzukommen.«

Ziehmer sah sie schweigend an. Er wirkte ein wenig zerknirscht. Lieber wäre es ihm sicherlich gewesen, er hätte bei dieser Entscheidung im Sattel gesessen. »Na ja. Vielleicht besser so.« Er konnte es einfach nicht lassen. »Wegen der finanziell angespannten Situation, du verstehst«, schob er noch hinterher, was es jedoch nicht wirklich besser machte. »Und die Ameisen?«

»Ist für gesorgt.«

»Du nimmst sie mit nach Hause?«

»Nein. Sie bekommen ein eigenes kleines Haus im Zoo. Und bis das gebaut ist, stellen sie die Becken in das Aquarium.«

»Sagt wer?«

»Der designierte Außenminister. Der hat das über seine Kanäle persönlich eingetütet.«

»Frank Schulze?«

Lena nickte. »Ich denke, damit wäre alles geklärt, oder?« Sie stand auf.

Ziehmer sah sie lange an. »Liegt es wirklich an mir?«

Lena überlegte, was sie ihm darauf antworten sollte. Warum fragte er überhaupt? War sie nicht explizit genug gewesen?

»Nein, Theo. Es liegt natürlich an der angespannten finanziellen Situation.«

Zurück in ihrem Büro schaltete Lena das Radio an und begann ihren Schreibtisch auszuräumen. Sie hatte ein paar Kisten von zu Hause mitgebracht. Die Anschläge waren jetzt vier Tage her. Das Ganze würde als der Höhepunkt eines Versicherungsskandals in die deutsche Geschichte eingehen. Die Medien waren immer noch voll davon. Schulze hatte zusammen mit Ewald genau die Geschichte verkauft, die er sich ausgedacht hatte: Die Explosionen waren von der habgierigen Versicherungsindustrie beauftragt worden, insbesondere den Rückversicherern, deren Margen wegen der vielen Naturkatastrophen in den letzten Jahren stark gesunken waren.

Abgesehen von der Presse, die gerade nichts Spannenderes zu berichten hatte, war die Empörung der Bevölkerung darüber, dass ein Versicherungsunternehmen Attentate vortäuschte, um daraus Profit zu schlagen, zwar groß, aber nicht so groß, wie sie vermutet hatte. Die Menschen schienen seit den Skandalen der letzten Jahre damit zu rechnen, dass sie von den Großkonzernen betrogen wurden. Und da viele von ihnen in solchen Konzernen arbeiteten und damit von deren Umsätzen abhängig waren, biss sich die Schlange in den eigenen Schwanz. Lena war sich nicht sicher, ob sie diesen Umstand beruhigend oder beängstigend finden sollte.

Im Radio lief ein Interview mit Ewald, der in allen Medien als der geniale Aufklärer und designierte neue Leiter des Verfassungsschutzes gefeiert wurde. Während Kronkreuzer und seine Vorstandskollegen in Untersuchungshaft saßen, wurde Schulze als neuer Außenminister gehandelt. Er hatte Lena noch einmal besucht und ihr eine Sonderförderung für das Institut angeboten.

»Für mein Schweigen?«, hatte Lena ihn gefragt.

Schulze hatte nur geschmunzelt.

Sie hatte auch ohne »Schweigegeld« beschlossen, die Sache mit der ORG für sich zu behalten, denn sie war zu der Überzeugung gelangt, dass Schulze mit dem, was er prophezeite, leider recht hatte: Die Aufdeckung der »Murphy-Verschwörungstheorie« würde mit ziemlicher Sicherheit Folgen haben, die selbst sie nicht wollte.

»Wie wäre es stattdessen mit einem kleinen Ameisenhaus im Berliner Zoo?«, hatte sie ihn gefragt und ihm von der bevorstehenden Auflösung des Labors berichtet. So wäre wenigstens für ihre Tierchen gesorgt. Schulze war sofort einverstanden.

Lena musste an Meier und Callenberg denken. Beide hatten sie für die Zerschlagung der ORG, wenn man ihre Nachfolgeorganisation bei der »A & K« denn noch so nennen wollte, ihr Leben gelassen. Nun waren es andere, die von ihrer Arbeit profitierten. Das war nicht gerecht, aber so war das Leben. Es wurden nicht diejenigen belohnt, die für etwas kämpften, sondern die Draht- und Strippenzieher im Hintergrund, allesamt Gauner mit hervorragenden rhetorischen Fähigkeiten und einem ausgeprägten Gespür für Macht.

Es klopfte.

Lena rückte sich ihre Bluse zurecht. »Herein!«

Erst streckte er nur seinen Kopf durch den Türspalt, dann betrat er ihr Zimmer. Es war Kommissar Ewald. Er lauschte kurz dem Radiobeitrag. Dabei verzog er sein Gesicht, als hätte er in eine Zitrone gebissen. »Schrecklich!« Er ging zum Radio und drehte leiser. »An meine Radiostimme muss ich mich erst noch gewöhnen.«

»Entschuldigen Sie das Chaos«, sagte Lena und zeigte auf die Kisten. »Wie kann ich Ihnen helfen?«

»Gar nicht. Ich wollte mich bei Ihnen bedanken.«

»Wofür?«

»Das wissen Sie genau.« Ewald machte einen kleinen Diener. »Sie halten mich für einen egoistischen Macho, der wegen seiner Körpergröße Komplexe hat. Und Sie haben damit auch nicht ganz unrecht.«

»Aha.« Lena hob eine Augenbraue.

»Aber ich merke mir sehr wohl, wer mir mal geholfen hat.«

»Bitte setzen Sie sich doch.« Lena zeigte auf die Stühle in der kleinen Sitzecke. »Eine Sache müssen Sie mir nämlich noch verraten.«

Ewald nahm Platz. »Und die wäre?«

»Die Speicherkarten.«

Er musste lachen. »Ach so! Können Sie gerne wegwerfen. Haben Sie sie etwa überprüft?«

Sie nickte.

Ewald bekam sich kaum mehr ein vor Lachen. »Ich hätte …«, prustete er, nachdem er vergeblich versucht hatte, sich wieder zu beruhigen, »… meinen Luxuskörper darauf gewettet, dass Sie so etwas nicht machen. Man schaut doch auch nicht in fremde Tagebücher.«

»Hätte ich auch nicht.« Sie setzte sich zu ihm an den Tisch. »Aber es gab da einen Moment, da hatte ich das Gefühl, dass Ihre Lebensversicherung auch meine sein könnte.« Sie sah ihn ernst an. »Was sollte das also?«

»Ich wollte, dass Sie mir vertrauen«, sagte Ewald kichernd.

»Indem Sie mich anlügen?«

Ewald nahm einen Schluck von seinem Wasser. »Nö. Aber ich habe mal von so seinem Klugscheißercoach gelernt, dass Menschen einem nur vertrauen, wenn man ihnen auch vertraut. Die Speicherkarten bei Ihnen zu verstecken hielt ich für einen schönen Vertrauensbeweis.«

Lena schüttelte den Kopf. Dann musste auch sie lachen. »Sie sind wirklich schlimm.«

Dann sahen sich beide länger an, ohne etwas zu sagen.

»Und?«, fragte Lena nach einer Weile.

»Was und?«

»Sind Sie zufrieden?«

»Womit?«

»Dem Ausgang der ganzen Geschichte.«

Ewald atmete tief durch. Er sah zum Fenster, dann wieder zu ihr. »Ich glaube, ich kann mit dem Ausgang genauso gut und schlecht leben wie damit, dass ich ein kleiner dicker Mann bin. Es bleibt mir nichts anderes übrig.«

»Wirklich?« So pragmatisch hatte sie ihn gar nicht eingeschätzt. Ewald war ein Egoist. Und sicherlich freute er sich über die neue Stelle, aber Lena hatte zumindest die Hoffnung gehabt, dass es ihm auch ein wenig um die Sache ging. »Kronkreuzer, seine Kollegen und Buchtaler sitzen in Untersuchungshaft, und Schulze läuft gut gelaunt frei herum. Das finden Sie okay? Er wusste von allem. Er hat die ›A & K‹ gedeckt und unterstützt.«

»Er hat niemanden umgebracht.«

»Das mag sein. Er hat nicht mal mehr die Agenten gesteuert. Aber trotzdem. Er und Degenhart steckten da mit drin.« Lena musste schlucken. Es tat ihr immer noch weh, wenn sie an ihn dachte.

»Was soll ich machen?« Ewald hob die Hände. »Selbst wenn wir auspacken würden, bezweifle ich, dass sich das Ergebnis ändern würde.«

Lena nickte. »Wahrscheinlich.« Sie strich sich über die Arme. »Apropos Degenhart.« Sie musste erneut schlucken. »Wissen Sie, wo er gelandet ist?«

»Degenhart?« Ewald zuckte mit den Schultern. »Keine Ahnung.«

72 Ostsee

Strand von Dierhagen
20. Mai, 14.30 Uhr

Obwohl eine kräftige Brise vom Meer her blies, war es am Strand nicht wirklich kalt. Trotzdem war kaum ein Mensch zu sehen. Lena zog sich ihre Schuhe aus und ging barfuß zum Wasser. Sie prüfte mit ihrem rechten Zeh die Wassertemperatur – es war wärmer, als sie gedacht hatte – und schlenderte dann langsam am Meer entlang.

Sie war vor zwei Tagen an die Ostsee gefahren. Nach den ganzen Aufregungen der letzten zwei Wochen hatte sie beschlossen, sich eine Auszeit zu gönnen. Kurz hatte sie überlegt, irgendwohin auf die andere Seite der Erde zu fliegen, doch ihr kleiner Ausflug zu Murphy hatte ihr gezeigt, dass Deutschland auch seine schönen Ecken hatte. Sie sehnte sich nach Ruhe. Das kleine Wellnesshotel direkt am Meer, in dem sie sich ein Zimmer genommen hatte, erschien ihr genau der richtige Ort, um runterzukommen und sich neu zu sortieren.

Mit jedem Schritt drückte sich der weiche bräunliche Sand durch ihre Zehen; ein schönes Gefühl. Überhaupt fühlte sich Lena gut. Seit sie die Kündigung ausgesprochen hatte, war sie wie befreit.

Sie ging noch ein ganzes Stück den Strand entlang. Hinter einer kleinen vorgelagerten Düne war eine windgeschützte Kuhle, in die sich Lena setzte. Die Sonne kämpfte sich gerade ein wenig durch die Wolken. Sie legte sich zurück auf ihre Ellbogen, schloss die Augen und genoss die wärmenden Strahlen auf ihrem Gesicht.

»Hi.«

Lena schrak auf. Ein Mann stand vor ihr und blickte auf sie herab. Er trug eine gelbe Regenjacke. Seine braunen Haare waren wild zerzaust und wirbelten im Wind. Lena brauchte einen Moment, bis sich ihre Augen an das grelle Licht gewöhnt hatten.

»Du?!« Ihr war klar, dass das hier nichts mit Zufall zu tun haben konnte. Sofort richtete sie sich auf.

Degenhart kniete sich neben sie in den Sand. »Ja. Ich. Entschuldige, dass ich dich hier so überfalle. Aber du hast alle meine Anrufe und Nachrichten ignoriert. Ich musste dich sehen.« Er stockte.

Lena spürte, wie ihre Glieder schwer wurden. Jetzt nur nicht ohnmächtig werden, befahl sie sich. Sie schmeckte Magensäure auf ihrer Zunge, als ob sie sich gleich übergeben müsste. »Woher wusstest du, dass ich hier bin?«

»Ewald hat es mir verraten.«

Dieser Hund! Sie hatte ihn nach seinem Besuch noch nach draußen begleitet und ihm erzählt, dass sie an die Ostsee fahren wollte. Von wegen, keine Ahnung, wo Degenhart abgeblieben war.

»Was willst du noch von mir?«

Degenhart versuchte ihre Hand zu greifen, doch sie entriss sie ihm sofort wieder. »Bitte, gib mir noch eine Chance«, flüsterte er unsicher.

Sie schüttelte den Kopf. Wie konnte er nur davon ausgehen, dass sie jemals wieder etwas mit ihm anfangen würde.

»Dann hör mir bitte wenigstens kurz zu.« Er versuchte, ihren Blick einzufangen. Doch Lena sah in eine andere Richtung. Sie spürte, wie er erneut nach ihren Händen griff. Sie steckte sie unter ihre Oberschenkel.

»Das zwischen uns ist etwas Besonderes«, sagte Degenhart.

Seine Worte erinnerten sie an das gemeinsame Wochenende. Sie hatte sich so gut gefühlt wie schon ewig nicht mehr, als ob ihr ein zweites Leben geschenkt worden war. Es war etwas Besonderes … gewesen.

Sie blinzelte eine Träne weg und drehte ihren Kopf, damit Degenhart es nicht sah. Da entdeckte sie einen Mann, der über die Dünen hinweg langsam auf sie zuging. Er hatte eine Glatze und sah ziemlich ruppig aus. Lena blickte sich um. Ansonsten war der Strand wie ausgestorben. Sie schaute noch mal in die Richtung des Mannes, der nach wie vor direkt auf sie zuhielt. Das war doch nicht normal, erst tauchte Degenhart wie aus dem Nichts auf, jetzt dieser Mann. Ihr Puls begann zu rasen. Ihrem Fluchtinstinkt folgend, sprang sie auf und ging einfach los.

»Hey?«, rief ihr Degenhart hinterher. »Bleib stehen!«

Alles, nur das nicht. Sie drehte sich kurz um. Degenhart blickte ihr bewegungslos hinterher. Dafür begann ihr der Mann mit der Glatze zu folgen.

Lena beschleunigte ihre Schritte. Bis zu einem Restaurant hinter den Dünen, das sie auf dem Hinweg passiert hatte, konnte es nicht weit sein. Vielleicht ein paar Hundert Meter. Dort wäre sie unter Leuten.

Sie begann zu laufen, drehte sich immer wieder um. Degenhart hatte sich jetzt ebenfalls in Bewegung gesetzt, und der Mann mit der Glatze war keine zwanzig Meter mehr von ihr entfernt. Obgleich sie auf dem harten Sand direkt am Meer lief, war er um einiges schneller. Es war nur eine Frage der Zeit, bis er sie einholen würde.

Lenas Waden begannen zu schmerzen. Das Laufen im Sand kostete verdammt viel Energie. Und obwohl sie alles gab, merkte sie, wie sie langsamer wurde.

Dann endlich! Das Restaurant. Hinter den Dünen konnte sie bereits das Dach sehen. Vielleicht noch fünfzig Meter bis zu dem Bretterweg über die Dünen. Das musste zu schaffen sein. Jetzt nicht mehr umsehen, befahl sie sich.

Doch gerade, als sie den Dünenübergang erreicht hatte, spürte sie eine Hand auf ihrer Schulter. Sie riss sich frei, kam dabei ins Straucheln, stolperte und fiel.

Während sie sich hektisch aufrichtete, starrte sie entsetzt zu dem Mann auf. Er schnaufte. Er hatte ein markantes Gesicht, dunkle Augen und … eine Narbe auf der rechten Wange. Die Glatze veränderte ihn, aber nicht so sehr, dass sie ihn nun, aus nächster Nähe, nicht wiedererkannte.

»Callenberg?«, entfuhr es Lena. »Mein Gott, Sie leben.« Ohne nachzudenken, fiel sie ihm in die Arme. Tränen schossen ihr in die Augen. Sie starrte ihn an, konnte es immer noch nicht glauben. »Aber wie kann das …?«, keuchte sie. »Ich habe das eingestürzte Gebäude gesehen.«

»Das Gebäude schon.« Callenberg grinste schelmisch. »Aber jetzt kommen Sie erst mal wieder zu Luft.« Er half ihr auf die Beine.

In der Zwischenzeit war Degenhart bei ihnen angekommen, ebenfalls völlig außer Atem. »Lena! Alles gut? Was war denn los?« Er stützte sich auf seinen Knien ab. »Ich wollte dich mit Callenberg nicht überfallen«, keuchte er. »Ich dachte nur, dass du ihn vielleicht gerne sehen würdest.«

Langsam reduzierte sich Lenas Herzschlag. Und auch ihre Atmung begann sich wieder zu normalisieren. Die letzte Zeit hatte ihr einfach zu sehr zugesetzt. Sie blickte von Callenberg zu Degenhart und zurück. »Leute. Ihr seid mir verdammt noch mal eine Erklärung schuldig. Und dieses Mal«, sie sah zu Degenhart, »die ganze Wahrheit!«

73 Ostsee

Strand von Dierhagen
20. Mai, 15.30 Uhr

Lena hatte sich mit Callenberg und Degenhart auf einen angeschwemmten Baumstamm gesetzt.

»Vielleicht fangen wir damit an, wie Sie überlebt haben«, fragte Lena Callenberg.

Callenberg grinste, als ob er diesen Teil der Geschichte ohnehin am besten fand. »Die Bomben im Kellerarchiv wurden nicht gezündet. Zu dicker Beton für die Funksignale. Nur die im oberen Hauptgebäude sind detoniert. Nach zehn Stunden haben mich ein paar Feuerwehrleute gefunden.«

»Aber davon weiß niemand außer uns und Schulze«, ergänzte Degenhart.

Lena sah ihn fragend an. »Warum?«

»Ist besser so.«

Callenberg nickte und fuhr sich über die Glatze, als wollte er seine Haare zurückwerfen. »Deswegen übrigens auch meine neue Frisur. Als Ergänzung zu meiner neuen Identität.«

»Neue Identität?« Lena verstand nicht. »Wofür das Ganze? Ich dachte …« Sie überlegte. »Sollte die ›A & K‹ nicht aufgelöst werden, zumindest die ehemaligen ORG-Einheiten?«

Degenhart seufzte. »Theoretisch schon. Aber es ist noch nicht alles geklärt. Und der Prozess gegen Kronkreuzer und seine Kollegen beginnt erst in ein paar Monaten. Außerdem gibt es noch die anderen Ländergesellschaften. Zwar gehe ich davon aus, dass die ›A & K‹ aufgrund der riesigen Klage- und Kündigungswelle und der Strafzahlungen bald Konkurs anmelden muss, aber so lange das noch nicht der Fall ist, ist es für Herrn Callenberg besser, wenn er offiziell tot ist.«

»Systeme«, seufzte Lena. »Sie sind einfach hartnäckig.«

Es entstand eine längere Pause. Alle drei sahen sie auf das graue Meer hinaus. Lena beobachtete die Wellen, die auf den Strand schlugen. Manche schafften es bis kurz vor ihre Füße.

Degenhart stand auf und stellte sich vor Lena. »Darf ich jetzt versuchen, dir alles zu erklären?«

Sie nickte und schloss die Augen.

Als Erstes klärte Degenhart sie darüber auf, dass er ursprünglich ein Agent beim Verfassungsschutz gewesen war. Schulze hatte ihn dann vor gut drei Jahren als »Mann für die ungemütlichen Themen« abgeworben. In den Fall um die ORG wurde er aber erst vor ein paar Wochen hineingezogen.

Alles hatte damit begonnen, dass die »A & K« aufgrund der Aktivitäten von Callenbergs Verein ProNomadentum zunehmend nervös wurde. Nach Ansicht der »A & K« handelte es sich bei dem Verein um eine Terrorzelle, die sich auf das Establishment, aber vor allem auf die Nachfolgeorganisation der ehemaligen ORG eingeschossen hatte. Es hatte immer wieder Gerüchte über die ORG gegeben, jedoch niemanden, der so hartnäckig recherchierte und so radikale Ziele verfolgte. Kronkreuzer befürchtete, dass der Verein, und wer auch immer noch dahintersteckte, irgendwann herausbekommen könnte, dass es die ORG als Untereinheit der »A & K« immer noch gab.

Daher wies Kronkreuzer Schulze an, tätig zu werden. Da er aber Schulze nicht wirklich vertraute, setzte er parallel und ohne Schulzes Kenntnis eine Agentin auf Callenberg an, nämlich Josefine Buchtaler. Sie fand heraus, dass Callenberg mit Meier zusammenarbeitete. Um mehr zu erfahren, bewarb sie sich bei *AnderZeit* und wurde recht bald Meiers Geliebte. So blieb sie über seine und Callenbergs Schritte auf dem Laufenden und bekam mit, dass Meier vorhatte, einen Artikel über die ORG zu veröffentlichen.

Als Kronkreuzer von Meiers Vorhaben erfuhr, verlangte er von Schulze, Meier umgehend aus dem Verkehr zu ziehen, schließlich hatte auch das Innenministerium ein gesteigertes Interesse daran, dass nicht zu viel Staub aufgewirbelt wurde. Niemand wollte, dass die alte Geschichte um die ORG und die staatliche Manipulation publik wurde. Schulze versprach, sich darum zu kümmern, und vertröstete Kronkreuzer. Bevor er radikalere Schritte einleiten musste, wollte er es anders versuchen. Als Freund des Arguments war er sich sicher, Meier als seriösen Journalisten davon überzeugen zu können, dass es eine ORG nie gegeben hatte, weil es sie in unserer heutigen Wohlstandsgesellschaft schlicht nicht bedurfte. Doch konnte er unmöglich direkt auf Meier zugehen, denn das hätte diesen zu Recht nur noch skeptischer gemacht. Außerdem hätte das Kronkreuzer gezeigt, dass er sich nicht »nachhaltig« um das Problem Meier kümmerte.

Schulze beauftragte also Degenhart damit, Meier Lenas Artikel unauffällig zukommen zu lassen. Sein Ziel war es, Meier Argumente an die Hand zu geben, die seine Skepsis gegenüber der ORG-Theorie steigerten, um ihn am Ende ganz von dem Thema abzubringen. Degenhart machte sich an Buchtaler ran, nicht ahnend, dass es sich bei ihr um eine

Agentin der »A & K« handelte, und steckte ihr den Artikel zu. Damit spielte er ihr aber geradezu in die Hände: Für sie war der Artikel eine Möglichkeit, bei Meier ernsthaftes Interesse am Thema vorzutäuschen und so mehr von ihm über den Stand seiner Recherche zu erfahren, den sie für beunruhigend hielt. Sie informierte daher Kronkreuzer.

Dieser beschloss, die Sache wieder selbst in die Hand zu nehmen. Er wollte auf Nummer sicher gehen und beauftragte Buchtaler damit, Meier endgültig aus dem Weg zu räumen. Um an mögliche Hintermänner von Callenberg und Shukar zu kommen, entführte man Shukar und legte einen Brand im Vereinsbüro, um mögliche Spuren zu verwischen. Da Shukar jedoch keine Informationen preisgab, bekam Buchtaler den Auftrag, das Vertrauen von Callenberg und später auch von Bondroit zu gewinnen, um mehr über die Strukturen hinter dem Verein ProNomadentum in Erfahrung zu bringen. Buchtaler, die langsam immer mehr durchschaute, dass Degenhart wohl nicht derjenige war, für den er sich ausgegeben hatte, nutzte ihre neuen »Verbündeten«, um herauszufinden, welches Spiel er eigentlich spielte.

Als Schulze davon erfuhr, war er außer sich vor Wut. Kronkreuzer ging hier eindeutig zu weit, doch Schulze waren die Hände gebunden. Kronkreuzer saß am längeren Hebel. Schulze vermutete, dass er nun bald auch mit Callenberg und Lena kurzen Prozess machen würde. Und dass Lena überhaupt in den Fall hineingezogen worden war, hatte er verschuldet. Daher gab er Degenhart den Auftrag, ein Auge auf sie zu haben.

Bis zu diesem Zeitpunkt wusste Degenhart noch kaum etwas über die Geschichte der ORG und erst recht nicht von der »A & K«. »Schulze gab mir immer nur gerade so viele Informationen wie nötig. Das hast du ja selbst erlebt«, sagte Degenhart.

Lena erinnerte sich noch gut an die Treffen, in denen Schulze jedes Mal ein klein wenig mehr preisgegeben hatte, und an ihren Frust darüber. »Er ist wirklich ein Profi, wenn es darum geht, die Wahrheit in Scheiben zu servieren.«

Degenhart nickte. »Doch damit war jetzt Schluss. Denn ich habe ja über dich erfahren, wer wahrscheinlich hinter dem Mord von Meier steckte. Ich habe mit Schulze darüber gesprochen, aber der blieb hartnäckig bei seiner Aussage, dass die ORG aufgelöst wurde.«

»Du wusstest also bis zum Schluss nichts über die ›A & K‹?«

Degenhart schüttelte den Kopf. »Bis zu dem Abend bei dir, an dem ich noch ins Büro fuhr.«

Degenhart erzählte, dass er dort nach Unterlagen über eine Umorganisation aus dem Jahr 2002 gesucht hatte, von der er mal per Zufall gehört hatte. Er fand sie und stieß auf die Ausgliederung in eine nicht namentlich genannte Gesellschaft. In einer Akte gab es einen Vermerk mit einer Adresse. Er fuhr dorthin und stand vor der »A & K«. Davon, dass ihn Callenberg an diesem Abend verfolgte, bekam er nichts mit. Überwältigt wurde Callenberg dort von Buchtaler, die ihn in das Lagerhaus bringen ließ. Sie befürchtete zu Recht, dass er nun, nachdem er die »A & K« entdeckt hatte, früher oder später die richtigen Schlussfolgerungen ziehen würde. Als ihm jedoch dank Degenhart die Flucht gelang und er bei Buchtaler Zuflucht suchte, änderte Kronkreuzer seinen Plan: Statt Callenberg erneut gefangen zu nehmen, blieb er bei seiner alten Strategie. Er war sich sicher, über Buchtaler, der Callenberg zu vertrauen schien, an verlässlichere und bessere Informationen über dessen Hintermänner zu kommen, als über Folter und Erpressung. Sie sollte daher auf Instruktionen warten und weiterhin die gute Freundin und Verbündete von Callenberg und Lena spielen.

»Dann hast du aber in unserem Gespräch im Café zusammen mit Schulze gelogen!«, warf ihm Lena vor. »Du bist ganz bewusst bei der ›A & K‹ vorbeigefahren.«

»Was sollte ich tun?« Degenhart seufzte. »Ich wollte Schulze bezüglich der ›A & K‹ zunächst allein zur Rede stellen, was ich nach unserem gemeinsamen Treffen auch tat. Er erklärte mir einiges. Und er sagte, dass die Jungs von der ›A & K‹ Callenberg gefangen genommen hätten und mit Sicherheit nicht wieder laufen lassen würden. Schulze erhob Einspruch, aber das war Kronkreuzer egal. Er wusste, dass Schulze nichts dagegen unternehmen konnte.

Unter dem Vorwand, Callenberg noch ein paar Fragen stellen zu wollen, bin ich in das Lagerhaus gefahren und habe ihm eine Cola-Flasche dagelassen. Eigentlich wollte ich ihm ein Messer geben, aber das haben sie mir direkt abgenommen. Meine Hoffnung war, dass er sich vielleicht auch mit der Cola-Flasche befreien könnte. Sonst hätte ich mir etwas anderes einfallen lassen müssen. Ich wartete vor der Lagerhalle auf dem Parkplatz. Zum Glück ging der Plan auf. Als Callenberg auftauchte, wollte ich ihm zur Flucht verhelfen. Doch Callenberg hat die Lage falsch eingeschätzt und auf mich geschossen. Ich kann es ihm nicht verübeln.«

»Und die Männer im Park?«, fragte Lena.

»Leute vom Ministerium, die den Auftrag hatten, mich und dich zu Schulze zu bringen. Davon wusste ich nichts.«

»Was hätten Sie mit uns gemacht?«

Degenhart zuckte mit den Schultern. »Schulze ist an sich kein schlechter Mensch. Aber er ist Politiker durch und durch. Wenn er den Eindruck hat, dass man Opfer erbringen muss, um einer größeren Sache zum Erfolg zu verhelfen, dann wird er das tun.«

»Und um selbst weiterzukommen«, ergänzte Callenberg.

»Vielleicht auch das.« Degenhart nickte. »Aber ich glaube nicht, dass er vorhatte, uns zu töten. Er hielt mich dazu an, nichts zu tun, bis er die Lage wieder im Griff hatte. Er hat mich daher nach unserem Treffen im Park festsetzen lassen, damit ich ihm nicht weiter dazwischenfunkte. Und jetzt bat er mich, das Bauernopfer im Ministerium zu spielen. Dafür habe ich eine saftige Abfindung erhalten.«

»Die Fesseln des Kapitalismus«, kommentierte Callenberg. »Wann werden wir endlich das verdammte Geld abschaffen? Tauschgeschäfte, das wäre es! Dann müsste Schulze dafür, dass du die Klappe hältst, jetzt sein Leben lang deine dreckige Wäsche waschen. Geld sorgt dafür, dass immer die Falschen die Rechnung begleichen.«

»Vielleicht.« Degenhart nickte. »Der Gedanke mit der Wäsche ist zumindest charmant.« Er grinste. Dann sah er Lena lange an. »Jetzt kennst du die ganze Geschichte. Ich habe dir vielleicht nicht immer die Wahrheit gesagt, aber auch deshalb, weil ich sie nicht wusste. Und um dich zu schützen, ich wollte dich aus der Sache irgendwie raushalten.« Er strich mit seinem großen Zeh leicht über ihren linken Fuß. »Und du musst wissen … wie soll ich ... es ist …«, stotterte Degenhart herum.

Callenberg sprang auf, zog ihn mit sich und schubste ihn ins Meer, wo Degenhart wild prustend mit einer nahenden Welle kämpfte. Dann torkelte er zum Strand zurück. Lena musste lachen. In seiner gelben Regenjacke, komplett durchnässt, sah er aus wie ein begossener Pudel.

»Idiot!«, herrschte Degenhart Callenberg wütend an. »Was sollte das?« Er wischte sich die Haare aus dem Gesicht. »Ist das der Dank dafür, dass ich Ihnen das Leben gerettet habe?«

Callenberg musste lachen. »Sie haben es verdient. Aber vor allem ist kaltes Wasser gut gegen zu viele Worte.«

74 Ostsee

»Strandperle«
21. Mai, 11.00 Uhr

Sie hatten in dem kleinen Hotel geschlafen, in dem Lena sich ein Zimmer genommen hatte. Fast den gesamten Vormittag über waren sie nicht aus dem Bett gekommen. Sie hatten nicht genug voneinander bekommen können. Nach einem gemeinsamen Bad und einem ausgiebigen Frühstück saßen sie jetzt im Bademantel auf dem Balkon ihres Zimmers und tranken Kaffee. Es blies immer noch ein leichter Wind, doch die Wolken hatten sich über Nacht verzogen, und die Sonne war herausgekommen, sodass es sich auf dem geschützten Balkon gut aushalten ließ.

Lena genoss den Blick aufs Meer. Sie trank den letzten Schluck aus ihrer Tasse und sah zu Degenhart, der die Augen geschlossen hatte und sich die wärmenden Sonnenstrahlen aufs Gesicht scheinen ließ.

»Eines verstehe ich immer noch nicht«, sagte Lena. Degenhart öffnete die Augen und drehte den Kopf zu ihr. »Warum hat Schulze Callenberg am Leben gelassen? Hat er keine Angst davor, dass der jetzt weitermacht? So bürgerliche Gestalten wie dich und mich kann man einschätzen, das glaube ich gern, aber Callenberg?«

»Gute Frage.« Degenhart überlegte. Er richtete sich auf und griff zu dem Keks, der sich auf der Untertasse seines Kaffees befand. »Auf jeden Fall geht er dieses Risiko bewusst ein. Schulze ist nicht dumm. Und er ist Politiker, kein Mörder. Er weiß, dass es Dinge gibt, die sich vielleicht verzögern, aber nicht aufhalten lassen. Wenn Callenberg dazu beiträgt, dass die Massen einen neuen Weg gehen, dann wird Schulze einer der Ersten sein, der sich diesem Weg anschließt.«

»Sehr opportunistisch, findest du nicht?«

»Er würde es demokratisch nennen«, sagte Degenhart und lachte.

Lena nickte. So eng beieinander lagen manchmal die Dinge. »Aber jetzt mal ehrlich«, sagte sie. »Du glaubst, es könnte sich was verändern?«

»Warum nicht?«

Lena sah ungläubig zu ihm hinüber. »Du glaubst ernsthaft an eine grenzenlose Welt, an Menschen ohne Ängste, an moderne Nomaden?«

»Das ist doch bereits Teil unserer Realität.« Degenhart blinzelte in die Sonne. »Callenberg hat ganz richtig erkannt, dass die Schönen und Reichen schon heute nichts anderes als moderne Nomaden sind. Sie arbeiten dort, wo man ihnen am meisten bezahlt, sie leben dort, wo sie die geringsten Steuern bezahlen, und sie haben dort ihre ›Ferienzelte‹ aufgeschlagen, wo es sich am schönsten abtauchen lässt. Ich glaube, so drückte er sich mir gegenüber aus.«

Sie schwiegen für eine Weile. Dann stand Degenhart auf und ging ins Zimmer. Lena ergriff ihren Laptop, den sie neben den Liegestuhl gelegt hatte.

Degenhart erschien kurz darauf wieder auf dem Balkon mit einer Dose gerösteter Erdnüsse aus der Minibar. Er setzte sich zu ihren Füßen. »Du willst arbeiten?« Er hielt ihr die Nüsse hin.

Lena lehnte dankend ab. »Ein neuer Artikel«, erklärte sie.

Er ergriff ihren Fuß und begann ihn liebevoll zu massieren. »Lass mich raten: über Systeme?« Er sagte das mit einem gewissen Unterton.

»Wie du das nur erraten hast.« Lena zwinkerte ihm zu und schob ihm auch noch den anderen Fuß entgegen.

»Lies vor!«, forderte Degenhart sie auf.

Lena wusste nicht so recht. Eigentlich ließ sie andere erst dann an ihren Artikeln teilhaben, wenn sie sie mehrfach überarbeitet hatte. »Ist noch nicht fertig.«

»Dann erzähl mir wenigstens, worum es geht.«

»Also gut«, willigte sie nach einem kurzen Zögern ein. »Du weißt doch noch, dass ich in meinem letzten Artikel den Ameisenstaat mit den Staaten von Menschen verglichen habe.«

»Ist das so?«, neckte Degenhart.

»Schwachkopf!« Lena zappelte grinsend mit ihren Beinen und wartete, bis Degenhart sich wieder ihrem rechten Fuß zuwendete. »In meinem neuesten Versuch habe ich Arbeiterinnen eines Ameisenvolkes von ihrem Staat separiert gehalten. Und jetzt pass auf: Obwohl ich die Arbeiterinnen mit allem versorgt habe, was sie zum Leben benötigen, starben sie früher als ihre Artgenossen im Staat.«

»Und warum?«, fragte Degenhart, der eindeutig Probleme mit dem Multitasking zu haben schien, denn für seine Frage unterbrach er schon wieder die Massage.

»Meine These ist, dass Ameisen nicht nur Futter, Wasser und optimale klimatische Bedingungen zum Überleben benötigen. Sie brauchen auch ihr soziales Umfeld, also ihren Staat. Ihre altruistischen Gene werden ihnen dann zum Verhängnis, wenn es niemanden mehr gibt, um den sie sich kümmern können und der sich um sie kümmert. Somit scheint der Zusammenhalt des Ameisenstaates, im Gegensatz zu unserem, in dem es hauptsächlich um Schutz und Selbstoptimierung geht, auf einer gegenseiten Zugewandtheit zu beruhen, man könnte auch sagen, auf einem Gefühl, dessen Fehlen für sie lebensverkürzend, im Endeffekt sogar tödlich ist.«

»Und welches?« Degenhart sah sie fragend an. Lena richtete sich auf und zog ihn zu sich auf die Liege. Dann sah sie ihm direkt in die Augen. »Liebe.«

Nachwort und Anmerkungen

Auch wenn es mir manchmal so vorkommt, als gäbe es tatsächlich eine »ORG« – es gibt sie nicht. Diese Geschichte ist frei erfunden und damit reine Fiktion. Wer Hinweise darauf findet, dass ich mich diesbezüglich täusche, möge mir gerne schreiben.

Viele weitere Informationen in diesem Roman sind hingegen nicht erfunden. Dies gilt insbesondere für die Beschreibungen der Ameisen und ihres Verhaltens. Ich habe hier sorgfältig recherchiert, und ich hoffe, es sind mir keine Fehler unterlaufen, möchte dies jedoch nicht ausschließen. In diesem Zusammenhang möchte ich mich explizit bei den Biologen Bert Hölldobler und Edwar O. Wilson bedanken, die ich zwar nicht persönlich kenne, deren Bücher und Beiträge mir aber bei meiner Recherche sehr geholfen haben.

Des Weiteren gibt es noch folgende Punkte, auf deren Faktizität ich gerne hinweisen möchte:

Der Ameisenforscher Jean Bondroit ist eine real existierende Person gewesen. Er lebte von 1882 bis 1952. Er war als eine sehr schwierige Person bekannt, die keine Widerworte duldete. So ist bekannt, dass er während eines Vortrags mit einem Revolver auf Zuhörer zeigte, die ihm widersprachen. Ob er eine Nichte hatte, ist mir nicht bekannt. Die Figur Lena Bondroit ist erfunden, wurde allerdings durch den Charakter von Jean Bondroit mit inspiriert. (Mehr zu Jean Bondroit: G. Radchenko, G. W. Elmes, *Fauna Mundi, Myrmica ants oft he Old World,* Warszawa 2010 (S. 43f))

Das Paradies und der Sündenfall: Eine von vielen Interpretationen des Sündenfalls sieht den Sündenfall in der Sesshaftwerdung der Menschen. Die Sesshaftwerdung von vorchristlichen Stämmen und Völkern ging mit einer drastischen Veränderung der gesamten Lebensumstände einher. Sie brachte Vorteile, aber auch Nachteile mit sich, die sich immer noch beobachten lassen, wenn man das Leben von heute noch existierenden nomadischen Stämmen mit dem von sesshaften Menschen vergleicht. So ist es auch nicht verwunderlich, dass die Verfasser dieses Bibeltextes genau diesen paradigmatischen Wandel verarbeiteten. Denn zu diesem Zeitpunkt wandelte sich der sich selbst bewirtschaftete »Garten Eden« in einen Garten, den man aktiv bewirtschaften musste. Aus »Wanderern« wurden »Arbeiter«.

Militärausgaben der USA: Dass die Militärausgaben der USA leider nicht sonderlich gut dokumentiert sind, wurde mehrfach in der Presse angeprangert und ist leider keine Erfindung. Es geht hier um Ausgaben in Billionenhöhe, für die es keine Kostennachweise gibt. (Quelle: unter anderem Reuters in »U.S. Army fudged its accounts by trillions of dollars, auditor finds«, Beitrag von Scot J. Paltrow, 19.08.2016)

Der Mythos der Lemminge: Immer wieder wird behauptet, dass sich Lemminge freiwillig über Abhänge in den Tod stürzen. Es wird als das klassische Beispiel für die »Schwarmdummheit« angeführt. Leider nur konnte man dieses Verhalten so in der Natur nie beobachten. Filmaufnahmen diesbezüglich stellten sich als »manipuliert« heraus. Die Tiere wurden nämlich von den Kamerateams in den Tod gejagt. Die Annahme, dass die Tiere zum Selbstmord neigen, beruht auf einem Mythos, der zu erklären versuchte, warum nur sehr wenige der Tiere, die sich aufgrund von Populationsdruck auf Wanderschaft begeben, überleben. (Quelle: Zeit-Online, »Lemminge begehen kollektiven Selbstmord, indem sie sich ins Meer stürzen – Stimmt's«, Christoph Drösser, 17.09.1997, *DIE ZEIT* 38/1997)

Murphy's Law: Man ist sich nicht hundert Prozent sicher, woher »Murphy's Law« seinen Namen hat. Die gängigste Erklärung ist tatsächlich die, die hier im Buch beschrieben wird. Weder der Ingenieur Captain Edward A. Murphy noch das schiefgelaufene Raketenschlittenprogramm sind Erfindungen, sondern Realität. Tatsächlich soll Murphy nach dem Scheitern des Experiments Folgendes gesagt haben: »Wenn es mehrere Möglichkeiten gibt, eine Aufgabe zu erledigen, und eine davon in einer Katastrophe endet oder sonst wie unerwünschte Konsequenzen nach sich zieht, dann wird es jemand genau so machen.« Letztlich formulierte er damit das, was heute gerne als der »dümmste anzunehmende User« bezeichnet wird. Sein Zitat bezieht sich daher eher auf die Unzuverlässigkeit von Menschen als auf ein wie auch immer geartetes Schicksal, was aber die Abwandlung und gängige Nutzung des Zitats (»Alles, was schiefgehen kann, wird auch schiefgehen.«) nahelegt. Es ist daher meiner Ansicht nach durchaus fraglich, ob Murphy mit dem, was wir heute als Murphy's Law bezeichnen, wirklich einverstanden wäre. Dies motivierte mich zu der Annahme, dass es ihm nicht gefallen hat, wie sein Zitat später weiter genutzt wurde.

Ob Murphy Nachfahren hat, ist mir nicht bekannt. Sein Enkel Scott Murphy ist zumindest eine Erfindung.

Umsatzentwicklung in der Versicherungsbranche: In der Tat gab es nach den Terroranschlägen in den USA nach dem 11. September einen enormen Anstieg an Verträgen gegen solche Anschläge. Dies belegen vor allem die Zahlen des Spezialversicherers »Extremus«. Im Jahr 2003 kam es zu einem sprunghaften Anstieg von 62 auf 1005 Verträge. Dann normalisierte sich das Wachstum wieder. (Quelle: Statista 2019)

Das Gebäude der ORG: Alle diejenigen, die detailgenaue Beschreibungen von Originalschauplätzen mögen, muss ich ein wenig enttäuschen. Das beschriebene Gebäude der ORG bzw. der »A & K International« steht nicht in Berlin, sondern in München. Es ist der Sitz der Münchener Rückversicherung. Die Kuh steht übrigens nicht in dem Hof. Dort befindet sich nur ein großes Wasserbecken. Die Gegend, in die ich das Gebäude gedanklich und räumlich nach Berlin gesetzt habe, ist das Gelände in der Hertzallee gegenüber dem Busbahnhof. Auch hier steht ein riesiger Gebäudekomplex, der zumindest ein wenig auf die Beschreibung im Buch passen könnte.

Danksagung

Viele Bücher haben eine längere Entstehungsgeschichte. So auch dieses.

Ein wesentlicher Impuls zu dem Buch stammt noch aus meiner Studienzeit. Ich besuchte damals mehrere Kolloquien zum Thema Rechtsphilosophie und Rechtssoziologie. Dabei faszinierten mich vor allem die Gedanken der Systemtheorie. Dass durch Kommunikation von Individuen etwas Drittes entsteht, ein System mit eigenen Gesetzen und Zielen, finde ich nach wie vor unglaublich spannend. Schon damals hatte ich vor, dieses Thema einmal in einem Roman zu verarbeiten. Es sollte noch ein paar Jahre dauern, bis es dazu kam.

Es gibt viele Ideen, die ich in meinem Leben nicht weiterverfolgt habe. Doch das Thema »Systeme« ließ mir keine Ruhe. Immer wieder fragte ich mich, welche Erklärungen die Systemtheorie wohl für bestimmte aktuelle politische und gesellschaftliche Entwicklungen haben könnte. Dabei meinte ich eine Entwicklung wahrzunehmen, die ich zugleich traurig und bemerkenswert fand: die zunehmende Angst. Freunde und Bekannte litten plötzlich an Depressionen, hatten (an sich unbegründete) Verarmungsängste, bekamen Panikattacken, wenn sie sich mit einem beruflichen Wechsel auseinandersetzen mussten, verbrachten Monate in »Burnout«-Kliniken. Immer wieder fragte ich mich, woher diese Angst wohl stammen könnte. Gab es hierfür vielleicht sogar eine »systemische« Erklärung?

Ich begann dieses Buch zu schreiben. Der erste Entwurf war allerdings noch sehr unsinnlich und theorielastig. Irgendwie fehlte mir der Zugang durch ein packendes Bild.

Das sollten mir dann die Ameisen liefern. Ich war auf einer Reise durch Asien unterwegs und hatte mir an einem Strand ein leckeres Sandwich bestellt. Vor dem Essen wollte ich noch schnell eine Runde im Meer schwimmen gehen. Eine schlechte Idee: Das Sandwich, das auf einem kleinen Teller neben meiner Liege auf mich wartete, war nach meiner Rückkehr über und über mit winzigen Ameisen übersät.

Ameisen! Das war die Idee, nach der ich gesucht hatte. Und eine Ameisenforscherin als »helfende« Ermittlerin erschien mir eine unverbrauchte und interessante Heldin.

So weit, so gut.

Aber eine Idee macht noch lange kein Buch.

Und ein Buch findet noch lange keinen Verlag.

Daher möchte ich mich an dieser Stelle bei all den Menschen bedanken, die mir dabei geholfen haben, dass Sie dieses Buch jetzt lesen können:

Obwohl sie sich ihrer Hilfe sicherlich nicht bewusst sein werden, geht mein erster Dank an Prof. Dr. Stefan Kirste und Dr. Michel Paroussis und allen Teilnehmern der Kolloquien an der Universität Freiburg für die tollen Diskussionen, die den ersten Baustein für dieses Buch legten.

Dann sind da die Freunde, die das Buch probegelesen oder das Thema mit mir diskutiert haben und die mir so geholfen haben, das Buch zu dem zu machen, was es jetzt ist. Mein Dank geht vor allem an: Alex, Davor, Dirk, Elke, Julia, Klaus, Marc, Michael, Migri, Renate, Oliver, Thomas, Theresa und Wolfgang, aber auch Eva, Saskia und Jochen für den Begriff der »ORG«.

Dann danke ich meiner »Halbschwester« Majda, die meinte, ich solle das Buch nicht direkt an Verlage schicken, sondern damit auf eine Agentur zugehen. Über sie lernte ich die Elisabeth Ruge Agentur kennen. Zwei Wochen nachdem ich das Buch geschickt hatte (normalerweise wartet man in dieser Branche gerne ein halbes Jahr), rief mich Elisabeth Ruge an und sagte: »Tolle Story! Das wird was!« Mein Dank gilt dem gesamten ERA-Team, das mich so wunderbar betreut hat, ganz besonders Inga Poste und Hannah Vogel, ebenso wie Stefanie Kruschandl, die mir mit ihren Ideen sehr dabei half, einzelne Aspekte des Buchs anzupassen und besser zu machen.

Ein Buch wäre nichts ohne die verantwortliche Lektorin. Ein ganz großes Dankeschön geht daher an Katrin Trometer vom Benevento Verlag, die das Buch »entdeckt« hat und sofort daran glaubte.

Bedanken möchte ich mich natürlich auch bei den weiteren Mitarbeitern des Benevento Verlags, die mich so toll unterstützen und immer Zeit und Ohr für mich und meine »Autorenprobleme und -ideen« haben.

Zu guter Letzt gilt ein besonderer Dank meiner Familie. Ich möchte meiner wunderbaren Frau dafür danken, dass sie mich auch in schweren Zeiten motiviert hat weiterzuschreiben und die mein Schreiben von Anfang an voll unterstützte. Dann meiner Schwester, die meine Bücher immer als Erste liest und deren Kritik so unglaublich wertvoll ist. Und natürlich sind da meine Eltern, die zwar der Ansicht sind, man könnte seine Zeit durchaus für andere Dinge nutzen, als Bücher zu schreiben, aber die an diesem Buch von Anfang an Gefallen fanden. Auch bedanken möchte ich mich bei meiner Großmutter. Sie war ein absoluter Krimi-

und Thrillerfan. Mit ihr besprach ich vor vielen Jahren meine ersten Gedanken zum Buch, und sie war begeistert. Es wäre schön gewesen, hätte sie es noch lesen können.

Köln, Juni 2019
Thomas Kiehl